KB034667

제3의 현장

이청준 전집 19 장편소설

제3의 현장

초판 1쇄 발행 2016년 4월 15일

지은이 이청준
펴낸이 주일우
펴낸곳 ㈜**문학과지성사**
등록번호 제1993-000098호
주소 04034 서울 마포구 잔다리로7길 18(서교동 377-20)
전화 02)338-7224
팩스 02)323-4180(편집) 02)338-7221(영업)
전자우편 moonji@moonji.com
홈페이지 www.moonji.com

ⓒ 이청준, 2016. Printed in Seoul, Korea

ISBN 978-89-320-2099-0 04810
ISBN 978-89-320-2080-8(세트)

이 도서의 국립중앙도서관 출판예정도서목록(CIP)은 서지정보유통지원시스템 홈페이지
(http://seoji.nl.go.kr)와 국가자료공동목록시스템(http://www.nl.go.kr/kolisnet)에서
이용하실 수 있습니다. (CIP제어번호: CIP2016007843)

이청준 전집 19

제3의 현장

문학과지성사

일러두기

1. 문학과지성사판 『이청준 전집』에는 장편소설, 중단편소설, 그리고 작가가 연재를 마쳤으나 단행본으로 발간되지 않은 작품과 미완성작 등을 모두 수록했다.

2. 전집의 권별 번호는 개별 작품이 발표된 순서를 따르되, 장편소설의 경우 연재 종료 시점을, 중단편소설의 경우 게재지에 처음 발표된 시점을 기준으로 삼았다. 단, 연재 미완결작의 경우 최초 단행본 출간 시점을 그 기준으로 삼았다. 중단편집에 묶인 작품들 역시 발표된 순서대로 수록하였으며, 각 작품 말미에 발표 연도를 밝혀놓았다.

3. 전집의 본문은 『이청준 문학전집』(열림원) 발간 이후 작가가 새롭게 교정, 보완한 내용을 충실히 반영하여 확정하였다. 특히 미발표작의 경우 작가가 남긴 관련 자료에 근거하여 수록하였음을 밝힌다.

4. 전집의 각 권에는 작품들을 수록하고 새롭게 씌어진 해설을 붙였으며 여기에 각 작품 텍스트의 변모 과정과 이청준 작품들의 상호 관계를 밝히는 글을 실었다. 이 글은 현재의 문학과지성사판 전집의 확정 텍스트에 이르기까지 주요한 특징적 변모를 잘 보여준다.

5. 이 책의 맞춤법은 국립국어연구원의 '한글 맞춤법'에 따르는 것을 원칙으로 하되, 띄어쓰기의 경우 본사의 내부 규정을 따랐다. 단, 작품의 분위기에 영향을 준다고 판단되는 방언이나 구어체 표현·의성어·의태어 등은 작가의 집필 의도를 살려 그대로 두었다(괄호 안: 현행 맞춤법 표기).
   예) ① 방언 및 의성어·의태어: 밴밴하다(반반하다) 희멀끄럼하다(희멀겋다) 달겨들다(달려들다) 드키(듯이) 뚤레뚤레(둘레둘레) 뎅강(뎅궁) 까장까장(꼬장꼬장)
   ② 작가의 고유한 표현:
   ㅡ그닥(그다지) 범상찮다(범상치 않다) 들춰업다(둘러업다)
   ㅡ입물개 개얹고 아심찮게도 목짓 펀뜻 사양기
   ③ 기타: 앞엣사람 옆엣녀석 먼젓사람 천릿길 뱃손님 뒷번
   그리고 나서(그러고 나서) 그리고는(그러고는)

6. 이 책의 외래어 표기는 국립국어연구원의 '외래어 표기법'에 따라 바꾸었다. 단, 작품의 제목이나 중요한 어휘로 등장하는 경우에는 원본을 그대로 살렸다.
   예) ① 맘모스(매머드) 세느(센) 뎃쌍(데생) ② 레지('종업원'으로 순화)

7. 이 책에 쓰인 문장부호의 경우 단편, 논문, 예술 작품(영화, 그림, 음악)은 「 」으로, 단행본 및 잡지, 시리즈 명 등은 『 』으로 표시하였다. 대화나 직접 인용은 큰따옴표(" ")와 줄표(ㅡ)로, 강조나 간접 인용의 경우 작은따옴표(' ')로 묶었다.

차례

1

노래 다시 못 하네
거리엔 바람 소리—

엘리베이터 안에는 다른 사람이 없었다.
나는 언제나처럼 1층에서 엘리베이터를 타고 나서 15층 표지판
의 단추를 누른 다음 혼잣속으로 노래를 시작했다.

부르튼 입술로 목 메어 합창하던
우리들의 꿈과 운명, 그 찬란한 생명의 불꽃
자유의 노래—
사랑의 노래—

언제나 같은 노래. 나의 무대가 끝날 때마다 늘 마무리 곡으로

부르던 노래. 이즈음 아예 내 단골 상표가 되어버린 노래.

하루의 마지막 시간에 엘리베이터 안에서 하루를 마무리 짓듯 잠시 혼자 눈을 감고 그 소리 없는 노래의 뜨거운 열기에 다시 젖어 들곤 하는 것이 이 무렵 나의 오래된 은밀스런 버릇이 되어 있었다.

더욱이 이날은 다른 사람이 곁에 없었으므로 중간에서 노래를 방해받는 일도 없었다.

그 노래 아무도 다시 부르지 못하네―

그새 또 한 해가 저물어가고 있었기 때문일까. 그래서 그것이 바로 가는 해에 대한 허무한 송별의 합창이 되고 있었기 때문일까. 이날따라 무대는 나의 노래에 대한 청중들의 호응이 유난히 뜨겁게 물결치고 있었다.

나는 그 마지막 합창의 뜨거운 감동이 가슴속에서 새록새록 되살아나고 있었다. 그러나 엘리베이터의 시간은 길지 않았다.

엘리베이터는 이내 15층 나의 1호실 앞에서 쉭 소리와 함께 멈춰 서고 있었다.

엘리베이터를 내렸다.

그러나 나는 현관문을 열기 전 거기서 잠시 더 시간을 기다린다. 혼자 엘리베이터를 타고 올라올 땐 노래에 늘 시간이 조금씩 모자랐다. 노래의 마지막 소절이 번번이 조금씩 남아 있곤 하였다. 나는 그 노래의 마지막 소절을 끝내기 위해 문 앞에서 조금씩 시간을 지체하곤 하였다. 그 역시 나의 버릇의 하나였다.

노래 다시 못 하네, 거리엔 바람 소리
노래 다시 못 하네, 불을 끄고 떠나려 하네

나는 마저 노래를 끝낸다.
그리고 비로소 현관문 자물쇠 구멍에 열쇠를 꽂는다.
정확한 시각은 밤 10시 45분—
모든 일이 그저 여느 날 그대로였다. 낮일에 그리 재수가 없었던
편도 아니었고, 밤에도 특별히 마음에 걸려올 일이 없었다.
하지만 그는 그때 이미 집 안에서 나를 기다리고 있었다.

자술서를 한참 계속해나가던 나는 거기서 잠시 펜을 멈추고 생
각에 잠긴다. 마지막 문장이 아무래도 적당치가 않아 보인다. 그
는 그때 이미 집 안에서 나를 기다리고 있었다? 그러나 그때까진
내가 아직 그것을 알 수 없었던 사실이 아닌가. 나는 분명히 시간
을 앞지르는 진술을 하고 있었다.
시간은 절대로 앞지르지 않아야 한다. 지금의 생각을 기준으로
그때의 일을 기억 속에서 되돌이키려 하지 않아야 한다. 판단하거
나 주장하려 하지 않아야 한다. 생각 자체를 그때의 시간대 위로
되돌려놓아야 한다. 나 자신이 그때의 시간대로 되돌아가 그것들
을 다시 생각하고 말하고 행동해야 한다. 그 생각과 말과 행동만을
적어나가야 하는 것이다.
—나는 지금 그때의 일에 대한 당신의 의견을 묻고 있는 게 아
니오. 당신의 판단이나 주장을 요구하고 있는 것도 아니구요. 내

가 묻고 있는 것은 다만 그때 당시의 당신의 순수한 생각이나 행동 그것뿐이란 말이오.

오 검사의 주문이 바로 그것이었다.

경찰 수사 과정에서부터 이번 사건을 직접 떠맡고 나선 젊은 검사였다. 웬일인지 이번 사건에 관심과 의욕이 그토록 유별난 검사였다. 잘된 건지 못 된 건지 아직은 분명한 걸 말할 수 없지만, 구속 기간 10일을 1차 연장해가면서까지도 아직 현장검증조차 제대로 치르지 못한 지지부진한 수사 상황이었다. 현장검증은커녕 피의자 진술조차 두 번씩 실패를 거듭해온 형편이었다. 그것은 애초이 사건이 초동수사 과정에서부터 완벽을 기할 수 없었던 데에도 얼마간의 허물이 있을 수 있겠지만, 보다 직접적이고 근본적인 원인은 내 기억력과 진술 태도에 어려운 문제가 있었기 때문이다. 그 어려움의 성질이 어떤 것이든 수사의 근본적인 실패 원인이 내 진술 과정에서부터 비롯되고 있다면, 검사가 내게 무엇을 요구하고 주문해오든 그것은 그의 적절하고도 당연한 권리일 수 있었다.

오 검사는 마침내 내 자술서 문장을 현재형으로 써나가보라는 극단적인 충고까지 해오기에 이르렀다.

─이번에는 정말 실패해서는 안 돼요. 그러기 위해서는 이제 당신 속의 어떤 확정의 고정관념을 버리고 당신 스스로가 허심탄회하게 다시 과거 속으로 돌아가보도록 하세요. 그 과거 속에서 현재형으로 생각을 하고, 현재형으로 말을 하는 겁니다. 뭣하면 당신의 진술서 자체를 아예 현재형 문장으로 써나가보는 것도 좋겠구요.

이번 진술서 작업이 세번째로 시작되기 전에 주문 반 충고 반 섞인 어조로 그가 당부하고 간 말이었다. 나의 어려움과 실패의 원인이 어디에 있는지를 알고 있는 그로서는 상당한 고심 끝에 짜낸 방법임이 분명했다. 뿐더러 제법 효과나 성과를 기대해볼 수도 있을 것 같았다.

나로서도 이번에는 그 검사의 충고를 따를 작정이었다. 그리고 사실 일을 시작하면서도 가능한 한 노력을 기울인 셈이었다. 진술서의 문장을 실제로 모두 현재형으로 쓸 수는 없더라도 생각만은 한사코 그렇게 해보려 애를 써온 셈이었다.

그러나 어떤 지나간 과거의 일을 현재형의 문장으로 다시 생각하고 말한다는 것은 단순한 시제상의 문제가 아니었다. 그것은 바로 사람 자체가 과거로 돌아가서 그 과거의 시간대의 일을 한 번 더 되풀이 경험하는 것이었다. 기억으로 과거사를 되돌아볼 때처럼 연결이 매우 정연하질 못했다. 때로는 전혀 앞뒷일이 이치가 안 맞는 경우도 있었고, 때로는 아예 연결이 끊어지고 없는 곳도 있었다. 일종의 혼돈처럼 보일 때가 많았다. 사람의 일이 원래 그런 것인지도 모르지만, 내게는 그 과거의 시간대로 되돌아간다는 것이 그만큼 힘들고 어려운 일이었다.

나는 그러나 단념하지 않았다. 이치에 맞지 않고 납득이 안 가더라도, 그것이 내게 되살아오는 대로 모든 것을 허심탄회하게 다시 경험하려 했다. 나의 판단과 주장을 덧붙임이 없이 그것들을 그대로 적어나갈 각오였다. 가능한 한까지 정확을 기하면서. 젊은 오 검사의 입버릇이 되어 있는 육하원칙을 염두에 두면서. 그것은 다만 오 검사의 시나리오를 실패시키지 않기 위해서만이 아니었다.

그것은 무엇보다 나 자신의 문제였다. 내 자신의 진실의 문제였다. 그렇게라도 하지 않고는 나 자신도 자신의 진실을 만날 수가 없었다.

검사의 실패는 곧 나의 실패였다. 그것은 오 검사보다 나의 파멸이 앞서는 일이었다.

나는 이윽고 마지막 문장을 지워버리고 새로운 마음가짐으로 다시 다음 진술을 계속해나간다. 이번에는 될수록 현재형 시제를 실제 문장 속에 빌려 써가면서.

……현관문을 열고 집 안으로 들어서고 나서도 나는 아직 아무런 이상을 느끼지 못한다. 나는 그저 평소처럼 무심히 신발장 위에 붙은 자동 시한등의 스위치를 누른다. 그때 밝아진 불빛 속으로 신발장 위에 놓인 흰 봉투 하나가 눈에 들어온다.

나는 아직 별생각 없이 무심스런 손짓으로 봉투를 집어 든다.

── 백남희 씨에게.

우표가 붙지 않은 봉투 뒷면에 정중한 필체로 내 이름이 적혀 있다. 한 손으로 신발장에 구두를 벗어 넣으며, 다른 한 손으로 봉투를 뒤집어본다. 앞쪽에 적혀 있어야 할 발송인의 이름을 찾아볼 수가 없다.

하지만 나는 그것도 별로 대수롭게 여기지 않는다. 우표가 붙어 있지 않은 걸로 보아 단지 안에서 배달되어온 점포 광고물쯤 되겠거니 생각한다. 이 신축 아파트 단지에 주민 입주가 시작된 것은 이제 겨우 한 달이 조금 넘은 지난 11월 중순부터의 일이다. 내가 이곳으로 이사를 해 온 것도 그새 채 한 달이 되지 않은 지난 12월 초순께의 일. 단지엔 아직도 이사를 들어오지 않은 빈집들이 많았고, 주거 질서도 제대로 잡혀 있질 못했다. 주변 상가점포들의 광고활동은 그럴수록 더 극성스러웠다. 제일 먼저 발을 들여놓았음에 분명한 길가의 즐비한 부동산 소개 업소들을 필두로 만두집, 술집, 의상실, 정육점, 식품점, 바둑집, 태권도 도장, 신문 보급소 등등, 이미 문을 열었거나 열 준비를 하고 있는 멀고 가까운 영업소들의 선전 광고물들이 이 꼭대기 층 벽면집 문틈 속까지 심심찮게 자주 쑤셔박혀 들곤 하였다. 어떤 것은 광고지로, 어떤 것은 팸플릿 책자로, 또 어떤 것은 봉투에 넣어진 깔끔하고 정중한 서면 형식으로.

나는 이번에도 아마 그런 광고물의 하나려니 싶어진 것이다. 겉봉에 이쪽 이름을 적고 있는 것 따위는 조금도 이상해할 건덕지가 없는 일. 아파트 관리 사무소나 하다못해 경비실에까지도 모두 입주자 명단이 비치되어 있었다. 외곽 점포 사람들이 그것을 얻어내는 것은 어려운 일이 아니었다. 아니 그보다 그런 점포의 광고물이 아니고는 단지 밖에서 나의 이름을 이곳으로 적어 보낼 사람이 없었다.

이사를 한 뒤로 새 주소지를 일러준 사람이 없었다.

노래가 차츰 알려진 뒤부터 귀찮은 편지들이 끊이질 않았다. 엉뚱한 개인사에 금전적인 도움을 청해오기도 하였고, 실없는 협박이나 사랑의 호소를 보내오기도 하였다. 대개는 그저 노래가 좋아서라는 순수한 격려의 내용이었지만, 그도 저도 나는 귀찮기만 하였다. 될 수만 있으면 노래로만 만나고 자신은 뒤에 혼자 숨어 살고 싶었다. 그래 이쪽으로 이사를 해왔고, 이후로 새 주소지는 누구에게도 비밀이었다. 가설이 쉽다는 바람에 혹 급한 쓸 일이 생길까 싶어 이사 이튿날로 매달아둔 전화기조차도 번호를 잘못 돌렸거나 오접이 되어오는 경우를 빼고 나면 벨소리가 제대로 울린 적이 없었다……

나는 결국 봉투의 내용물을 꺼내 보지도 않은 채 다시 신발장 위에 던져 올려버린다. 그리고 비로소 거실 마루 위로 천천히 몸을 이끌고 올라선다.

바로 그 순간. 문득 한 가지 불길한 생각이 뒤늦게 머리를 스치고 지나간다.

— 하지만 이 봉투가 어떻게 여기까지?

봉투가 신발장 위까지 올라와 있는 것이 비로소 머리에 지펴든다. 문을 열지 않고 밖에서는 절대로 가능한 일이 아니었다. 아침에 집을 나가면서도 그런 것이 눈에 띈 기억이 없었다.

나는 다시 몸을 돌이켜 봉투를 집어 든다. 그리고 비로소 거실 벽등의 스위치를 올리고 서둘러 봉투의 알맹이를 꺼낸다.

봉투에서 나온 것은 아닌 게 아니라, 여느 광고물과 같은 흔한 선전용 인쇄물이 아니다. 16절지의 하얀 백지에 겉봉과 똑같이 정중스런 필체의 볼펜 글씨가 3분의 2가량 채워져 있다.

서신의 일종임이 분명했다.

— 백남희 씨에게.

사연의 서두에서 발신인은 한 번 더 수신인의 이름을 확인해주고 있었다. 하지만 나는 이제 그 글의 발송인이 누구인지, 그것이 어떤 경위로 거기까지 전해져왔는지를 따지고 있을 여유가 없어진다.

나는 서둘러 사연을 따라 읽어 내려가기 시작한다. 그리고 서서히 사태의 심각성을 깨닫기 시작한다.

── 당신의 귀가를 환영합니다.

라고 말하는 것은, 이곳이 오늘부터 내 비밀 은신처로 정해졌기 때문입니다. 따라서 당신은 지금 내 손님으로 돌아온 것이며, 이제부터 그에 합당한 처신을 해주시기를 당부드리는 바입니다.

이 점 각별히 명심하시어 신중하고 현명한 행동을 바랍니다. 당신이 지금 어떤 처지에 처하게 되었는가를 옳게 깨닫고, 내 당부에 분별 있는 처신을 해주기만 한다면, 당신은 아무런 심신의 위해를 염려할 필요가 없으며, 미구에 당신은 행동의 자유를 얻게 될 것임을 약속드립니다.

그러나 그때까지는 나의 상당한 감시와 행동의 제재가 불가피하다는 점도 함께 이해해주셔야겠습니다. 당신이 해서 좋은 일과 해서는 안 될 일의 분별은 손님으로서의 당신의 현명한 판단 이외에 주인으로서의 나의 의사가 무시되어서는 절대로 안 되겠다는 말입니다.

다음으로 다시 당부를 드려두고 싶은 것은, 내 정체나 배후 또는 이곳에서 내가 하려는 일에 대해 일체 성급한 궁금증을 삼가달라는 것입니다. 알려고 해서 알아질 일도 아니려니와, 그것은 당분간 당신에겐 필요한 일이 아니기 때문입니다. 유념해둬야 할 것은 오히려 나는 당신의 모든 것을 알고 있으며, 나는 다만 혼자가 아니라는 것, 따라서 자위력도 완벽한 편이어서 당신의 어떤 불복이나 배신의 기도도 정확하고 단호한 대가를 치르게 될 뿐이라는 것입니다. 이미 짐작이 가고 있는지 모르지만, 나는 원래부터 말을 썩 좋아하지 않는 데다 성미까지 그리 온순한 편이 못 된 위인입니다. 게다가 이미 사람이기를 포기한 지금의 나로서는 심신에 여유가 많은 형편도 못 됩니다. 아무쪼록 나의 진심 어린 당부들을 명념하시어, 정확한 판단과 신중한 행동으로 자신도 불편스럽지 않고 내게도 부담이 덜 느껴질 예의 바른 손님으로 지내주시기 바랍니다. 그리하여 가능한 한 조속한 시일 내에 서로 간의 믿음 속에서 나와 내 일에 대한 당신의 궁금증들을 풀어버리고 더 넓고 자의로운 행동의 자유를 얻게 되시기를 진심으로 바랍니다.

만약에 일이 여의치 못할 경우, 유감스럽게도 나는 당신을 지금처럼 예의 바르게 응대해드릴 수가 없게 될 뿐 아니라, 그때의 행동과 일의 결과는 지금으로선 전혀 장담을 드릴 수가 없는 형편이니까요.

자, 그럼 이제 당신의 새 주인으로서의 내 인사를 직접 받도록 하여주십시오. 그리고 미처 미진한 일들은 시간을 두어가며 차츰 함께 의논해나가도록 합시다. 이런 식으로 먼저 인사를 드리는 것은, 말주변이 그리 좋지 않은 위인이라 가능한 한 일의 형편을 침착하고 조리 있게 설명드리기 겸해 당신의 놀라움을 줄여드리고자 함이니, 이 점도 함께 이해하여주시기 바랍니다.

1978년 12월 28일
당신을 직접 맞아들이지 못한 것이 유감인 당신의 새 주인

글의 사연은 거기까지가 전부다. 두말할 나위 없는 협박편지의 일종이었다. 침착하고 사무적인 어투의, 일방적인 통고나 선언조의 협박문이다. 어조만은 지극히 정중해 보였으나, 그것도 짐짓 본색을 숨긴 채 목소리를 가장하고 있는 식이다. 그 정중스러움에 오히려 비정하고 난폭스런 협박기가 느껴져왔다. 글을 다 읽고 나서도 나는 한동안 무엇을 어찌해야 좋을지 알 수가 없다. 종이쪽지를 손에 구겨든 채 멍청한 눈길로 실내를 이리저리 두리번거리고 있었다. 그새 무슨 위험한 폭발물이라도 집 안으로 굴러들어와 숨어 있는 것 같다. 하지만 그게 어떤 성질의 폭발물인지는 성급히 알려 하지 말라고 했던가? 그리고 그 폭발물이 이젠 나를 대신해 이 집의 주인 노릇을 해나갈 참이라고? 게다가 그는 스스로 사람이기를 포기한 위인이라 했겠다? 그렇다면 그는 벌써 어떤 끔찍스런 범죄를 저지르고 숨어 쫓기는 흉악범이란 말인가? 배후가 어떻고, 해야 할 일이 어떻고…… 나를 이미 속속들이 알고 있다는 그 정중하고 침착한 글의 문면도 그저 단순한 절도범이나 강력범의 협박은 아닌 듯싶다. 하지만 나는 그런 문면의 내용에도 불구하고 사태의 심각성이 당장은 현실로 실감되어오질 않는다. 얼떨떨한 기분 속에 설마하니(!) 싶은 생각마저 들어온다.

하지만 나는 이내 다시 그 편지가 신발장 위에 놓여 있던 사실이 생각난다. 그리고 협박자가 새 주인으로서의 자신의 환영인사를 받으려던 능청스런 주문이 머리에 떠오른다.

— 그렇다면 이미 이 집 안에서 침입자가 나를 기다리고 있단 말인가.

나는 다시 정신을 가다듬고 집 안을 이리저리 살피기 시작한다. 거실 창문의 커튼도 살펴보고, 현관문 자물쇠통도 다시 한 번 살핀다.

이상이 있는 곳은 아무 데도 없어 보인다.

하지만 그걸로는 아직 안심이 될 수 없다. 나는 오히려 두려움만 더해간다. 안방과 서재 쪽이 아직 수상한 어둠 속에 숨을 죽이고 있었다. 이젠 그쪽을 살펴봐야 할 차례다. 한데 그쪽으로 오금이 말을 잘 들으려질 않는다. 그쪽은 아예 공포의 벽이다. 가볼 수도 없고 안 가볼 수도 없는 진퇴유곡의 난감한 처지다.

하지만 나는 이내 거기서 더 이상 망설이고 있을 필요가 없어진다.

그 두려운 어둠의 장막이 들추어지는 일은 나의 결단을 기다리지 않았다. 서재로 들어가는 통로 쪽 어둠 속에서 그때 문득 밝은 빛줄기가 뻗쳐 나왔다. 그리고 그 빛줄기를 꺾으며 한 사내가 불켜진 서재 문을 소리 없이 천천히 걸어 나오고 있었다.

어둠을 등지고 나오는 모습이어서 그런지, 얼핏 보기에도 키가 우뚝하고, 짙은 눈썹에 부리부리한 눈초리가 미상불 거칠고 위협적으로 느껴져오는 삼십대 안팎의 젊은 사내다. 불거져 오른 듯한 두 광대뼈와 일자로 굳게 다물어진 입 언저리의 인상도 어딘지 냉랭한 무지스러움이 엿보인다.

하지만 그땐 실상 그런 식으로 하나하나 사내의 인상을 뜯어 살피고 있을 여유가 없었다. 그런 것들은 그저 순간의 인상 정도였고, 그것도 나의 일방적인 느낌에 불과했을 뿐이다. 사내의 모습을 뜯어 살피기는커녕 나는 그때 작자와의 그런 갑작스런 조우를 놀라워하거나 그를 뒤로 피해 설 순간의 여유마저 잃어버리고 있었다.

"어서 와요…… 예상보다는 귀가 시각이 좀 이른 것 같은데…… 연말 대목인데 일이 벌써 다 끝나신 건가."

뱀의 눈빛에 쏘여버린 개구리처럼 그 자리에 그냥 꼼짝도 못하고 얼어붙어 서 있는 내게로 천천히 다가오며 사내가 그렇게 첫마디를 말했다.

협박문 속의 어투처럼, 또는 거기서 이미 주객이 뒤바뀐 것을 일러주고 있었듯이, 사내의 언동엔 아닌 게 아니라 주인다운 여유와 정중스러움이 깃들어 있었다.

"문 앞에 놓아둔 인사의 글을 벌써 읽어두셨겠지요. 문을 들어오고 나서 내 그만한 시간은 기다려준 셈이니까…… 그럼 이미 사정을 충분히 이해하게 됐을 텐데 뭘 그렇게 어리둥절해하고 있어요. 자, 우선 마음부터 좀 편하게 가지시고…… 난 도대체 부질없는 다툼이나 소동은 질색이니까."

정중하고 달래오듯한 말투와는 다르게 사내는 내게 단호하고도 위압적인 손짓으로 벽 아래쪽 소파를 가리켰다. 부드럽고 정중한 말투 속에도 언제 갑자기 태도를 돌변하여 본성이 폭발해 나올지 모르는 위태로운 협박기가 도사리고 있었다. 다짜고짜 당장 위험스런 물건을 빼들고 덤벼들지 않는 것이 안심이라면 우선의 안심거리랄 수 있었다. 그러나 물론 그것도 아주 마음을 놓을 수 있는 일이 못 되었다. 나는 시종 그가 점퍼 주머니 속에 쑤셔 넣고 있는 오른손에서 눈으로 볼 수 있는 것보다도 더 섬찟한 위험스런 물건을 느끼고 있었다. 그리고 그 거실 불빛 아래 차가운 윤기를 번쩍이고 있는 사내의 점퍼 저고리 어깻죽지께에서 어떤 흉기보다도 더 위태롭고 싸늘한 위협기를 느끼고 있었다.

——지금 당장은 어쩔 도리가 없는 일이다. 작자의 주문에 고분고분 복종을 해 보이는 수밖에. 적어도 우선은 그러는 척해 보이는 것이 내게 유리하다. 협박문에서 미리 주의를 덧붙여놓았던 것과는 달리 사내가 아예 깜깜절벽으로 입을 다물어버리고 있지 않은 것도 우선은 마음에 위안이 되었다. 사내와 말이라도 주고받을 수 있는 한에선 결정적인 위험은 아직 모면해나갈 길이 있을 수 있었다.

사내의 됨됨이부터 좀 알아두고 싶다. 그리고 가능하면 일의 경위라도 알아두고 싶다. 위험한 처지를 모면해나갈 계책은 그런 다음에나 생각해볼 일이다. 나는 마침내 사내의 요구에 응하여 천천히 소파로 걸어가 앉는다. 그리고 한껏 여유를 지니려 애쓰며 모처럼 사내에게 첫마디를 던진다.

"그래, 좋아요. 일이 기왕 여기까지 이르고 말았다면 무슨 영문인지나 좀 알고 봅시다. 댁은 도대체 어떤 사람이에요? 그리고 지금 나를 가지고 이러는 목적이 뭐예요?"

내가 그렇게 나오는 것을 보고 사내도 이젠 제법 마음이 놓이는 모양. 그는 비로소 점퍼 주머니에서 담배 한 대를 피워 물고 흡족스런 얼굴로 허공을 향해 연기를 한 모금 크게 뿜어 올린다. 그리고는 무슨 수수께끼 놀음이라도 벌이려는 사람처럼 빙긋빙긋 웃으며 선 채로 말해온다.

"그런 건 이미 알고 계실 일일 텐데……?"

"무얼 말이에요?"

"성급하게 그런 것 알고 싶어 하지 말라는 것, 알려고 해도 부질없는 노릇일 뿐 엉뚱한 화근만 부르게 된다는 것, 그리고 당신이 알아야 할 것은 당신은 이제 이 집에서 내 조심스럽고 정중한 손님이라는 거……"

"……"

딴은 그랬다. 예상보다는 말이 많았지만, 그것들은 어쨌거나 사내가 협박문에서 미리 경고한 일들이었다. 사내가 그것을 잊고 있을 리 없었다. 그가 그것을 내게 한 번 더 환기시켜준 것이었다.

"그러니 이제부턴 당신도 자신의 말이나 행동에 손님다운 예절과 조심성이 있어야 한다는 걸 아시고, 그렇게 처신을 해주셔야겠어요."

내가 미처 할 말을 못 찾고 있는 듯하니까 사내가 다시 다짐을 주듯이 일러온다.

"그래 줘야 당신도 내게서 계속 점잖은 손님 대접을 받게 되고, 그러다 보면 그간 서로 간에 이해와 믿음이 쌓여 당신이 지금 궁금해하고 있는 것들에 대해서도 차츰 해답을 구해나갈 수가 있게 될 거구……"

그 끔찍하고 돌연스런 나의 납치 감금 사태는 그러니까 대략 발단이 그런 식이었다. 아니 자신의 집에서 자신이 당한 일을 납치니 감금이니 말하는 것은 적합한 표현이 아닐는지 모른다. 하지만 나의 집은 그로부터 이미 주인이 바뀌어 있었고, 나는 그 새 주인의 비밀 아지트에 자유를 잃고 감금당해버린 격이었다. 그런 뜻에서 그것은 납치 감금이라고 말할 수밖에 없는 것이었다. 그리고 나는 그날 밤부터 나와 내 삶 전체를 무력한 피랍자답게 무참하고 철저하게 파괴당하기 시작했다……

나는 거기서 다시 쓰기를 그치고 잠시 생각을 가다듬는다.

진술이 자꾸 현장의 시간대에서 행해지지 못하고 회상과 종합으로 대신되곤 하였다. 판단과 주장도 그만큼 빈번했다.

하지만 그쯤은 아직 어쩔 수가 없는 일이었다. 당시의 나와 지금의 나는 아무리 해도 같은 사람일 수가 없다. 생각이 완전히 과거의 벽을 뚫고 들어갈 수도 없었고. 그 과거 속에 사건이 다시 이로 (理路) 정연하게 재생될 수도 없었다. 일의 앞뒤를 연결 지으려다 보면 기억의 취합이 불가피할 때가 있었고, 행위의 배경과 근거를 찾으려다 보면 주장과 판단이 끼어들 때도 있었다.

지나간 과거사를 진술함에 있어서는 어쩔 수 없는 방편이자 함정인 셈이었다. 나로서는 그저 그런 일방적인 판단과 주장들을 최소한으로 줄여나가는 길뿐—

문제는 그보다 그 사건과 사내에 대한 나 자신의 어떤 확정적 선입관과 고정관념에 있었다.

— 나는 그날 밤부터 나와 나의 삶 전체를 무력한 피랍자답게 무참하고 철저하게 파괴당하기 시작했다…… 나는 어느새 다시 그때의 일을 그런 식으로 종합하고 판단하고 있었다. 그리고 그런 일방적 주장 속에 사내에 대한 내 증오심을 노골적으로 드러내고 있었다. 당시의 무력하고 비참한 처지로선 그런 증오심이 오히려 당연한 것이었을지는 모른다. 하지만 그것은 뜻밖에도 전혀 사실이 아닐 수도 있었다.

— 노래 다시 못 하네, 거리엔 바람 소리……

감금생활이 시작된 지 두 주일 가까이 되던 어느 날. 모처럼 만에 탈출을 시도하여 아파트를 나갔다가 스스로 그것을 포기하고 그날로 다시 그에게로 돌아오던 날의 오후 3시 반경.

엘리베이터에서 내려 집 문 앞에 섰을 때 안에선 뜻밖에도 나의 노랫소리가 들려 나오고 있었다.

그 소리에 나는 기분이 약간 어리둥절해지면서도 한편으론 오히려 마음이 놓였었다. 하여 평소 엘리베이터 안에서 노랫소리가 미처 끝나지 않았을 때처럼, 문밖에서 그냥 그 노래가 끝나기를 기다리고 있었다.

그것은 물론 긴 시간이 아니었다.

——노래 다시 못 하네, 거리엔 바람 소리

노래 다시 못 하네, 불을 끄고 떠나려 하네.
노래는 이내 마지막 소절이 끝났다.
그리고 그 마지막 소절이 끝남과 동시에 한 발의 총소리가 뒤를
이었다.
방 안은 이내 다시 조용한 정적 속에 가라앉았다.
나는 그 뜻밖의 총소리에 나도 모르게 잠시 시간을 망설이고 있
었다. 내가 문을 열고 집 안으로 들어갔을 때 그는 이미 시체가 되
어 있었다. 회전을 멈춘 전축의 맞은편 소파 위에 사내는 앉은 자
세 그대로 머리를 반쯤 앞으로 떨어뜨린 채, 양미간 근처를 앞뒤
로 꿰뚫은 이마의 상처에선 핏물기가 아직도 얼굴과 목덜미를 적
셔 내리고 있었다. 자신의 자살을 당분간 아무에게도 알리고 싶지
않아서였을까. 그래서 총소리가 그리 크게 들리지 않았던 것일까.
소파 위로 흘러내린 그의 오른손 근처에는 웬일로 그가 흰 수건을
둘둘 말아 감은 권총이 핏물에 젖은 채 떨어져 있었다.
하지만 나는 그런 눈앞의 광경에도 왠지 두렵거나 끔찍스러운
느낌이 안 들었다. 그의 죽음이 돌연스럽거나 의외의 일로 느껴지
지도 않았다. 일어날 일이 일어난 것뿐이듯 그저 좀 허무하고 망연
스러울 뿐이었다.
나는 한동안 그런 기분으로 그의 시선을 넋 없이 내려다보고 서
있었다. 그러다간 이윽고 생각이 떠오르듯 천천히 방 안을 정리하
기 시작했다……

나는 먼저 그에게로 다가가 숙여진 자세를 바로 세워 앉힌다. 그리고 가방에서 손수건을 꺼내어 이마의 상처와 얼굴의 핏물을 닦아내기 시작한다.

　손수건이 핏물에 젖어버린 다음에는 욕실로 들어가 대얏물을 받아온다. 나는 몇 번이고 그 대얏물을 갈아대가며 어린아이를 씻기듯 정성스럽게 그의 몸뚱이의 핏자국을 씻어낸다. 얼굴과 목을 씻고 난 다음에는 와이셔츠를 아예 벗겨내버리고 등과 가슴과 어깨와 손발까지 핏자국이 스민 곳은 모조리 닦아낸다. 그의 몸을 씻고 나서는 주변의 핏자국들을 닦아내기 시작한다. 소파로 흘러내린 핏자국을 닦아내고, 자살의 용기도 다시 손을 본다. 권총은 총열과 손잡이를 수건으로 몇 번씩 감아놓고 있어서, 손가락 자리를 빼꼼하게 열어놓은 방아쇠 구멍이 아니고는 권총으로 알아볼 수도 없을 정도다. 나는 그가 그것을 한 겹 한 겹 말아 감은 동작과 시간을 거꾸로 벗겨내듯 천천히 주의 깊게 수건을 풀어낸다. 그리곤 마침내 그 수건 뭉치 속에서 정체를 드러내고 나온 권총까지 정성스럽게 다시 물손질을 해나간다. 마치 그 수건 속에 싸인 쇠붙이에까지도 눈에 보이지 않는 어떤 불결스런 핏자국이 배어들어 있듯이.

　권총까지 모두 손질이 끝나고 나자 이번에는 다시 그의 방으로 가서 그의 점퍼 저고리를 내온다. 그리고 그의 젖은 와이셔츠 대신 그것을 그에게 단정하게 입혀준다.

　이제는 주위가 제법 말끔히 정돈된 느낌이다. 죽음의 냄새나 피의 흔적이 집 안에서 그만큼 씻겨나간 것 같다.

나는 마지막으로 주위를 마저 정리하기 시작한다. 닦인 권총을 탁자 아래 간수하고, 그의 젖은 와이셔츠와 권총을 풀어낸 수건, 그리고 핏물에 젖은 걸레들은 모두 뭉텅이로 말아서 두꺼운 시장 봉지에 쓸어 넣는다. 그리고 봉지가 풀리지 않도록 몇 겹으로 다시 싸고 끈으로 묶어서 뒤꼍 다용도실의 쓰레기통에다 집어넣어 버린다.

……하고 나니 이제 나는 할 일이 없어진다.

거기에 더 이상 머물러 있어야 할 이유도 없어진다. 아니, 아직 한 가지 할 일이 남아 있다.

나는 문득 그것을 생각해내고 장식장 아래쪽 전축으로 다가간다. 그리고 그 총소리와 함께 회전을 멈추고 있는 전축의 바늘을 다시 옮긴다.

──노래 다시 못 하네, 거리엔 바람 소리……

전축에선 이내 내 목소리의 노래가 흘러나오기 시작한다. 그리고 그 노랫소리와 함께 그가 문득 다시 등 뒤로 느껴져오기 시작한다. 그가 등 뒤에 앉아 나와 함께 노래를 듣고 있다.

나는 잠시 그와 함께 그 노랫소리에 귀를 기울이고 서 있다가 이윽고 천천히 내 손가방을 찾아든다.

그리고 노래가 끝나기 전에 조용히 다시 집을 나선다……

이것이 내가 집을 나선 뒤 보름 만에 그 수원 호숫가의 별장 은신처에서 경찰로 연행되어, 그곳에서 처음 자술한 사건의 마지막 부분이다. 그리고 내가 기억하고 있는 한의 사건의 핵심이자 진상이다. 기억 속의 진상이 그러하므로 몇 번씩 다시 반복을 하더라도 진술이 달라질 수 없다.

나는 사건의 마지막 고비에서마저 그를 미워한 기억이 전혀 없었다. 미워하기커녕 모처럼의 탈출마저 단념하고 돌아와 그의 마지막을 지켜보고 있었다. 그리고 그의 처참한 실패를 자신의 실패이듯 절망하면서 그의 죽음 길을 보살펴주고 있었다.

당시로선 전혀 그를 미워할 수가 없었던 사실, 모처럼의 탈출마저도 단념하고 돌아와 그의 마지막 길을 보살펴준 사실―, 그 엉뚱하고 기이한 사실들은 그를 전혀 용서할 수 없는 지금에 와서도 내게 불가사의한 수수께끼가 되고 있는 것이다.

그것은 바로 나 자신의 불가사의한 수수께끼의 숙제이기도 하였다. 나 자신의 진실이 걸린 수수께끼였다. 나는 그 수수께끼를 풀어 자신부터 먼저 자신의 진실을 만나야 하였다. 그러자면 무엇보다도 먼저 작자에 대한 내 증오심이 애매한 정황이나 사후판단에 근거한 일방적인 추측의 주장에 불과할 뿐 진짜 사실이 아님부터 인정해야 하였다.

위인에 대한 나의 증오심은 전혀 사실이 아닐 수도 있었다. 그것은 그 납치 감금범으로서의 그의 인간과 행위에 대한 일반적 고정관념의 산물일 수 있었다. 사건의 진상을 찾아내기 위해서는 그에 대한 증오심부터 삼가야 하였다……

나는 좀더 자신의 감정을 냉정하게 자제하려 노력을 기울인다.

……그리고 나는 그날 밤부터 나와 나의 삶 전체를 무력한 피랍자답게 무참하고 철저하게 파괴당하기 시작했다.

나는 이미 사후의 종합과 주장 위에 서 있는 그 과거형의 마지막 문장을 지워버리고 현재형으로 다시 생각과 주장을 되돌려놓으려 안간힘을 다한다. 작자에 대한 어떤 확정의 고정관념에서 벗어나 스스로 허심탄회한 마음으로 당시의 그와 그의 일들을 정직하게 만나고 느끼려 애를 쓴다.

　……차츰 시간이 흐르다 보니, 나는 그가 사전경고를 해온 것처럼 말을 그리 좋아하지 않는 사내라는 것이 사실임을 알게 된다.

　그는 이날 밤 자신의 정체나 배후에 대해선 일절 입을 열려 하질 않는다. 납치의 동기나 목적에 대해서도 비정스럽도록 침묵을 지킨다.

　─그런 걸 물어선 안 된다는 걸 이미 알고 계실 텐데.

　─동기 없는 일이 있을 순 없겠지. 하지만 당분간은 그런 거 모르고 지내시는 게 좋아요. 재수가 좋으면 언젠가는 당신도 그걸 알게 될 때가 있을 게고, 그땐 아마 당신도 이 모든 일을 충분히 납득하게 될 줄 믿지만. 하지만 일이 거기까지 가게 되고 못 되고는 전혀 당신 하기에 달린 거니까……

　─이건 내 인간적인 진심에서 하는 충고이지만, 일을 너무 쉽게 생각하고 조급하게 굴고 들지 말아요. 그러다가 괜히 일이 엉뚱하게 끝날 줄 아시고……

　처음에는 그래도 경고 조의 말 응대를 몇 차례 계속해온다. 문을 어떻게 들어왔으며, 어떻게 하필이면 나를 납치의 대상으로 삼게 되었느냐는 물음들에 대해서도.

　─뭔가 좀 당신의 재수가 안 좋았던 탓이겠지. 아니면 거꾸로

재수가 좋았다고 생각해도 상관없겠구……

바라는 만큼의 시원한 설명은 아니지만, 그런대로 그쯤 기계적인 말대꾸는 아끼지 않는다.

하지만 시간이 좀더 지나가자 그는 이제 그나마도 아주 입을 깜깜 다물어버린다.

"자, 그럼 이제부턴 이 집에서 당신이 더 말을 해야 할 일은 없을 테니…… 이젠 이걸로 그만 입을 다무시고 당분간은 그저 갑갑한 대로 내 말에만 묵묵히 따라주면 좋겠소."

내게 필요한 최소한의 설명은 끝이 났다는 듯 그가 마침내 그렇게 말해온다. 말을 좋아하지 않는다는 자신도 자신이지만, 내게까지 아예 입을 다물고 지내라는 명령이다. 그것도 그저 말만의 명령이나 협박이 아니다. 그는 내게 이내 그 명령의 효력과 위험을 시위해 보인다.

공교롭게도 그때 탁자 위에 놓인 전화기 벨이 요란스럽게 울어대기 시작한다. 나는 으레 오접 전화가 분명한 줄 알면서도 부러 모른 척 수화기를 집어 든다. 그러나 그것은 이내 섣부른 행동임이 드러난다. 나는 그 전화기에 대고 여보세요 소리조차 해볼 수가 없게 된다.

"이게 정말?"

갑자기 독이 오른 사내의 소리가 등 뒤로 짧게 들려오기 무섭게, 수화기가 난폭하게 허공으로 날아간다. 동시에 나는 눈앞에서 번쩍 불꽃이 튀는 듯한 일격을 느끼면서 마룻바닥으로 사정없이 태질을 당한다.

"너 정말 죽고 싶어서 그래?"

부서진 바람개비 꼴로 내팽개쳐진 내게 그가 한 번 더 으르렁댄다. 나는 이제 그것으로 더 이상 어떤 말대꾸도 할 수가 없어진다. 화가 나기보다는 두려움이 앞선다. 말대꾸는 고사하고 섣부른 몸짓 하나도 두려워지기 시작한다. 단 한 번의 폭력의 시위로 그는 나의 말뿐 아니라 행동의 자유마저 깡그리 빼앗아가버린 것이다. 그것은 물론 태질을 당하고 난 내 육신의 아픔 때문이 아니다. 갑자기 돌변해버린 쌍스런 말씨와 무도한 폭력 앞에 나는 그에 대한 마지막 믿음마저 혼비백산 박살이 나고 만 것이다. 치가 떨려오는 두려움 속에 나는 자신의 괴롭고 절망스런 처지를 새삼 아프게 깨닫기 시작한 것이다.

그리고 바로 거기서부터 나의 심신의 철저한 파괴가 시작된다. 나는 이제 그의 명령을 제대로 소홀히 할 수가 없게 된다. 소홀히 해서도 안 되고 더욱이 그를 거역하려 해서는 안 되었다. 그보다 나는 내 행동 하나하나를 스스로 조심스럽게 삼가나가야 하였다. 그리고 그에 대한 조용한 순종으로 그의 마음을 사서 안심시켜놓아야 하였다.

나는 스스로 몸을 추스르고 마루에서 일어났다. 그리고 그로부터 그 말 없는 꼭두각시의 놀음이 시작된다.

하지만 거기서 말을 빼앗긴 것은 내 쪽만이 아니다. 대화의 상대가 없어진 형편이니, 사내 쪽도 그때부턴 거의 말을 할 일이 없게 된 꼴이었다. 게다가 그가 애초부터 말을 좋아하지 않는 성미라 한 것도 나에 대한 모종 협박의 방편으로 해온 소리만은 아닌 것 같았다. 어쩌다 정작 말이 필요할 경우가 생길 때마저도 그는 그저 한 두 마디 간단하고 일방적인 명령만으로 금세 다시 입을 다물어버리곤 하였다. 그것도 대개는 눈짓과 손짓으로 말을 대신해버릴 때가 많아서, 나는 한동안 그가 이제는 나에 대한 경어법을 단념해버린 사실조차 깨닫지 못하고 있었을 정도였다.

내 태도가 고분고분 순종적이 되고 있는 것을 알고 나자, 그는 비로소 얼마간 마음을 놓은 듯 그때부턴 새삼 다른 집안일들을 단속해나가기 시작한다.

그는 우선 전화기부터 서재 쪽으로 떼 옮겨갔다(마음속으로는 아직도 틈입자의 민망스런 자의식 같은 걸 떨쳐버릴 수 없었기 때문일까. 아니면 좀더 자신의 안전을 기하기 위함인가. 그는 사람의 눈길이 닿기 쉬운 안방 쪽 대신 처음부터 한갓진 서재 쪽을 자신의 은신처로 정해둔 모양이었다. 하지만 내가 어찌 그가 그곳에서 무슨 일을 꾸미고 있는지 들여다볼 엄두나 내볼 수 있었으랴). 그리고 다음으론 집 안 열쇠들을 깡그리 회수해 들고 다니면서 안팎 창문들을 세심하게 한 번 더 점검해나간다. 바깥일에서 돌아온 주인 사내가 저녁 상 전에 잠깐 집안일을 살피고 돌아가는 식이다. 위인의 그런 거동새에는 자신의 일에 주의를 소홀히 하고 있는 추호의 빈틈도 엿보이질 않는다. 그것은 어쩌면 실제의 효과보다 나의 주의를 한 번 더 일깨워두려는 살벌스런 시위나 협박일 수도 있었다.

작자는 한차례 그런 침묵의 시위를 벌이고 나서, 이번에는 다시 자신의 여유와 아량 같은 걸 뽐내 보이기 시작한다.

"아무래도 오늘은 기분이 기분일 테니 그냥 이대로 시장기를 짊

어지고 밤을 새워야겠지?"

모처럼 한마디 입을 열어온 것도 그렇지만, 묻지도 않은 저녁을 (누가 그런 걸 생각이나 했으려고) 제물에 사양하고 나서는 소리부터가 이젠 그만큼 마음의 여유를 찾고 있는 낌새다.

하지만 나는 거기서도 그만큼 더 쌍스럽고 의뭉스런 모욕감을 참아내야 하였다.

"그 대신 내일 아침은 좀 서둘러줘야겠어. 난 원래 시장기를 오래 참는 성미가 못 되니까."

작자는 마치 제 계집한테라도 하듯 다시 한마디 덧붙이곤, 그대로 훌훌 겉저고리를 벗어던지고 욕실로 몸을 씻으러 들어간다. 그리고 짐짓 욕실 문을 열어둔 채 변기 앞에 버티고 서서 여봐란듯이 오줌을 싸갈긴다.

변기 물에 오줌줄기 떨어지는 소리가 집 안을 온통 요란하게 적셔온다.

──이 판국에 무슨 말라죽을 목욕인가.

민망스럽고 분통이 터질 일이다.

나는 그 역시 작자의 의도적인 시위 행위의 하나로 느껴진다. 의도적이고 의뭉스런 협박 행위가 분명해 보인다. 그걸 생각하면 속이 더욱 뒤틀려 오르고 피가 거꾸로 끓어오를 것 같아진다.

하지만 나는 조용히 참는다. 증오도 분노도 느끼려 않은 채 그를 도대체 상관하려지 않는다. 이제 와서 새삼 무얼 분해하고 민망스러워할 건덕지가 없는 것이다. 그런 건 어쨌거나 상관없는 일이었다. 더 이상 수상쩍은 기미만 안 보이면 그것만으로도 천만다행이다……

내게 아직도 남아 있는 희망이 있다면 오직 그 한 가지뿐. 그것은 여자로서의 나의 마지막 본능이었는지도 모른다. 나는 이미 사내의 정체나 배후에 대한 궁금증은 물론 자신의 앞일에 대한 계략조차 깡그리 단념하고 있었다. 사내의 정체나 배후를 모르고는 일의 앞뒤도 재어나갈 수 없었다. 백날을 기다려야 제물에 오갈 사람이 하나도 없는 데다, 그런 격절스런 처지 가운데서 섣부른 행동은 정말로 공연한 보복만 자초하기 쉬웠다. 더욱이 말이 없는 작자의 껌껌한 침묵 뒤에는 늘상 그 난폭하고 위험스런 태도의 돌변성 같은 것이 도사리고 있었다.

섣부른 생각을 품을 수가 없었다. 사내의 정체와 배후에 대한 두려움, 예측할 수 없는 태도의 돌변성, 그런 것들을 숨기고 있는 그 위태로운 침묵에 대한 공포— 하기야 나는 그것들만으로도 이미 스스로 파괴되고 무너질 준비가 충분해진 셈이었다. 그리고 그 말을 빼앗긴 침묵 속에 꼭두각시 노릇밖에 할 수 없게 된 처지 자체가 내겐 이미 결정적인 파괴의 시발인 셈이었다.

그런 가운데도 아직 마지막까지 버릴 수 없는 것이 그 여자의 본능에 가까운 가느다란 소망뿐— 나는 마지막까지 그 한 가지 희망에만 매달리고 있었다.

하지만 끝내는 그것도 한낱 부질없는 희망일 뿐이었다. 아니 어쩌면 그게 그에겐 당연하고 불가피한 절차였는지 모른다. 그리고 그것으로 나에 대한 마지막 파괴 작업을 마무리 지을 속셈으로 차례를 아껴두고 있었는지 모른다. 내가 그 점을 미처 이해하지 못하고 있었을 뿐이었는지 모른다.

그러니까 이날 밤 사내가 내게 가해온 파괴 작업은 그때까지처럼 그저 단순한 시위나 정신적인 감금 행위 같은 것을 넘어 훨씬 더 철저하고 완벽한 단계에까지 진행되고 있었던 것이다……

나는 다시 생각을 멈춘다. 생각과 진술이 어느새 현재형에서 다시 과거 회상으로 떨어져가고 있었다. 사후 종합에 의한 판단과 주장이 서서히 다시 고개를 들고 있었다. 억지로 끌어온 현재형 기술도 형식적인 시제만 그렇게 쓰일 뿐 의미 내용은 여전히 종합과 주장 위에 머무르고 있었다.

범인에 대한 고정관념에서 나 자신부터 다시 빠져나와야 하였다. 그러지 않고는 자신조차도 사건의 기이한 성격에 비추어 그에 대한 내 마음의 자세를 옳게 증거해나갈 수 없게 된다. 그에 대한 당시의 느낌을 실감으로 되살려낼 수가 없게 된다……

나는 아예 한동안 쓰기를 단념한다.

그리고 한 번 더 머릿속 상상 속에 사건의 핵심 부분을 되쫓아가본다. 무엇보다도 그 마지막 부분의 애매한 문제들이 분명하게 정리되지 않고서는, 그에 대한 자신의 명확한 확신이 서오지 않고서는, 거기에 이르기까지의 내 진술도 독단과 방황이 계속될 수밖에 없을 것이기 때문이다.

하지만 사건의 마지막 부분은 자신에게도 여전히 엉뚱하고 애매한 의혹거리투성이이다. 뿐만 아니라 한결같이 불리한 정황들뿐이었다. 나는 실상 문밖에서 총소리를 듣고 나서, 그의 죽음 뒤에 집 안으로 들어가 피를 씻어주고 다시 집을 나온 것뿐이었다. 납득을 할 수 없는 일이더라도 그것은 어쨌든 사실이었다.

하지만 그것은 어디까지나 나 혼자의 기억 속의 사실일 뿐, 그것을 입증할 증거가 없었다. 나 혼자 겪은 일이므로 나 혼자는 믿을 수 있었다. 다른 사람은 본 일이 없었다. 본 일이 없으므로 믿기가 어려웠다. 나의 말을 믿기에는 정황들이 너무 불리한 것들뿐이었다.

무엇보다 납득이 어려운 것은 그의 돌연스런 자살이었다. 누가 뭐래도 그는 결국 불법적인 폭력과 위협으로 나약한 여자를 며칠씩이나 감금하고 괴롭혀온 무도한 범죄자였다. 게다가 그는 그의 피랍자로부터 범행 목적이 모두 달성된 상태였다.

상식적으로는 전혀 그가 스스로 자살을 택할 이유가 없었다. 나로선 처음 그의 죽음을 보고 어딘지 올 것이 온 것 같은 느낌이 들었던 게 사실이고, 그가 자살을 하고 만 이유에 대해서도 어떤 묵시적인 수긍이 가능했지만, 그걸 다른 사람에게 납득시킬 길이 없었다.

그의 자살 이유를 설명하지 못하면, 내가 문을 열고 집 안으로 들어서기 전에 그가 먼저 총을 쏜 사실이라도 입증이 되어야 하는데, 나로서는 그것도 전혀 입증할 방법이 없었다. 그의 자살을 입증할 수 있기커녕, 이마를 앞뒤로 꿰뚫고 나간 탄환—그 서투른 총질이라니!—의 방향마저 관자놀이 근처의 옆머리 쪽을 쏘는 자살자 일반의 관행을 벗어나고 있어 그의 자살을 더욱 확고하게 부인해주고 있었다. 한데다 내가 문밖에서 총소리를 들은 걸 본 사람도 없었고, 그때 내겐 권총이 지녀 있지 않았던 사실도 자신에게밖에는 증거해 보일 사람이 없었다.

더욱이 또 엉뚱스러운 것은 권총의 지문들을 모조리 지워놓은 것이었다. 그때 권총을 닦아놓은 것은 그저 방 안에서 그의 죽음의 흔적을 지워 없애고 싶은 망연스런 행동에 불과했을 터이지만, 결과는 바로 자신의 지문을 지워놓기 위한 계산된 행위가 되고 만 셈이었다. 자살자 자신의 지문뿐 아니라 나 자신의 그것조차 전혀 흔적을 남기지 않은 사실—그때 내겐 그 쇠붙이가 손에 닿는 것조차 얼마나 가슴을 섬찟거리게 했던가. 그러면서도 나는 얼마나 정성스레 그것을 깨끗이 닦아놓아야만 했었던가—이 영락없이 그렇게 보이게 한 것이었다.

총소리를 듣고 집 안으로 들어갔는데 그가 이미 죽어 있었다는 것도 따지고 보니 억지 같은 소리였다. 머리를 정통으로 꿰뚫었다고 하지만, 권총 탄환 한 발에 사람의 목숨이 그토록 간단히 끊어질 수는 없다는 지적이었다. 한데도 나는 총소리를 듣고 나서 문밖에서 보낸 시간의 길이마저 분명하게 기억해낼 수가 없었다.

그밖에도 엉뚱하고 애매하고 의심을 받을 곳은 얼마든지 많았다. 한번 집을 나갔다가 무모하게 다시 범인에게 돌아가려 했던 나의 동기도 그랬고, 그의 죽은 몸을 씻겨주고 옷을 갈아 입혀준 행동도 그랬다. 그것은 바로 범죄자 특유의 이상행위들로 보이기에 충분했다. 게다가 또 그가 권총에다 수건까지 싸 말아서 총소리를 죽인 일 역시 설명이 영 불가능하였다. 자살자가 굳이 총소리를 겁내야 할 이유가 없었다. 사실이 아무리 분명한 것이라 하더라도 납득할 만한 동기가 설명되지 않는 사실의 주장은 내 입장만 거꾸로 더 불리하게 할 뿐이었다.

　──수건을 몇 겹 싸 감았다 하더라도 그쯤으로 실제 소음 효과가 있었을 것도 아니구……

　그래서 오 검사는 그것을 차라리 지문과 화약흔들을 지워놓은 데 대한 내 지능적인 가공의 사실로 보고 싶어 했다. 자살자가 스스로 총을 쏘았다면, 총을 싼 수건이나 범인의 팔소매 근처에 화약이 튀어 묻어 있어야 했다. 그것은 무엇보다 분명한 자살의 증거가 될 수 있었다. 한데 그동안 너무 시일이 지나간 탓인지, 수건과 함께 시장 봉지에 넣어버린 그 와이셔츠조차 회수가 불가능했다. 나는 오히려 나의 지문을 남기지 않은 것과 그의 팔소매에 탄약흔이 남지 않은 것을 호도하기 위해 그의 몸을 씻어 옷을 갈아입히고, 그것을 다시 있지도 않았던 권총의 수건과 함께 봉지에 넣어버렸다는 가공의 사실을 꾸며낸 것으로 의심받고 있었다. 실제로 물건들을 찾아낼 수 없는 한엔 의심을 풀어줄 방법이 없었다. 게다가 그 권총 소리마저 나중에는, 소음 장치를 따로 마련하지 않아도, 창문을 꼭꼭 닫아 걸고 지내는 겨울철 아파트 지역의 낮 시간 동안에는 바로 이웃에서도 그걸 다른 소음들과 구분해내기 어렵다는 사실이 현장실험으로 밝혀졌다. 도대체 내가 마지막으로 집을 나오면서 전축의 노래를 켜놓은 일까지도 이웃의 주의를 누그러뜨리려는 지능적인 계책으로 읽히는 판이었다.

　이마의 급소를 꿰뚫은 정확한 사격 솜씨에 대해서만은 얼마간의 의혹이 뒤따른 것도 같았지만, 그것도 결국은 권총 자살자가 일반적으로 총구를 겨누는 위치가 이마 쪽이 아닌 관자놀이 근처의 옆쪽이라는 점에서 이마를 겨눈 그의 자살보다는 내 우연스런 사격 솜씨를 사고 싶어 하는 쪽이었다. 그가 앉아 죽은 소파의 방향이 현관 쪽에서 마주 보게 되어 있다는 사실은, 그리고 그의 머리를 관통하고 지나간 탄환이 소파의 뒷벽에 틀어박혀 있었던 사실들은 이마를 정면으로 겨누어 쏘지 않는 자살자들의 관행과 함께 현관 쪽에서의 총격 사실을 뒤엎는 데 결정적인 도움을 줄 수가 없었다.

하지만 뭐니 뭐니 해도, 그의 죽음을 뒤에 남겨둔 채 아무 말 없이 혼자 다시 집을 나가 보름씩이나 숨어 지내온 사실이 내게는 가장 치명적이었다.

그것은 어떤 설명이나 변명조차도 불가능한 일이었다……

사건은 일견 너무나도 명백해 보일 수 있었다.

나도 그쯤은 짐작하고 있었다.

그래 검사는 오히려 여유가 생긴 모양이었다.

오 검사는 처음부터 내게 상당한 아량과 동정의 태도를 보이고 있었다. 그리고 충고와 회유 조의 설득을 계속해왔다.

오 검사는 당시의 내 난감스런 처지나 심정들을 충분히 이해하겠노라며, 이를테면 내가 그를 쏜 게 사실로 밝혀지더라도 그 정황이 충분히 참작되어 처벌이 그리 무겁지만은 않으리라는 식이었다. 내가 자기의 권총을 소지하고 있는 것을 보고 그가 그저 얌전히 있지만은 않았을 거라면서, 그의 태도의 위험도에 따라선 정당방위가 될 수도 있으니 솔직한 고백이 내게 이로울 거라고 하였다.

내가 정말로 그를 살해했다면, 그에게서 총기를 훔쳐 나갈 때 총알도 함께 훔쳐야 할 게 아니냐고, 그러나 나는 총알 따위를 훔친 일은커녕 그런 걸 실제로 본 일조차 없노라는 마음의 고백에 대해서도 오 검사는 오히려 나보다 더한 이해와 설득을 펴왔다.

—물론 그렇지요, 당신은 총알을 훔친 사실이 없겠지요. 그것을 어디서 본 일도 없겠구요. 당신은 그저 들끓는 증오심과 신변의 위험을 느끼고 있었을 뿐, 그래서 막연히 그것을 가방 속에 숨겨 나왔을 뿐, 그것이 실제로 총알을 내뿜어 사람을 죽이게 할 줄은 몰랐으니까요. 그래 당신은 엘리베이터로 다시 집으로 올라갈 때까지도 자신의 손으로 총알을 장전하거나 장전된 총알을 조사해본 일도 없었습니다. 하지만 그때 당신의 총에는 총알이 장전되어 있었습니다. 그가 늘상 그것을 그렇게 해놓고 있었으니까요. 불안했다고 할까, 초조해했다고 할까, 이를테면 그는 그만큼 난폭하고 위험스런 자였지요. 그래 그만큼 당신은 그를 증오했을 테구요…… 그러니까 당신은 마지막까지도 당신의 총에서 정말로 탄환이 발사되리라는 사실은 생각을 못했어요. 그저 엉겁결에 방아쇠를 당긴 것뿐이었지요……

어디까지나 나를 이해하고 감싸주는 태도였다.

하지만 나는 그것으로 검사를 안심할 수는 물론 없었다. 오 검사는 오히려 그만큼 심증이 굳어 있는 증거였고, 그만큼 자신이 만만한 증거였다. 그는 다만 그런 식으로 내게 마지막 결정적인 증거를 구하고 있는 것뿐이었다. 그리고 그것을 위해 내게 몇 번씩이나 진술을 되풀이시키고 있는 것이었다. 오 검사에 대해 안심을 하기보다 나는 오히려 그의 명석하고 단호한 상상력에 두려움을 금치 못할 뿐이었다.

어떤 의미에선 그 오 검사가 당사자인 나보다도 사건의 전말을 훨씬 더 정연하게 정리해놓고 있었다. 그의 상상력은 사건의 마지막 부분뿐 아니라, 내가 그토록 기억 속을 애매하게 방황하고 있는 다른 앞뒤의 일까지 이로 정연하게 설명하고 있었다. 그가 내게 몇 번씩 같은 진술을 되풀이시키면서 듣고 싶어 하고 있는 것도 바로 그가 머릿속에 그려두고 있는 그의 시나리오의 진행 과정이었다.

──총소리를 듣고 나서 집 안으로 들어간 다음의 일들을 당신 자신에게도 그토록 애매하고 불확실하고 납득할 수가 없는 것은 어쩌면 오히려 당연한 일일 수도 있을 거요. 왜냐하면 그것은 순서가 전혀 틀려 있을 수도 있는 일이니까요. 그 총소리의 시간의 순서 말이오. 당신이 집을 나가 그에게로 다시 돌아오기까지의 일과, 그때 당신이 총소리를 들은 정확한 시각이 좀더 분명하고 정연하게 밝혀지고 나면, 당신이 집 안으로 들어가서 그에게 행한 행동들도 훨씬 납득을 하기가 쉬워질 게 아니겠소.

스스로 행한 행동의 동기나 목적 같은 것을 자신도 전혀 설명하지 못하고 있는 나를 보고 오 검사가 자신 있게 충고해온 말이었다. 그리고 오 검사는 그에 덧붙여 내 첫 번 진술에 근거하여 얼마간의 수정과 상상을 가해 꾸민 사건의 개요를 다시 정리해나갔다.

내가 집을 나간 데서부터 다시 꾸며진 그 오 검사의 시나리오는 이런 것이었다.

……며칠을 참고 기다린 끝에 그날 나는 나에 대한 그의 부주의한 신뢰감을 시험해보기 위해 그가 전날 밤 일로 하여 깊은 새벽잠에 빠져 있는 틈을 타 조심스럽게 서재로 숨어 들어간다. 그리고 내친김에 거기 그가 서랍 속에 간직해온 흉기까지 훔쳐내어 손에 넣기에 이른다. 하여 나는 마침내 그것을 내 결정적인 탈출의 기회로 삼기로 결심한다. 그리고 그길로 그의 눈을 피해 무사히 집을 빠져나오는 데 성공한다. 우선은 신변의 안전이 염려되어 집안일은 아무것도 염두에 없지만, 다만 한 가지 뒷일에 대비하여 훔쳐낸 흉기만을 가방 속에 지닌 채.

……하지만 그렇게 집을 빠져나와 주차장에 세워둔 차를 집어타고 나서도 나는 막상 당국으론 그를 신고하러 갈 엄두를 못 낸다. 신고를 하자니 그간 이미 범인에게 당한 일들이 내 가수로서의 인기와 명예에 돌이킬 수 없는 상처가 될 것 같다. 신고는 고사하고 사건이 누구에게 알려지는 것조차 두려워지기 시작한다. 나는 한동안 마음의 작정을 못 내린 채 정신없이 차를 몰아 새벽 길거리를 헤맨다. 그리고 마침내 이 일은 어차피 혼자만의 비밀로 끝이 나야 한다고 체념 속에 마음을 다져먹기에 이른다.

하지만 나는 그렇게 일단 체념을 하고서도 이내 다시 차를 몰아 집으로 돌아갈 엄두가 안 난다. 일을 비밀로 끝내기 위해선 사내가 먼저 집을 나가줘야 하기 때문이다. 그가 집을 나갈 때까지는 시간을 충분히 기다려야 하기 때문이다. 내가 집을 빠져나가고 없는 것을 알게 되면 그도 놀라서 제물에 집을 빠져나갈 것이다. 그때가 언제가 될지는 섣부른 예상을 불허하는 일이다. 그의 잠이 언제 깰지 모른다. 충분한 시간을 기다려줘야 안전하다. 그가 깨어나 나의 탈출을 알아차리고, 그리고 마침내 모든 걸 눈치채고 스스로 집을 빠져나가줄 때까지. 섣불리 서둘다가 그와 다시 마주쳐 위험한 소동이 벌어지는 일이 없도록.

　나는 계속 새벽 거리를 차로 헤맨다. 그리고 마침내 충분한 시간을 기다리기 위해 시내를 멀리 빠져나갔다 돌아오는 것이 좋겠다고 생각한다. 그러자 문득 한 곳 적당한 주행로가 떠오른다. 일을 저지르러 서울로 오기 전에 사내가 몸 붙여 지내왔던 곳. 간밤에 그가 털어놓은 이야기 속에 위치가 발설된 곳. 그 서해 쪽 평택군 바닷가의 간척지 마을. 호기심 반 시간 지우기 반으로 나는 하릴없이 그곳이 가보고 싶어진다.

　나는 곧장 고속도로 쪽으로 차를 몰아간다. 그리고 세 시간 남짓 아침 녘의 질주 끝에 목적한 바닷가 마을에 당도한다. 그런데 한 시간 남짓 그 낯선 바닷가 마을 근처를 서성거리다 다시 서울로 차를 몰아오면서 나는 자신도 알 수 없는 어떤 새로운 분노가 치솟기 시작한다. 그것은 바로 사내가 몸담아온 그 바닷가 마을이 너무 초라하고 황량스러워 보인 데서 온 어떤 당찮은 실망감 때문일 수(그것은 오 검사 앞에 행한 나 자신의 고백이었다)도 있고, 아니면 그 무도한 사내를 집에 놓아둔 채 먼 시골길까지 헤매 다닌 자신이 너무 엉뚱하고 비참스럽게 느껴진 때문일 수도 있다. 이유야 어쨌든 그로 하여 나는 다시 그에게 당해온 일들이 하나하나 머리에 떠오르면서 모욕감과 분노를 참을 수 없어진다. 나는 새삼 무서운 복수심이 치솟아 오르면서 한시바삐 다시 집으로 돌아가고 싶은 조바심에 사로잡혀 무서운 속도로 차를 몰아댄다. 그리고 무의식중에서나마 가방 속의 권총에 대한 믿음 때문에 이제 또다시 그를 마주치게 되는 일이 있더라도 두려울 것이 없다는 극단적인 상황까지 각오하기에 이른다.

그러면서도 아직 마음 한쪽에선 일이 무사히 끝나기를 바라는 애초의 생각도 사라지질 않는다. 범인이 그새 조용히 집을 빠져나가고 없기를 바라는 은근한 소망을 버리지 못한다. 내가 너무 부질없는 흥분기에 사로잡히고 있지 않나 새삼 자신이 되돌아봐지기도 한다. 서울이 가까워질수록 두려움이 자꾸만 무게를 더해간다. 나는 결국 자신의 흥분기도 가라앉히고 사내에게도 좀더 충분한 시간을 마련해주기 위해 수원 근처에서 고속도로를 내려서서 길이 익은 호수 유원지 쪽으로 차를 꺾어 들어간다. 그리고 거기서 요기를 하면서 한동안 자신의 감정을 진정시키고 난 끝에 다시 서울로 차를 달려 들어간다. 아직도 마음속으론 사내가 그동안 집을 나가주었기를 기도처럼 끊임없이 외워대며. 하여 내가 다시 아파트로 돌아온 것은 아침에 혼자 집을 나간 지 거의 아홉 시간가량이 지난 오후 3시 반경. 그동안 사내에게는 충분히 시간을 마련해주고 남은 셈이다.

그러나 일은 불행히도 나의 소망대로는 되어주지 않는다.

차에서 내려 엘리베이터를 타고 올라가 15층 나의 집 문 앞에 섰을 때부터 나는 이내 사정이 전혀 내 기대와는 딴판임을 깨닫는다.

집 안에선 뜻밖에도 예의 전축 소리가 문밖까지 들려 나온다. 그것도 바로 내 애창곡 「다시 부르지 못 하는 노래」가. 그로 하여금 나를 범행의 대상으로 삼게 하고, 그러나 그 앞에선 함부로 콧소리 조차 내어 불러볼 수가 없던 나의 노래가.

그 소리에 나는 그동안 얼마쯤 가라앉았던 분노의 불길이 다시 무섭게 치솟아 오르기 시작한다. 그가 집을 나가주지 않은 것이 분명해진 것이다. 내가 없어진 것을 알고 놀라 서둘러 집을 빠져나가기는커녕 유유자적 노래까지 켜놓고 있는 것이다. 그것도 나의 가슴속 깊은 절규가 깃든 노래를. 마치 그가 그것으로 나와 내 노래를 비웃음 속에 더럽히고 있듯이. 작자를 위해 내가 아직 노래를 부르고 있었다니!

모욕감과 분노로 나는 다시 온몸의 피가 거꾸로 끓어오름을 느낀다. 사지가 부들부들 떨려오기 시작한다.

하지만 한편으론 아직도 마지막까지 자제력을 잃어선 안 된다고 자신을 달랜다. 그리고 다소라도 흥분을 가라앉히기 위해 노래가 끝날 때까지 문밖에서 잠시 더 시간을 지체한다.

마침내 노래가 모두 끝나고 나는 비로소 천천히 현관문을 열고 집 안으로 들어선다. 자신도 잘 의식하지 못한 일이었지만, 만약의 위험에 대비하기 위해 가방 속의 권총을 미리 꺼내 들고서.

그러나 나는 집 안으로 들어서자 끝내 다시 자신의 감정을 억제할 수가 없게 된다. 그는 내가 상상해온 이상으로 난폭하고 교활한 성미에다 배짱까지 무섭게 두꺼운 인간이다.

──아니, 당신이 혼자서 여길 다시?

나를 보고 놀라기보다는 오히려 느물느물 여유를 과시해온다. 도망을 쳤다가 무슨 생각으로 다시 돌아오는 거냐고 의기양양 나를 비웃는 태도다.

—이건 정말 기대를 못한 값진 재횐데, 혹시 뒤에 사람을 따르게 해놓고 온 건 아냐?

당국에 가서 신고라도 해놓고 오는 길이 아니냐고 여유만만 자신감을 과시해온다. 눈앞에 겨누어진 권총 따위는 눈에도 들어오지 않는 태도다.

나는 새삼 그의 태도에서 나에 대한 그의 더러운 확신과 자신감을 읽는다. 그는 내가 그를 당국에 신고할 수가 없음을 미리 점치고 있는 것이다. 일을 조용히 끝내고 싶어 그가 집을 나가주기를 기다리게 될 것도, 그런 다음 내가 다시 집으로 돌아오게 될 것까지도 제 일처럼 환히 내다보고 있는 것이다. 그리하여 그는 마음 놓고 나를 기다려온 것이다. 유유자적 혼자 나의 노래를 들어가면서.

그만한 확신과 자신감이라면 나를 새삼 두려워할 그가 아니다. 권총 따위를 괘념할 위인이 아니다.

그는 내가 총을 쏘지 못할 것도 알고 있다. 그만큼 나를 안심하고 있는 것이다.

나는 작자의 나에 대한 그런 확신과 자신감과 여유를 더 이상 견딜 수가 없어진다. 모욕감과 분노와 배신감 속에 더 이상 앞뒤를 돌볼 수가 없어진다. 한데도 그는 내 분노 같은 건 전혀 아랑곳하지 않는다. 자신을 겨냥하고 있는 총구도 본체만체 한 걸음 한 걸음 나에게로 다가온다. 어디 쏠 테면 쏘아보라는 듯, 비아냥대듯한 웃음기를 머금은 채.

나는 더 이상 여유가 없어진다. 분노와 공포 속에 치가 떨린다.

나는 마침내 그를 향하여 권총의 방아쇠를 끌어당겨버린다……

 거기까지가 오 검사가 내 첫 번 진술을 토대로 새로 꾸며 내게
들려준 사건의 진짜 핵심 부분이었다. 그리고 내 두번째 진술 과정
에서부터 오 검사가 그 빈틈없는 신문과 상상력으로 내게 끊임없
이 상기시켜주고 싶어 한 그의 시나리오의 핵심 부분이었다.
 시나리오가 거기까지 이르기에는 오 검사의 노력이 이만저만이
아니었다. 그것도 단순한 상상력만의 산물이 아니었다. 그것은 내
첫번째 진술에 대한 철저한 분석과 검토 이외에 그것을 기초로 한
이유 있는 추리와 몇 차례의 심증을 되바꾼 결과였다.
 오 검사 자신에게도 사건의 경위와 심증이 그만큼 여러 번 달라
져온 것이었다.
 처음에는 아예 탈출 후에 재차 아파트로 돌아온 일조차 없었던
것으로 추측이 가해졌다. 작자를 쏜 것은 처음 새벽에 아파트를 나
가기 전이었고, 나는 그길로 행적을 숨겨 사라지는 쪽으로 추궁이
이어졌다.
 그러나 그것은 곧 반증이 드러났다. 내가 오후에 다시 아파트엘
들어왔다 나간 사실이 그날의 당직 경비 강 씨에게 목격된 사실이
밝혀진 때문이었다.
 그러자 이번에는 내가 집을 나갈 때 이미 그를 쏜 것은 기정사실
로 해두고, 오후에 다시 집으로 돌아온 것은 범행의 뒷단속을 위해
서가 아니었겠느냐는 추궁이었다. 범행 당시엔 겁을 먹고 엉겁결
에 허겁지겁 집을 뛰쳐나갔다가 몇 시간 동안 차를 달려 은신처를

찾아다니다 보니, 마음도 다소 진정되고 하여 비로소 뒷일이 걱정 되어오기 시작한 것이 아니냐—

집으로 들어가 그가 죽은 것을 보고 주위를 말끔히 치워놓고 나온 것이 그런 추측을 낳게 한 것이었다.

하지만 오 검사의 그런 추측에도 장앳거리와 무리가 많았다. 내가 정말로 집을 나가기 전에 그를 쏘았다면, 무엇보다도 먼저 그 새벽녘의 총소리부터 확인이 되어야 하였다. 총소리를 들은 사람이 나타나야 하였다. 그런데 그 조용한 새벽의 총소리를 들은 사람이 아무도 없었다. 이웃집에서조차도 그런 소리를 기억하고 있는 사람은 없댔(물론!)다. 정작 총소리가 있었더라도 무심히 지나쳤을 아파트 이웃 간에, 있지도 않았던 새벽의 총소리를 증언하고 나타날 사람이 있을 리 없었다.

검사는 그래 일단 권총 발사 시각을 재차 집으로 돌아온 이후라는 나의 진술 쪽을 따르는 수밖에 없었다.

그러나 그것으로도 아직 그때 정말로 권총이 발사된 사실이 명백하게 입증된 것은 아니었다. 더욱이 내가 문을 들어서기 전에 범인 스스로 총을 쏜 사실까지는 전혀 입증이 불가능했다. 주위가 조용한 새벽녘도 아닌, 안팎이 한참 소란스러운 낮 시간에, 그것도 미리 작자가 잔뜩 단속을 해서 쏜 총소리를 누가 주의 깊게 들어두었을 수가 없었다. 하물며 그 총소리를 내가 '문밖'에서 들은 것을 입증해줄 사람은 더욱 기대 불능이었다. 애초에 그것을 곁에서 지켜보아준 사람도 없었고, 그렇다고 그것을 스스로 증명할 방법도 없었다.

하여 검사는 그쯤에서 대충 수사의 방향을 굳히게 된 것 같았다. 그리고 그로부터 그런 방향에서 내게 사건을 재현시켜가려 하고 있는 것이다.

한마디로 오 검사는 내가 다시 집으로 들어가 그를 살해한 것으로 의심하고 있었고, 그 동기나 과정들은 내가 집으로 돌아갈 때까지의 나의 기분이나 주변 정황에서 찾아내려 하고 있었다.

사건의 핵심이나 수사의 초점이 내 진술에서보다 훨씬 앞쪽으로 당겨진 셈이었다. 그리고 그 검사의 심증이나 심증에 의한 사건의 시나리오가 사실일 수만 있다면, 해명이나 납득이 그토록 어려운 귀가 이후의 나의 행동들도 동기나 목적이 자명해질 수 있었다. 문을 들어가서 내가 그를 살해한 게 사실이라면, 그의 죽음에 임한 내 불가사의한 행동들은 검사의 말처럼 그 동기나 목적이 자명한 것일 수 있었다.

하지만 나는 아무래도 검사의 주문대로 될 수가 없었다.

오 검사의 시나리오는 사실이 아니었다.

그를 쏜 것은 내가 아니었다.

사실은 오히려 그와 반대였다. 내가 다시 집으로 돌아와 엘리베이터에서 내려 문 앞에 섰을 때, 그때 그가 집 안에 켜놓은 전축 소리를 들은 건 사실이었다. 거기서 노래가 끝날 때까지 시간을 기다린 것도 사실이었다. 그러나 그때 내가 다시 돌아온 것은 그를 죽여 복수를 하기 위해서가 아니었다. 이유야 어쨌든 이번에는 내가 거꾸로 그를 납치하기 위해서였다. 노랫소리에 시간을 지체한 것 또한 그것이 바로 나의 노래였기 때문이었다(끝나지 않은 노랫소리를 문밖에서 기다렸다 들어가는 그 감상적이고 치기 어린 버릇이라니!). 그리고 무엇보다 총소리를 들은 것은 그때 그 노래가 끝났을 때였다. 내가 아직도 문밖에 있을 때였다. 내가 집 안으로 들어가 보았을 때는 그는 이미 죽어 있는 사람이었다.

……나는 그를 쏜 일이 없었다.

그를 죽이려 한 일도 없었다.

나는 다만 그것을 밝혀 증명해 보일 수가 없을 뿐인 것이다. 하지만 그것도 이런저런 정황들이 내게 불리하게만 작용한 탓이었다. 불리한 정황들을 시원하게 뒤집어줄 반증 자료를 못 가진 탓이었다.

그렇더라도 그 불리한 정황이나 반증 자료의 결핍이 거짓을 사실로 바뀌게 할 수는 없었다. 사실은 어디까지나 사실이어야 하였다.

오 검사의 심증이나 사건 시나리오는 자기 추측의 결과일 뿐이었다. 사건의 진행과 정황들을 종합한 그럴듯한 개연성의 주장일 뿐이었다. 하지만 아무리 완벽한 추리나 논리의 귀결이라도 개연성 자체가 사실일 수는 없었다. 심증 자체가 사실이 될 수는 없었다.

나의 진술은 검사의 희망대로는 되어나갈 수가 없었다. 그것도 실상은 이제 와서 굳이 오 검사의 혐의를 벗어나고자 해서만이 아니다. 그것은 이제 나 자신도 거의 단념을 하다시피 해온 일이었다. 혐의를 벗어날 자료들을 찾아낼 길이 없고, 게다가 심신은 지칠 대로 지친 터. 오 검사가 제물에 나에 대한 올가미를 거두어 가주지 않는 한 스스로 그것을 벗어날 길은 없었다.

문제는 검사보다 나 자신에게 있었다. 그것은 차라리 나 자신의 진실의 문제였다. 나 자신의 진실을 만날 수 있느냐 없느냐의 문제였다. 검사 앞에 결백을 주장하려면 나 자신에게만은 적어도 사건의 앞뒤가 분명해야 하였다. 한데도 내게마저 사건의 전후가 애매하고 엉뚱스럽게 여겨지기만 하였다. 나 자신의 당시의 생각이나 행동들, 그 사내의 행동이나 생각들이 지금에 와서는 어느 하나도 느낌 속에 분명히 떠올라오는 것이 없었다. 모든 것이 애매하고 엉뚱스러울 뿐이었다.

신고의 의사나 살의는 고사하고 무슨 배짱으로 나는 모처럼의 탈출에서 다시 그에게로 돌아오고 있었던가. 그리고 어떤 심사로 그의 죽은 몸을 씻겨주고 옷까지 새로 갈아입혀주었던가. 그는 무엇 때문에 자살을 했으며, 게다가 또 죽은 마당에 총기의 소리를 죽이고 싶어 했던가, 도대체 자신도 석연하게 설명할 수 있는 일이 한 가지도 없었다. 그 총기를 깨끗이 닦아놓은 일, 수건과 와이셔츠들을 쓰레기통에 던져버린 일, 그리고 마지막으로 집을 나오면서 전축의 노래를 켜준 일이나 집을 나가서 보름씩이나 종적을 감추고 숨어 지낸 일 등등…… 모두가 엉뚱하고 석연찮아 보일 뿐이었다.

아리송하고 엉뚱스런 대로 더러 이유 같은 것이 생각난 대목이 있기는 했다. 그를 거꾸로 납치하겠노라 내가 다시 그에게로 돌아간 것이나, 총을 싼 수건과 피 묻은 와이셔츠들을 쓰레기통에 버린 일들에 대해선 얼마간의 동기가 생각되기도 하였다.

하지만 그것도 이제 와선 전혀 실감이 되살아나지 않는 이유들이다. 이제 와선 스스로도 어이가 없어질 지경의 것들이다. 분명한 것은 그저 그때는 어쩐지 그러고 싶었을 것이라는 것뿐이다. 그럴 수 있었던 어떤 절실한 것이 가슴에 느껴지고 있었던 기억뿐이다. 그가 자살을 택한 것이나 총소리를 죽여 죽음을 숨기려 했던 일에 대해서도 그때는 뭔가 명백한 것이 느껴지고 있었던 것 같은, 그런 막연한 기억들뿐이다. 집을 나가면서 노래를 켜준 것도 당시로선 어떤 절실한 느낌이 나를 그렇게 만든 것 같았다. 그러나 나는 그 기억 속에 파묻힌 자신의 진실을 자신도 실감으로 납득할 수가 없었다.

납치범으로서의 그에 대한 고정관념과 내가 당한 일들에 대한 사후인식이 그것을 한사코 방해하고 있었다.

나는 자꾸만 나의 진술을 실패할 수밖에 없었다. 껌껌절벽으로 기억이 막히거나, 아니면 아예 시간을 뒤죽박죽 얼크러놓은 채 행동이 전혀 엉뚱한 방향으로 진행되어나갔다. 어떤 땐 정말로 내가 그를 죽이지 않았나 싶은 의혹과 착각이 일기까지 하였다.

나의 그런 실패는 곧 오 검사의 실패였다. 오 검사는 처음 그것을 내 고의적인 진술 기피 행위로 힐책하곤 하였다. 그러나 나의 계속적인 혼란과 실패를 목격하자 그도 끝내는 그것이 내 고의가 아님을 인정하기에 이르렀다. 그리고 내게 진심 어린 의논조로 충고를 해온 것이 그 현재형 진술법이었다. 한데도 아직 일이 이 지경인 것이다. 모든 일이 그저 추상적인 기억의 틀 속에서 아득할 뿐이다. 문장의 시제나 겨우 현재형의 그것으로 바뀌어갈 뿐, 일방적인 종합이나 주장에의 경사는 여전한 형편이다. 구체적인 상황이나 느낌의 회복은 아무래도 가능할 수가 없는 것처럼 보인다. 위인에 대한 비하나 증오의 느낌도 지금으로선 어쩔 수가 없는 것처럼 느껴진다. 그게 오히려 당연하고 정직한 감정처럼 느껴진다. 그렇더라도 나는 끝끝내 그것을 수락하고 진실을 단념할 수는 없는 입장이다. 자신의 진실을 자신에게 걸고 나선 일인 이상 어느 경우에도 선입견이나 고정관념의 포로가 되어서는 안 되는 것이다. 피해의식에 사로잡혀 사후판단이나 주장 속으로 빠져들어서는 안 되는 것이다.

개연성에 의한 심증의 확정은 검사만이 경계하고 두려워해야 할 일이 아니다. 나에게선 그것이 더더욱 중요하다. 어떤 정황이나 가능성만으로 사실을 함부로 확신해서는 안 된다. 사후의 판단이나 자기주장을 함부로 내세워서는 절대로 안 된다. 정황이나 가능성이 사실을 낳을 수 있다면 오 검사의 심증도 그 자체로서 바로 사실로 바뀌어질 수 있었다……

어떤 어려운 장애가 있더라도 나는 스스로 정직하고 허심탄회하게 과거사 속으로 되돌아가야 한다. 그리고 그 과거의 시간대 속에 자기 행동의 실감을 되살려내고 스스로 납득이 가능해야 하는 것이다. 그래야 비로소 자신의 진실을 만나게 될 수가 있을 것이다. 그 기억의 틀 속에 남아 있는 불가사의한 진실들을. 오 검사에 앞서서 나 자신이라도.

2

첫날 진술분은 이래저래 분량이 많지 못했다.

그러나 나이보다 신중한 오 검사는 그것을 그리 탓하려 하지 않았다.

"좋아요, 이번엔 상당히 성과가 있을 것 같군요……"

전날 분 진술서를 읽고 난 검사는 어색스런 현재형 문장이 뒤섞인 속에서도 그런대로 내 노력의 흔적만은 엿본 듯했다. 부속 신문실에서 직접 자기 방으로 나를 부른 오 검사는 아직 그 전날의 진술서에서 눈을 떼지 않은 채, 그러나 제법 만족스런 얼굴로 내게 말해왔다.

"앞으로도 계속 이런 식으로 나가보세요. 하다 보면 아마 틀림없이 성과가 있게 될 겁니다. 진상은 어디까지나 당신의 과거 속에 숨어 있는 것이니까."

목소리에도 제법 회유와 격려의 음색이 역력했다. 진술서 작업을 다시 시키면서 그 현재형 문장을 권했던 것이 헛일로 여겨지지 않는 것 같았다. 이미 두 차례의 실패를 겪고 난 검사로선 그럴 수밖에 없는 일이기도 하였다.

"어떻게 보면 이 부분은 당신의 혐의와 직접 상관이 있는 것은 아니지만, 사망자의 성격이나 정황 판단의 결과에 따라서는 당신의 입장이 달라질 수도 있으니까, 그 점 각별히 명심해서 머리에 떠올라오는 일은 아무리 사소한 것이라도 당신 자의로 소홀히 취사선택을 하려 하지 말고…… 자, 그럼 또……"

검사는 더 이상 번거로운 질문으로 내 기분을 어지럽히고 싶지가 않은 것 같았다. 내겐 끝끝내 눈길 한번 정면으로 줘본 일이 없이 다음 진술을 서둘러나가라는 당부를 끝으로 나를 이내 다시 부속 신문실로 내보내고 싶어 했다.

하지만 나는 거기서 금세 자리를 일어서지 못하고 있었다. 내 쪽에도 뭔가 할 말이 남아 있었다. 나에 대한 오 검사의 기대가 크면 클수록 나는 자꾸만 자신이 없어져가고 있었다.

"왜 내게 무슨 할 말이 있소?"

내가 미적미적 자리를 일어서지 못하고 있는 것을 보고 젊은 검사가 무심히 물어왔다. 눈길은 여전히 책상 위의 서류철에 머물러둔 채였다.

"아니에요. 그저…… 하지만 이번에도 왠지 자신이 별로 없어서요."

나는 그 눈길 한번 제대로 주지 않으면서도 요즘 와선 부쩍 더 태도가 부드럽게 의논조가 되어가고 있는 검사를 생각하면서, 자신의 심사를 솔직하게 털어놓았다.

과연 내 예상은 적중했다.

검사가 이내 심상찮은 기미를 알아차린 듯 비로소 책상 위의 시선을 정색스런 태도로 내게로 향해왔다. 할 말이 있으면 어서 해보라는 신호였다.

나는 더 이상 망설일 필요가 없었다.

"이번 일은 이제 검사님과 저의 공동의 과제가 되고 있는 셈이지요……"

나는 오 검사 앞에 변명에 앞선 자신의 생각부터 다짐을 해 보였다.

"당신과 내 공동의 과제라……그렇지요. 내 생각도 바로 마찬가지요. 그리고 난 당신이 그렇게 생각해주는 걸 무척이나 고맙게 여기고 있는 참이구. 솔직히 말해서 그 목적이 유감스럽게 서로 다른 데 있다뿐. 이번 일은 어차피 당신의 적극적이고 허심탄회한 협력이 있어야만 진상이 밝혀지게 되어 있으니까."

검사도 이내 나의 고백에 동의를 해왔다. 몇 번씩 실패를 거듭해 온 검사로선 으레 당연한 반응일 수 있었다.

하지만 바로 그 오 검사의 몇 마디 말 속에 나는 다시 한 번 다짐을 해두고 싶은 것이 있었다. 사건의 진상을 만나는 것이 이미 오 검사와 나의 적극적인 협력을 요구하는 공동의 과제가 되어버리고 있다면, 이 시점에선 그런 다짐이 더욱 필요한 일이었다.

"그렇지요. 목적이 서로 다른 일이라면 그건 분명히 불행한 일이겠지요."

나는 일단 오 검사의 의견에 동의를 보내고 나서, 그러나 이내 그것을 다시 부인하기 시작했다.

"하지만 저는 이제 그 목적까지도 서로 다른 것이 될 수 없다는 생각이 들고 있어요. 그 목적까지도 이젠 한가지가 되고 있다는 말씀이에요. 검사님께서도 아시다시피 전 이제 어떤 처벌이 두려워 사실의 진술을 회피하려 하고 있지는 않아요. 죄과나 처벌이 어떻게 되든지, 이젠 저로서도 자신의 거짓 없는 진실을 만나고 싶으니까요. 그 점은 검사님도 저와 마찬가질 줄 알아요."

"그것은 물론 나도 마찬가지요."

"그렇다면 그 일의 진상과 진실을 만나는 것, 그게 우리들의 같은 과제이자 목적이지요. 결백의 증명이나 처벌의 근거는 그 일의 결과일 뿐이구요. 그 점에선 전혀 검사님이나 저나 이 일의 방법에서뿐 아니라 목적에서까지도 같은 과제를 안고 있는 셈이지요."

"……"

"다른 것은 다만 검사님과 저의 입장일 뿐이에요. 검사와 피의자, 죄를 찾아내어 처벌하고 싶어 하는 사람과 그 올가미를 벗어나려고 하는 사람과…… 하지만 일의 목적과 방법까지 같은 이상엔 그 입장의 차이라는 것도 별로 의미가 있을 수 없는 것 같아요. 같은 목적과 방법의 일 속에선 입장의 차이도 사라져야 하니까요. 실제로 저는 그런 저의 입장 때문에 진실을 고의로 왜곡하고 싶은 생각은 추호도 없거든요."

"결국…… 그것으로 무엇을 말하고 싶은 겁니까. 당신과 내가 같은 목적의 과제를 안고 있다면, 그리고 표현이 약간 달랐을지언

정 내 생각도 이미 당신의 그것과 같은 것이었다면?"

입장이 바뀌어 사세가 불리해진 피의자처럼 묵묵히 입을 다물고 앉아 나의 사설을 듣고 있던 검사가 비로소 신문자로서의 자신의 위치를 되찾으려는 듯 말을 자르며 간단히 물었다.

"자술서 작성의 과정에서 제 노력과 성실성에 대한 검사님의 믿음을 다짐받고 싶어섭니다."

나도 마침내 간단하게 대답했다.

"이 시점에 와서 그런 게 새삼 필요해진 이유는? 그리고 이미 당신의 노력과 성실성에 대해 그만한 믿음을 가지고 있다면?"

검사는 어딘지 오줌이라도 마려운 듯 계속 조급스럽게 물어왔다.

나는 아무래도 하고 싶은 말을 마저 끝내야 했다.

"아까 미리 말씀을 드렸듯이 이번 진술도 기대처럼 자신이 없기 때문입니다. 저에 대한 검사님의 기대가 크고 깊어 보일수록 왠지 자꾸만 그런 생각이 드는걸요. 그래 또다시 실패를 하더라도 그것이 제 노력이나 성실성의 부족 때문이 아니라는 점을 미리 말씀드려두고 싶은 거예요. 이번 일에선 검사님께 대한 저의 분명한 이해가 필요하듯 저에 대한 검사님의 똑같은 이해가 필요하니까요."

"이유가 뭘까요? 아직까지는 진술이 어느 때보다 차분하고 순조로운 것 같았는데? 그런데 거기 무엇이 그토록 자신이 없지요?"

검사가 다시 자리를 고쳐 앉으며 진지하게 의논조로 물었다.

"쓰인 것만 읽으시면 그렇게 보일 수도 있으실 거예요. 하지만 실제의 작업 가운데선 생각보다 훨씬 어려움이 많았어요."

나는 마침내 하고 싶은 말의 핵심 부분을 털어놓기 시작했다.

"사람이 어떤 과거사를 말함에는 기억력의 가감으로 인한 일정량의 취사선택이나 사후비판의 개입 같은 것이 불가피해지게 마련인 듯싶었어요. 그렇게 말해진 기억 속의 과거란 그저 어떤 시간의 벽 바깥에서 되돌아본 사실의 일부거나, 수많은 오류를 감내하면서 사후에 꾸며낸 반허구의 사실일 뿐, 그 과거의 일 자체의 실제는 아니었어요."

　"하지만 그것은 과거형 문장의 진술 과정에서 당신이 경험한 함정이 아니었나요? 그래서 이번엔 현재형 문장으로 그 시간의 벽이라는 것을 허물어뜨려보자는 것이었구요……"

　대수롭지 않은 소리라는 듯 검사가 불쑥 한마디 해왔다. 그는 나의 말을 잘못 듣고 있었다.

　나는 바로 그 현재형 문장의 장애와 함정을 말하고 있었다.

　"맞습니다. 그건 이미 과거형 문장의 진술 때에도 분명하게 이미 경험한 일이었지요. 하지만 그런 함정과 장앳거리는 현재형의 경우에서도 못지않았어요. 현재형으로든 과거형으로든, 사람은 애초 일정한 시간이 지나간 과거로 되돌아가려는 일 자체가 불가능한 것처럼 보였으니까요. 그것은 차라리 인간의 운명이나 벗을 수 없는 굴레가 아닌가 싶어질 지경이에요. 도대체 그 시간의 벽이라는 것을 허물어뜨릴 수가 없는 것이었으니까요…… 과거로 되돌아가는 길목의 지표는 어차피 기억에 의지하는 수밖에 없는데 그 기억이라는 것이 애초에 믿을 것이 못 됐어요. 더러는 깜깜한 어둠 속으로 지워져 없어지고 더러는 시간이나 장소가 뒤바뀌어 엉뚱한 착각이나 혼란을 빚어내기도 하구요. 저는 번번이 다시 그 시간의 벽 이쪽으로 되돌아와 있었고, 거기서 지나간 과거를 향하여 사후의 평가나 주장만을 일삼고 있기 일쑤였어요."

"……"

"과거와 현재는 애초 하나가 될 수 없는 것이었어요. 그런 과거를 현재형의 문장 속에 재현시켜놓는다고 그것이 그 과거의 실제는 될 수 없었지요. 거기엔 오히려 과거형에서보다도 더 많은 오류와 허구가 깃들 가능성이 농후했지요. 과거에 정직해지는 길은 그래서 그나마 과거를 과거형으로 말하는 쪽이 아닐까 싶어지기도 했구요. 과거형으로의 진술은 처음부터 과거형 자체의 오류와 함정을 시인한 형식이니까요. 아니 거기 제가 써낸 것도 문장의 시제만 현재형일 뿐, 내용은 여전히 과거형의 그것에 불과한 거예요."

나는 그쯤 말을 끝냈다. 요컨대 그 현재형 문장의 진술 방법으로도 검사의 기대대로는 되기 어렵다는 고충 어린 발뺌의 하소연이었다.

하지만 아직도 그의 말대로 나에 대한 혐의와는 직접 상관이 안 되는 부분이기 때문이었을까. 아니면 그 현재형 문장에 대한 오 검사 자신의 기대와 집착이 그만큼 크고 깊었기 때문일까. 검사는 나의 그런 피의자답지 않은 사설을 들으면서도 전혀 표정이 달라지지 않았다.

"회의와 고민이 그토록 많은 걸 보니 이번엔 역시 기대를 걸어도 좋을 것 같군요."

참을성 좋게 묵묵히 이야기를 다 듣고 난 오 검사가 이윽고 결론 삼아 한마디 해왔다. 이번에도 역시 아량과 관용스러움이 역력한 어조였다. 기대가 그만큼 깊다는 표시였다.

"그야 진술이 정 어려워질 때는 굳이 현재형을 고집할 필요가 없겠지요. 과거형이 불가피할 때는 그냥 과거형으로 지나가도록 하세요. 과거형을 다소간 용납하더라도 우선은 큰 줄거리부터 완성해내는 것이 급선무니까요. 몇 대목 문장의 형식 때문에 일을 통째로 그르칠 순 없어요. 내게도 어차피 진술서를 읽는 나름대로의 방법이 있으니까요. 진술서가 모두 과거형으로 쓰였대도 그것을 모두 현재형으로 바꿔 읽어야 하는 것이 우리들의 독특한 독법이거든요."

검사가 다시 회유와 격려 조의 말을 덧붙였다.

그가 끝내 그렇게 나오니 나로서도 더 이상 할 말이 없었다.

갈수록 심신만 지쳐날 판이었다.

"검사님께선 그토록 자신이 있으세요? 한 사람의 과거를 현재형의 문장 속에 그대로 재현시켜낼 수 있다고 말씀이에요."

나는 마지막으로 체념하듯 검사에게 웃으면서 말했다. 검사도 이젠 내 항복의 뜻을 읽은 듯 조심스런 어조로 동감을 표해왔다.

"글쎄요. 자신이 없다면 이제 와서 달리 어쩔 수가 있나요. 당신의 말대로 우린 어차피 같은 목적의 과제를 안고 있고, 그 과제를 풀고 못 풀고의 마지막 관건은 이제 오직 거기에 달려 있는 마당에…… 자신이 있거나 없거나, 그 성과가 어떤 것이 되거나 이젠 어차피 이 방법을 계속 밀고 나가는 도리밖에요. 그건 바로 당신 자신의 진실을 위해서도 마찬가지 아니었소."

"……"

나의 성실성을 한 번 더 다짐해오고 있는 듯한 오 검사의 소리에 나는 대답 대신 고개를 한두 번 끄덕여 보였다.

검사도 이젠 그것으로 그만 이날의 면담을 끝내고 싶은 듯, 아니 그보다는 그새 정말로 오줌이 급해진 사람처럼, 자신이 먼저 엉거주춤 자리를 일어서면서 말했다.

"자, 그럼…… 이젠 시일도 그리 많지 않으니 오늘부턴 좀더 일에 속도를 내줘야겠어요. 그렇다고 공연히 마음을 너무 조급해하지 말고 착실히 페이스를 지켜가면서, 침착하고 정확하게……"

검사의 방을 나와 부속실로 되돌아온 나는 거기서 다시 내 자술서의 뒷부분 작업에 매달리기 시작했다. 검사의 희망대로 현재형의 진술 속에 내 진실을 만나게 될 수만 있다면, 그것은 자신도 시간을 다투어 서둘러나가야 할 일이기 때문이었다. 검사의 충고처럼 과거형의 시제를 어색하게 억지로 회피할 것도 없지만, 그러나 될수록 그 현재형의 문장 쪽을 염두에 두면서……

욕실에선 한동안 욕조에 수돗물 쏟아지는 소리가 요란스럽다. 그리고 이윽고 그의 벗은 몸뚱이가 물을 가르며 욕조로 들어서는 기척이 뒤따른다.

그러나 그뿐, 행인지 불행인지 아직 더 이상의 수상한 낌새는 엿보이지 않는다. 나는 그저 부스럭 소리 하나 없이 소파 위에 가만히 몸을 웅크리고 앉아 그가 얌전히 목욕을 끝내고 나오기만을 기다린다. 그의 눈길 밖에서 섣불리 몸을 움직이려 하다가는 쓸데없는 오해를 자초하기 십상이다. 거기 자극을 받아 엉뚱한 수심(獸

心)이 발동될 수도 있는 일. 목욕을 끝내고 나올 때까지는 각별히 더 기척을 삼가야 했다.

나는 온통 심신이 제물에 마비되어가고 있었다.

그런데 그 작자에 대한 의구심이 지나쳤을까. 아니면 작자에게 그만큼 여유가 더했기 때문일까. 그는 끝내 별다른 눈치를 안 보인 채 무사히 목욕을 끝내고 나온다. 도대체가 이미 어떤 일통을 별이고 숨을 곳을 찾아든 불안스런 범죄자로는 보이지 않는다. 처음의 살벌스런 협박 행위 속에도, 다음번의 그 쌍스럽고 의뭉스런 여유 속에도, 어찌 보면 그는 그 이상의 의뭉스런 야심을 숨기고 있는 것 같지가 않아 보인다. 내가 가장 조바심을 치며 기다리고 있던 고비, 그가 목욕을 끝내고 욕실 문을 나오는, 그 조심스런 순간에서마저도 그에게선 어떤 기미도 엿보이질 않는다.

"어 개운하다…… 그런데 왜? 거기도 여기서 나와 함께 그냥 밤을 새울 참인가? 오늘은 뭐 더 이상 해야 할 일도 없을 텐데 그만 먼저 자러 가지 않구서……"

느직느직 목욕을 끝내고 젖은 머리칼을 털어내며 거실로 나오고 있는 작자의 차림새는 눈길 거북하게 속옷만 대충 걸친 역겨운 모습이다. 그러나 그밖엔 별달리 수상한 눈치가 안 보인다. 오히려 내가 아직 자리를 피해 옮기지 않고 있는 것이 의외라는 말투다. 거기다 또 작자가 비위 좋게 한마디를 던져온다.

"그래…… 물이 아직 뜨거운데, 거기도 뭣하면 몸을 좀 담그고 나오는 게 어때?"

나는 뒤늦게 눈앞이 번쩍 열려오는 느낌이다. 작자의 말에 다른 숨겨진 뜻이 있다면 기겁을 하고 뒤로 나자빠질 일이다.

하지만 나는 그것을 될수록 그렇게 들으려 하지 않는다. 작자가 그저 나를 한번 떠보고 싶은 것뿐이거니— 그게 정말로 작자가 내게 목욕을 권하는 소리는 아닐 터. 그러는 그 앞에 너무 놀라는 얼굴을 보여서는 안 되었다. 지나친 놀라움이나 경계심은 그를 오히려 자극하게 될 뿐 조금도 이로울 것이 없었다.

거동을 요령 있게 서둘러야 할 처지다. 위인의 마음이 언제 갑자기 달라져버릴지 알 수 없는 일, 때를 놓치지 말고 작자의 눈길부터 벗어나 있는 것이 좋았다.

나는 말없이 곧 자리를 일어선다. 작자에 대한 경계심을 조심스럽게 안으로 눌러 숨긴 채 평온하고 침착한 발걸음으로 묵연스레 그의 곁을 지나서 안방으로 천천히 몸을 비켜 들어간다.

"방문을 닫아걸어 잠글 필요는 없어. 내가 밖에서 잘 지켜줄 테니까."

자리를 비켜가거나 말거나 모두 네 맘대로라는 듯 머리칼의 물기를 털어내는 일에만 열중해 있던 그가 뒤에서 한마디 던져왔다.

하지만 나는 거기서도 아직 별다른 의구심을 느끼지 못한다. 작자는 아마 거실에서 그냥 밤을 지새울 모양이었다. 그러면서 거기서 내 기척을 감시할 작정임이 분명하다. 아니, 방문만 그냥 열어놓게 해두면 밖에서 굳이 주의를 쏟아가며 감시를 하지 않아도, 안에 있는 사람은 스스로 행동의 자유를 잃어버리게 마련이었다. 사람을 너무 믿어서는 안 되는 작자의 처지로서는 당연한 지혜요 요구일 수 있었다. 그 밖에 다른 저의는 느껴질 틈도 없었다. 다른 저의가 있어서도 안 되고, 그런 걸 미리 겁내서도 안 되었다.

나는 되도록 마음을 편하게 가지려 애쓰며 작자의 명령에 고분고분 순종한다. 나는 그냥 문을 열어둔 채 방 안으로 들어가 벽에 붙은 전등의 스위치부터 올린다.

그동안 작자가 맘대로 드나들었을 텐데도 방 안에는 아무것도 달라진 것이 안 보인다. 혼자 사는 여자의 궁기를 스스로 경계하려 애써온 나였다. 깨끗하게 손질된 침대 잠자리하며, 잘 닦이고 정돈된 화장대, 그리고 특별히 눈과 머리채를 강조해서 그린, 벽에 걸린 내 프로필 데생과 여행에서 구해 모은 각종 벽걸이들. 나의 성미와 체취가 어둠 속에 그대로 고스란히 간직되어 있다.

그것은 이를테면 나를 위한 마지막 순결의 성역인 셈이었다. 그 마지막 순결의 성역이 어둠 속에서 숨을 죽이고 나를 기다리고 있다. 그리고 이제 환해진 불빛 속에 나를 맞아 소리 없는 호소를 보내오고 있다.

나는 왠지 느닷없이 눈망울이 젖어옴을 느낀다.

그러나 그것은 안 될 일이었다. 마음 편한 감상은 금물이었다.

나는 이내 스위치를 내린다.

방 안은 다시 껌껌한 어둠 속으로 잠겨들어버린다.

차츰 시간이 흐르면서 거실 쪽 불빛이 열린 문 사이로 그 어둠을 절반쯤 걷어간다. 나는 될수록 바깥의 눈길이 덜 닿는 쪽으로 몸을 천천히 비켜 세운다. 그리고 양말이나 겉옷들만을 대충 어둠 속 한 구석으로 벗어던지고는 그대로 침대 위로 몸을 걸친다.

당분간은 어차피 편한 잠자리가 틀린 신세였다. 작자가 제법 아량을 베풀어오는 척하고 있지만, 그렇다고 그것으로 편한 잠을 잘 수는 없는 노릇이다. 아무렇게나 몸을 기대고 밤이나 밝히면 그만이었다. 날이 밝는다고 일이 달라지거나, 무슨 다른 뾰족한 계책이 생길 수도 없지만, 그렇더라도 우선은 이 끔찍스런 밤이라도 한시바삐 밝고 볼 일이었다. 나는 침대 위로 몸을 반쯤만 휘어 걸친 채 밤이 지나가기를 기다리기 시작한다.

그것은 어찌 보면 내 쪽에서 거꾸로 바깥쪽 사내의 낌새를 지키는 일이기도 하였다. 방문을 열어놓은 것은 바깥과 안쪽이 한곳이 되는 것과 다름없는 이치였다. 작자는 문밖에서 나를 감시하며 여전히 나와 함께 있는 셈이었다. 뿐더러 그가 나를 감시하고 있다면, 나도 거꾸로 그를 감시하고 있는 격이었다……

나는 눈 대신 문밖의 기척으로 작자의 일거일동을 읽어나가기 시작한다. 작자는 이제 내 쪽에는 별로 주의를 뻗치고 있는 것 같지가 않아 보인다. 정황이 정황인 데다 더운 물에다 목욕까지 하고 나온 판이라 목이 제법 말라오는 모양이다. 소파에 앉아 젖은 머리를 계속 털어 말리다 말고 그가 문득 몸을 일으켜 세운다. 이내 저벅저벅 발소리를 끌며 부엌 쪽으로 건너간다.

모든 것이 제 집처럼 익숙하고 당당하다.

나는 늘 불면을 달래기 위해 냉장고 안에 깡통맥주 몇 개씩을 준비해두고 있었다. 그는 조금도 머뭇거리는 기척도 없이 냉장고 속에서 깡통맥주를 꺼내 들고는 다시 소파의 자리로 돌아간다. 그리고 유유히 맥주를 따 마시며 텔레비전 프로를 즐기기 시작한다……

하릴없이 귀를 기울이다 보니, 그가 켜놓은 텔레비전 프로는 어쩌다 일찍 집엘 들어오는 날이면 나도 가끔 이 시간대에 대해오던 연속극물이었다. 저질 시비가 끊이지 않는 가운데도 그 밖엔 다른 채널을 골라 돌릴 데도 없는, 그중 수준급의 우스갯물이었다. 각별한 관심이나 흥미가 없더라도 가끔은 신선한 웃음을 만날 수 있는 재치 이외에 하루 이틀씩 줄거리를 건너뛰어보아도 그런대로 그냥 앞뒤가 이어지는, 그런 이점을 살 수 있는 프로였다.

— 어릴 때 입맛은 할 수가 없다니까.

극중 주인공은 3일 전에 주문한 통만두 3인분을 이날사 배달 받아 먹어치우고 있는 중이었다.

나는 차라리 잘되었다 싶어진다. 작자로서도 거기까지는 미처 상상이 미칠 수 없었을 일. 잠들 수 없는 불편스런 주의를 그런 데나 집중시켜버리고 싶어진다. 방문을 돌아 들어오는 대사음이 웅얼웅얼 분명치 않은 곳도 있었지만, 그런대로 줄거리는 뒤따라갈 만하다.

연속극이 계속되고 있는 동안 깡통 밑바닥이 가끔 탁자를 스치는 소리뿐 작자에게서도 별다른 수상쩍은 움직임의 기척이 안 보인다.

— 제기랄! 전날 그릇들은 왜 아직도 안 찾아가는 거야.

나는 혼자 눈을 감은 채 열심히 연속극의 대사를 뒤좇는다.

하지만 그런 시간도 잠시뿐. 나는 이내 다시 정신이 화들짝 소스라쳐 돌아온다. 연속극 시간이 어느새 끝나버린 것이다. 종영을 알리는 신호음악이 크게 울리면서, 그가 동시에 끙 소리와 함께 자리를 일어선다. 그리곤 성급하게 수상기로 걸어가 드르륵드르륵 프로그램의 채널을 바꾸고 돌아간다.

이번에도 역시 비슷한 시간대의 다른 방송국의 연속극물이다. 가식적인 권위와 도덕률이 온통 압도하던 시대에 시와 노래와 화창한 사랑으로 자신의 짧은 삶을 뜨겁게 불태우고 간 한 조선조 기녀의 흘러간 일대기다. 볼륨을 좀더 높여놓았는지, 이번에는 인물들의 대사도 식별이 훨씬 쉽게 들려온다.

하지만 나는 이제 더 이상 연속극의 줄거릴 좇아가지 않는다. 주위가 바뀐 것도 바뀐 것이지만, 새로운 불안감이 가슴을 짓눌러오기 시작한다. 다시 말할 필요도 없는 일이지만, 나는 여전히 혼자가 아니었다. 나는 여전히 그와 함께 있었고, 연속극을 보는 것마저 작자와 함께였다. 더욱이 이제는 작자도 내가 그와 함께 연속극에 매달리고 있음을 알고 있는 것 같다. 어쩌면 그는 그것을 내게 확인시켜주기 위해 볼륨을 일부러 높였는지도 모른다.

집 안에 그가 있고, 내 방문이 열려 있는 한 나는 뭐라고 해도 혼자될 수 없었다. 어둠과 머릿속의 은밀스런 생각들마저 나 혼자만의 것일 수 없었다. 그런 처지에서 텔레비전 프로그램은 내게 또 하나의 절망일 뿐이었다.

세상일들은 나의 이런 난감스런 처지 따위에는 아무 아랑곳도 없이 의연하게 잘도 굴러가고 있었다. 나 혼자 야속하게 격리되어 있었다. 격리되고 갇힌 상태에서 바깥세상을 보고 있었다. 갇힌 처지에 바깥세상을 보는 것, 눈앞에 보면서도 소리칠 수 없는 것, 소리쳐서 나를 알릴 수 없는 것, 그것들이 나를 더욱 절망스럽게 만들었다.

내가 소리를 쳐보지 않았다고 할 수는 없었다. 나는 계속 소리치고 있었다. 바깥세상은 그러나 그것을 알아듣지 못했다. 그것을 알아들은 것은 다만 문밖에서 나를 지키고 있는 사내뿐. 그만이 나의 소리를 알아듣고, 그것을 가로막아버리고 있었다.

그것은 차라리 무서운 악몽이었다. 답답하고 안타까운 가위눌림 상태였다. 나는 그 가위눌림 속에 부질없이 안간힘을 쓰고 있을 뿐이었다. 더욱이 작자가 그런 몰골을 어둠 저쪽에서 지켜보고 있었다……

문밖의 소리는 멀어졌다 가까워졌다 하면서 계속 귓가에서 붕붕거린다. 그리고 때마침 서재 쪽에서 뻐꾹 시계가 12시를 울기 시작한다.

뻐꾹, 뻐꾹……

유럽 여행을 다녀온 한 선배가 장난삼아 선물로 사다 준 것이 2년째나 내게 노랫소리 시간을 울어주고 있는 시계다. 뻐꾹 소리 때마다 모가지를 한 번씩 내밀었다 시간을 모두 울어주고 나면 문을 닫고 모습을 감춰 들어가는 앙증스런 장난감 시계. 아깟번은 미처 주의가 거기까지 미치지 못한 때문인가. 11시의 울음소리는 듣지도 못한 채 그것이 벌써 12시를 울고 있다……

한데 이날따라 내겐 그 현실의 텔레비전이나 시계 소리조차도 악몽 속의 그것처럼 멀고 지루하다.

하지만 거기까지도 아직은 약과다. 중간에서 채널을 넣은 탓으로 이번에도 연속극은 오래가질 않는다. 텔레비전은 어느새 연속

극이 끝나고 그 뻐꾹 시계의 울음소리를 신호로 새로운 심야 프로
그램으로 접어들고 있었다. 영업 광고와 선전방송이 몇 분 동안 지
루하게 계속되고 난 끝에 수상기에선 이윽고 귀에 익은 반주음악
이 흘러나오기 시작했다.

나는 그러자 그 소리에 다시 한 번 심장이 크게 소스라쳐 놀란
다. 그리고 경황 중에 여태까진 미처 생각조차 못 해온 일 한 가지
가 떠오른다.

—그게 하필이면 오늘 밤이던가?

수상기에서 흘러나오기 시작한 반주음악은 어떤 서양 가극 중
에 나오는 유명한 합창곡을 위한 것이었다. 그러나 이날 밤 그 음
악은 합창을 이끌어가기 위한 것이 아니었다. 그것은 바로 나 자신
의 독창을 위한 것이었다.

서너 주일쯤 저쪽 일이었다. 하루는 느닷없이 텔레비전 방송국
사람이 나를 찾았다. 매주 금요일 밤 자정에 방송되는 「노래로 만
납시다」 시간에 하루 출연해달랬다.

방송국에서는 일주일에 한 번씩 '이 주일의 가수'라는 것을 선정
하여 노래와 평론가의 대담으로 엮어가는 단독 프로그램을 내보
내고 있었다. 시간은 겨우 20분 정도지만, 결과적으로는 그 가수
의 노래를 평가해주고 그의 인기도를 좌우해가는 당당한 영향력
을 행사해온 프로그램이었다. 노래를 하는 사람이면 누구나 한번
쯤 출연을 바라온 시간이었다.

그러나 나는 처음 방송국 사람의 호의를 사양했다.

방송은 애초부터 내게 인연이 없었다. 노래가 방송 무대에는 맞

지 않았고, 나도 거기에 익숙해질 수가 없었다. 노래하는 방식이 원래 그랬다. 나는 언제나 나의 청중과 함께 노래를 부르고 싶었다. 청중이 나와 함께 노래를 합창해주기를 바랐다. 곡목도 대개 그런 것을 골랐다. 일반 무대에선 그런 방법이 어느 정도 가능했다. 방송국에서는 그게 어려웠다. 텔레비전에서는 더욱 그랬다. 텔레비전은 대개 녹화방송이었다. 사람을 까무러뜨릴 것 같은 눈부신 조명 속에 나는 거꾸로 어둠 속에 갇혔다. 그리고 관중과 멀리 떨어져 꼭두각시처럼 혼자 노래해야 하였다. 그것은 진짜 노래를 부르는 것이 아니었다. 속임수를 벌이고 있다는 느낌뿐이었다. 한두 번 잠깐씩 얼굴을 내비쳐본 경험이 그런 식이었다.

방송이라면 차라리 라디오 쪽이었다. 라디오는 어느 정도 내 방식이 가능했고, 부자연스런 느낌도 훨씬 덜했다. 라디오 쪽은 그래서 텔레비전보다는 인연이 많았다. 하지만 그것도 어쩔 수가 없는 합동 출연의 경우에서뿐이었다. 텔레비전이고 라디오고 방송에선 도대체 본격적인 무대를 가져본 일이 없었다. 나도 그것을 원하지 않았고, 방송국에서도 나를 찾는 일이 드물었다.

내 무대는 일반 영업소의 그것뿐이었다. 방송국 사람은 그러나 그것을 이해하려 하지 않았다. 나에 대한 방송국이나 시청자들의 관심의 요즘 와서 상당히 늘어가고 있댔다. 시청자들의 주문이나 기대를 그냥 외면해 넘겨서는 안 된댔다. 거기에 보답을 해야 하지 않느냐고 사뭇 강요까지 했다. 예정대로 차질 없이 시간대를 메워나가려는 입엣소리에 불과할 터였지만, 거기에 마침내 나는 귀가 솔깃해지고 말았다. 그가 나를 추어올린 것처럼 실상은 인기도 대단치 못한 터에 사양만이 능사는 아닐 것 같았다. 더욱이 그가 내 시간의 이야기 상대로 추천한 대담자가 그런대로 마음에 들기도 하였다. 경음악계의 무법자로 알려진 젊고 거친 말투의 평론가, 그러나 그 매서운 감각과 해박한 지식에는 누구도 감히 이론을 못 펴는 유력한 감상자이자 비평계의 일급 논객, 그가 그날 밤 나의 대담자로 예정된 인물이었다.

그 무법자에의 무모한 도전으로 자신의 노래에 어떤 결정적인 평가라도 얻어내고 싶어서였을까. 아니면 오히려 그 가차 없는 공박과 난도질에 스스로 박살이 나고 싶어서였을까. 나는 결국 그것으로 모처럼 텔레비전 출연을 승낙하고 말았다. 그리고 곧 지정된 날짜에 서너 곡 노래의 녹화를 끝냈었다.

그런데 어디서 차질이 생겼던지, 그다음 일이 엉뚱스러웠다. 필름 방송은 녹화가 끝난 바로 그 주일 금요일로 예정되어 있었다. 그러나 그 주일 금요일엔 다른 가수가 시간을 대신했다. 뭔가 미진한 문제가 있었겠지— 나는 그쯤 짐작하고 지나갔다. 그런데 그다음 금요일에도 다른 가수의 노래가 나왔다. 방송국에선 사유의 설명이나 양해를 구하는 전화 한 통화 없었다. 나는 약간 기분이 언짢았다. 그렇다고 내 쪽에서 이러쿵저러쿵 사유 같은 걸 따지고 나서기도 싫었다. 나는 그냥 잊어버리기로 하였다. 애초에 무슨 기대 같은 걸 가지고 나선 일도 아니었고, 게다가 녹음 후엔(전에는 대개 라디오 쪽이라 그러기도 했겠지만) 시간 맞춰 그것을 찾아 들어온 나도 아니었다. 언젠가는 방송이 되어 나가거나 다른 연락이 올 수도 있겠지. 아니면 아예 방송이고 연락이고 그냥 지나가버릴 수도 있을 테고— 나는 그쯤 일을 잊어두기로 작정했다. 그리고 정말로 세번째 주일에는 방송 날짜까지 잊고 넘겼다. 뒤미처 그걸 알아차리고는 방송이 이미 나갔는지 모른다고 생각하면서도 그조차 알아보려 하질 않은 나였다. 그런데 그게 그렇질 않은 모양이었다. 이날이 바로 금요일 밤이었다. 하필이면 오늘 밤 이런 때를 골라서 그것을 뒤늦게 내보내고 있었다. 이 분주하고 소란스런 세모의 화려한 프로그램들 사이에.

— 그리운 하늘 아래 잠들게 하오.

내 이마 위에 불타는 추억, 그 푸르른 자유의 하늘……

프로그램의 소개에 앞서 노래부터 시작된 수상기의 합창곡은 그사이에 벌써 내 목소리로 중반 이상을 넘어서고 있었다.

나는 이제 놀라움을 지나 숨이 막힐 듯 긴장하고 있었다.

그러나 그 놀라움이나 긴장은 물론 이런 지경에서 자신의 노래를 듣게 된 감회 때문이 아니었다. 그것은 바로 지금 이 시간 문밖에서 나를 지키고 앉아 있는 정체불명의 사내 때문이었다.

작자가 나를 알아보고 있을까—

무엇보다 나는 작자가 화면 속의 나를 알아보는 것이 두려웠다. 이유를 분명히 말할 순 없지만, 그것은 또 하나의 예기치 않은 위험을 불러들일 수도 있었다. 문간에 놓아둔 협박장에선 그가 이미 나를 알고 있는 것으로 되어 있었다. 첫 대면 때의 말투도 그랬었다. 그것이 모두 거짓이라 하더라도 내가 돌아오기 전 집 안의 흔적들에서 그것을 알아내게 되었을 수도 있었다. 그래 어찌 보면 그는 처음부터 거기에 채널을 맞춰놓고 시간을 기다리고 있었는지도 모른다. 노래 같은 건 전혀 어울려 보일 수조차 없는 작자가 연속극이 끝나고부터는 전혀 채널을 바꾸려 하지 않고 있는 것이 그럴 수도 있었다.

하지만 한편으론 모든 것이 우연일 수도 있었다.

—뭔가 좀 당신의 재수가 안 좋았던 탓이겠지. 아니면 거꾸로 재수가 좋았다고 생각해도 상관없겠구.

내가 처음 범행 대상으로 나를 택하게 된 경위를 물었을 때 그가 인색하게 대꾸해온 소리였다. 그것은 그가 나를 택한 것이 우연의 결과일 수도 있다는 소리였다. 그가 채널을 바꾸지 않는 것도 우연한 무관심의 결과일 수 있었다. 그의 긴장감과 피곤기 때문일 수도 있었다.

그가 아직도 나를 알아보지 못하고 있을 가능성은 충분했다. 더욱이 그 수상기 속의 나에 대해서는 그랬다.

하지만 아직은 아무것도 분명한 것이 없었다. 그와 얼굴을 마주 대한 시간도 짧았고, 목소리가 익어질 만큼 말이 많이 오간 것도 아니었다. 그러나 뭐니 뭐니 해도 나는 지금 그의 코앞에서 노래를 부르고 있었다. 그것도 이 야심한 시간에 다만 나 혼자서 그의 앞에서.

나는 긴장이 안 될 수 없었다. 작자가 이미 나를 알고 있든 아니든 화면에서 새삼 나를 알아보게 되는 날에는 일이 더욱 귀찮게 되어갈 수밖에 없었다.

하지만 다행히 그에게선 아직도 별다른 낌새를 읽을 수가 없다. 거실 쪽은 아예 수상기뿐인 듯 작자의 기척이 잠잠해져 있다.

그러나 이윽고 첫 곡이 끝나자 대담자와 나와의 막간 문답이 시작됐다.

"어서 오십시오. 안녕하십니까. 백남희 씨의 노래는 언제나 뜨겁고 열정적이군요."

노래를 끝내고 응접탁자로 돌아오자 시간의 진행을 맡아 나온 젊은 평론계의 무법자가 나를 맞으며 자리를 권해온다. 그것이 나와의 첫 대면인데도 불구하고 그는 전혀 내게 허물을 느끼지 않는 말투다. 그리고 그런 허물없는 말투 속에 그는 이날 밤 좌충우돌식으로 나를 마음대로 벗겨내기 시작한다. 아프거나 매섭게 느껴지는 대목이 없으면서도 정곡을 짚어오는 이야기 진행이었다. 어찌 보면 그가 나를 벗긴다기보다 나 스스로 벗게 하는 식이었다. 인사말에 이어 나온 첫마디부터가 그런 공격의 신호인 셈이었다.

"감사합니다. 하지만 그건 제 목소리 때문이라기보다 원곡의 느낌이 그렇기 때문이겠지요."

그의 앞으로 자리를 잡아 앉고 나서 내가 겸양 조의 대꾸를 건넨다. 그러자 바로 그 소리를 계기 삼아 나와 나의 노래에 대한 재빠르고 가차 없는 탐색이 숨 쉴 새도 없이 연거푸 잇따른다.

"원곡의 느낌이라면…… 하긴 그런 면도 없진 않겠군요. 이게 베르디의 「나부코」 중에 나오는 '히브리 노예들의 합창'을 백남희 씨가 가사를 고쳐 써 부른 거지요? 원곡의 느낌도 어둡고 비장하지요. 그러면서도 장중한 힘이 치솟는 느낌이고. 그러나 모두가 원곡의 악상 때문만은 아닐 겁니다. 원곡은 원래 합창곡인데, 백남희 씨는 자신의 가사와 혼자 목소리로 그런 악상을 충분히 소화해서 전해주고 있거든요. 오히려 원곡의 장중한 악상에 백남희 씨 나름의 독특한 가창력을 발휘해서 말입니다. 불꽃이 타오르는 듯한 뜨거운 열정의 폭발 속에 이상한 허무가 깃들이고, 그 어두운 절망의 바닥에서 장중스런 힘과 분노가 치솟고…… 백남희 씨의 노래에서 나는 자주 그런 느낌—눈을 감고 졸고 있다 갑자기 머리를 얻어맞는 것 같은 강한 충격, 아니면 거꾸로 깨어 앉은 채 잠을 자지 못하게 하는 어떤 뜨거운 열정과 호소를 함께 느끼곤 하는데, 그게 백남희 씨의 악곡 해석과 독특한 가창력 때문이 아닐까요."

"전 그런 건 잘 모르겠어요. 전 그저 제가 좋아하는 노래를 제가 좋아하는 식으로 부를 뿐이에요."

"그런데 그런 창법 그런 노래를 선택한 것은 역시 백남희 씨 자신이지요. 그리고 그런 선택 속에 이미 자신의 취향과 안목이 스며 있는 거구요. 백남희 씨는 학교에서 정규 음악수업을 했었다지요?"

"학교 공부는 2년뿐이었어요. 노래를 부르면서 그만두고 말았어요."

"하지만 그곳에서 어느 정도의 기초가 다져졌겠지요. 이번 곡도 물론 백남희 씨 자신이 선택하고 편곡도 자신이 하신 거겠지요?"

"제가 원래 좋아해온 곡이었으니까요. 합창곡이 특히 마음에 들거든요."

"합창곡을 특히 좋아하신 이유는?"

"전 언제나 사람들과 함께 노래를 하고 싶으니까요. 무대에서도 늘 그래 온 편이었구요."

"합창곡이라도 무대 위에선 실제로 사람들과 합창으로 노래를 할 수는 없었을 텐데요?"

"무대에선 그게 가능할 때가 많았어요. 사람들이 실제로 목소리를 합해오지 않고 있을 때도 전 늘 그런 기분으로 노래를 했구요."

"오늘도 역시 그랬습니까. 오늘도 노래는 혼자뿐이었는데……?"

나는 웃으며 고개를 끄덕인다. 그러자 그가 다시 질문을 계속한다.

"알겠군요. 거기 노래의 힘과 감동의 비밀이 있었군요. 그렇다면 그런 백남희 씨 자신은 그렇게 노래를 함께 하는 데에 무슨 특별한 의미를 가지고 있나요? 이를테면 노래란 원래 함께 부르는 데에 참 즐거움과 뜻이 있다든가 하는…… 노래 일반의 본질이나 그에 대한 백남희 씨 자신의 이해와 태도에 상관해서, 아니면 노래의 내용이나 정서의 경향 같은 것들과 상관해서?"

"아니, 전 그런 건 몰라요. 전 그저 제가 좋아서 그러는 것뿐이에요."

"좋습니다. 그럼…… 그 이야기는 노래를 한 곡 더 듣고 나서 계속하도록 하지요."

첫번 막간에선 그쯤에서 그의 질문이 끝났다.

그리고 나는 이내 두번째 노래를 부르기 위해 자리를 일어서서 무대로 나간다……

—꿍……

부스럭 소리 하나 없이 잠잠하던 거실의 작자도 거기서 동시에 몸을 일으키는 기척이다.

— 작자가 이제 채널을 바꿀 건가?

하지만 아니다. 그의 발걸음은 수상기가 아닌 부엌 쪽을 향한다. 그리고 거기 냉장고 문을 열고 남아 있는 깡통맥주를 마저 꺼내 들고 자리로 돌아간다. 아무래도 작자가 노래를 제법 즐기고 있는 낌새다. 그리고 계속 술까지 들면서 즐기려는 낌새다.

— 천년을 기다리랴, 누가 너의 기다림을 웃으랴.

누가 너의 기다림을 잊으랴⋯⋯

반주와 함께 두번째 노래가 시작되고 있었다.

「천년을 기다리랴」는 내 자작곡 중의 하나다.

나는 이제 모든 것을 잊고 눈을 감은 채 노래를 따라간다.

— 헛되어도 기다리랴, 아픈 눈으로 깨어 기다리랴⋯⋯

하지만 나는 이내 더 노래를 따라갈 수 없어지고 만다. 몇 소절도 못 가서 나는 제물에 목이 메어버린다. 자신도 별로 분명한 까닭은 말할 수가 없다. 하지만 나는 무대에서도 그곳을 부를 땐 얼마나 자주 목이 메곤 했던가.

이날은 무대에서와는 그 감회가 사뭇 다르다. 새로운 분노가 독기처럼 서서히 가슴 깊숙이 번지기 시작한다.

또 하나의 내가 거실 밖에서 노래를 부르고 있었다. 그것도 엉뚱하고 무도한 틈입자 앞에서. 맥주를 마시며 나를 즐기는 무뢰배 앞에서. 그 앞에서 나는 어쩔 수 없이 서서히 알몸이 되어가고 있는 느낌이다. 그리고 마침내 수치감과 분노로 온몸이 부들부들 떨려오기 시작한다.

그러자 나는 불현듯이 벌떡 자리를 박차고 일어선다. 나도 작자도 아파트와 함께 무서운 불길 속으로 휩싸여드는 광경이 눈앞을 지나간다.

그러나 나는 이내 다시 머리를 저으며 자신을 달랜다. 이번엔 창문에 늘어진 커튼 자락을 밀치고 두려운 눈길로 창문 바깥의 어둠 속을 내다본다. 15층 아래의 아스팔트 바닥이 어둠에 묻힌 채 가늠조차 안 된다. 머리가 박살난 자신의 참상이 그 어둠을 붉게 불들인다.

나는 다시 고개를 흔든다. 그리고 새삼 망연스런 기분으로 잠시 거실 쪽의 동정을 살핀다.

"……백남희 씨는 언제나 자기 무대의 마무리 곡으로 부르는 노래가 있다고 들었는데, 「다시 부르지 못하는 노래」던가요……그럼 이번엔 마지막으로 그 노래를 들려주시겠습니까."

방송은 그새 두번째 노래와 막간 대담이 지나가고 있었다. 젊은 무법자가 방금 마지막 세번째 곡을 주문하고 있었다.

"그러지요. 하지만 이 노래를 부를 때쯤 해선 듣는 사람들도 대개 저와 함께 노래를 합창해주었어요. 오늘은 물론 저 혼자서 노래를 불러야 하지만, 그런 기분으로 마음속으로 제 노래를 따라 불러주세요."

작별의 인사 대신 주문을 말하고, 나는 그 마지막 노래를 위해 무대 쪽으로 걸어나간다.

──노래 다시 못 하네, 거리엔 바람 소리……

반주와 함께 이윽고 노래가 시작된다.

하지만 나는 이내 또 목이 메기 시작한다. 더 이상 노래를 따라 갈 수가 없어진다. 도대체 이 판국에 누구더러 노래를 함께 따라 부르란 말인가.

나는 마침내 침대 위로 다시 몸을 던지며 이불자락으로 머리를 감싸버린다. 그리고 그런 식으로 귀를 막은 채 방송이 어서 끝나주기만을 기다린다.

마침내 방송은 끝이 났다. 그리고 그는 그쯤 수상기의 스위치를 끈 듯싶다.

하지만 나는 정작 그 방송이 끝나는 소리를 듣지 못했다.

찰칵!

시간이 얼마쯤 지나서였을까. 나는 아직도 머리통 위에 둘러쓴 이불자락 속에서 그가 텔레비전을 끄는 소리를 어슴푸레 들은 것 같았다.

그러나 그것은 그가 텔레비전을 끄는 소리가 아니었다. 텔레비전은 이미 그전에 꺼져 있었다. 그것은 바야흐로 이날 밤 내 마지막 파괴가 시작되려는 신호 소리였다. 이불자락 밖으로 머리를 싸안은 손을 비키고 잠시 동안 시간이 더 흐르고 나서야 나는 비로소 그것을 깨닫는다. 그리고 동시에 어떤 본능적인 위험의 기미를 직감한다.

거실 쪽에선 이미 아무 기척 소리도 들려오질 않는다. 방 안도 그저 적막스런 어둠뿐, 아깟번보다도 더욱 깊고 두꺼운 어둠과 침묵의 수렁 속이다. 그 어둠과 침묵의 수렁 속에서 작자가 소리 없이 나를 내려다보고 있었다……

금속음은 그가 방문을 닫고 자물쇠를 누른 소리였다. 방 안이 아주 깜깜해진 것도 그 때문이었다. 나는 그 깜깜한 침묵 속에 그를 역력히 느끼고 있었다. 불결하게 젖고 있는 작자의 숨결이 금방 귓가로 닿아올 것 같았다. 나는 몸이 녹아드는 것 같은 긴장 속에 그대로 가만히 숨을 죽이고 있었다.

그것은 차라리 기다림이었다.

결국은 모든 것이 허사로 끝나가고 있었다. 작자에 대한 그 마지막 기대와 믿음까지도. 어둠 속에 그를 느끼는 순간 나는 그것을 알아차렸다. 그것을 알아차렸으면 그것으로 그뿐 부질없는 후회나 아쉬운 원망 같은 것에 매달릴 필요는 없었다. 아직도 필요한 것이 있다면 얼마간의 시간뿐. 이제 마지막이 될 무도한 파괴를 의연히 받아들이기 위한 나 자신의 준비를 위하여.

사내도 이미 나의 그런 기미를 속속들이 읽고 있는 것 같았다. 하여 그답게 얼마 동안 나를 기다려주고 있는 것 같았다.

말없는 침묵 속에 서로 간에 잠시 그런 위태로운 기다림이 계속된다.

기다림은 그러나 오래가지 않는다.

그가 이윽고 그림자를 남기지 않는 투명인간처럼 어둠 속으로 천천히 내게로 다가온다. 그리고는 가만히 상체를 침대 위로 걸쳐 앉으며 나의 옷깃에 손을 대온다. 이런 판국의 이런 사내에게도 그런 여유가 남아 있나 싶게 지극히 부드럽고 은밀스런 몸짓이다.

시간을 그만큼 주었으면 이젠 괜찮겠지? 그 손길이 그렇게 낮게 속삭여오고 있는 것 같다.

순간 나는 자신도 모르게 몸을 화들짝 돌려 눕혀버린다. 하지만 그것은 이미 앙칼진 저항의 이빨이 빠져나간 본능과 체념의 무력한 몸짓일 뿐. 그의 손짓이 불의에 기분이 상한 듯 잠시 동안 다시 움직임을 멈춘다. 동시에 그의 낮고 단호한 목소리가 후끈한 숨결을 타고 내 목덜미로 기어 올라온다.

"아니, 이거 아직도…… 이러면 안 되는데?"

"……"

나는 더 이상 부질없는 몸짓으로 사내의 성깔을 건드리지 않는다. 이제는 그냥 모든 것을 그에게 내맡겨버린 채 조용히 눈을 감고 기다리기 시작한다.

사내는 아직도 상한 기분이 쉬 풀리지 않는 모양이다.

"어차피 결과는 마찬가질 텐데, 나 이런 식은 맘에 안 들어!"

단호한 저음으로 그가 한 번 더 나의 기를 꺾는다. 그리고 의뭉스레 숨을 죽이고 있던 손길도 거기서 문득 다시 동작을 시작한다. 그 손길이 아깟번보다도 훨씬 거칠고 단호하게 느껴진다.

그러나 그것도 잠시 한순간뿐. 사내는 내게 반항의 기미가 사라진 걸 알아차리고 이내 손길이 다시 부드러워지기 시작한다. 마치 어떤 독립된 감각중추라도 지닌 기관처럼 사내의 손길은 시간이 갈수록 부드럽고 신중하고 그리고 세심하다. 부드럽다 못해 차라리 벌레라도 몸속을 이리저리 기어 다니는 느낌이다. 남은 옷가지들을 벗겨나가는 데도 답답할 만큼 꼼꼼하고 손놀림이 더디다. 징글맞고 치욕스럽다 못해 어느 순간 나는 스스로 홀랑 알몸이 되어주어버리고 싶은 자학적인 충동마저 불쑥불쑥 치솟는다. 하지만 나는 끝끝내 그냥 모든 것을 사내에게 내맡겨 놔둔 채 죽은 듯이 마지막의 순간을 기다린다. 어쩌면 나는 이제 스스로 옷을 벗을 권리조차 없었다. 나는 스스로 파괴되어서는 안 되었다. 나를 부수는 것은 사내의 일이었다. 사내에게 그것을 맡겨둬야 하였다. 작자가 나를 마음껏 부숴놓게 해줘야 하였다.

작자도 그것을 알고 있는 것 같았다. 그는 철저하게 준비하고 있었다. 절대로 부끄러운 실패가 없도록. 내 인내가 마지막 한 방울도 남아 있지 않도록. 그리하여 섣불리 내 육신만을 부수는 일이 없도록. 추호의 빈틈이나 소홀함이 없이 세심한 주의와 노력을 다해 완벽한 파괴를 준비하고 있었다. 나의 옷가지들이 벗겨져나가면서 사내 쪽도 이미 알몸이 되어 있었다. 한데도 그는 아직 기다리고 있었다. 그리고 끝내는 그가 망치를 휘둘러대지 않아도 나 스스로 부서져 주저앉을 지경이 되도록 충분한 시간을 기다린 다음에야 비로소 그가 첫 번 발파의 심지를 심어왔다.

그러나 나는 거기서부터가 더욱 어려운 싸움이다. 그만큼 더 인내가 필요하기 때문이다. 스스로 파괴될 수가 없기 때문이다. 그의 폭파를 기다려야 하는 것이다. 나는 차갑게 사지를 풀어둔 채차라리 그의 난폭하고 거센 폭파를 기다린다.

──이자는 왜 방문을 걸어 잠갔을까. 이곳은 이미 자신의 성지라고 자신이 선언하지 않았던가. 그런데 왜 문을 걸어 잠그고 어둠을 함께 가둬 넣어야 했을까. 이자에게도 아직 한 조각 부끄러움은 남아 있는 것인가.

사내의 폭발을 기다리며 그 초조한 시간을 잊기 위해 나는 그런 엉뚱한 상념들에 생각을 몰두한다.

　——이 부드럽고 조심스런 몸짓…… 어떤 사내라도 이런 때만은 이토록 스스로 은밀스러워지고 싶은 것인가. 아니면 애초에 작자의 힘이 그리 거칠고 난폭스러운 편이 못 되기 때문인가. 이 부끄러움을 숨긴 침묵, 이 조용하고 예의 바른 몸짓, 어쩌면 작자가 정말로 자신이 없는 건 아닐까……

　다행인지 불행인지 사내는 나의 그런 무반응 상태에 불만스러워하는 눈치가 전혀 안 보인다. 그리고 나는 뜻밖에도 그런 부질없는 상념에 오래 매달릴 필요가 없게 된다.

　오래지 않아 사내가 내 상념의 한가운데로 자신을 스스로 적중해왔다. 기미를 예감할 틈도 주지 않은 채 불시에 그의 폭발이 지나가고 있었다. 그것은 어쩌면 남의 산에서 일어난 일처럼 폭음도 진동도 위력이 없었다. 시간조차 그리 오래 걸리지 않았다. 자기 폭파의 파편을 피해 잠시 몸을 웅크리고 기다린 자신이 싱거워질 지경이었다. 그의 발파가 지나가고 나서도 낙석 한 조각 떨어지는 소리가 없었다.

　나는 아무것도 부서진 것이 없었다. 말짱하게 그냥 원상을 유지하고 있었다. 한데도 그는 아직 어떤 위험이 지나가기를 기다리듯 한동안이나 더 가만히 내게 몸을 의지하고 있었다. 마개에서 바람이 새어나가고 있는 고무자루처럼 얼굴을 파묻은 채 몸뚱이가 내 위에서 서서히 작아져가고 있었다.

　"이거 나 실망인데…… 하지만 다 알고 있을 걸 괜히……"

　이윽고 그가 식어버린 자신의 심지를 거두어갈 채비를 서두르며 내게 한마디 건네왔다. 무얼 실망하고 무얼 알고 있다는 것인지 뜻이 분명치 않은 소리였다. 하지만 나는 그 소리에 비로소 자신이 이상하게 자극이 되어온다. 그 뜻이 무엇이거나 사내의 말은 그 거꾸로 나를 불평하는 나무람의 소리가 분명했다.

나는 새삼 정신이 번쩍 들어온다.

— 이러면 안 되는데…… 정말로 일이 이래서는 안 되지.

일이 정말로 이런 식으로 끝나서는 안 된다는 엉뚱한 초조감이 나를 세차게 휩싸온다. 일이 여기까지 되어온 이상엔 내가 다시 멀쩡하게 되살아남는 일이 있어서는 안 되었다. 그것은 어쩌면 그를 위해서보다 나 자신을 위해서도 그랬다. 하여 다음 순간 나는 갑자기 몸을 비키려는 그의 동작을 두 팔로 다시 힘껏 묶어버린다. 앞뒤를 거의 돌볼 수가 없는 다급하고 세찬 동작이었다.

"……!"

등 뒤로 엉켜드는 두 팔을 느끼자 그는 내 예기치 않은 도전에 정신이 잠시 얼떨떨해지는 기미다. 말이 없는 가운데도 이미 식어버린 자신의 심지를 느끼곤 당황스런 눈치를 숨기지 못한다.

나는 이제 사내의 반응 따윈 상관하지 않는다……

나는 기어코 다시 파괴되어야 하였다. 가장 처참하고 욕스런 모습으로. 그리고 가장 난폭스럽고 철저하게. 그가 무력해도 상관 없었다. 무력하면 스스로 내 힘으로 자폭이라도 감행해야 하였다. 지금의 모습은 파편 한 조각이라도 남기지 않도록. 파편이 남으면 그것들을 모아다가 다시 한 번 스스로 부서져야 하였다. 황량스런 폐허가 되어야 하였다.

그 황량스런 폐허 속에서 내일은 다시 태어나야 하였다. 이번에는 아무것도 더 부끄러울 것이 없고 두려워할 것도 없는 그의 떳떳한 새 종으로. 그리하여 그에게 모든 것을 서슴없이 맡겨버리고 마음 편히 따를 수가 있어야 하였다. 나의 모든 육신과 영혼으로. 심지어는 나의 운명까지도. 그래야 나는 편해질 수 있었다. 그래야 아침을 맞을 수 있었다.

그게 가장 완벽하게 자신을 부수는 방법이었다. 그의 거센 발파보다도 스스로 자폭을 갈망하고 나서는 것. 그를 앞질러 나를 놀라게 하는 것……

하지만 역시 프로에겐 프로다운 비결이 있었을까. 사내는 보다 더 잔인하고 완벽한 방법을 아껴두고 있었다. 그는 나에게 스스로의 자폭조차 용납하지 않았다. 한동안 내게 풀무질을 열심히 계속하고 있던 그가 화덕의 불길이 얼마쯤 뜨겁게 타오르는 듯싶어지자, 어느 순간 갑자기 쥐가 난 사람처럼 졸지에 동작을 멈춰버린다. 그리곤 이내 몸을 거두어 말없이 침대를 내려가버린다……

뒤이어 방 안이 환하게 밝아왔다. 그가 방을 나가면서 벽 위의 스위치를 올려버린 것이다. 이번에는 방문조차 닫아주지 않았다.

전혀 예상을 못한 행동이었다.

그의 짧음이 절묘한 것이었다. 그는 그 짧음 속에다 처음부터 그것을 숨겨온 것이었다. 방을 나가면서 불을 밝혀버린 것도 필시 애초부터 예정을 해온 행동이었다. 그는 역시 잔인하고 노회한 파괴범다웠다.

나는 새삼스레 절망하고 있었다. 그것은 물론 부끄러움 때문이 아니었다. 중도에서 자폭을 거절당한 부끄러움이나, 환한 불빛 속에 불시에 갑자기 무방비 상태로 드러난 자기 알몸의 부끄럼 때문이 아니었다. 어이없는 배신감이나 모욕감, 아니면 불결스런 그를 지레 앞질러 나서려던 창피스런 자존심 때문에서도 아니었다. 문제는 그가 내게 자신의 부끄러움을 내 눈으로 직접 보게 해준 데에 있었다. 그리고 그는 그것으로 나를 보다 처참하게 부숴놓은 것이었다.

……나는 마침내 그 부끄러움을 통하여 자신의 파괴를 보게 된 것이다. 그가 밝혀준 환한 불빛 속에 나는 자신도 알지 못한 사이에 거기 그렇게 무참스럽게 부서져 있었다. 부서지고 허물어져 지저분하게 버려져 있었다. 나는 졸지에 자신의 눈으로 그것을 보고 있었다.

하지만 나는 웬일인지 거기서 금세 눈길을 돌려버릴 수가 없었다. 밑바닥까지 절망을 느끼면서도 그대로 그냥 멍한 눈길로 자신의 폐허를 응시하고 있었다. 그리고 그 하염없는 응시 속에 아직도 몇 번씩이나 자신의 파괴를 되풀이하면서 그것을 가차 없이 확인하고 있었다.

뻐꾹 시계가 그때 어슴푸레 1시를 울고 있었다……

나는 문득 다시 쓰기를 멈춘다.

어느새 문장이 다시 과거형 일색으로 되돌아가고 있었다. 종합과 판단도 그만큼 빈번해지고 있었다. 한마디로 그 종합과 판단의 과거형 문장 속에 사건이 너무 일사불란하게 설명되어가고 있었다. 그것도 직접적인 사실의 재현 과정을 통해서가 아니라, 오 검사의 신문과 먼젓번 진술서들의 내용에 스스로 암시를 받으면서.

사건의 진행은 실상 그렇게 일목요연한 내용일 수가 없었다. 감정의 변화나 시간의 순서들이 진술된 내용 그대로일 수가 없었다. 과거사의 완벽한 재현이 불가능한 마당에 기억이 그토록 정확할 수도 없었고, 감정의 굴절이 안 생겼을 수도 없었다.

시간의 순서와 감정의 실상은 진술서와 전혀 다른 것일 수 있었다. 하지만 나는 그것을 머릿속에 정확하게 재생시켜낼 수가 없었다. 그보다 나의 머릿속에는 먼젓번 진술서 작성 과정들의 사건 내용들이 훨씬 정연하게 자리를 잡고 있었다. 나는 사건의 실제보다도 진술서의 기억을 뒤좇고 있을 수 있는 것이었다. 게다가 어떤 생각이나 글은 그것 자체로서의 독자적인 질서를 주장해오고 있었다. 시제에 있어서, 감정 표현에 있어서, 혹은 문장의 논리에 있어서, 그것은 한사코 모순과 오류를 스스로 배척하고 제거하려 하였다. 그리고 사실의 실제와는 상관없이, 아니면 나의 의지까지를 배반해가면서 그것 스스로의 온전하고 독립적인 질서 속으로 완성되려 하였다.

그것은 정직한 사실의 진술이 아니었다. 사실 자체는 논리가 아니었다. 모순도 있고 오류도 있었다. 진술이 일사불란하게 완성되어가면 그만큼 사실과는 멀어질 수 있었다. 한마디로, 그 먼젓번 진술의 기억과 진술의 과정 속에 스스로 완성되려는 문장들의 주장은 사실을 가리는 장애의 벽이었다. 사실은 그 두꺼운 장벽의 너머에 있었다. 나는 장막을 걷어내고 진짜 진상을 만나야 하였다.

하지만 그게 마음속 각오만으로는 되는 일이 아니었다. 진술서를 쓰기 전에 머릿속에서 먼저 당시의 일들이 허심탄회하고 정확하게 재경험되어야 하였다. 그것은 먼저 당시의 기억부터 될수록 정확하게 되살려내는 일이었다. 진술서의 작업은 그런 다음에 자동기술이 되어나가야 하였다.

──그 전율스런 파괴의 밤은 그것으로 일단 날이 밝았다.

나는 부러 팔짱을 끼고 앉아 그 과거의 시간대 속에 밀봉된 어둡고 황량스런 기억의 골짜기를 더듬어나가기 시작한다……

──그러나 내겐 그것으로도 아직 부서지지 않는 곳이 남아 있었던 것일까. 아니면 사내의 성미가 거기서도 아직 마음을 놓을 수 없을 만큼 신중했기 때문인가.

이튿날 아침부터 사내는 다시 철저하고 완벽하게 나를 부숴나갔다. 그리고 그의 작업의 성과를 완전무결하게 다져가고 있었다. 그것은 미처 전날 밤까지도 예상을 못한 일이었다.

이튿날 아침 날이 밝고부터는 내게 더 많은 제재가 가해졌다. 제재라기보다 그것은 완전한 감금이었다. 그가 내게서 말과 행동의 자유를 빼앗아간 것은 이미 간밤부터의 일이었다. 그런데 날이 밝고부터 그는 그 구속의 울타리를 보다 철저하게 보강해나갔다. 그리고 나를 말과 행동의 완전한 진공 상태 속으로 감금해버렸다.

──오늘부터 거긴 아예 입이 없는 거여. 혼자 맘대로 움직일 수 있는 손발도 없는 거고.

아침에 용변을 보고 화장실을 나오는 나를 보고 그가 말했다. 그는 마치 간밤의 일들은 기억에도 없는 듯 새판잡이 다짐을 해오고 있었다. 간밤의 그 방송 출연에 대해서도 전혀 어떤 눈치를 챈 일이 없는 사람 같았다. 그걸 알았다면 나의 행동을 그런 식으로 덮어놓고 묶어버릴 수가 없었다.

하지만 실상 그것은 작자가 간밤의 일들을 모두 잊고 있어서가 아니었다. 그는 다만 그것을 염두에 없어해 보이고 싶어 한 것뿐이었다. 그 몰염치 행위들을 스스로 도외시해 보임으로써 그는 내게 대한 간밤의 다짐들의 유효성을 한 번 더 확인해주고 싶어 한 것이었다. 그것은 아직도 내게 대한 그의 파괴 작업이 가차 없이 계속되어나갈 것임을 뜻했다.

──내 말 깊이 명심해두는 게 좋아. 난 워낙 같은 말을 두 번씩 되풀이하는 건 질색이니까 뒤늦게 후회할 일은 만들지 말구. 게다가 거긴 지금 마음의 여유가 그리 많지 않은 사람에게 자신의 운명이 걸려 있다는 사실을 잘 명심해서……

그가 마지막으로 덧붙여온 소리였다.

나는 그것으로 다시 말과 행동의 자유를 잃고 안방에 혼자 갇혀 지내는 답답한 신세가 되고 말았다. 용변을 보러 가는 변소길 외에는 방문을 나가는 것조차 허용되지 않았다. 끼니 치다꺼리도 걱정할 필요가 없었다. 냉장고엔 한동안 두 사람의 시장기를 꺼나갈 만한 양의 식빵 봉지와 과일들이 남아 있었다. 집에서 끼니를 치르게 될 때의 대용식으로 일주일에 한 번꼴씩 시장을 보아다 놓은 것들이지만, 그것도 대개는 생각이 없어 봉지째로 그냥 쌓여 있는 물건이었다.

작자는 그것으로 끼니를 대충 치러나갔다. 끼니를 찾아 지을 생

각은 그만두고 시장기조차 제대로 느껴볼 계제가 못 되었지만,
그는 이따금 생각이 난 듯이 내게도 그것을 던져 넣어주곤 하였
다. 쓸데없는 일로 공연히 방을 나와 서성거릴 생각은 말라는 뜻
이었다.

아침저녁으로 얼굴을 씻는 일은 물론 노래를 흥얼거린다든가,
전축 음악을 듣는 것 따위는 엄두조차 내볼 수 없었다. 얼굴에 굳
이 물칠을 하자면 용변 길에 잠깐 틈이 날 수도 있었지만, 그 용변
길을 가는 것조차 열린 방문을 두드리는 것으로 그의 허락을 얻어
야 했다. 그런 일까지 번번이 허락을 얻으라는 것은 물론 아니었
다. 하지만 나는 그렇게 문을 두드리는 것으로 그에게 내 행동을
알려야 했고, 그것만이 그가 내게 허락한 유일한 행동의 자유인 셈
이었다.

그런 철저한 행동의 제약은 방 안에서도 마찬가지였다. 낮이나
밤이나 바깥 창문 쪽은 늘 두꺼운 커튼을 내려두는 반면, 거실로
통하는 방문은 활짝 열어두고 지내야 했다.

방 안에서라고 결코 행동이 자유로울 수 없었다. 하지만 그것은
아직도 여유가 있는 편이었다.

말에 대해선 그나마의 기회조차 주어지지 않았다. 마지막 경고
가 발해진 다음부터는 일체 나에게 말을 시켜오는 일이 없었다. 아
니, 그 뒤로 그가 딱 한 번 내게 말을 물어온 일이 있었다. 그의 담
배가 떨어진 다음이었다. 집에 담배를 사둔 게 없느냐고 했다. 그
때는 내 쪽에서 대꾸를 하지 않았다. 말대꾸 대신 화장대 서랍 속
에서 담배를 보루째 내주고 말았다. 평소에도 그리 담배를 좋아하

는 편이 아니었던 데다, 일이 벌어진 다음부터는 그나마 아예 생각을 잊고 있었기 때문이다(그것을 그에게 내주면서, 담배를 배우고 그것을 사둔 일이 얼마나 역겹고 후회스러웠던가!). 하지만 두 사람 사이에 말이라 할 만한 것이 오간 것은 어쨌거나 그게 마지막이었다. 그리고는 그나 나나 아예 벙어리 꼴이었다. 어쩌다 한마디쯤 내 쪽에서 기미를 건네보려 하여도 그쪽에서 전혀 응대를 해오지 않았다. 아예 아무것도 못 들은 척하거나, 갑자기 위협적인 표정이나 몸짓으로 나를 멈칫 움츠러들게 하곤 하였다. 무슨 말응대를 해오기커녕은 그 자신부터 깜깜절벽의 억지 벙어리가 되어버리고 있었다.

간밤처럼 텔레비전을 켜놓고 듣는 일도 없었다. 시간 따라 울고 들어가는 뻐꾹 시계의 부질없는 울음소리뿐, 집 안은 그저 하루 종일 잦아드는 듯한 정적 속에 그 혼자 거실과 서재(그것은 이미 그의 비밀 은신처가 되어버리고 말았지만) 사이를 오가며 그림자처럼 내 거동을 감시하고 있었다.

서재 쪽에선 때로 그가 어디론지 알아들을 수 없는 낮은 목소리로 전화를 거는 듯도 싶었지만, 그 밖엔 실제로 그가 나를 감시하고 있는지 어떤지, 아니면 무슨 다른 일에 몰두하고 있는지, 그의 보이지 않는 거동에 대해선 전혀 짐작을 할 수가 없었다.

그가 스스로 말을 잃고 만 격이니, 하물며 나로선 더 이를 바가 없었다. 얼핏 보아선 이해가 안 가는 일이었다. 무엇 때문에 내게 그런 침묵의 제재가 필요한 것인지, 처음엔 그의 의도가 전혀 납득이 안 갔다.

하지만 나는 차츰 그것을 깨닫기 시작했다. 완전무결한 침묵의 제재는 그 자체가 바로 커다란 공포요, 고통이었다. 그리고 가혹한 파괴의 수단이었다. 나는 그 공포와 고통 속에 그것이 나를 완전무결하게 굴복시키는 방법임을 깨달았다.

그가 그것을 노리고 있음이 분명했다. 그래 조금은 시간이 걸리더라도 그런 방법을 선택한 것이었다. 그리고 내게 대한 확신이 설 때까지 자신을 참으며 기다리는 낌새였다. 말과 행동의 완전한 진공상태 속에 나를 가두고 가축처럼 사육하면서……

하지만 어쨌거나 나는 그런 건 상관을 않으려 하였다. 공포나 고통은 그리 오래가지 않았다. 나는 이미 첫날 밤의 일로 심신이 모두 스스로 파괴되어 자신을 그에게 내맡겨버린 처지였다. 자신의 파괴가 새삼 두려울 것이 없었다. 얼굴을 매만지거나 허기를 다스리고 싶은 생각은 물론, 나 자신부터 몸을 전혀 움직거리기가 싫었다. 하고 싶은 일이 있을 리도 없었고, 그에게 무엇을 요구할 생각 같은 건 더더구나 없었다. 횡액을 새삼 원망하고 싶은 생각도 없었고, 나의 처지를 불평할 생각도 없었다. 도대체 자신을 돌보고 싶은 생각이 없었다. 무엇보다 그가 원하지 않는 일을 굳이 시도하려 나서고 싶지가 않았다……

그런 중에도 한 가지 자유는 있었다. 그야 그 처지에 별나게 뾰족한 다른 일이 있을 수는 없었다. 하지만 그 나름대로 눈에 거슬리지 않으면서 시간을 효과적으로 지워나갈 은밀한 방법이 있었다. 마음이 조금씩 편해져가면서부터 나는 혼자서 상상의 놀이를 즐기기 시작했다. 작자는 도대체 어떤 인간인가, 하는 일이 무엇이며 지내온 내력은 어떤 위인인가. 그리고 작자가 나를 이런 식으로 납치한 동기나 목적은 무엇인가…… 하는 등등의 수많은 궁금증들을 혼자 끝없이 쫓아 헤매었다. 나를 택한 게 우연의 결과인가. 아니면 정말로 나를 알고 한 일인가. 나를 안다면 얼마나 어떻게, 그리고 어디서 어떤 일로 인해서. 작자에게 정말 배후나 일당이 있는 것인가. 일당이 있다면 어떤 위인들이며, 나는 장차 어떻게 될 것인가…… 꼬리를 물고 이어지는 궁금증들은 으레 다시 혼자 자답식의 다른 상상들을 이끌어내었다. 때로는 저주로, 때로는 동정으로, 그리고 때로는 희망 쪽으로, 때로는 새로운 절망 쪽으로…… 동기 없는 일이 있을 수 없다고 작자가 말했던가. 하긴 위인에게도 그럴 만한 동기나 사연은 있었겠지. 그걸 알게 되면 나로서도 얼마간 작자를 이해할 수가 있게 되는 건 아닐까. 하지만 위인이 애초부터 천성적인 범죄성 인물이라면? 그리고 정녕 일말의 이해나 동정조차도 불가능한 극악한 동기나 목적에서라면?

어떤 땐 바로 문밖에 죽치고 앉아 나를 지키고 있을 작자의 머릿속 생각들을 혼자 넘겨짚어 들추어내기도 하고, 그가 서재 쪽으로 몸을 비켜가는 기미가 보이면 이번에는 다시 위인이 그곳에서 꾸며내고 있을 갖가지 불길스런 음모들을 떠올리며 제풀에 혼자 몸을 떨기도 하였다.

모든 걸 이미 체념한 가운데서도 그것은 말하자면 내 마지막 살아 있는 의식의 탈출 작업과도 같은 것이었다.

하지만 끝내는 그런 자유마저도 스스로 한계가 지어질 수밖에 없었다. 하루 이틀 지나다 보니 그 짓에도 그만 지쳐나기 시작했다.

무엇보다도 그런 혼자만의 상상놀음에는 뛰어넘을 수 없는 벽이 있었다. 사내는 그 협박기 어린 침묵 속에 계속 무겁게 입을 다물고 있었다. 나의 궁금증과 상상 속의 자답들은 어디서도 진부를 확인받을 길이 없었다. 그것은 현실과 상상을 갈라놓고 있는 두껍고 단단한 철벽이었다. 내 부질없는 상상놀음은 언제나 그 답답한 벽에 부딪쳐 현실의 원점으로 되돌아올 수밖에 없었다. 그리고 그 끝없는 자기 탈출의 시도와 좌절의 되풀이 속에서 나는 몇 번이고 다시 내 마지막 자유를 저주하며 자신의 파괴를 되풀이하고 있었다.

유일한 자유 상상놀이조차도 자신의 파괴에나 소용될 뿐이었다. 그리고 그것이 나의 완전한 파괴, 그 파괴의 완성을 도와준 것이었다.

그러나 아직도 완성은 아니었다. 파괴된 것은 아직도 나의 의식뿐이었다. 그것은 차라리 의식을 잃어버린 육신의 사육 상태, 바로 그것이었다. 그리고 그 사육된 육신에는 그것의 고유한 생명력이 있었다.

나의 의식이 지치고 허물어져 주저앉아버리자, 이번에는 그 육신의 질서가 제 마지막 권리를 주장하고 나서기 시작했다. 육신은 애시당초 기억력이 없는 것이었다. 기억력이 없는 것은 파괴될 수도 없었다. 아니, 육신에 기억력이 전혀 없는 것은 아니었다. 따라서 파괴가 없는 것도 아니었다. 한 육신은 다른 육신의 경험을 기억한다. 그리고 그 다른 육신의 경험에 의해 파괴될 수도 있었다. 그러나 원래 한 육신은 다른 육신에 의한 일시적인 파괴만이 가능할 뿐이었다. 그것은 그 파괴의 경험을 기억할 수 있을 뿐 파괴 자체를 기억하진 않았다. 파괴를 기억하지 않고 그 경험만을 기억함으로써 파괴된 육신은 활발한 재생력으로 그 본래의 욕망의 질서를 재빠르고 힘차게 재건해나갔다.

나의 육신은 그를 기억하고 있었다. 그리고 그 육신의 기억은 어느새 제 본래의 욕망의 질서를 재건해놓고 은밀히 그를 기다리고 있었다. 문밖에는 언제나 그가 있었다. 내 육신이 기억을 지우지 못하고 있는 그의 육신이 있었다. 피차의 인간이 파괴되어버린 마당에 집 안에 있는 것은 다만 그 두 육신들뿐이었다. 뿐더러 그 육신 자체의 욕망의 얼굴에는 거추장스런 치레의 제약이 있을 수 없었다. 육신에는 애초 그것 자체의 탈도덕적 법칙이 있었고. 의식이 완전히 주저앉은 마당에 나의 육신은 이제 그것 자체의 고유한 법칙에만 충실할 수 있게 된 것이었다.

의식의 파괴는 말하자면 그 육신의 해방인 셈이었다. 내 육신은 거리낄 것이 없었다. 그에 대한 기억이 일단 되살아나고 나자 그것은 끊임없이, 그리고 간절하게 그의 육신을 기다렸다. 두려움이 전혀 없는 것은 아니었다. 그것은 또 다른 새로운 파괴를 부를 수도 있었다. 하지만 내 육신은 이제 파괴조차도 두려워하지 않았다. 그것은 차라리 공포의 이름으로 새로운 파괴를 꿈꾸는 격이었다. 그리고 그런 공포조차도 육신의 기다림의 한 다른 모습이었다.

그러나 나는 거기서도 끝내 응답을 얻을 수 없었다. 작자는 그 육신조차 다른 육신에 대한 기억을 못 지닌 사람 같았다. 아니면 나에 대한 그의 파괴 작업이 그토록 엄격하고 철저한 시간표를 지니고 있었는지도 모른다.

그는 전혀 나를 아는 체하지 않았다. 꼭 그 첫날 밤 한 번뿐 다시는 안방을 엿보는 일이 없었다.

그것은 내게 엉뚱스런 괴로움만 더해올 뿐이었다. 그리고 그 같은 부질없는 고통 속에 내 육신은 그 다른 육신에 대한 마지막 기억마저도 희미하게 흔적을 지워가고 있었다⋯⋯

닷새째가 지나자 그 육신의 괴로움도 잠잠해졌다. 그리고 나는 그것으로 심신이 완전무결하게 지쳐떨어지고 말았다. 그러자 마침내 어떤 이상스런 무념의 상태가 나를 찾아왔다. 그리고 그 무념무상의 아늑한 평화가 나를 고요한 잠 속으로 이끌었다.

이번에야말로 진짜 명실상부한 나의 파괴, 그 파괴의 마지막 완성을 보게 된 것이었다.

하지만 나는 이제 그런 자신의 파괴조차도 의식할 수 없었다. 그리고 마치 약이라도 먹은 듯 한없이 길고 깊은 잠 속으로 떨어져 들어갔다⋯⋯

잠이 깬 것은 꼬박 하루 한나절이 지난 이튿날(1월 2일) 저녁 무렵. 그리고 그 잠에서 깨어났을 때 나는 어딘지 자신이 몹시 달라져 있음을 느낀다. 나는 아직도 잠들기 전의 그 무념무상의 고요한 평화 상태가 계속되고 있었다. 전날까지의 악몽들이 깨끗이 걷혀간 듯한 가슴 후련한 정돈감마저 느껴진다. 그것은 이를테면 내 새로운 탄생인 셈이었다. 분명한 말로 표현할 수는 없지만, 전날의 고통과 절망감은 그 악몽과 함께 먼 과거의 망각 속으로 깨끗이 사라져가버린 것 같다. 하여 오늘의 나는 어제의 내가 아니다. 심신이 그렇게 가뿐할 수가 없다. 방 안의 분위기도 한결 새롭다. 전날의 그 살벌하고 답답한 분위기가 낯이 설 만큼 말끔히 걷혀 있다.

나는 잠이 깨고 나서도 한동안 그대로 자리에 누운 채 마약성 진통제에라도 취한 것 같은 그 부드럽고 몽롱한 기분을 즐긴다. 그리고 한참이나 더 시간이 흐른 다음에야 문밖에서 나를 지키고 있을 그 터무니없는 침묵의 사내가 생각난다.

그러나 이제 와선 그것도 별로 마음에 걸려오는 것이 없다. 두렵거나 원망스런 느낌이 조금도 없다. 궁금스러울 것도 미울 것도 없다. 그저 조금 우습고 짓궂게 여겨질 뿐이다. 어떻게 생각하면 그가 거기 그러고 있는 것이 오히려 나를 편하게 해주는 것 같기도 하다. 그가 믿음직스럽게 여겨지기까지 한다……

나는 대개 그런 기분으로 그의 동정을 살피기 시작한다.

한동안 가만히 귀를 기울이고 그의 기척을 조심스럽게 기다린다.

그런데 어쩐된 일인지 바깥에선 전혀 아무런 기척이 들려오질 않는다. 집 안은 그저 파괴한 정적뿐 무엇 하나 움직이는 낌새가 안 보인다.

― 서재로 들어가 잠이 들어 있는 건가?

날이 저무는지 방 안이 차츰 어두워지고 있었다. 하지만 한참을 더 그러고 있어 봐도 서재 쪽은 역시 허허한 적막뿐 사람이 들어 있는 기미를 알 수 없다.

― 작자가 혹시 집을 비우고 나간 건 아닐까.

나는 문득 그런 의심이 들어온다. 동시에 어떤 알 수 없는 두려움이 나를 새삼 엄습해오기 시작한다. 알 수 없는 일이다…… 나는 그를 확인해보고 싶어진다. 그의 소재를 서둘러 확인해보고 싶다.

하지만 정말 알 수 없는 일이다. 몸뚱이가 전혀 생각을 따라주지 않는다. 생각만큼 오히려 두려움만 더해간다. 그 두려움이 무엇 때문인지 알 수 없다. 그러나 그것은 정말로 그가 집을 비우고 없기를 바라서거나, 이유가 석연찮은 그의 부재를 틈탄 모처럼 만의 탈출의 기회 앞에 어떤 예기치 않은 위험을 느끼고 있어서가 아니다. 그것은 오히려 그와는 정반대의 것일 수도 있었다.

아직은 어느 쪽도 확실치가 않았다. 어쩌면 그 양쪽 모두의 탓일 수도 있었다. 어쨌거나 나는 그 두려움 때문에 영락없이 다시 가위에라도 눌려버린 꼴이었다. 눈이나 의식은 말짱한데도 사지가 남의 것처럼 마비되어 있었다.

거기서도 한참 더 시간이 흘러간다. 방 안이 완전히 깜깜해지고 있었다.

바깥에선 여전히 아무런 기척도 들려오지 않는다. 집 안이 온통 어두워지고 있는데도 불을 밝히려는 기미가 안 보인다.

──작자의 얇은 술책인가.

하지만 이런 식으로 사람을 시험해올 위인은 아니었다.

이유는 전혀 짐작할 수 없지만, 그가 집을 비우고 나간 것은 이제 거의 분명한 사실 같다. 그리고 그의 부재가 확실해지고 나자, 나는 비로소 나의 두려움이 어느 쪽인지를 차츰 깨닫기 시작한다.

그가 혼자 집을 나간 사실을 확인하고 나서도 나는 한동안 더 시간을 기다린다. 몸을 움직여볼 엄두조차 내보지 않는다. 아니 그런 생각을 먹어본들 사지가 말을 들어줄 것 같지도 않다. 답답한

어둠이라도 쫓아버리고 싶지만, 그것도 스스로는 불을 밝히려 나
설 수가 없다.

나는 그냥 사지가 마비되어 침대에 누운 채 초조하게 시간만 흘
려보낸다. 두려움은 아직도 여전하다. 아니, 그의 부재가 확인되
고 나서부터는 그것이 더욱 무겁고 절망스럽게 나를 짓눌러오고
있다.

그러나 그것은 이제 절대로 나의 탈출에 대한 위험 때문이 아니
다. 나는 애초 탈출이 불가능했다. 그것은 오히려 너무 갑작스레
혼자가 되어 남아 있는 자신의 처지에 대한 두려움이다.

나는 아직도 완전히 다시 태어난 것이 아니었다. 나는 아직도 탯
줄이 끊기지 않은 채 진자리에서 그냥 팔다리조차 제대로 움직이
지 못하는 백치 상태의 불완전한 인간이었다. 탯줄이 마저 끊어져
야 하였다. 그 탯줄이 아직도 나를 묵은 과거 속에 묶어두고 있었
다. 그 묵은 과거로부터의 탯줄을 끊어버리고 나는 다시 걸음마를
배우고 새 말을 배워나가야 하였다. 인간과 세상을 다시 배워나가
야 하였다.

그러나 그것은 나 혼자서는 될 수가 없는 일이었다. 누군가가 나
를 도와 그 일을 맡아줘야 했다. 말할 것도 없이 그것은 사내의 책
임이었다. 나를 다시 태어나게 한 그가 그 일도 함께 책임을 져줘
야 했다. 그가 방법을 알고 있을 터였다.

그런데 그가 내 곁에 없었다. 그는 정말로 나를 떠나가버린 것인
가? 탯줄도 다 끊어주지 않은 채 나를 이런 식으로 내팽개쳐놔두
고?

그가 영영 다시 돌아오지 않을지도 모른다는 생각이 나를 새로운 두려움에 떨게 한다. 그가 가고 없는 나의 앞날은 무서운 공포의 시간일 뿐이다. 혼자서 그것을 감당해나간다는 것은 상상조차도 불가능한 일이다.

나는 두려움 속에 사내를 기다렸다. 외롭고 절망스런 기다림이었다. 그 기다림을 위해서조차 자신이 할 수 있는 일은 아무것도 없었다. 스스로는 자신의 손발 하나도 움직일 수가 없었다.

나는 그저 그렇게 누운 채로 사내가 돌아오기를 초조하게 기다린다. 그가 돌아와 묵은 탯줄을 끊고 나의 새로운 탄생을 완성시켜주기를. 그리고 내 손을 잡아 일으켜 첫 번 걸음마를 이끌어주기를.

……나의 기다림은 결코 헛된 소망이 아니었다.

다행스럽게도 그는 나를 아주 버리고 떠나간 것이 아니었다.

어둠이 한참 깊어진 다음이었다. 그가 마침내 다시 내게로 돌아왔다.

그것은 바로 그가 내게 다시 세상을 열어준 구원이었다……

그의 돌아옴은 바로 내게 세상을 열어주었다는 표현 그대로였다. 그는 내게 빛과 함께 돌아왔다. 깜깜한 어둠 속에 외롭게 누워 있으려니, 밖에서 문득 문소리가 들려왔다. 그리고 이내 거실 쪽 공간이 밝은 빛으로 가득 채워지며 방 안의 어둠을 반쯤 걷어갔다. 그 불빛은 내게 새로운 세계의 도래를 알리는 여명과 같은 것이었다. 그 여명조차도 나를 오래 기다리게 하지 않았다.

그가 곧 내 방으로 걸어 들어왔다. 그는 방을 걸어오면서 며칠

만에 그 벽 위의 스위치를 올려 방 안에 남은 어둠을 마저 쫓았다. 그리고는 마치 약속이나 한 듯이 내게로 곧장 걸어와서는 가볍게 손을 잡아 일으켜주었다.

"백남희 씨…… 고맙구먼그래. 이만큼 믿어줘서."

누가 누구에게 무엇을 얼마나 믿어주었다는 것인지, 그가 나의 손을 잡아 일으켜주면서, 그러나 약간은 의외라는 표정으로 말했다. 나로선 전혀 예상을 못한 일이었다.

그도 그사이 어딘지 사람이 달라져 있었다. 하지만 그는 그런 건 전혀 의식하고 있지 않은 것 같았다. 그가 말한 어떤 믿음 때문인지, 자신이 달라지게 된 내력을 설명하지도 않았고, 나에 대한 행동을 주저하는 빛도 없었다. 모든 일이 미리 다 그렇게 예정이 되어 있었거나, 아니면 아예 전날의 자신을 깡그리 잊어버린 듯 거동이나 말투가 자연스러웠다.

모든 것이 너무 급작스러웠다. 내가 깊은 잠에 빠져 있는 사이에 그가 혼자서 무슨 일을 꾸며놓은 것만 같았다.

하지만 나는 그런 걸 굳이 따져 물으려 하지 않는다. 그가 나 모르게 무슨 일을 꾸몄든, 무엇 때문에 어디를 갔다 왔고, 어떤 시험을 하고 싶어 하든, 그리고 또 어떤 사연으로 그의 말씨나 태도가 달라졌든, 그런 건 이제 내겐 상관없는 일이었다. 알아야 할 것도 없었고, 알고 싶지도 않은 일들이었다. 나는 다만 그가 반갑고 고마울 뿐이다. 그리고 자신이 다시 안심스러울 뿐이다.

나는 이제 그것으로 완전히 다시 태어난 것이었다. 그리고 그를 의지할 수 있게 된 것이다. 믿어줘서 고마운 건 오히려 내 쪽이어야 했다. 그가 어떤 사람이고 그의 동기나 목적이 무엇이든 그런 것도 이젠 상관이 없었다. 심지어는 그가 내게 무엇을 원해오든 나로서도 이제는 그것을 충분히 이해하고, 그것을 위해 충실한 봉사를 바칠 수 있을 것 같았다.

백남희 씨— 그런 뜻에서 그가 모처럼 나의 이름을 불러준 것은 나의 새로운 탄생과 삶을 위한 서명의식과도 같은 것이었다. 그것은 내게 그토록 새롭고 신선한 부름일 수가 없었다. 그리고 그가 그렇게 나를 불러주었을 때 나는 비로소 그것으로 세상을 다시 태어난 것이었다.

하여 나는 그의 부름에 군이 대답을 하려고 하지도 않았다. 대답을 하나 마나 그렇게 나를 부른 그도 그것을 이미 알고 있을 것이기 때문이었다.

나는 다만 그에게 내 두 손을 내맡긴 채 그의 조용한 발걸음에 이끌려 신부처럼 나란히 밝은 거실로 걸어 나갔을 뿐이다.

3

나는 이제 몸과 마음이 모두 편했다. 그것은 물론 그가 이날부터 내게 말과 행동의 자유를 허용해주었기 때문이다. 하지만 내가 심신의 안정과 평화를 얻은 것은 그가 내게 허용한 말과 행동의 자유 때문만이 아니었다. 나는 이제 그를 이해할 수 있었기 때문이다. 그의 인간, 그의 과거 환경, 그리고 이번 일의 숨은 목적이나 방법에 이르기까지 그의 모든 것을 이해하고 공감할 수 있었기 때문이다.

그에게 어떤 설명을 듣거나 설득을 당해서가 아니었다. 나는 이제 묻지 않고도 알 수 있었다. 더 정확히는 물음이나 들음이 없이도 알 수 있을 것 같았고, 이미 아는 걸로 해두고 싶었다. 그런 건 이제 내겐 어차피 상관이 없는 것들이었다. 바라는 것은 다만, 이제부터는 그가 계속 완벽하게 나를 지배해주는 것뿐이었다. 말하자면 나는 이제 그의 지배에 대한 무조건적이고 완벽한 순응의 준비가 갖춰진 셈이었다.

돌이켜보면 나로서도 얼핏 납득이 가지 않는 일이었다. 그는 어쨌거나 흉포하고 몰염치한 틈입자였다. 그리고 나를 무참스럽게 짓밟고 파괴한 악당이었다. 원한이나 저주가 없을 수 없었다. 배반과 복수가 가해져야 하였고, 그럴 기회를 노려야 마땅했다. 한데도 나는 전혀 그런 생각이 안 들었다. 복수나 배반커녕 자꾸만 그에게 매달려들고 싶은 마음뿐이었다. 말과 행동의 자유를 허락받았을 땐 그가 그토록 관대하고 고맙게 느껴질 수가 없었다. 그토록 치욕스런 굴종과 파괴와 공포의 뒤끝에서 어떻게 그런 이해와 순응이 가능해지는지 스스로도 전혀 납득이 어려웠다.

하지만 그것은 어쨌든 사실이었다. 그의 침묵이 내게 모든 것을 설명해주고 나를 완벽하게 납득시킨 셈이었다. 나는 그의 깜깜한 침묵 속에 그것을 스스로 이해했고, 그의 무언의 지배력을 통하여 그의 동기나 방법을 포함한 인간 전부를 받아들인 것이었다.

그래 이날 저녁 그가 모처럼 자신의 거처로 되어 있는 서재로 나를 이끌고 들어가 내게 마지막 선택의 기회를 주었을 때마저도 나는 조금도 그 몰래 어떤 마음의 동요를 일으키고 있지 않았었다.

"이제부터 모든 건 그쪽 마음이오. 말이나 행동, 묻고 싶거나 알고 싶은 거 무엇이든지. 집을 나가고 들어오는 것까지도."

방에서 거실 밖으로 나를 이끌어 나간 다음, 그는 내게 먼저 그간의 모든 행동의 속박을 풀어주겠노라 선언했다. 말씨마저 어느새 첫날의 경어조로 되돌아가고 있었다. 잠시 후에 그는 그것을 내게 직접 증거해 보이고 싶은 듯 나를 예의 서재로 데려갔다. 일이 일어난 날 밤부터 그곳은 내내 그 혼자만의 껌껌한 소굴이 되어온 곳이었다. 거기엔 그가 나를 강제로 굴복시켜 나의 운명을 결판 지어나갈 온갖 도구와 위험스런 계략들이 숨겨져온 곳이었다. 나를 묶은 튼튼한 밧줄과 눈을 가리고 입을 틀어막을 수건들, 사람을 위협하기에 적당한 날이 선 과도, 심지어는 사람을 기절시키고 담아 숨길 마취약제나 마대 같은 것들이 골고루 준비되어 있을 곳이었다. 그리고 그가 진행해왔거나 진행해나갈 음흉스런 범행의 계략들이 어둠 속에 은밀히 꿈틀대고 있을 곳이었다.

그런데 막상 방 안을 들어서고 보니 그런 건 아무것도 눈에 띄지 않았다. 눈에 새로 들어오는 물건도 없었고, 기분에 닿아오는 색다른 분위기도 없었다. 서재는 옛날 내가 써오던 그대로 달라진 것이 없었다. 전화기를 그쪽으로 옮겨다 꽂아놓은 것까지도 나 역시 가끔 그런 적이 있어서 새삼 눈에 설게 느껴질 것이 없었다.

눈길을 끌어온 것은 다만 탁자 위에 놓인 그날 밤의(그때도 그저 지레 상상밖에는 실물을 본 일이 없었지만) 그의 권총뿐이었다. 그날 밤엔 그대로 옷 속에서 제법 나를 위협해오던 그것을 이제는 무슨 장난감이라도 되듯이 탁자 위에다 함부로 꺼내놓고 있었다. 그것도 웬일로 손만 뻗으면 그보다 내가 먼저 집어들 수 있는 거리에. 생각만 내키면 한번 그래 보라는 듯 자신은 그쪽에 관심조차 안 둔 채.

그게 그가 거기서 내게 보여준 자신의 유일한 물건이었다. 그리고 그가 나를 그곳으로 이끌고 간 것은 어쩌면 그것으로 내게 대한 자신의 믿음을 마지막으로 한 번 더 다짐해 보이고 싶어서였던 것 같았다.

"난 여태까지 내가 사람을 얼마나 잘 골랐는지 자신의 행운을 모르고 있었던 것 같아요. 이제 그걸 알았으니 그 권총을 집어봐요."

그가 이윽고 내게 말했다. 자신은 내게서 등을 돌리고 권총 쪽은 여전히 거들떠보지도 않은 채였다.

"그 권총을 집어다 버리든지, 아니면 그걸로 나를 겨누고 이웃 사람을 소리쳐 부르든지, 용도는 그쪽 맘대로 정하고……"

내가 그저 어리벙벙해 있으니까 그가 한 번 더 재촉을 해왔다.

나는 그의 그런 재촉 소리에도 마음이 전혀 움직이지 않고 있었다. 그가 나를 시험하고 있을지도 모른다는 위태로운 생각이 들어서가 아니었다. 우선에 그런 식으로 그를 믿게 해두고 보다 더 안전한 다른 기회를 엿보자고 해서도 아니었다. 총을 겨누고 소리를 쳐봐야 달려와줄 이웃이 있을 리도 없었지만, 도대체 나는 이도저도 마음을 움직여볼 생각이 없었다. 그저 모든 것이 부질없는 노릇 같았다.

그를 남겨두고 집을 빠져나간들 이제 와서 그게 내게 무슨 소용이란 말인가— 그보다는 이제 나에 대한 그의 믿음이 소중했고, 나도 그것을 그에게 보여주고 싶은 생각뿐이었다.

예상과는 달리 나의 서재를 옛날 그대로 내게 다시 돌려준 때문이었을까. 아니, 서재 따위는 상관도 없었다. 서재는 이미 나의 것이 아니었다. 그가 그것을 맘대로 어지럽히고, 내가 생각해온 것보다도 더 무서운 흉기들로 나를 놀라게 했더라도 결과는 어차피 마찬가지였을 것이다.

요컨대 그는 이제 그만큼 내게 모든 것이 자명했고, 나로서는 그의 그런 믿음에 대한 자신의 보답을 보내주고 싶어진 것이었다. 그에 대한 믿음과 이해의 증거로서 내 충정 어린 순종을 그에게 보여주고 싶어진 것이었다.

그는 계속 말없이 등 뒤로 나를 기다리고 있었다.

나는 더 이상 지체할 수가 없었다.

이윽고 손을 내밀어 탁자 위에 놓인 권총을 집었다. 그리고 마치 그 앞에 무릎을 꿇어앉는 기분으로 자신의 운명을 들어 바치듯 그것을 그에게 조용히 내밀었다.

행동의 자유가 허용되었대서 내게 다른 할 일이 있는 것은 아니었다. 말의 자유가 허용되었대서 내가 할 말이 있는 것도 아니었다. 나는 이미 그에 대한 배반을 꿈꿀 수도 없었고, 새삼스레 무엇을 물을 일도 없었다. 내가 할 수 있는 일은 오직 그것뿐이었다. 그것으로 나에 대한 그의 완벽하고 계속적인 지배를 소망할 뿐이었다. 그리고 그의 목적이 무엇이든, 그가 내게 무엇을 요구해오든, 나는 그의 성취를 위하여 그의 모든 것을 받아들이고 즐겁게 순종해나갈 준비가 되어 있음을 증거해 보일 수 있을 뿐이었다.

그도 마침내는 나의 그런 소중한 소망을 읽은 것 같았다.

나의 공손하고 순종적인 태도가 그로서도 처음 얼마간은 뜻밖인 것 같았다. 그는 얼핏 그 권총을 내게서 받아들질 못했다. 권총을 냉큼 받아들 생각을 않고 한동안 내 눈길만 곰곰 내려다보고 있었다. 하지만 그가 그 말 없는 나의 소망을 못 읽어낼 리 없었다.

그가 이윽고 말없이 한두 번 머리를 끄덕였다. 그리고 그 역시 한 사람의 소중스런 운명을 건네받듯 조심스럽게 권총을 내게서 받아갔다……

　정말이었을까— 그의 모든 것을 그대로 받아들이고 즐겁게 순종할 준비가 되어 있었다는 것이 정말로 그때의 내 진심이었을까…… 시간의 벽을 허물고 그 과거의 현재 상태로 돌아가려는 현재형 시제의 진술 문장엔 이제 분명히 실패를 하고 있었다. 그것은 이미 그 두번째 날 진술의 마지막 부분에서부터 분명해지고 있었다. 과거형으로든 현재형으로든 한번 지나간 과거의 사실을 되풀이해서 다시 경험할 수는 없었다.
　나는 어차피 그날 밤 일에 대한 뒷날의 느낌을 적고 있는 꼴이었다. 그것도 그 오 검사의 암시와 거듭된 진술에서 머릿속에 조립된 줄거리에 의해서. 오 검사도 이미 나의 그런 실패의 기미를 알아차렸을 터였다. 하지만 아직도 나의 혐의에 대한 결정적인 대목에까지는 이르지 않고 있었기 때문인지, 두번째 날의 진술을 읽고 나서도 오 검사는 별로 그 점에 대해선 신경을 쓰지 않았다. 그보다도 그는 나의 진술에 대해 다른 새로운 불만을 말해왔다.
　"일종의 자포자기…… 극단적인 마조히즘 현상의 발로였군요. 혹은 갑작스런 공포와 충격으로 인한 유아적 집착증 같은 히스테리 증상의 하나일 수도 있겠구요."
　오 검사는 처음 그런 식으로 진술서의 내용을 간단히 진단했다. 그것은 일견 명쾌하고 적절한 요약인 듯싶었다. 내가 그것을 받아들이기만 했다면 일은 그대로 넘어갔을 터였다.

하지만 나는 그것을 전적으로 동의하고 받아들일 수가 없었다. 어딘지 그가 내 진술을 잘못 읽고 있는 느낌이었다. 그것은 오히려 그의 이해의 신속성과 명쾌함 때문이었다. 너무도 적절하게 내용을 요약하고 요점을 지적해내는 그 용어들의 명징성 때문이었다.

나는 어딘지 그 가차 없는 어휘의 명징성이 미덥지를 않았다. 내 사건에는 검사의 그런 몇 마디로 간단히 요약될 수 없는 여러 가지 다른 복합적인 동기와 전개 과정이 있었음 직했다. 그래서 사실은 나 자신도 명확한 기억의 갈피를 못 잡고 우왕좌왕한 셈이었다. 그리고 결국엔 그 명백한 모순과 오류들을 그대로 진술에 포함시키고 만 것이었다. 오 검사의 명쾌한 지적은 그런 내 모순과 오류를 무시했다. 그것은 그가 내 진술을 잘못 읽고 있을 가능성을 내포했다.

"검사님은 제 오류와 모순을 인정하지 않고 계시군요. 제 진술 가운데는 아마……"

내가 문득 오 검사에게 한마디 엇갈리고 나섰다. 하지만 그것은 오 검사에게도 이미 머릿속 정리를 거치고 난 일이었다.

"무슨 말인지 알고 있소."

내 말이 채 끝나기도 전에 검사가 손을 들어 나를 가로막고 나섰다. 그리고 비로소 내 진술에 대한 그의 새로운 불만을 말하기 시작했다.

"나도 사실은 당신의 진술에서 숱한 논리의 모순점들을 발견하고 있어요. 피해자는 왜 그 엄청난 피해를 겪으면서도 탈출의 기회를 찾으려 하지 않는가, 범인이 집을 비우고 나갔을 때도 그를 벗어날 생각보다 오히려 엉뚱한 자포자기의 구실만 찾아대고 있는가, 그리고 나중에는 그 흉포스런 자기 파괴의 장본인에게 거꾸로 매달리고 이끌리고 싶어 하는가…… 이런 건 모두 보통 사람 생각으로는 납득이 잘 안 가는 일이지요. 이건 분명한 모순이에요. 그러나 나는 그 모순을 그냥 모순으로 놔둘 수는 없어요. 피의자의 모든 진술 내용엔 납득할 만한 해석이 있어야 하니까요."

"그렇다고 그 모순이나 오류가 없어지는 것은 아닐 텐데요. 그런 오류나 모순이 사실의 이해에 방해가 된다는 건 어쩌면 검사님의 생각일 뿐, 사실과 진실은 오히려 그 설명할 수 있는 것과 설명이 되지 않는 모든 것들의 집합 속에 자리를 잡고 있을 수도 있거든요. 당시에는 매우 당연하고도 순리적이던 일들이 나중에 가서 그 정황과 자연스런 합의의 개연성을 기억해내지 못하게 됨으로써 그것이 어떤 오류나 모순으로 보이게 될 뿐일 수도 있구요."

"하지만 사람은 그 자신의 모순을 스스로 제거하고 합리적인 질서를 구축해나가려는 논리적 이성을 지닌 동물이지요. 이를테면 이렇게 같은 사실을 두고 당신의 진술이 몇 번씩 반복되어나가고 있는 데서 그런 효과를 기대할 수가 있겠구요."

"인간 자체가 완벽한 논리적 존재일 수 있다면 그런 논리의 주장이나 성과를 믿어도 좋겠지요. 하지만 인간 자체가 완전한 논리적 존재일 수가 없다면, 그 논리가 바로 진실의 마당이 될 수도 없지요. 논리적 개연성이나 합리성 자체가 사실일 수 없다면, 그것으로 어떤 모순이나 오류를 함부로 해석할 권리도 없는 것이구요."

"당신의 말은 결국 모순이나 오류에도 나름대로의 어떤 진실과 권리가 있을 수 있으니 일방적인 해석은 삼가라는 것인데……?"

검사가 마침내 자신의 주장을 철회할 기미를 보이기 시작했다. 내가 그 오 검사에게 마지막 쐐기를 박듯이 덧붙였다.

"하나의 사실이란 것은 우리가 듣고 보고 생각해온 것처럼 그렇게 완전한 것이 아닐지도 몰라요. 완성된 것은 그 말이나 논리일 뿐 사실이나 행동 자체는 아닐 수도 있을 거란 말씀이에요. 완성된 것처럼 보이는 곳에 오히려 어떤 논리의 거짓과 범죄의 가능성이 많을 수도 있겠구요."

하지만 오 검사는 그것으로도 아직 완전히 고집을 꺾으려 들지 않았다. 아니, 오 검사는 처음부터 물러설 수가 없는 사람이었다. 검사에겐 논리가 그의 운명이었다. 그리고 그런 분명한 입장이 그를 오히려 여유만만하고 관용스럽게 해주고 있었다.

"당신의 말뜻은 충분히 알겠소. 하지만 당신은 이 점을 처음부터 잊어버리고 있어요. 말이나 논리가 비록 사실 자체는 아니라 하더라도 우리는 그 사실과 논리 사이의 어쩔 수 없는 편차를 시인해가면서 그 논리 위에 우리의 삶을 의지해왔고 앞으로도 계속 그럴 수밖에 없는 운명인 걸 말이오. 더욱이 나는 그와 같은 우리 사회의 공익을 대표해야 하고 그 공익성을 실현해나가야 하는 사람이라는 걸 말이오."

사정은 이제 그것으로 명백해진 셈이었다. 다시 말할 것도 없는 일이지만, 검사와 나는 처음부터 서로 입장이 달랐다. 그게 다시 한 번 오 검사의 입으로 확인이 된 셈이었다. 일의 목적과 방법이 같을 땐 입장의 차이쯤 무시될 수 있다고 했던가.

하지만 이제는 어쩔 수 없는 일이었다. 입장이 다르면 서로가 그 다른 자신의 입장에 충실해갈 뿐이었다. 그 상이한 입장의 차이가 예기치 않은 곳에서 불쑥 되살아나고 있는 느낌이었다. 어쨌거나 나는 이제 그것을 검사 앞에 분명히 말해둬야 할 것 같았다.

"알겠습니다. 검사님의 말씀은 바로 그 공익성의 논리를 충실히 따라야 하는 공익의 언어가 될 테니까요. 하지만 전 경우가 다르지요."

"경우가 다르다면 예컨대?"

"그야 물론 뻔한 얘기죠. 검사님은 그 공익성을 대표하여 공익의 논리 속에 저를 해석하고, 그러나 저는 그 공익성을 배반하고서라도 저 자신의 참 진실을 만나는 제 나름의 말을 찾아야 하는…… 검사님께서도 이제 제 그런 입장은 이해를 해주셔야 하지 않겠어요?"

"입장이 서로 다르더라도 일의 목적은 같을 수밖에 없다는 게 어제 당신의 말이었을 텐데?"

"그랬지요. 그건 우리 두 사람이 다 같은 진실에 도달해야 한다는 이유에서였어요. 그리고 그래서 저는 지금 그 진실에 보다 가까워질 수 있는 말의 방법을 택하려는 것이구요."

"논리를 거부하면서 모순과 오류를 용납하고 옹호하려는 것이 진실에 더 가까워질 수 있는 길이라면 내가 굳이 그것을 막아야 할 이유는 없겠지요."

"적어도 지금의 저에겐 그렇게 믿기고 있는 것이 사실입니다.

제게는 될수록 그 과거사에 대한 선택이나 평가를 줄여나가는 것이 진실에 더 가까워질 수 있는 길처럼 보이고 있으니까요."

"그건 차라리 당신의 희망이나 신념이겠군요. 하지만 아무쪼록 당신이 그것으로 자신의 혐의를 벗어나려는 고의적인 술책으로 인상받는 일이 없도록 하시오. 이런 경우 끝내 논리적인 납득이 불가능한 진술은 그런 오해를 받기 쉬우니까요."

검사는 마침내 그쯤 양보를 하고 나서 이야기를 끝냈다. 아니, 그것이 검사의 일방적인 양보는 물론 아니었다. 검사는 다만 그것으로 어차피 반대일 수밖에 없는 서로의 입장을 확인하고 그것을 일단 시인해준 것뿐이었다. 그는 여전히 자기 식으로 내 진술서를 읽으려 할 것이고, 그의 가차 없는 공익성의 논리 위에 나의 모순과 오류를 서슴없이 해석하고 설명하려 할 것이었다. 하지만 나는 그쯤만 해서도 만족이었다. 검사의 그 공익성의 논리 앞에 나의 입장을 확보했기 때문이었다. 그리고 그런 개인적인 입장에서 나 자신의 정직한 언어로 모순과 오류를 그것들 그대로 진술해나갈 수가 있겠기 때문이었다.

나는 괜히 자신만만해지고 있었다……

하지만 정말 자신이 있는 것일까. 그 모순과 오류들 속에서 정말로 진실이 만나질 수 있을까. 아니, 그런 모순과 오류의 행위가 사건 당시의 내 진실의 일부일 수가 있었을까. 당시에 아무리 명백한 행위의 개연성이 있었다 하더라도 이제 와서 내가 다시 그것을 찾아낸다는 것은 끝내 불가능한 일이 아닐까. 그렇다면 차라리 오 검사의 명쾌한 요약과 해석을 따르는 편이 훨씬 더 쉽고 온당한 길이 아닐까.

전날의 혼란은 전날의 일이었다. 이날의 태도는 더욱더 애매하고 자신이 없었다. 그토록 심한 고통과 절망감과 무참스런 파괴의 원흉인 사내에게 어떻게 이젠 그처럼 무조건한 이해와 동의가 가능해질 수 있단 말인가. 그에게 매달려 자신의 운명까지 예탁해버릴 수가 있게 된단 말인가. 사람이 과연 그렇게 될 수 있는 것일까. 검사의 마지막 당부처럼 그것은 한낱 내 혐의를 부인하기 위한 고의적인 혼란의 야기이거나, 아니면 그에 대한 적의를 감소시키기 위한 무의식적인 방어욕의 작용 때문은 아닐까……

나는 갈수록 자신이 없어진다. 하지만 이제 와선 어쩔 수가 없는 일. 그것이 어떤 모순이나 오류를 드러내 보이든 지금으로선 더 이상 분명한 사실을 말할 수가 없다. 나로서는 함부로 해석하려 하거나 가감할 권리가 없는 것이다. 나로선 다만 내게 다시 떠오르고 경험된 사실들을, 그것이 비록 어떤 왜곡을 거치고 있는 것이든, 그것들을 그냥 허심탄회하게 적어나가면 그만인 것이다. 그것으로 내가 만날 어떤 진실이 있을 수만 있다면, 그것이 누구든 나 이외의 다른 사람들에게 납득이 되고 안 되고는 지금 내가 상관할 일이 아닌 것이다.

내겐 무엇보다 자신의 진실이 중요한 것이다……

나는 그쯤 마음을 다짐하고 다시 진술을 계속해나가기 시작한다. 하다 보니 이제부터의 진술 과정에는 사내나 나의 양쪽 행동에 더 많은 모순과 불가사의가 뒤따른다.

……나는 그것으로 내 운명과 삶 전체를 그에게 완전히 떠맡긴 셈이었다. 그러나 일은 거기서부터 다시 이상한 방향으로 흘러가기 시작한다.

일이 어딘가 잘못되어가는 조짐은 바로 그날 밤부터 예감되고 있었다. 그날 밤늦게 잠자리로 들고 나자, 짐작했던 대로 그는 모처럼 만에 다시 나를 찾아왔다. 나는 아무 말 없이 그를 맞아들였고, 그의 요구에 아무 거리낌 없이 내 육신을 내맡겨버렸다.

방 안에는 이미 불이 꺼져 있었고, 그는 이번에도 꼭꼭 방문을 걸어 잠갔으므로, 둘 사이엔 그리 번거로운 절차나 머뭇거림이 필요하지 않았다. 그는 곧 나를 벗기기 시작했고, 그가 지닌 모든 육신의 방법을 동원하여 내 육신 깊은 곳에 숨겨진 부끄러운 갈망을 갈아엎고 다녔다. 손으로 더듬고 입으로 만지고 혀끝으로 건드리며 구석구석 숨어 고인 육신의 욕망들을 빠짐없이 모두 깨워 일으키고 다녔다. 나는 말없이 그에게 몸을 내맡겨둔 채 혼자서 그 육신의 문을 찾아 헤매는 멀고 긴 여정을 머릿속에 그리며 그의 입성을 기다리고 있었다. 한데 내가 너무 자신을 편하게 내맡기고 있었기 때문일까. 그리고 어쩌면 그것이 그에겐 내 편의 무성의로 여겨진 것일까. 아니면 그동안 허물어진 채 내버려진 내 육신의 욕망을 불러일으키는 데는 그의 노력이 아직도 충분치가 못했던 탓일까.

"왜…… 나를 아직도 원망하고 있는 건가."

좀처럼 입성을 망설이며 초조한 탐색만 거듭하고 있던 그가 어둠 속에서 문득 힐난조로 말했다.

나는 이내 그의 말뜻을 알아차릴 수 있었다. 나는 너무 나태하게 그의 입성만을 기다려온 셈이었다.

"아니……"

어슴푸레한 어둠 속으로 나는 가볍게 머리를 흔들어 보였다. 원망을 하다니. 내게는 오히려 그가 모자라게 느껴지고 있었다. 그의 과감한 공격이 아쉬웠고 그의 난폭스런 힘이 아쉬웠다. 무엇 때문에 작자가 이토록 조심스러워하고 있는가. 그리고 이토록 망설이고 있는 건가. 어째서 나를 더욱 거칠고 일방적인 힘으로 복종시키지 못하는가…… 나는 차라리 그의 완벽한 지배를 원하고 있었다. 보다 완벽하고 치욕스런 복종과 굴복을 원했다.

그러는 나를 그는 읽어낼 수가 없는 것 같았다.

"그런데 왜…… 전번에는 제법 적극적이더니."

달램과 호소가 뒤섞인 목소리로 귓가에서 바싹 속삭여왔다.

"무얼 원하세요."

이번에는 내가 눈을 감은 채 낮게 물었다. 그러자 비로소 그가 용기를 얻은 듯 솔직하게 주문했다.

"좀더 적극적으로…… 반응을 보여보라구. 자신의 소중한 곳들을 알고 있지 않아……"

그래, 그렇게 대담스럽게 주문해오렴. 그리고 그렇게 나를 부리렴. 나는 차라리 그게 기분이 후련스럽다. 나는 대답 대신 그의 손을 잡아 이끌기 시작한다. 그가 이미 몇 번씩 거쳐간 내 몸 구석구석으로 그의 손길을 은밀스럽게 안내해나간다. 손으로 모자란 곳은 그의 입술로, 입술이 모자란 곳은 다시 손으로 되바꿔가면서……

116

그러자 그는 이번에야말로 빠르고 뜨겁게 타올라버린다. 참을성도 그만큼 쉽게 잃어간다.

"이제 그만⋯⋯"

그는 마침내 숨결을 조급하게 뿜어대면서 그의 욕망의 마지막 관문을 두드렸다. 그는 이내 내게로 들어왔다. 아니, 그는 거기서도 완전히 자신의 뜻으로 들어온 것이 아니었다. 조급하게 서두를 뿐 서투르기 그지없게 서성대고 있는 그를 내가 부드럽게 안내해 들인 것이었다⋯⋯

그에 대한 내 복종과 봉사는 그만큼 완전무결하고 철저했다. 내가 그를 안내해 들이고 나서도 그는 내게 다시 적극적인 반응과 화합을 요구해왔고, 나는 그 요구들에 성의를 다해 복종했다. 그가 힘들게 산을 기어오를 땐 나도 함께 힘을 다해 부추겨 올렸고, 그가 미끄러운 비탈길에서 아슬아슬 한 발을 버티고 서 있을 땐 나도 그가 마저 발을 놓치지 않도록 조심스런 휴식 속에 그를 기다렸다. 그리고 그가 마침내 봉우리를 올라서서 젖은 이마의 땀을 씻을 땐 나도 함께 그의 곁에서 봉우리의 바람에 이마를 식혔다.

그로서도 더 이상 흡족할 수 없는 완벽한 봉사였다. 어떤 불만을 말한다면 그것은 오히려 내 쪽이어야 했다. 그처럼 완벽한 봉사에도 불구하고 그의 몸짓은 웬일인지 아직도 당당하고 통렬한 힘이 모자랐다. 턱없이 곰살궂고 조심스런 태도에는 첫날 저녁 때와 같은 비정스런 파괴의 공포감도 없었다. 그는 아직도 나의 바람만큼 나를 복종시키거나 지배하지 못한 느낌이었다. 불만이나 실망감은 그보다 오히려 내 쪽에 있었다. 그런데 아직도 무엇이 부족했던지,

그가 마침내 몸을 떼고 일어나면서 내게 먼저 불평스럽게 말했다.

"거긴 아무래도 아직 나를 경계하고 있는 게 분명해…… 몸은 별로 그렇지 않았더라도 마음속 생각은 그런 식이었어. 어때, 내 말 틀림없지?"

"내게 무엇을 더 원해요?"

나는 좀 어이도 없어졌고, 게다가 영문도 알 수가 없었으므로, 거꾸로 그에게 되물을 수밖에 없었다. 그가 비켜나간 내 벗은 몸을 끌어올린 이불깃 속에 묻어둔 채였다.

"뭐 별로 더 원하는 건 없어. 당분간은 더 원할 생각도 없고, 거기선 내가 원하는 것 이외에 다른 것은 아무것도 얻을 수가 없거든."

그가 어둠 속에서 어딘지 공허하고 더듬거리는 어조로 말했다.

"그야 내가 원하기만 한다면 아직도 무엇인가를 더 얻을 수는 있겠지. 심지어 그쪽 육신에서 울려나올 쾌락의 신음 소리까지도. 하지만 그런 것을 주문으로 얻는 건 아무 뜻도 있을 수 없으니까……"

"……"

"이런 때 자기 육신의 기쁨을 마음껏 표현해버리는 거, 그것을 그저 육신만의 도취라고 말할 수 있을까. 그건 오히려 육신 속에 깃든 영혼이 떨려나오는 노랫소리 같은 것이지. 육신의 즐거움이 영혼을 두드릴 때 영혼이 함께 떨며 울리는 소리…… 하지만 육신의 기쁨이 아무리 깊더라도 영혼이 그것을 외면하고 있으면 소리가 제대로 울려날 수 없는 거지……"

어둠 속에 등을 돌리고 앉아 더듬더듬 사설이 길어지는 것으로 보아, 이유가 아리송한 그의 불만은 생각보다 속사연이 깊은 것 같았다. 그 영혼의 울림소리라는 것만 해도 그저 우연히 나온 소리가 아니었다. 그것은 일견 내 영혼의 울림소리가 솟아나지 않았음을 불평하고 있는 것처럼 보였다. 하지만 보다 근본적인 불만은 그 영혼의 불신감에 있었다.

나는 비로소 어슴푸레나마 그의 불만을 이해할 것 같았다. 그러나 그것은 나로서도 전혀 마음대로 될 수 있는 일이 아니었다.

"이제 와서 그런 게 무슨 문제가 돼요?"

이윽고 내가 달래듯 대수롭지 않게 한마디 했다. 하지만 그는 이제 어차피 자신의 부끄럽고 아픈 곳을 내 앞에 모두 털어놓는 처지였다. 그는 나의 그런 조심스런 변명조차도 귀담아 들으려 하지 않았다.

"한마디로 말해 거기선 아직도 나를 이해하지 못하고 있다는 증거야."

그는 아직도 침대 모서리에 몸을 기대어 앉은 채 투정이라도 부리듯 고집을 세우고 있었다.

"내가 원하지 않는 것은 아무것도 줄 수 없는 것, 거기 스스로는 주려 하질 않은 것…… 주고 싶지도 않은 것…… 그건 아직도 거기서 나를 이해하지 못하고 있기 때문이지…… 이해를 못하고 있을 뿐 아니라 아예 이해하고 싶은 생각조차 없으니까……"

요컨대 그는 엉뚱스럽게도 나의 복종심이 불만이었다. 그보다 먼저 그는 자신에 대한 나의 이해를 구하고 있었다. 그 이해 위에

제3의 현장 119

서의 내 적극적인 자기표현을 바라고 있었다.

　나의 기대와는 영 딴판이었다. 둘 사이에 어쩌면 턱없는 오해가 있었던 것 같았다. 그는 나를 오해했고, 나는 그를 오해하고 있었음이 분명했다. 아닌 게 아니라 나는 그 앞에서 될수록 자신의 표현을 삼가온 게 사실이었다. 맹목적인 육신의 즐거움을 나누고 있을 때뿐 아니라, 그가 나중에 벗은 몸으로 방을 나갈 때도 나는 자신의 감정을 끝끝내 억제한 채 그를 위해서나 자신을 위해서나 아무런 몸짓도 보태지 않았다. 그것은 그가 내게 원해온 일이 아니기 때문이었다. 그런데 그게 그에겐 거꾸로 자신에 대한 내 이해가 모자란 탓으로 여겨진 모양이었다. 기대를 벗어난 나쁜 조짐이었다. 그리고 그런 나쁜 조짐은 시간과 날짜가 지남에 따라 차츰 현실로 드러나기 시작했다. 무엇보다 그는 이후부터 자신과 자신의 행동의 모든 것을 빠짐없이 설명하고 싶어 했다. 그리고 자신의 해명을 통해 내 이해를 구하고 싶어 했다.

　"어때, 그동안 무척 답답하기도 했을 텐데, 오늘은 바깥바람이라도 좀 쐬고 오지그래."

　바로 이튿날. 아침 설거지를 끝내고 거실로 나오자, 그는 소파에 기대 앉아 아침 방송을 시청하고 있다가—나는 이날부터 그를 위해 아침을 지었고, 그는 다시 텔레비전 시청을 시작했다—느닷없이 내게 다시 단독 외출의 의향을 물어왔다.

　"난 어제 혼자 바람을 쐬고 왔으니, 오늘은 그냥 집에 남아 있을 테니까."

　나의 배신을 미리 헤아려보았을, 피차에 서로 위험스런 아량이었다. 하지만 말투는 어디까지나 그런 의심을 않고 있는 식이었다.

마음만 먹으면 제법 안전하게 탈출을 성공할 수도 있는 기회였다. 하지만 나는 이내 고개를 가로저으며 간단히 농담조로 받아넘겼다.

"아니, 날 마지막으로 한 번 더 시험해보려구요?"

이제는 실제로 그에게서 도망을 치고 싶은 생각이 없었기 때문이다. 도망을 칠 필요도 없었고, 그래야 마땅히 갈 곳도 없었다. 그의 곁을 떠나는 것이 이제는 오히려 두려움이었다. 혼자서는 바깥을 나갈 일이 없었다. 하지만 그는 그런 나를 아직도 믿을 수 없는 모양이었다. 아니 그것으로 그는 내게 대한 자신의 믿음을 한번 더 분명히 확인시켜주고 싶은 모양이었다.

"시험이라니, 무슨 그런 섭섭한 말씀을······"

그는 황망스레 나의 추궁을 부인하고 나서 다짐을 주듯 말을 이었다.

"난 이미 그만큼은 거길 믿고 있었는걸. 난 다만 내 그런 믿음을 그쪽에 보여주고 싶은 것뿐이었어. 그런데 그걸 마다하는 걸 보니, 그쪽에선 아마 아직도 나를 못 믿겠는 모양이지?"

"그 믿음을 보여주는 대신 내게도 대가를 바랄 테니까요."

나 역시도 이제 그의 믿음은 알고 있었다. 하지만 나는 이상하게 자꾸 그와 엇갈리고 싶은 어리광기 같은 것이 일었고, 그는 그럴수록 더 조급스럽고 초조해지고 있었다.

"아니, 내가 그것으로 원하고 있는 대가는 없어."

"그럴 리가 없어요. 내게 대한 그쪽의 믿음을 보여주는 대신에 내게서도 그쪽에 대한 같은 믿음을 보여주기를 바라고 있지 않아요. 내가 그 자유로운 바깥나들이에서 얌전하게 다시 돌아오는 걸로 말이에요. 내가 그것을 보여주고 싶어 하지 않는다 해도 스스로 그것을 확인하고 싶은 건 사실이 아니에요?"

"내가 굳이 그것을 염두에 두고 있지 않다면, 그런 확인의 과정이 없이도 내게 이미 그쪽에 대한 믿음이 충분하다면? 이를테면 거기서 나를 배신하고 돌아서버리는 일이 생긴다 하더라도 난 조금도 후회가 안 될 만큼 내 믿음이 분명하다면…… 다만 내가 그런 내 믿음의 증거를 보여주고 싶은 것뿐이라면, 그땐 거기서도 이 집을 혼자 나가볼 수 있을까?"

조급하고 초조하다 못해 그는 마침내 목소리까지 흥분하고 있었다. 나는 마치 내 외출을 간절하게 소망하고 있기라도 한 듯한, 그리고 그것으로 나에 대한 그의 믿음의 증거를 받아들여주기를 애원하고 있는 듯한, 그 처지가 뒤바뀐 엉뚱스런 추궁 앞에 더 이상 말을 엇비낄 수가 없었다.

"아니 그렇더라도 내가 굳이 집을 나갔다 돌아올 필요까진 없을 거예요. 그럴 생각도 전혀 없구요. 그게 피차간의 믿음의 증거가 될 수는 있겠지만, 굳이 그런 증거가 아니라도 나 역시 이미 그만큼은 그쪽을 믿고 있는 셈이니까요. 우린 새삼 서로 간의 믿음에 증거를 보여야 할 필요는 없는 거예요."

나는 달래듯이 차근차근 그에게 설명했다. 뭐라고 말을 하든, 그는 그것으로 자신에 대한 내 믿음을 구하고 있음이 분명했기 때문이다.

하지만 그는 그것으로도 아직 속이 석연스럽지 못한 모양이었다. 자신의 믿음은 막무가내로 증거하고 싶어 하면서도, 거꾸로 그에 대한 내 쪽의 그것은 이상하게 곧이들으려 하지 않았다.

"거기서도 나를 믿고 있다고? 도대체 나에 관해 무얼 알고 있길래?"

그가 계속 내게 물어왔다. 나는 그것이 무슨 중요한 시험의 고비라도 되듯이 위인의 호칭까지 당신으로 바꿔가며 열심히 대답을 계속해나갔다.

"당신의 됨됨이, 당신의 인간성, 당신의 마음속…… 그리고 이번 일을 시작한 당신의 동기나 목적 같은 것, 그것들을 죄다 알고 있다면요?"

"그런 건 내가 말한 일이 없을 텐데? 거기서도 아직 내게 그런 건 물은 일이 없었구."

"묻지 않아도 알 수가 있어요."

"묻지 않아도 알 수 있다…… 어떻게 그것이 가능하단 말인가."

"그게 가능한 방법이 있어요. 묻지 않아도 이해할 수 있는 것, 그게 바로 당신이 말한 믿음이라는 거지요."

그것은 내 진심이었다. 나는 이제 정말로 그를 알 수가 있을 것 같았다. 그리고 그를 알고 있는 것 같았다. 그의 말을 듣지 않았기 때문에 그를 보다 잘 알 수 있을 것 같았다. 그리고 그를 이해하고 믿을 수 있을 것 같았다. 그의 설명을 듣는 것이 오히려 두려웠다.

"말해보세요. 당신이 결국 내게 원하고 있는 것이 무엇인지, 당신이 내게 온 목적을 말이에요. 그것을 말하면 이번에는 나도 당신에 대한 내 믿음의 증거를 보일 수 있을 거예요."

그것도 나의 진심이었다. 나는 벌써부터 그의 요구가 무엇이든 그것을 받아들일 충분한 준비가 되어 있었다. 그의 목적이 무엇이든지, 그것은 이제 안전하고 확실하게 이루어질 수 있었다. 그로서도 그 점은 이제 분명히 알고 있을 일이었다.

한데 그는 아직도 그러는 나를 곧이들을 수가 없는 것 같았다. 나의 그 믿음을 아직도 받아들일 수가 없는 것 같았다.

"거긴 이미 그것도 모두 알고 있는 줄 알았는데…… 좀 전에 거기서 그런 장담을 하지 않았던가……?"

자신의 목적을 털어놓는 대신 쓸데없는 말 트집만 잡고 있었다.

"아니, 그건 그쪽에서 말을 잘못 들은 거예요."

나는 참을성 있게 그의 고집을 달랬다. 나로서도 미상불 그것을 일찍 알아두는 게 좋을 것 같았기 때문이다.

"나는 당신의 목적의 내용을 알고 있는 것이 아니라, 그것이 무엇이든 당신과 당신의 일을 이해하고 받아들일 수 있다는 뜻이에요. 그게 바로 그것을 아는 것 한가지인 거지요. 자 그러니 이제 그 구체적인 내용을 말해보세요. 당신이 그것을 말하기만 하면 그걸로 당신의 목적은 이루어질 거예요."

그래도 그는 끝끝내 고집을 꺾으려 들지 않았다. 나를 납치하고 감금한 목적을 말하지 않은 것은 물론, 나중엔 다시 엉뚱한 다짐까지 해왔다.

"정 나들일 나가기가 싫다면, 나도 당장은 어쩔 수 없는 일이겠지. 하지만 내 언제고 진짜 마음의 이해를 얻어내고 말 거요. 시간이 얼마가 걸리더라도, 그 대신 오늘은 내가 한번 더 바깥을 다녀오지……"

그는 결국 자기 목적을 말하기 전에 자신을 내게 해명하고 싶어 하고 있었다. 그 해명을 통해 자신과 자신의 일에 대한 나의 이해를 구하려 하고 있었다. 자신에 대한 내 믿음을 의심하고, 그의 믿음의 증거를 보여주고 싶어 하는 것들도 알고 보니 모두 그때뿐이었다.

그 간밤의 나쁜 징조가 분명한 모습을 다시 드러낸 셈이었다. 하지만 그것은 그답지 않은 일이었다. 그에겐 전혀 가당치가 않은 일이었다. 그의 인간의 문제가 아니었다. 그에겐 그럴 권리가 있었다. 약탈자에게 무슨 이해와 해명이 필요한 것인가. 이해와 동의를 동반하는 약탈의 꿈이라니? 나는 차츰 어이가 없어지고 있었다. 그가 공연히 작고 무력하게 느껴지기 시작했다. 자신까지 그만큼 불안스러워지고 있었다.

하지만 나는 그에 대한 내 기대를 꺾어서는 안 되었다. 내가 그에게 소망하고 있는 것은 나에 대한 강제나 일방적인 명령뿐, 이해 따위를 구하는 자기 설명이 아니었다. 설명이나 해명을 들음이 없이도 그를 미리 이해하고 있어야 했다.

나는 그것을 끝까지 사양해나가야 했다. 한데도 그는 여전히 내 진심을 받아들여주질 않았다. 기어코 내게 자신을 설명하고 거기에 대한 나의 이해를 앞세우려 하였다.

시간을 두고 기다리겠다던 다짐은 빈말이 아니었다. 그는 이날 자신의 말대로 정말 혼자서 나들이를 다녀왔다. 그것도 내게 모든 것을 내맡기듯 문도 안 채운 채(실상은 그럴 수도 없었겠지만) 하루 종일을. 전화기나 권총조차도 아무런 단속을 해두지 않은 채.

하지만 그도 다 소용없는 짓이었다. 그가 아무리 기회를 준다 해도 나는 이제 그를 피해 달아날 엄두가 안 났다. 그를 버리고 달아날 생각커녕 그에 대한 분노나 증오조차 전혀 일지 않았다. 노래마저도 듣고 싶은 생각이 없었다. 탈출까진 엄두를 못 낸다 하더라도, 그가 나들이를 나간 시간은 오랜만에 내 노래라도 혼자 들을 수 있는 기회였다. 하지만 나는 왠지 그조차 내키지 않았다. 뭔가 제물에 두려움이 앞을 섰다. 노래가 두렵고 자신이 두려웠다. 그러는 자신을 알 수도 없었다. 나는 그가 다시 돌아올 때까지 그런 식으로 그냥 적막한 하루를 고스란히 기다리고 있었을 뿐이었다.

그가 외출에서 돌아온 것은 저녁녘이 거의 다 되어서였다. 그런데 그 역시 그런 내 행신엔 오히려 실망을 감추지 못했다. 집안에 그냥 고스란히 남아 앉아 그를 기다리고 있는 나를 보고도 무얼 고맙고 안심스러워하기보다 오히려 놀랍고 낭패스러워하는 투였다.

"사람을 정말로 바보로 만들 작정이군. 이게 무슨 장난거리 내기쯤 되는 줄 아시는 모양이지?"

내게 정말로 안전한 탈출의 기회라도 주고 싶었던 듯 거꾸로 불평이었다. 나에 대한 그의 간절한 믿음을 내 쪽에서 받아들이지 못한다는 원망이었다.

게다가 그는 이날 밤엔 다시 나를 안방으로 찾아오지도 않았다. 이상하게 들릴 수도 있는 말이지만, 그 모두가 그에 대한 내 적극적이고 진심 어린 이해와 믿음의 증거를 기다리고 있음이었다.

그것은 참으로 어이없는 싸움이었다. 하지만 나는 어쩔 수가 없었다. 내게는 더 이상 그에 대한 이해나 믿음을 더할 것이 없었다. 더 이상 분명한 증거를 보여줄 수가 없었다. 그가 외출에서 돌아올 때까지 얌전히 그냥 기다리고 있음으로 하여, 나는 이제 완전히 그에게 속해버린 존재이며, 그가 내게 무엇을 원해오든 그대로 고스란히 이루어질 수 있음을 보여주는 것뿐 더 이상의 이해나 이해의 증거를 만들어 보일 수는 없는 노릇이었다. 그게 애초에 필요한 일도 아니었다. 그래 나는 이날 밤 그가 나를 찾아오지 않은 일에 대해서도 얼마간의 가벼운 실망감을 느꼈을 뿐, 내 쪽에서 그를 기다리거나 찾아갈 생각 같은 건 못해보고 있었다……

하지만 그는 그게 불만이었다. 그것으로는 마음이 채워질 수가 없었다. 아니 그럴수록 마음이 안 편한 듯 자신의 해명에 조바심을 쳐댔다.

"거긴 정말 내게 대해 그렇게 아무것도 알고 싶지가 않은 거야? 나라는 인간의 내력은 고사하고, 내가 어떻게 거기를 이 일에 택하게 되었는지, 지금까지 경위나 뒷사연들, 하다못해 더럽고 보잘것은 없지만 내 이름 석 자 한 가지마저도?"

그는 이후로도 사정하듯 그렇게 나의 관심과 호기심을 자주 호소해오곤 했다. 때로는 자신의 엉뚱스런 인내심을 내세워 나를 장황하게 협박해오기도 하였다.

── 묻지 않고도 이해하고 있다고? 듣기는 제법 좋은 소리지. 하지만 난 알고 있다구. 거기선 날 이해하고 있기커녕 내게 대한 이해는 생각조차 해본 일이 없다는 걸 말이야. 아무것도 묻고 싶지

않은 것은 내게 대한 이해의 문을 열어주고 싶지가 않아서인 것이지. 내 머리도 그쯤은 다 짐작할 정도가 된다구. 그저 모든 걸 내 뜻에 따르는 척…… 그 복종에 거짓이 없더라도 그것은 그저 두려움과 체념에서 비롯된 것일 뿐, 그런 일방적이고 맹목적인 복종에 마음의 이해가 따르고 있는 것은 아니지. 마음의 이해가 따르지 않는 곳에 진짜 믿음이 있을 수도 없는 거구.

─이해가 앞서지 않은 맹목적인 믿음이 진짜 믿음일 수 있는 것일까. 하기야 지금 그런 걸 바라는 내가 맹추인진 모르지만, 그래도 이거 한 가진 분명하게 명념해두는 게 좋을 게야. 나도 누구보다 인내심 하난 대단한 놈이라는 걸 말야. 난 어쨌거나 그쪽의 이해와 믿음이 필요한 놈이고, 그것을 위해 언제까지나 거길 기다릴 수 있는 놈이란 걸. 난 언제고 그때가 올 것을 믿고 있으니까……

나의 맹목적이고 수동적인 복종은 믿음으로 받아들일 수 없다는 것이었다. 이해가 앞서지 않은 곳에선 진짜 믿음이 솟아날 수가 없기 때문이랬다. 그래서 그는 이를테면 나의 물음을 통하여 그에 대한 적극적인 이해와 믿음의 증거를 보일 때까지 나를 끝끝내 기다리겠다는 것이었다. 틈입자치고는 참으로 어이없고 뻔뻔스러운 욕심이었다. 혹은 그만큼 나약한 그의 일면의 표현일 수도 있었다. 하지만 그런 나약성조차도 불법무도한 틈입자에겐 전혀 어울릴 수 없는 것이었다. 그는 그럴수록 내게서 더욱 무기력하고 작아져갔다. 나의 불안기도 그만큼 더해갔다.

그의 사연과 동기들에 대해선 전혀 궁금증이 없는 것도 아니었다. 하지만 나는 그가 한번 더 나를 실망시키고 말지 모른다는 불안감 때문에 그런 기색조차 함부로 내보일 수 없었다. 나 역시 그저 말 없는 기다림 속에 초조하게 자신을 내맡겨버리고 있었다. 그의 말마따나 그것은 마치 서로의 인내심을 겨루는 어린애들 장난거리 시합과도 같았다.

그런 날이 다시 며칠째 지나갔다.

밖에서는 어느새 연말과 정초의 어수선한 분위기가 가라앉아가고 있었다. 별로 관심을 가져본 일도 없었지만, 텔레비전의 낮 프로가 끊어진 지도 오래였다. 정확한 날짜는 1월 9일. 기다림에 인내심이 짧은 것은 역시 다음 단계의 일을 남겨놓은 사내 쪽이었다. 이날 밤 그는 며칠 만에 다시 내 잠자리를 찾아 들어왔다. 그리고 내가 그를 거리낌 없이 받아들이자, 그는 전에 없이 크고 강하게 나를 굴복시켜왔다. 그런데 모처럼 정복자다워진 그가 내게 계속 체중을 실어둔 채 지나가는 소리처럼 불쑥 물었다.

"어때, 내가 원한다면 이 집을 팔 수 있겠어?"

바로 그 한마디였다. 그는 비로소 내가 기다려온 범행의 목적을 털어놓고 있었다. 그에 대한 나의 이해와 믿음의 증거를 거기서 직접 구해온 것이었다. 그것은 애초부터 그가 겨냥해온 목적일 수도 있었고, 아니면 그저 자신에 대한 나의 믿음을 재어보려는 주문일 수도 있었다.

나는 어느 쪽이라도 상관이 없었다.

"당신이 말을 하면 그것으로 이미 당신의 목적은 이루어진 거라고…… 내가 전부터 말해오지 않았어요."

나는 가만가만 어린애에게 하듯이 그의 등을 두드리며 마음속에 미리 지녀온 말을 속삭여주었다. 하지만 그는 자신이 그 무법의 틈입자나 강탈자가 아닌 점잖은 의논 상대쯤으로 착각을 한 것인가.

"내가 무엇 때문에 그걸 원하는지, 거긴 그게 조금도 궁금하지 않은 모양이군."

싱거울 정도로 쉬운 대꾸에 그가 어딘지 좀 미심쩍어하는 소리로 나를 한번 더 다그쳐왔다. 하지만 나는 무엇 때문에 그가 그걸 원해왔든 그런 건 어차피 상관할 일이 아니었다. 나로선 그런 데에 관심을 둘 일도 없었고, 그럴 권리도 없는 처지였다. 그가 이곳으로 들어와 있던 날부터 이 집은 이미 그의 점령지이자 불가침의 성역이었다. 바로 자신이 선언한 말이었다. 새삼스레 그걸 내게 요구할 필요도 없었다. 내가 그것을 궁금해할 이유는 더더구나 없었다.

그런데 실상은 그것이 아니었다. 일은 그것으로 끝이 나지 않았다. 내 생각이 너무도 단순했던 것일까. 그리고 대답이 너무 쉬웠던 때문인가. 그의 다그침에 내가 잠시 입을 다물고 있으니까 이번에는 그가 오히려 당황하기 시작했다.

"이건 그냥 농담이 아니야. 난 지금 당신에게 이 집을 요구하고 있단 말야."

그가 비로소 몸을 내려앉으며 나의 주의를 한번 더 일깨우고 들었다. 내 호칭까지 불시에 당신으로 바꾸고 있는 심사가 어지간히 혼란스러운 것 같았다. 하지만 나 또한 농담이나 거짓말을 하고 있는 것이 아니었다.

"알고 있어요. 나도 이런 일에 농담을 하고 있을 때가 아니란 걸 말이에요."

"그런데 대답이 그토록 쉬울 수가 있는 일일까? 이 집은 아마 당신의 삶 전체가 담겨온 곳일 텐데?"

"하지만 이곳은 며칠 전에 이미 주인이 달라졌거든요. 그게 당신이 한 말인 줄 아는데요."

"그것을 정말로 믿을 수 있을까?"

"이상하군요. 당신이 그것을 믿지 않으면, 그럼 나 혼자만 믿으라는 건가요."

"……"

그는 마침내 할 말이 없는 듯 잠시 조용히 입을 다물고 있었다.

하지만 그는 그것으로도 끝내 나를 믿을 수는 없는 것 같았다. 그가 이윽고 천천히 옷가지를 찾아 걸쳤다. 그것은 그가 방을 나가기 위해서가 아니었다. 옷을 걸쳐 입고 나서 그가 새판잡이로 다시 보채는 소리를 해왔다.

"날 끝끝내 바보 취급인데, 그렇다면 나도 이젠 그 바보짓의 내력을 좀 설명해줘야겠군."

고는 새삼 나의 벗은 몸을 담요 자락으로 꼭꼭 싸 눌러주었다. 그리곤 나의 머리맡으로 손을 뻗어 담배를 집어다 한 개비를 피워 물며 추근추근한 목소리로 말하기 시작했다.

"그 바보가 어떤 위인이며, 무엇 때문에 여길 찾아들게 된 건지 그 바보의 속사정을 말야……"

하긴 어쨌거나 일은 저질러진 판이었다. 일을 벌이고 든 것은 작자 쪽이었다. 그에겐 어차피 일을 마무리지어야 할 마지막 절차와 책임이 남아 있는 셈이었다. 방에 들어올 때부터 그는 그것을 맘속에 작정하고 있었을 수 있었다.

하지만 나는 이제 기진맥진이었다. 그가 차라리 안타깝고 답답했다. 그는 그답게 나를 강제하고 있는 것이 아니라 우스운 애원과 구걸을 되풀이하고 있었다. 이번에는 아예 집이고 뭐고도 관심이 없었다. 자신과 자신의 범행에 대한 변호로 이야기의 방향이 바뀌어가고 있었다. 그러면서 자꾸만 스스로 작고 무기력해져가고 있었다. 어떻게 보면 그가 발설한 그 요구라는 것도 진짜 목적이 아니었던 것 같았다. 앞뒷일 생각 없이 그저 무턱대고 뛰어 들어와 일을 벌여놓고 나선 혼자 어쩔 줄을 몰라 하고 있는 것 같았다. 어쩔 줄 몰라 하다 문득 생각이 나서 한번 해본 소리일 뿐인 것 같았다.

나는 차라리 그를 위로하여 기력을 부추겨 올려주고 싶었다. 방법만 있다면 그에 대한 내 이해와 믿음을 확신시키고, 그것으로 그를 안심시켜주고도 싶었다. 하지만 나는 입을 다물었다. 심신이 기진맥진 지쳐나기도 했지만, 보다도 그의 이야기를 듣기가 싫었기 때문이다. 이야기를 듣는 것이 까닭 없이 두려워지고 있었기 때문이다.

그러나 그는 이미 작정이 서 있었다.

"어때, 듣고 있어?"

담배 연기를 천천히 몇 모금 삼키고 나서, 그가 어둠 속으로 다시 낮게 말해왔다. 그것은 이미 내 의향이나 반응을 묻고 있는 소리가 아니었다. 그는 어쩌면 그토록 자신을 과신하고 있을지도 몰랐다. 그는 모처럼 나를 일방적으로 강요하고 있었다. 나는 정말로 귀찮고 짜증스러웠다.

— 날 제발 실망시키지 말아줘요. 난 적어도 당신을 겁쟁이 졸장부로는 경멸하고 싶지 않으니까요.

자리를 벌떡 차고 일어나 그에게 애원이라도 하고 싶었다. 그러나 나는 차마 그를 그런 식으로 곧바로 매도하고 나설 수는 없었다.

"이야긴 새삼 무슨 이야기를 할 게 있다고 그래요?"

나는 약간 신경질 섞인 소리로 그의 육박을 비켜 서려 하였다. 그는 이제 그러는 나를 상관하지 않았다.

"당신은 그 바보의 속사정을 한번도 내게 물은 일이 없었지. 정작 사정을 들어본 일도 없으면서 모든 걸 알고 있노라 억지소리를 하면서…… 하지만 난 그런 식으로는 넘어갈 수가 없거든……"

혼잣말처럼 중얼거리고 있는 소리가 어딘지 제법 의기양양한 여유마저 느껴졌다.

"듣고 싶지 않으니까 묻지 않은 거예요."

불안하고 아슬아슬한 느낌 속에 나는 담요 자락을 턱밑까지 끌어올리며 계속 완강하게 버텼다.

"듣고 싶지 않은 건 무엇 때문일까……"

갈수록 유유자적해지고 있는 작자의 되물음.

"듣고 싶지 않은 데도 이유가 있어야 하나. 그냥 듣고 싶지 않을 수도 있는 거죠. 어쩌면 그만큼 당신을 믿고 있는 탓일 수도 있겠구. 어쨌거나 내게 그런 의무는 없는 거지 않아요. 그리고 당신은 그런 걸 내게 강요하거나 애걸하러 온 것도 아닐 테구 말예요."

"강요하거나 애걸하러 온 것이 아니라는 게 옳겠지. 하지만 당신도 굳이 내게서 그것을 듣고 싶지 않는 건 내게 대한 어떤 믿음 때문이 아니라, 자신에 대한 두려움 때문이라고 하는 편이 옳을걸."

나의 완강한 저항도 아랑곳없이 그는 다시 새 담배에 불을 붙이고 나서 자신만만하게 단정했다. 나의 저항도 그만큼 필사적일 수밖에 없었다.

"자신에 대한 두려움? 내가 지금 자신에 대해 무엇을 두려워해야 하나요?"

"나를 알게 되는 일에 대한 두려움, 아니 좀더 정확하게는 자신을 납치한 범인에게 행여 어떤 거북스런 인간의 흔적 같은 거라도 만나게 되면 어쩌나…… 아마 대강은 그런 식의 두려움이겠지. 당신은 늘 듣지 않아도 나를 알고 있노라 강변해왔지만, 그것도 실상은 나를 처음부터 알고 싶지 않는 데서 비롯한 철저한 자기 방어의 표현에 불과할 테니까."

"왜 내가 당신을 알게 되는 것을 그토록 두려워해야 했을까요?"

나는 일면 숨은 정곡을 찔린 느낌으로, 그러나 의연히 추궁 조의 물음을 계속해갔다. 그의 대답도 그럴수록 신랄하고 단정적이 되어갔다.

"그야 나를 끝끝내 무도한 악한의 자리에 남게 하고 싶어서겠지. 그리고 나를 끝까지 그런 저주스런 범죄자로 증오하고 싶겠고…… 그런데 내 이야기를 듣게 된다면 어쩌다 내게 동정적인 이해가 생겨날 수도 있겠고, 행여 그런 불상사가 생겼다간 당신으로선 정말 참을 수 없는 낭패겠거든."

"내가 거기서 얻을 수 있는 이득이 무얼까요?"

"당신은 계속 일방적인 피해자로 남을 수 있으니까. 선량하고 무고한 무방비의 피해자. 부인할지 모르지만, 당신은 현명하게도 그 완벽한 피해자의 입장이라는 것이 뜻밖에 편한 데도 있다는 것을 일찍부터 알고 있었던 셈이지. 어쩌면 나같이 어리숙한 가해자의 입장보다 그쪽이 훨씬 더 마음 편하고 떳떳할 수 있다는 것을. 그래 당신은 끝끝내 완벽한 피해자로 남기를 원했던 거지. 그러자면 나는 더 무도하고 잔인한 가해자가 되어줘야 했고…… 어떻게 보면 매우 현명한 지혜일 수도 있겠지. 하지만 매우 무책임한 지혜일 수도 있지. 내 주제에 이런 소리는 가당치가 않겠지만…… 자신의 삶에 대해 전혀 어떤 적극성도 없는 체념 빠른 무책임성……"

그는 갈수록 거침이 없었다. 나중엔 숫제 나의 회피적인 태도에 대해 훈계조의 질책까지 서슴지 않았다.

나는 내심 놀라고 있었다. 그의 말엔 과연 나를 아프게 찔러오는 곳이 많았다. 내가 그를 두려워해온 것은 자신도 부인할 수 없는 분명한 사실이었다. 말 이전에도 이해와 믿음이 있을 수 있노라 강변해왔지만, 그의 말마따나 그 역시 그에 대한 참 이해를 거부하려는 자기기만에 불과할 수 있었다. 하면서도 나는 지금까지 그런 자기 두려움의 정체조차 몰라온 셈이었다. 무엇 때문에, 그리고 무엇에 대해 그런 두려움이 생기는지 스스로 까닭을 캐어본 일이 없었다. 그런데 그가 그것을 간단히 짚어내고 있었다.

나는 차츰 자신의 내부가 그 앞에 무참하게 허물어져 내리는 느낌이었다. 어떤 위험이 확실한 보조로 코앞까지 바싹 다가들고 있는 느낌이었다.

하지만 나는 아직도 그냥 물러설 수는 없었다. 혼자 살아온 적막스런 세월이 자신의 삶에조차 그토록 책임감이 둔해지게 한 것일까. 굳이 그의 말까지 빌리지 않더라도 나는 그동안 모든 것을 그저 애꿎고 불가피한 운명쯤으로 편하게 받아들이고 싶어 해온 것이었다. 분명한 말속에 그를 이해하고, 그 이해 위에서 그를 믿음으로 받아들여야 할 거북스런 사태가 생길 수도 있었다. 그것만은 끝내 피해내고 싶었다. 나는 차라리 이대로가 좋았다. 이대로 그를 이해할 수 있었다. 이해하고 싶었고, 믿어버리고 싶었다. 그리고 그렇게 그를 받아들이고 싶었다. 그를 아는 것이 오히려 두려웠다. 그것만은 끝내 피해야만 하였다. 그것이 오히려 자신에 대한 마지막 의무요 책임인 듯싶었다.

마지막 시도를 해보아야 하였다. 이번에는 나도 머리맡을 더듬어 담배를 한 개비 찾아 들었다. 그리고 거기 불을 붙여 물고는 목소리에 노골적인 애원기를 섞어가며 마지막 방어를 시도하고 나섰다.

"당신은 어쨌거나 나에 대한 가해자임에는 틀림이 없는 사실이지 않아요. 당신도 그것은 스스로 시인을 한 셈이구요. 그런데 당신은 이제 그 가해자의 자리조차 남아 서기 싫다는 건가요? 피해자를 피해자답게 체념시켜주고, 그 피해자의 최소한의 권리라도 행사하게 해줄 가해자의 아량과 도리조차 마다할 참인가요?"

하지만 그는 그런 내 마지막 항변에도 전혀 결심이 달라질 기미가 없었다. 그는 이미 거기까지도 모두 마음의 대비가 되어 있었음이 분명했다.

"가해자…… 가해자의 아량과 도리?"

내가 어디로 달아나고 피해 서든 그는 여전히 자신만만한 어조 속에 한발 한발 내게로 다가들고 있었다.

"하지만 차츰 시간이 흐르면서 그놈의 가해자의 자리라는 것이 그닥 마음에 들지 않는 걸 느꼈다면, 나로서도 가해자의 아량과 도리를 사양하고 싶어지는 게 당연하지 않을까."

"가해자의 자리에 남아 서고 싶지 않는 것이 그것을 싫어하지 않는 데에 달려 있는 일처럼 말하고 있군요."

"그렇게 될 수 있을지 없을지 한번 기대를 걸어볼 순 있겠지. 그게 특별히 허물이 될 수도 없을 테구. 어떤 흉악범이라도 그런 희망은 한번쯤 지녀볼 수 있을 테니까……"

"나는 지금 그럼 홍길동이나 임꺽정 같은 의적 나리라도 만난 건가요? 하지만 홍길동님이나 임꺽정치고는 어딘지 너무 자신이 없어 보이는군요."

"자신이 있고 없고 하는 것도 아마 당신에게 달린 일인지 모르지. 당신이 그 편하고 떳떳한 피해자의 입장이 무너지게 될까 봐 너무 조바심을 치지만 않는다면, 결과가 어찌되든 난 지금 어차피 거기다 나를 한번 걸어보고 싶으니까."

4

나는 아직도 그가 그토록 자신을 털어놓고 싶어 하는 명확한 이유를 알 수 없었다. 가해자의 자리에 남아 있고 싶지 않다는 것이 그의 고백이었다. 그로선 그것이 진심이었을지 모른다. 그러나 나는 그러는 그를 이해할 수 없었다. 도대체 가당치 않은 욕심이었다. 사실을 직접 겪고 난 사람에게 그 사실을 설명할 어떤 다른 말이 필요한 것인가. 그리고 그것으로 그 사실의 어떤 부분을 그 사실 자체보다 더 분명히 하거나 변경시킬 수 있을 것인가. 그것은 애초에 가능하지도 못하거니와 오히려 사실을 왜곡시킬 뿐이었다. 게다가 그것은 내게 엉뚱한 불안감마저 안겨주고 있었다.

동기가 무엇이든 나는 결코 그 사연을 듣고 싶지가 않았다. 사연을 듣고 싶지도 않았고, 그라는 인간을 알고 싶지도 않았다. 그것으론 그를 납득할 수도 받아들일 수도 없었다. 그보단 차라리 듣지 않고 묻지 않는 것으로 더 많은 것을 알 수 있을 것 같았다. 이야기를 듣는 것이 오히려 두렵고 불안스러웠다.

하지만 그의 결심은 확고부동했다. 내가 뭐래도 그는 끝내 자신의 이야기를 하고 말 사람이었다. 그리고 실제로 그렇게 하였다.

요컨대 그는 자신을 어떻게 해야 할지 모르고 있는 사람이었다. 무턱대고 일을 벌여놓고 어쩔 줄을 몰라하다가 엉뚱한 집착에 빠져버린 사람이었다.

나는 이날 밤 끝내 그의 사연을 모두 듣게 되었다. 그의 확고한 결심도 결심이지만, 나로서도 더 이상 버틸 수가 없을 만큼 심신이 기진맥진 지쳐버린 때문이었다. 그리고 그 어쩔 줄 몰라 당황하고 있는 그를 나중엔 얼마쯤 위로도 해주고 안심도 시켜주고 싶은 측은한 생각이 들어온 때문이었다. 그런데 그 밤을 새워가며 들어준 그의 우울하고 긴 사연은 내게 또 한번 엉뚱한 생각을 품게 했다.

하지만 여기서 굳이 그 이야기까지 적어야 할 것인가……

나는 한동안 생각을 망설인다.

먼젓번 진술에서 오 검사가 그걸 원하지 않았기 때문에 기록을 생략하고 넘어간 부분이었다. 내 혐의에 직접 상관이 안 된 때문이었던지, 검사는 그날 밤 내가 그에게서 들은 이야기의 내용 부분은 구두로 진술을 대신케 해준 것이다. 그런데 결과가 좋질 않았다. 이야기를 듣고 난 뒤의 내 행동을 오 검사는 전혀 납득하지 못했었다. 납득이 불가능한 생각이나 행동은 모순과 비약으로 보일 수밖에 없었다.

그것은 나로서도 마찬가지였다. 그의 이야기를 듣고 난 다음의 내 생각이나 처신은 자신도 이유를 분명히 설명할 수가 없었다. 그것은 내게도 모순과 배반과 비약으로 느껴졌다. 오 검사는 나의 그런 혼란을 사실에 대한 고의적인 은폐의 술책으로 의심했다. 모두가 그의 이야기를 종합한 자기 평가의 결과에 의지한 탓이었다. 과정이 소상하게 진술되지 못한 허물이었다.

이번에는 아무래도 그래서는 안 되었다. 지루하고 길더라도, 그리고 그게 내 혐의와는 직접 상관이 안 된다 하더라도, 이번에는 역시 그의 사연을 낱낱이 기록해주는 것이 좋으리라. 그것을 상세하게 적어나감으로써 나는 어쩌면 이야기를 들을 때의 그에 대한 느낌이나 기분들을 가깝게 되살려내게 될지도 모르는 일. 그렇게만 된다면 그것으로 나는 지금까지 모순과 비약으로밖에 보일 수 없었던 내 다음 행동들에 어떤 석연스런 근거를 찾을 수도 있을 게다. 적어도 그 모순과 비약이 그 자체로서도 얼마나 중요한 값을 지닐 수 있는가를 증명해 보일 수가 있을 것이다……

나는 다시 생각을 가다듬고 그의 사연을 추려나가기 시작한다. 이야기의 시발은 1975년의 봄, 변변한 일자리 하나 얻기 위해 제대 후부터 주점이나 다방가의 뒷주먹 노릇으로 한 3년 서울에서 허송세월을 하고 난 구종태——그의 이름이 비로소 그것으로 밝혀졌다——가 어느 날 문득 안양천변 무허가 판자촌으로 그의 늙은 부모들을 찾아갔을 때부터. 그가 양친을 찾은 것은 그간 서로 소식 한 줄 오간 일이 없던 3년여 만의 일로, 거기에는 물론 그 나름대로의 사정이 있었다.

그가 군복무를 끝내고 제대를 해 나온 것은 그러니까 다시 1972년 봄의 일이 된다. 그는 이때 제대를 하고 나서 입영 때의 옛 주소지로는 집을 찾아 돌아갈 수 없는 처지에 놓인다. 그가 입영을 해갈 때의 옛집 주소지는 그 역시 무허가 가건물 지역이던 연희동 변두리의 가난한 산번지. 그런데 그가 군복무 3년을 마치고 나오는 동안에 주소지가 안양 쪽으로 바뀐 것이다. 가세가 원래 몹시 어려웠던 터에, 자력으로 근근이 고등학교를 나오고부터 그럭저럭 혼자 집안 생계를 떠맡아오던 아들이 자리를 훌쩍 비우고 떠나자, 10년 가까이 가래를 끓으며 일손을 놓고 누워 있던 가장이나, 할 수 있는 일이라곤 오직 영세민 취로사업장 시간막이 날품팔이꾼 노릇밖에 나다닐 수 없던 늙은 아내의 주변머리로는 그 밖에 다른 도리가 없었기 때문이다. 그 늙은 아내가 어려워진 생계와 남편의 소중한 진해제(鎭咳劑)를 위해 지혜를 짜낸 것이 결국은 연희동 산번지의 무허가 가옥을 처분하고, 장마만 지면 강물이 넘쳐나는 그 안양천변의 상습 수해지구로 마지막 거처를 옮겨 앉게 된 것이었다. 그가 제대를 하고 돌아간 곳은 그 판잣집 단칸방이었다.

……그는 으레 모든 것을 이해한다. 다만 한 가지, 그는 늙고 가난하고 병든 부모들과 함께 그곳에 눌러앉을 수가 없었다뿐, 단칸방살이가 불편하거나 자신의 처지가 역겨워서가 아니었다. 그곳은 그에게 애초부터 머무를 수가 없는 곳이었고, 머무르려 해서도 안 될 곳으로 여겨진 때문이었다. 그는 곧 서울로 올라간다. 그리고 그로부터 3년 동안 완전히 소식을 끊고 지낸다. 부러 종적을 숨기고 싶어서가 아니라, 아무것도 마음먹은 대로 되는 일이 없었기 때문이다. 처음에는 우선 일자리나 얻고 나서 소식을 전하든지 찾아가든지 하리라 추근히 생각한다. 하지만 일자리다운 일자리는

제3의 현장 141

얻어 걸리지 않고 사람만 자꾸 지저분해져간다. 하다 보니 마침내 그 소식을 전하는 일 자체가 더없이 짐스럽고 두려워지기 시작한다. 집 소식을 듣게 되는 것 역시 두렵다. 나중에는 거꾸로 그쪽에서 집 소식을 피해 다니기 시작한다.

어느덧 그렇게 3년의 세월이 흘러간다. 그런데 그 덧없는 세월이 그를 가르친다. 그는 마침내 이도저도 모두 부질없는 노릇이라는 생각을 하게 된다. 노인들을 떳떳하게 찾아가리라던 벼름이나, 그러지 못해 소식이나 발길을 끊고 지내는 일이나 하나같이 모두 부질없는 허세요 고집인 듯싶어진다. 이제는 그저 노인들이 가엾고 궁금할 뿐이다. 겨울 추위가 또 한차례 지나가고 봄볕이 살아나자 까마득히 멀어진 노인들의 소식이 문득문득 심사를 아프게 해온다. 하여 아직도 가슴 밑바닥에 무겁게 깔려 있는 두려움을 지닌 채로 그는 마침내 그 3년 만의 어려운 문안길을 나서 온 것이었다.

그러나 그의 모처럼 만의 문안길은 불행하게도 너무 때가 늦고 만다. 그가 제대를 하고 잠시 동안 들러 갔던 천변 동네는 그날따라 마침 철거 작업이 한창이다. 거기다가 그는 그 정신없는 난장판 가운데도 더 이상 노인들의 일을 근심할 필요가 없게 된다. 노인들은 이미 한 해 전에 세상을 떠나버린 것이다.

"두 양반이 똑같이 한날한시에 세상을 함께 뜨셨다더구만요. 방 안에다 연탄불을 피워 들여놓고 말이오."

옛 거처는 용케도 아직 철거반의 발길이 미치지 않고 남아 있었다. 그러나 그 옛날 노인들의 거처에서 문을 열고 나와 그를 맞은 것은, 얼마 전에야 시골에서 올라와 비어 있는 집을 얻어들게 되었노라는 초면부지의 중년 사내다. 당연히 먼젓번 집주인들에 대해서도 아는 것이 그리 많지 못하다.

"저쪽 언덕 위에 예배당이 하나 서 있지요. 그 예배당에 젊은 전도사님이 한 분 계신데, 그분한테 가보면 아마 좀더 자상한 이야기를 들을 수 있을 거외다. 두 분이 함께 돌아가신 바람에 시신을 감당해나갈 사람조차 없어서, 그 전도사님이 앞장서 가지고 동네 사람들 몇하고 어디론가 두 분의 시신을 모시고 가서 장례를 치러드리고 왔다니까요."

철거반이 들이닥칠 불안감에 쫓기며 사내가 대충 다급한 목소리로 일러준 사연이다. 하지만 그는 아쉬운 대로 그냥 그것으로 만족한다. 사내에겐 더 이상 물을 것이 없었다. 물을 것도 없고, 묻고 싶지도 않았다.

그는 이윽고 사내와 헤어져 교회 쪽 언덕길을 올라가기 시작한다. 지나간 일이나 일의 경위를 알고 싶어서가 아니다. 무덤의 소재를 알아두려거나 마지막을 감당해준 전도사에게 뒤늦은 인사를 전하기 위해서도 아니다. 그의 기분은 훨씬 더 담담하다. 전도사를 한번쯤 만나보고 가야 할 것 같은 막연한 생각이 발길을 그쪽으로 이끌어갈 뿐이다.

그는 잠시 후 교회당에 도착한다.

교회 주인이 목사가 아닌 전도사라 했던가— 흙벽돌 벽에다 기름종이 지붕의 스무 평 남짓한 초라한 가건물. 사람이 먹고 잘 거처 한 칸 따로 마련이 없는 임시 예배소에 불과한 곳이다. 그런데 그 보잘것없는 전도사의 초라한 예배소를 찾은 데에서부터 그의 지향 없는 삶의 행로는 뜻밖에 흐름이 달라지기 시작한다.

때마침 예배당은 전도사까지 어디론지 자리를 비운 채 텅텅 비어 있다. 몇 번 인기척을 내어보아도 안에서는 응답을 하고 내다보는 사람이 없다. 예배당 가까운 황량스런 언덕께엔 판잣집을 짓고 사는 사람조차 없어서 전도사의 행방을 알아볼 길이 전혀 없다.

그는 그러나 왠지 이내 발길을 다시 돌려세울 수가 없다. 제법 중요한 용건이라도 지니고 온 사람처럼 하릴없이 무작정 주위를 서성이며 한동안 전도사가 돌아오길 기다린다. 그리고 마침낸 그쯤에서 그냥 길을 내려갈까 생각하고 있을 무렵, 아래쪽이 갑자기 왁자지껄해지면서 그가 기다리는 전도사에 앞서서 철거반 사람들이 언덕길로 몰려온다……

언덕은 이내 곡괭이와 쇠망치들로 험상궂게 무장한 철거반 사람들로 까맣게 뒤덮인다. 철거반의 표적이 이번엔 뜻밖에도 예배당 건물이 분명해 보인다. 언덕을 올라온 살기등등한 무리에게 그의 존재 같은 건 눈에도 없어 보인다. 사람들은 예배당까지 당도하자 무슨 원한에라도 사무쳐 온 무리처럼 다짜고짜 안팎으로 달라붙어 순식간에 건물을 박살내버린다. 그리고는 다시 좀 전처럼 일시에 다시 언덕을 몰려 내려가기 시작한다.

한데도 그는 그들 앞에 도대체 말 한마디 제대로 묻고 나서보질 못한다. 장승처럼 한쪽에 우두커니 비켜서서 그걸 끝까지 바라보고 있을 뿐이다. 무슨 알은체를 하고 나설 계제도, 간섭을 받아들일 사람들도 아니다. 그는 그저 구경꾼처럼 멍청하게 서 있다가 일행의 인솔자인 듯한 사내가 마지막으로 언덕을 내려가는 것을 보고서야 비로소 제정신이 돌아온 사람처럼 간신히 한마딜 끌어붙이고 나선다.

"무엇 때문에 이 예배당까지 들부수고 야단이지요."

"예배당이 성해 남아 있으면 동네 집을 부숴봐야 헛일이 되기 때문이라오."

새삼스레 그를 위아래로 한차례 훑어보고 난 사내가 할 일 없는 구경꾼쯤으로 치부했는지 심드렁한 어조로 대꾸를 해온다.

"예배당이 무얼 어떻게 하길래요?"

"예배당이 무얼 어쩌는 게 아니라, 전도사가 사람들을 선동하지 않습니까. 그런데 당신은……?"

두어 마디 대꾸를 해나가다 말고 사내는 새삼 수상쩍은 눈길로 그를 유심히 훑썻어내린다. 그러다간 별 싱거운 위인 다 보겠다는 듯 말꼬리도 미처 마무르지 않은 채 서둘러 일행을 뒤쫓아 가버린다.

사내가 마지막으로 언덕을 내려가버리자, 그는 느닷없는 폐허 위에 다시 혼자가 되어 남는다. 눈 깜짝할 사이에 일어난 일이라 눈앞의 폐허가 새삼 더 처연하다. 햇볕이 아직 덜 여물어 그런지, 언덕을 지나가는 바람기조차 어딘지 황량하고 을씨년스럽다.

이젠 그가 언덕을 내려갈 차례다. 하지만 그는 어쩐지 거기서 발길이 금방 떨어지질 않는다. 이상하게도 그는 자신이 방금 그런 춘사를 교회당으로 끌어들였던 것만 같아진다. 그가 그곳을 떠나는 것도 도망질같이만 느껴진다. 전도사라는 사람을 한번 만나보고 나야 떳떳하게 언덕을 내려갈 수 있을 것 같다. 이 동네를 찾아오기까지는 얼굴 한번 본 일이 없고, 그의 존재조차 상상해본 일이 없는 사람을. 그의 부재중에 자신의 신전(神殿)이 한 줌 쓰레기로 주저앉아버린 줄도 모르고 어디선지 감사와 기쁨으로 충만해 돌아올 것임에 틀림없을 전도사를.

그는 결국 그 언덕길을 내려가지 못한다. 그리고 계속 주위를 서성대며 무작정 전도사가 돌아오기를 기다린다.

전도사는 그가 그렇게 하릴없이 하루해를 꼬박 다 넘겨 보내고 나서야 나타난다. 그것도 전도사의 몰골이 그의 예상과는 영 딴판이다. 석양을 등지고 피곤한 걸음걸이로 언덕길을 천천히 올라오는 전도사는 뜻밖에도 등덜미에 넝마 광주리를 짊어진 모습이다 (그가 나중 가서 알게 된 일이지만, 전도사는 이날 그의 신전과 아랫동네가 이방인들의 무도한 곡괭이질 아래 박살이 난 사실도 모르고 그 신전과 아랫동네 사람들의 가냘픈 삶을 위해 하루 종일 시내를 쏘다니다 돌아온 길이었다. 그가 치러낸 노인들의 장례도 그의 그런 넝마주이 노릇으로 겨우 뒷감당이 된 일이었다).

전도사가 그에게 뜻밖인 것은 그의 모습만이 아니다. 그의 태연스런 태도와 말투가 그를 더욱더 놀라게 한다. 언덕을 천천히 올라오고 나서도 전도사는 눈앞에 벌어진 광경에 조금도 놀라는 기미가 안 보인다. 낙망을 하거나 분개하는 빛이 전혀 없다.

"허허, 이거 또 손님들이 한차례 다녀가신 모양이구먼."

그보다도 겨우 한두 살쯤밖에 나이가 더해 보이지 않는 갓 삼십대 초반의 사내. 마르고 왜소한 체구에 어울리지 않게 그가 한바탕 크게 웃는다. 늘상 당하고 겪어온 일이듯 태도나 말투가 천연스럽다. 하더니 전도사는 아직도 그 폐허 가운데에 그를 기다리고 있는 구종태의 정체가 궁금스러워진 듯 웃음을 멈추고 그에게 물어온다.

"그런데, 선생은 여기서 무슨 일로?"

"이곳 교회의 전도사님이시지요? 전 여기서 하루 종일 전도사님을 기다렸습니다."

그의 호탕하고 구김 없는 태도에 구종태 쪽도 생각보다 말길이 쉬워진다. 하지만 그는 심사가 미상불 편할 리 없는 그 전도사 쪽의 사정을 염두에 두면서 자신을 될수록 간단히 소개하고, 그곳을 찾아온 사연을 말한다. 그러자 묵묵히 입을 다문 채 구종태의 설명을 듣고 난 전도사는,

"저도 전에 그분들의 아드님이 서울 쪽에 한 분 살고 계시다는 이야기는 들었지요."

이상하게 좀 맥이 풀린 듯 심드렁한 어조로 간단히 대꾸한다. 하지만 그는 잠시 후 다시 그쯤은 어차피 이야기를 해줘야 하리라고 생각한 듯,

"헌데 일이 이렇게 되신 줄 모르고 있었다면 궁금한 일들이 좀 많으시겠지요……"

묻기도 전에 혼자 단정하고 나서는, 그 아들이 으레 알고 싶어 하고 있음에 틀림없을 일들, 이를테면 노인들이 그런 식으로 세상을 등져가게 된 사정이나 경위들—그것은 이미 그도 들어서 알고 있는 일이었지만— 하며, 노인들이 묻혀 있는 장소와 마지막까지 살다간 무허가 가옥의 처리 과정 따위를 하나하나 썩 너그러운 목

소리로 설명해나간다.

하지만 그것들은 애초 구종태의 관심과는 거리가 먼 일들이다. 노인들이 묻혀 있는 땅이나 알고 나면 그만, 다른 일들은 이제 와서 별다른 뜻이 있을 수 없거나, 듣기만 괴롭고 거북할 뿐이다. 하여 구종태는 자기 쪽에서 오히려 이야기 중에 종종,

— 알겠습니다. 전도사님……, 그보다도 전도사님……

전도사의 이야기를 될수록 간단히 끝내고 싶어 한다. 이야기가 굳이 듣기 싫어서거나 돌아갈 길이 늦어져서만이 아니다. 자기 양친의 죽음의 뒷얘기를 때늦게 남에게 듣고 있는 그로서는 그편이 그 전도사 앞에서의 최소한의 도리인 듯싶었기 때문이다.

전도사도 마침내 그런 구종태의 심사를 알아차린 듯,

"어려운 길을 여기까지 오셨는데, 공연히 마음의 아픔만 더 얻어가게 해드렸군요."

더 이상 장황한 이야기를 피하며 어조가 다시 처음처럼 대범스러워진다.

"하지만 여기서 절 기다리면서 이런 활극을 구경하셨으니 그저 헛걸음은 안 하신 거 아닙니까, 허허."

전도사는 이제 그것으로 손님에겐 할 일이 끝났다는 듯 주위를 천천히 둘러 살피기 시작한다. 그의 태도나 웃음소리에 모처럼 허허한 외로움기가 어린다.

이제는 그도 그곳에 더 이상 머물러 있어야 할 일이 없어 뵌다. 지대가 높은 언덕 위도 어느새 저녁 어스름이 깔리기 시작한다. 돌아갈 길이 제법 늦어진 시각이다.

그런데 그는 거기서도 웬일인지 발길을 냉큼 돌려 서질 못한다.

전도사는 이미 그를 조금도 상관하지 않는다. 그와는 할 일이 다 끝났으니 오든지 가든지 알아서 하라는 듯 자기 일 쪽에만 매달리고 있다. 허물어진 건물 터에서 못 쓰게 부서진 판자 조각들을 주워다가 공터 한쪽에다 차곡차곡 쌓아간다. 그런 식으로 그를 깡그리 무시하고 있는 전도사의 태도가 왠지 모르게 마음에 걸려온다. 무참하게 파괴된 자신의 신전 앞에 실없는 우스갯거리라도 보아 넘기듯 하던 작자의 대범성도 쉽게 등을 돌리고 돌아설 수 없게 한다.

그는 전도사에게 덜미라도 붙잡힌 듯 언덕을 내려갈 엄두가 안 난다. 전도사의 그 무심스런 태도 속에 어디 한번 갈 테면 가보라는 듯한 무언의 압력까지 느껴져온다. 그리고 그 대범스런 웃음과 농담 투 속에 자신도 선뜻 입을 열어 말하기 어려운 뜨거운 분노 같은 것이 뻗쳐온다. 그러거나 말거나 전도사는 이제 모아 쌓은 판자 쪽에 성냥불을 켜 붙여 어둠 속에 훤한 화톳불을 만들고 있다.

"불은 지펴서 뭐 하시려고 그럽니까."

구종태는 아예 언덕을 내려갈 생각은 단념한 채 구경꾼처럼 우두커니 어둠 속에 서 있다가 이윽고 천천히 불가로 다가간다. 그리고 실없는 소린 줄 알면서도 짐짓 그렇게 전도사에게 묻는다.

그 소리에 전도사는 그가 웬일로 아직 거기 서 있느냐는 듯 의아스런 눈길로 그를 쳐다본다. 그리곤 무슨 당치도 않은 걸 묻고 있느냐는 듯 퉁명스럽게 대꾸해온다.

"밤기운이 아직 추운 때 아니오. 어둠 속에선 무얼 볼 수도 없는 게고."

"복구 작업을 하시려는 겁니까."

그가 놀라서 다시 묻는다. 이번에는 짐짓 한번 해보는 소리가
아니다. 이 추운 밤에, 어둠 속에서, 끼니조차도 마련한 일이 없
이……? 심상치 않은 전도사의 기세에 그는 새삼 놀라움이 앞선
다. 하지만 이번에도 전도사는 그를 무시한 채 묵묵히 혼자 불가를
떠나간다. 그리고 그 폐허 더미 속에서 다시 쓸 만한 판자 조각이
나 기둥감들을 한쪽으로 차근차근 가려 쌓기 시작한다.

구종태는 한동안 어둠 속으로 전도사가 하는 양만 우두커니 지
켜보고 있다가 이윽고는 자신도 불가를 떠나 전도사의 일거리를
거들기 시작한다. 무슨 분명한 목적이 있어서가 아니다. 전도사의
일이 힘들거나 안되어 보여서도 아니다. 그의 도움으로 허물어진
예배당이 금세 다시 일어설 것도 아니다. 예배당은 애초 두 사람의
힘으로는 다시 일으켜 세워질 수 있는 것이 아니다. 그는 그저 전
도사를 남겨두고 혼자 언덕을 내려갈 수가 없을 뿐이다. 아니, 그
보다 이 무모하고 고집스런 전도사와 그의 곁에서 왠지 밤을 함께
지새우고 싶어진 것이다.

전도사는 아직도 그의 일에는 아랑곳을 해오지 않는다. 그를 굳
이 말리려 하지도 않고, 그렇다고 무슨 고마움의 말을 건네오지도
않는다. 전도사는 말없이 자기 일만 계속해나가고, 구종태도 굳이
그 전도사에게 쓸데없는 소리를 건네려지 않는다. 구종태는 그저
전도사가 하는 일을 흉내라도 내듯이 묵묵히 그를 뒤따르고 있을
뿐이다. 시장기가 벌써부터 배를 훑고 있었지만 그런 걸 괘념할 계

제도 아니다. 판자 조각과 나무토막을 추리고, 돌멩이와 흙덩이를 가려 모으고, 그러다 문득 화톳불이 꺼져드는 기미가 보이면 이쪽 저쪽이 서로 차례를 번갈아 나무토막을 던져 넣어가면서, 두 사람은 마냥 묵묵히 자기 일만 계속해나간다.

구종태는 그러나 그 전도사의 고집스런 침묵 속에 무엇보다 분명한 그의 소리를 듣고 있다. 둘 사이엔 서로 말이 없을 뿐 마음의 흐름이 그치지 않은 때문이다. 그것은 오히려 어떤 절규보다도 깊고 분명한 믿음과 이해의 넓은 통로다. 구종태는 전도사의 침묵을 통해 그의 소리 없는 분노와 용서, 그리고 그 자신에 대한 끝없는 믿음과 다짐의 말들을 들은 것이다.

그러나 그 오랜 침묵이 둘 사이의 무슨 내깃거리는 아닌 것.

"불가로 가서 좀 쉬었다 할까요?"

두 사람이 말없이 폐허를 왔다 갔다 하는 가운데 몇 식경이나 시간이 흐르고 난 다음이다. 전도사가 오랜 일동무에게라도 하듯 그에게 문득 한마디 건네온다. 그리곤 손을 털며 터벅터벅 먼저 불 쪽으로 걸어간다. 구종태도 이젠 육신의 기력이 파해가던 참이었다. 더욱이 그로선 일을 서둘러댈 이유가 없었다. 전도사의 소리에 그도 말없이 일손을 놓고 그를 따라 나간다. 그리곤 잠시 전도사와 나란히 화톳불의 열기를 마주하고 있다가 담배 한 개비를 꺼내 물면서 뒤늦게 생각난 듯 그에게 묻는다.

"어떻게…… 이런 식으로 아예 밤을 새울 작정이세요?"

그 역시 여태까지 전도사와 함께 긴 이야기를 나눠오던 뒤끝이듯 물음에 전혀 허물을 느끼지 않는다. 하지만 전도사는 웬일인지 거기서도 얼핏 대꾸를 해오지 않는다. 그는 다시 어떤 골똘스런 생각에 빠진 듯 어둠 속으로 한동안 아랫마을 불빛들만 묵묵히 내려다보고 있다. 철거반이 휩쓸고 간 아랫동네 쪽에도 아까부터 군데군데 불빛이 번지고 있었다. 깜깜한 어둠 속에 조용히 잠겨 있던 마을에 하나 둘 피어오르기 시작한 불빛을 신호로 밤이 깊을수록 그 수효가 늘어가고 있었다.

그것은 물론 전등불빛이 아니었다. 나무토막을 태우는 모닥불빛이었다. 거기서도 벌써 복구 작업들이 시작되고 있는 게 분명했다. 망치질 탕탕거리는 소리. 사람을 부르거나 외쳐대는 소리들이 언덕 위까지 들려오곤 했다. 깃발처럼 번져가는 불빛을 좇아 마을이 어둠 속에서 웅성웅성 잠을 깨고 일어서고 있었다.

전도사가 그 광경에 무심할 리 없었다. 그리고 마침내는 구종태가 그것을 눈여겨보고 있음도 알아차린 것 같았다.

"내가 이렇게 밤을 새우는 것은 내 손으로 내 예배당을 일으켜 세우려는 데서가 아닙니다."

나무토막 하나를 불더미 속으로 던져 넣으며 전도사가 이윽고 결심이 선 듯 입을 열어오기 시작한다.

"저 아랫마을의 불빛들을 보고 이미 아셨겠지만, 저 사람들은 이제 지치고 지쳐서 다시 일어설 힘들이 없습니다. 철거반 사람들이 지나갈 때마다 매번 보는 일이지만, 처음엔 모두 절망뿐이지요. 절망 속에서 다시 일어설 생각들을 못해요."

"……"

"이건 물론 의지나 용기 차원의 문제가 아닙니다. 절망의 수렁에 주저앉은 사람들에게 누군가가 먼저 그 절망의 수렁에서 다시 일어서는 걸 보여주는 게 필요하지요. 적어도 다시 일어서는 모습이라도 보여주어 저들의 지친 넋을 깨워 일으켜야 한단 말입니다. 그것도 아주 저들의 넋이 가라앉아버리기 전에 신속하게 서둘러……"

그동안 내내 침묵 속에 묻어둔 이야기들을 한꺼번에 쏟아놓고 있는 듯 전도사의 어조에는 서서히 뜨거운 열기가 어려든다. 구종태는 그냥 입을 다물고 듣고만 있었고, 전도사가 혼자 말을 계속해나갔다.

"말하자면 이 언덕 위의 불빛은 그런 일으킴의 신호인 셈이지요. 그리고 일단 복구의 망치를 움켜쥐고 일어선 사람들을 다시 쓰러지지 않게 지켜줄 깃발인 셈이구요. 위치가 마침 언덕 위라서 그 일을 위해선 이곳이 아주 적당한 자리가 되고 있는 거지요. 그래서 나는 철거반이 이곳을 지나갈 때마다 그 적막스런 초저녁 정적 속의 어둠을 향해서 이곳에 신홋불을 올리곤 하지요……"

"……"

"이 언덕 위의 모닥불빛은 그래 저들이 나를 시켜 밤새워 어둠을 지키게 한 저들 자신의 불빛인 셈이지요. 아니 이 불빛만이 아니라 이 예배당 자체가 저들 자신의 집인 셈입니다. 저들이 와서 다시 일으켜 세워야 할 저들의 예배당…… 내가 여기 이러고 있는 것도 그래 내 손으로 다시 예배당을 일으켜 세우기 위함이 아니라 오히려 저들을 기다리기 위한 방법일 뿐이지요. 저들이 저들의 집을 세우고, 남은 힘을 합해 여기로 와서 다시 이 예배당을 일으켜

세워주기를 기다리는…… 저들이 올 희망이 없다면 나 혼자선 이
일을 감당해낼 용기도 없거니와, 이곳에 더 이상 예배당이 서 있어
야 할 이유도 없으니까요……"

전도사가 이야기에 열을 올리고 있는 동안도 아랫마을 쪽에서
는 어둠을 밝히는 불빛들이 갈수록 수를 더해갔다. 아닌 게 아니라
그것은 일종의 삶의 깃발이요, 회생의 함성에 다름 아니었다. 그
우렁찬 깃발의 함성이 그의 가슴을 갈수록 뜨겁게 달궈오고 있었
다. 그는 그 깃발들의 함성에 화답을 보내듯 자꾸만 불더미로 나무
토막들을 던져 넣고 있었다.

"그야 저들이 이 예배당을 다시 일으켜 세우러 오고 안 오고는
오직 저들의 생각에 달린 일이지요. 내가 여기서 할 수 있는 일도
저들을 이렇게 기다리는 것뿐이구요. 하지만 저들이 와주거나 않
거나 그때까진 적어도 이 불길을 내가 먼저 꺼뜨려버릴 수는 없습
니다. 내게 그럴 권리는 없는 겁니다."

전도사는 거기서도 이야기를 더 계속해나갔다. 그러나 이제 구
종태는 그 전도사의 이야기 한마디 한마디를 귀를 통해 듣고 있지
않는 느낌이었다. 전도사는 그의 입과 눈과 가슴으로, 그리고 어
둠을 등지고 허공으로 우뚝 솟아오른 거대한 모습(그의 왜소한 몸
집이 그토록 갑자기 거대해 보이다니!)으로 그의 소리를 전해왔다.
그것은 말이 아닌 울림이었고, 구종태 역시도 그 깊숙한 울림의
소리를 눈과 귀와 가슴을 포함한 그의 몸 전체로 받아들이고 있었
다……

다시 한 식경이나 시간이 흘러갔다. 때는 어느새 자정을 지나 새

벽녘이 거의 가까워지고 있었다. 두 사람은 이윽고 다시 어둠 속으로 들어가 묵묵히 폐허를 오가기 시작했다. 하지만 그것으로 두 사람의 이야기가 끝난 것은 아니었다. 구종태는 아직도 전도사의 말을 듣고 있었다. 전도사의 무엇이 그의 가슴을 계속 울려오고 있었다. 그리고 그 역시 그 울림으로 전도사를 향해 말하고 있었다.

——저들이 정말로 여기로 와줄까요?

——그것은 저들이 정할 일입니다.

——저들이 끝내 와주지 않는다면?

——그땐 예배당도 필요가 없겠지요……

어둠 속을 오가는 두 사람의 가슴속에 그런 마음속 울림의 대화가 끝없이 되풀이되어 나가고 있었다. 기다림도 그만큼 간절했다.

그런데 그 전도사의 기다림은 결국 헛된 것이 아님이 드러난다. 동편 하늘이 훤히 밝아올 무렵. 밤새 제자리에서 어둠을 지켜오던 마을의 불빛들이 드디어 심상찮은 움직임의 기미를 보이기 시작한다. 불빛들이 하나하나 언덕 쪽을 향하여 이동을 시작한다. 그리고 작은 물줄기들이 서서히 강물을 이루어 흐르듯 어느새 길고 거대한 불빛의 흐름으로 변하여 그 언덕 위의 예배당을 향해 우렁찬 행진을 시작해오고 있었다.

마을과 예배당의 복구작업은 연 사흘 만에야 대강 마무리가 지어진다. 마을 쪽 일은 이틀 만에 끝이 났고, 사흘째는 온통 마을 전체가 예배당 일에만 손을 모은 끝이었다. 언덕 위에선 새벽녘마다 장엄스런 재건의 불꽃 축제가 연사흘이나 벌어진 셈이다. 그리고 마침내 사흘째가 되던 날, 이날은 아예 초저녁께부터 일대를 대낮처럼 훤히 밝혀대던 거대한 화톳불이 천천히 시들어 꺼지기 시작했을 때, 언덕 위에는 마을 사람들의 땀과 소망을 딛고 일어선 옛날 그대로의 흙집 예배당이 부옇게 밝아오는 새벽 여명 속에 다시 모습을 드러낸 것이다……

구종태는 물론 아직도 그곳에 남아 있었다. 그리고 전도사와 함께 흙 묻은 손을 하고 예배당이 다시 일어서는 것을 보았다. 그는 이제 그것으로 그곳을 떠나야 할 사람이었다. 굳이 떠나야 할 자신의 일이 있는 것은 아니지만, 그곳에는 이제 그가 남아 거들 더 이상의 일이 없기 때문이었다. 그는 애초에 남의 일에 끼어든 이방인이기 때문이었다.

하지만 그는 거기서도 끝내 그곳을 떠나지 못한다. 그것은 자신이 그것을 원하지 않은 때문이기도 했지만, 그로서는 전혀 상상도 못한 일이 연이어 일어났기 때문이다. 바로 이날 아침, 날이 훤히 밝자마자 철거반 사람들이 다시 마을을 덮쳐 들어온 것이다. 마치 어디선가 복구 작업이 끝나기를 기다리고 있다가 용케도 제때에 그것을 알고 나타난 것처럼.

사흘간의 노역 끝에 간신히 일어선 마을과 교회는 변변한 항의 소동 한번 벌여볼 틈도 없이 순식간에 다시 폐허가 되고 만다. 그리고 하필 그 복구 작업이 끝났을 때 철거반이 다시 덮쳐 들어온 것은 결코 우연한 일이 아님이 밝혀진다.

"전에는 일단 복구 작업이 끝나면 한두 달은 잠잠히 지나가곤 했지요. 아니면 아예 처음부터 복구 작업을 방해하고 나서거나……"

예배 한번 올려보지 못하고 새 예배당을 다시 폐허로 만들어버린 전도사가 씁쓸하게 웃으며 그에게 일러왔다.

"그런데 요즘 와선 저 사람들 작전이 달라진 것 같아요. 복구 작업이 끝날 때까지 우정 모른 척 기다리고 있다가 때맞춰 쑥밭을 만들곤 하거든요. 이런 식으로 당한 게 두번째예요. 하긴 그편이 이쪽을 쫓는 덴 훨씬 가혹하고 효과적일 테니까……"

철거 소동이 시작된 것은 이미 2년여 전부터의 일이며, 일을 당한 것은 이래저래 모두 열 차례 가까이나 된다는 것이다. 세우면 부수고, 부수면 세우고, 처음에는 그 부수는 사람과 세우는 사람들 간에 몸을 부딪는 소동이 잦았으나, 이제는 아예 그런 일조차 없다는 것이다. 부수고 다시 세우는 일은 서로 간에 여유 있게 차례를 기다렸다가 시작하는 식이랬다. 그게 일종의 게임 비슷한 것으로 되어가고 있댔다. 그래 마을 사람들은 철거반이 들이닥쳐 마을과 예배당을 부숴댈 때도 그것이 마치 다음 차례의 남의 일이나 되듯이 한쪽에서 얌전히 지켜볼 정도가 되고 만 것이랬다.

불행한 것은 그러나 그 게임이 언제 끝날지를 알 수가 없는 것, 어느 쪽도 먼저 게임을 포기하고 물러설 기미를 안 보이고 있는 것이었다.

"그럼 이번에도 같은 일을 한 번 더 되풀이할 참입니까? 결과는 어차피 같은 식이 될 것을 알면서도 말입니다."

사정을 알고 난 구종태는 마지막으로 전도사에게 물었다. 전도사는 물론 그 물음에 묵묵히 고개를 끄덕였다.

일은 결국 그렇게 된 것이었다. 게임이 아직 끝나지 않고 있는 것이다. 그런데 그게 구종태에게 어떤 상관이 있는 일이었을까. 그리고 그가 거기서 무엇을 더하고 덜할 수 있는 일이었을까. 그것은 물론 아무도 분명한 것을 말할 수 없는 일일 터이다. 하지만 어쨌거나 구종태는 그로 하여 전도사 곁에 다시 주저앉게 되고 만다. 그리고 전도사 곁에서 마을 사람들과 함께 그 끝남이 있을 수 없는 마을과 예배당의 복구 작업에 자신의 일손을 보태어나간다.

전도사는 바로 이날서부터 다시 일을 시작한다. 낮에는 마저 마을이 부서져 내리기를 기다렸다 저녁 어둠이 덮여 내리기 시작하자 언덕 위에 다시 화톳불을 만든다. 그리고 그런 식으로 초저녁녘에는 그와 단둘이서, 새벽녘이 다가오면 마을 사람들과 함께 다시 사흘 밤낮을 작업으로 지새운다.

그런데 구종태는 전도사와 그런 식으로 며칠을 지내면서 새로운 사실 한 가지를 알게 된다. 전도사는 그저 오기와 광기로 무모한 싸움을 이끌어온 것이 아니었다. 그에겐 실상 교회를 다시 일으켜 세우는 일보다 더 힘들고 먼 계획이 숨겨져 있었다.

당국에선 그간 그저 무작정 부수고 쫓기만을 해온 것이 아니었다. 이곳 사람들은 그동안 당국으로부터 여러 차례 다른 지역으로 이주를 권고받고 있었다. 단독으로든 집단으로든 자진 철거를 조건으로 하여 상당액의 이주 정착금을 지원받아왔을 뿐 아니라, 그에 따른 성과도 작은 편이 아니었다. 더러는 시영아파트의 입주권을 얻어 나간 사람도 있었고, 더러는 새 개간지를 분양받아 가족을 이끌고 시골로 떠나간 가구도 상당수에 이르렀다.

하지만 그것으론 마을의 가구 수가 줄어들지 않는다는 게 진짜 문젯거리였다. 한 가구가 떠나면 새로 다른 가구가 들어오고, 게다가 아파트 입주권 따위를 얻어 일단 마을을 떠나갔던 사람들도 대개는 몇 달 후에 하나 둘 되돌아오기가 일쑤랬다. 나머지 입주금을 충당할 길이 없는 사람들에겐 얼마간의 웃돈이라도 챙겨 돌아오는 것이 그중 현명한 방법이 되고 있었다.

천변 마을은 가구 수가 줄기커녕 날이 갈수록 사람 수가 늘어갔다. 그것은 마치 건드릴 때마다 덧이 나는 상처 같은 것이었다. 한 차례 철거 소동이 지나갈 때마다 덧이 난 상처처럼 변두리가 더 넓게 퍼져갔다.

하여 당국에선 마침내 방법을 달리하기 시작한다. 당국에선 이제 이주 보조금을 전제로 한 자진철거조차도 권하지 않았다. 이젠 무조건 들부숴 내쫓았다. 그것도 막판엔 마을과 교회가 비칠비칠 다시 일어서길 기다렸다가 일격에 내리쳐 부숴버리는 식이었다. 천변 주민들도 거기엔 대책이 없었다. 부서진 집과 예배당을 밤일로 다시 일으켜 세우는 것도 그저 마지막 안간힘의 몸부림일 뿐 그 이상의 의미는 있을 수 없었다. 전도사도 물론 그것을 알고 있었다. 한데도 그 의미 없는 파괴와 재건의 게임을 되풀이해온 데에는 그 나름의 계획이 있었기 때문이다. 그 끝없는 게임의 되풀이는 이를테면 전도사의 그 은밀스런 계획을 위한 사전준비의 한 가지인 셈이었다. 그리고 그 연습 과정은 바야흐로 지금 막 막바지 고비에 이르고 있었다.

마을과 예배당의 복구 작업은 다시 밤낮 사흘 만에 끝이 난다. 그리고 복구 작업이 끝나자마자 마을은 다시 한 번 쑥밭으로 변한다. 전도사는 이제 폐허가 된 언덕 위에 다시 화톳불을 올리기 위해 밤을 기다리지 않았다. 마을과 예배당을 다시 일으켜 세우는 대신 이날로 바로 마을 대표 몇 사람과 구종태를 데리고 모처럼 시골길 나들이를 다녀왔다. 그리고 이날 해가 질 무렵 나들이에서 돌아오자 그 밤으로 자기 예배당의 폐허 위에서 마을 주민들의 총회를 개최한다.

그가 이날 낮 마을 대표들과 나들이를 다녀온 곳은 경기도 서해안 쪽 아산만 부근의 한 한적한 바닷가. 거센 바닷바람 속에 오랫동안 내버려진 야산 국유지로 일찍부터 당국에서 이 마을 사람들의 이주 정착지로 예정해온 곳이었다. 그러나 그동안 누구도 감히 그곳으로의 이주를 감행하려 하거나 머릿속 생각조차 해보지 않았던 곳. 이주의 결심이나 고려는 고사하고 말을 입 밖에 내는 것조차 금기로 여겨오던 곳이었다. 현장을 답사해보고 온 사람이 없는 것은 물론이고, 거기 그런 땅이 자신들의 이주지로 예정되어 있다는 사실조차 기억하는 사람이 거의 없었다.

하지만 전도사는 그렇지 않았다. 전도사는 언제까지나 마을 사람들이 이곳에서 버티어낼 수가 없음을 알고 있었다. 그것이 비록 가능하다 하더라도 오히려 그럴 수가 없는 일이었다. 그럴 수도 없고 그래서도 안 되었다. 천변은 언젠가는 떠나야 할 곳이었다. 거기선 무엇보다 삶의 생성이 정지되어 있었다. 그것은 일종의 삶의 굴레였다. 갈 곳이 있으면 떠나야 할 곳이었다. 거기에 용기가 필요할 뿐이었다. 그는 그때가 오게 될 것을 믿었다. 그리고 그때를 기다리고 있었다.

그는 바로 그때를 대비해 혼자 준비해오고 있었다. 마을 사람들 몰래 현장을 찾아가 이런저런 가능성을 살펴보았다. 그로선 가능성이 엿보이는 곳이었다. 그는 혼자서 결론을 내리고 머릿속 궁리를 계속해나갔다. 그리고 마침내 그가 기다려온 결단의 시기가 다가온 것이었다. 이날 낮 전도사의 시골 나들이는 마을의 대표들에게 그곳을 직접 보게 해주기 위한 것이었다. 그리고 이날 밤 언덕 위의 회의는 마을 주민들의 마지막 결단을 묻기 위함이었다.

"……오늘 낮 여러분들 중의 몇 분과 함께 직접 가서 보고 온 일입니다만, 우리에게 주어질 땅은 상당히 넓습니다. 야산 지역과 골짜기를 합해서 전체 면적이 30여 정보나 되니까요……"

전도사는 이날 밤 마을 사람들 앞에서 그가 그동안 조사하고 궁리해온 새 이주지에 대한 자신의 정보와 가능성들을 허심탄회하게 모두 털어놓았다.

"그 대신 토질이 매우 척박하고 바닷바람이 거세어 웬만한 각오와 노력이 아니고는 작물 재배 같은 일에는 어려움이 퍽 많을 것도 사실입니다. 어쩌면 아예 산지 쪽에는 마을을 이루고 가축을 치는 외에 밭작물밖에는 기대할 수가 없겠구요…… 그러나 너무 실망들은 마십시오. 육지는 그저 우리의 삶을 의탁할 최소한의 담보일 뿐입니다. 그 땅에 대한 저의 기대는 야산 지역의 개간에보다도 앞쪽 바닷가 개펄에 있으니까요……"

그것은 전도사가 처음부터 그 이주 정착의 성패를 걸고 나선 막패거리였다. 이주 정착의 성패뿐 아니라, 당장 이날 밤의 설득의 성패도 거기에 모든 것이 걸려 있는 일이었다. 이주 예정지로 되어 있는 그 야산의 양쪽 끝 산기슭 안으로는 우연찮게도 바다 한 자락이 반원형으로 깊이 안겨 들어와 있었다. 썰물 때 드러난 개펄의 넓이가 작게 잡아도 30정보는 충분했다. 전도사는 썰물 때의 수심 3미터 정도만 바다를 막아도 제방 길이 9백 미터 정도의 순 가경 면적 50, 60정보는 손쉽게 건져 올릴 수 있으며, 거기서 거둔 곡량으로 2백 가구 정도의 1년 식량은 충분히 확보해나갈 수 있다고, 수치까지 차근차근 계산해 보였다. 거기에 더해 전도사는 구체적인 일의 착수와 진행 방법에 대해서도 이미 적지 않은 검토와 연구를 거듭해오고 있었으므로, 자력으로 일을 치러나가는 데 필요한 공법 지식들하며 다른 간척장들의 공사 경험을 하나하나 예를 들어가며 소개해나갔다. 그리고 나서 그는 마지막으로 다시 한 번 주민들의 용기와 결단을 촉구했다.

"여러분들이 결단을 내리는 데는 그러나 아직도 여러 가지 문제가 있겠지요. 이를테면 우리가 그곳으로 옮겨갈 이주 방법에서부터, 제방 공사가 끝나고 그곳에 우리들의 굳건한 삶의 터전을 마련하게 되기까지의 생계대책 등…… 그런 것들은 정작 우리가 계속 연구하고 헤쳐나가야 할 어려운 문제들임에 틀림없습니다. 하지만 지금 저의 생각으론 그런 모든 일들에 앞서 더욱 급하고 중요한 것이 여러분의 용기와 결단력인 듯싶습니다. 어떤 고난과 역경에도 꺾이지 않을 불요불굴의 각오와 용기, 그리고 그런 용기 위에서의 여러분 자신의 자의적인 결단, 지금 이 시점에선 그것이 무엇보다 앞서야 할 것입니다. 전 더 이상 말하지 않겠습니다. 그러나 전 이 점만은 분명히 알고 있습니다. 우리가 지금까지 이곳에서 살아온 것은 참다운 삶이 아니라는 것을 말입니다. 쫓기고 부서지며 간신히 목숨만을 지탱해온 삶, 하긴 그렇게 쫓기고 부서지면서도 몇 번이고 다시 일어서긴 했지요. 하지만 일어서기만 하면 무엇합니까. 그것은 진짜 도전이 아니었습니다. 도전의 방향이 잘못되어 있었습니다. 우리의 삶은 싸우기 위하여 받아 나온 것이 아닙니다. 행복하게 살고자 태어난 것입니다. 행복한 삶이 태어날 때부터의 우리의 권리인 것입니다. 다시 일어서는 것만으로는 족하지 않습니다. 싸우는 것만으로도 족하지 않습니다. 그 싸움은 우리들의 행복한 삶을 위한 것이어야 합니다. 우리 모두의 행복한 삶을 위한 보다 더 보람 있고 적극적인 도전이 되어야 합니다. 그 행복한 삶을 위한 도전이 없는 삶은 생성이 정지된 죽음일 뿐입니다. 하지만 저는 우리가 여기서 지금까지 겪어온 일들이 그저 헛된 일이었다고는 말하지 않겠습니다. 그것은 아마 우리의 새로운 도전 앞에 수없이 닥쳐들 장애와 고난거리를 헤쳐나가는 데에 더없이 훌륭한 밑거름이 되어줄 줄 믿습니다. 그리고 여러분의 인내와 용기, 그 결단을 위한 불가결의 디딤돌이 되어주리라 믿습니다. 아무쪼록 여러분의 허심탄회하고 자의로운, 그러나 용기 있는 결단이 내려지기를 바랍니다. 그 결단이 어느 쪽이든 저는 여러분의 뜻을 따를 것입니다. 저는 다만 그 결단이 어느 쪽이든 이제 다시 이 언덕 위에 예배당을 짓지는 않을 것입니다. 이곳은 그저 파괴와 저주뿐, 희망이 없는 죽음의 땅일 뿐이기 때문입니다. 다시 예배당을 짓게 된다면 그것은 오직 그 바닷가 개펄이 육지로 변한 다음의 그 땅 위에서뿐일 것입니다. 그 예배당이 다시 지어지고 못 지어지는 것은 저의 뜻에 달린 일이 아닙니다. 그것은 오직 여러분의 용기와 결단에 달려 있는 일입니다……"

　천변에서의 끝없는 싸움에 기력이 이미 다해버렸기 때문일까. 아니면 모든 것을 그저 마을 사람들의 뜻에 맡기겠노라면서도 누구보다 치밀하고 소망이 간절한 그 전도사의 인간과 열성에 그만큼 신뢰감이 갔기 때문일까. 그것도 아니라면 또 너무도 침통하고 숙연스런 회의장의 분위기 때문이었는지도 모른다.

　마을 사람들의 마음은 예상보다 훨씬 쉽게 합해졌다. 현장을 다녀온 마을 대표들은 물론 새로 회의에 참가한 사람들도 반대 의사를 말하고 나서는 사람이 없었다. 처음엔 그저 묵묵히 입들을 다문 채 듣고만 있는 것이 어딘지 냉랭한 분위기마저 감돌았다.

　—이 일은 너무 서둘러 결정을 내려서는 안 되오.

　—전도사님이 보증을 하시겠소? 일을 실패하면 그 책임은 누가 질 것이오.

　뒤늦게 몇 마디 튀어나온 소리들도 기껏 그 정도의 신중론과 회의, 그리고 전도사에 대한 다그침 정도였다. 하지만 전도사가 좀더 설득을 계속해가는 동안 집회장은 차츰 분위기가 변하여 뜨거운 열기가 솟아오르기 시작했다.

　—옳소!

　—밑질 것 없다!

　—갑시다!

　여기저기서 박수 소리가 일어나고, 결단과 동의를 재촉하는 소리가 회중에서 서로 화답을 해왔다.

전도사의 긴 설득이 끝나고 주민 자신들의 생각을 의논할 차례가 주어지자, 이번에는 서로 자신의 결심을 앞서 말하려 집회장이 수라장을 이룰 정도였다. 그 열띤 분위기 속에 뜻이 아직 정해지지 못한 사람조차 섣불리 입을 열고 나설 수가 없었다. 아니, 전도사에겐 모든 결정을 각자 주민들의 뜻에 맡긴다는 전제가 있었으므로, 설령 누군가가 그를 따르려지 않는다 하더라도 그것을 굳이 거기서 우기고 나서야 할 이유도 없었다. 하지만 실제로 그런 사람이 있었거나 없었거나 그것으로 일단 마을의 총의는 결정이 난 셈이었다.

천변에선 바로 이튿날부터 마을 주민 전체의 운명이 걸린 집단 이주의 준비가 시작됐다. 주민 대표들로 이주 준비위원회가 구성되고, 나머지 사람들도 이주 전과 이주 이후의 여러 업무 분담을 위하여 성별 연령별 능력을 기준한 여러 형태의 작업반이 편성됐다.

전도사는 그 준비위원회 사람들과 행정 요로를 찾아다니며 주민의 이주와 새 정착촌 건설에 필요한 여러 가지 당국의 지원책을 요청하는 한편, 나머지 시간으로는 새 이주 예정지를 오가며 정착촌 건설과 야산지 개간 및 간척사업의 추진에 필요한 세밀한 계획표를 만들어나간다. 그 일엔 물론 당국으로서도 전혀 반대할 이유가 없게 마련. 시와 도에서는 쌍수를 들어 이주 계획을 환영하고 나섰다. 이런저런 교섭 끝에 당국에서는 집단 이주에 필요한 수송 수단은 물론, 새 정착촌 건설을 위한 간이 주거 시설 자재와 제반 공구의 제공, 그리고 야산지 개간과 간척 공사 기간 중의 최소 생계비와 일정 비율의 공사비 지원까지 약속하기에 이른다.

그로부터 한 달 후, 남쪽으로부터 꽃소식이 한창 북상해오던 4월 초순의 어느 화창한 봄날. 천변 마을 총주민의 5분의 4에 해당하는 2백여 가구의 희망찬 대이주는 마침내 힘찬 결행을 보기에 이른다.

그러나 세상일이란 의욕과 각오만으로는 마지막 결과를 장담할 수 없었다. 이들의 이주와 정착사업엔 바로 이날부터 수많은 장애와 고난이 뒤따른다. 애초의 예상과 각오를 넘어선 엄청난 시련과 난제들이 잇따른다.

버려진 땅에는 그 땅이 버려져온 이유가 있게 마련. 돌자갈 많고 바닷바람 드센 야산지에는 힘든 개간 끝에 씨를 뿌려보아도 수확다운 수확을 거두어들일 수가 없다.

간척장 일도 의욕만 너무 앞서다 보니 뜻하지 않은 시행착오들이 빈발한다. 사전 조사와 작업 계획에 아무리 철저를 기했다 하더라도 그런 시행착오 없이 자력 공사를 이끌어가는 데는 지혜와 능력에 한계가 있게 마련이다.

게다가 애초의 약속과는 달리 당국의 지원도 시원치가 못하고, 이해와 자리다툼이 끊이지 않는 주민들 자신간의 인화단결 또한 처음 기대와는 훨씬 딴판이다. 날과 달이 바뀌어감에 따라 불화와 실망으로 일찌감치 손을 털고 정착지를 떠나가는 가구들까지 상당수 생겨난다.

그런 가운데에도 정착사업은 제법 꾸준히 계속되어나간다. 떠나간 사람보다 남은 사람이 많고, 실망 뒤에는 늘 새로운 각오와 희망이 뒤따른다. 이주 뒤의 첫 어려운 몇 달이 지나고, 바닷가의 첫 겨울을 맞게 될 무렵쯤 해서는 사업에 제법 본격적인 공사의 기틀이 잡혀간다. 천막촌에 불과한 모습이지만, 야산 구릉지의 분지 한복판에 그런대로 썩 깨끗하고 정연한 마을이 들어앉고, 일대의 야산도 씨를 뿌려볼 만한 땅은 상당한 넓이까지 개간이 끝난다. 그리고 그것으로 이후부터는 마을 사람의 모든 일손을 간척공사 한 곳으로 모을 수 있게 된다……

간척장 일은 이주 후 한 달쯤서부터 이미 일부 인력이 투입되어 오던 터에 그 한 달쯤 만엔 수심 측량과 방조제 설계 등 기초적인 준비작업을 모두 끝내고 구체적인 공사의 진행표가 확정됐다. 이어 당국의 지원을 얻어 공사 자재와 공구들을 확보하고, 방조제 축조의 예정선을 따라서 물 속 깊숙이 투석작업이 시작됐다. 여름 한철 내내 산기슭을 깎아 궤도차를 굴리고 배를 저어 실어다 던져 넣은 바윗돌 무더기가 그새 양쪽에서 상당한 길이까지 뻗어나가 있었다. 거기다 이제 정착촌 건설과 야산지 개간사업이 일단락지어진 가을께부터는 마을의 일손이 모조리 투석 작업 한 가지로 모아지게 된 것이다.

공사 진척도가 그만큼 눈에 띄게 빨라지기 시작한다. 겨울 한철이 지나고 다시 바람결이 부드러워진 봄철로 접어들자 그새 양쪽 산기슭에서 뻗어 나온 바윗돌 둑이 멀지 않은 물길을 사이로 바다 한가운데서 서로 마주 보기에까지 이른다. 그리고 그것으로 이제 제방의 기반을 쌓는 투석 작업은 미구에 끝이 나게 될 것처럼 보인다.

하지만 시련은 거기서부터가 오히려 시작인 셈이다. 바윗돌들이 쌓여갈수록 지반이 약한 해상(海床)이 그 하중을 지탱해내지 못한다. 쌓여 오른 바윗돌 둑이 자꾸만 물속으로 가라앉아 들어간다. 다른 공사장들의 경험에 비추어 어느 정도의 침하는 미리 각오가 되어 있는 터였지만, 정도가 예상을 훨씬 뛰어넘는다. 침하 현상은 해상의 지반이 약한 한두 군데서만 그치질 않는다. 이곳을 쌓아 올리면 저곳이 가라앉고, 저쪽을 손보고 나면 이쪽이 사라지고, 돌둑 전체가 끊임없이 울퉁불퉁 숨바꼭질처럼 가라앉아 들어간다. 일단 침하가 지나간 곳조차 전혀 마음을 놓을 수 없다. 같은 지점에서도 몇 번씩 침하가 되풀이되는 경우까지 생긴다.

낭패스런 일은 그뿐만이 아니다. 돌둑이 물 위로 솟아오르면서부터는 그것이 자연 조수의 흐름을 방해하게 마련이었다. 돌둑은 자주 그 조수의 압력에도 견뎌내지 못한다. 솟아오른 바윗돌들이 물길에 안팎으로 자주 휩쓸려나간다. 수심이 깊어지고 조수의 흐름이 거세어지는 사리 무렵이면 돌둑이 몇 미터씩 통째로 휩쓸려나가버리기도 한다. 돌둑이 높아져갈수록 조수는 그만큼 더 흐름을 방해받고, 흐름을 방해받은 조수의 행패도 그만큼 악착같고 사나워져간다.

공사의 진척이 그만큼 힘들고 더디어질 것은 당연한 이치다. 마을 사람들은 전도사를 중심으로 서로서로 격려하고 위로해가면서 몇 번이고 거듭된 낭패를 딛고 다시 일어선다. 가라앉으면 다시 돌을 던져 넣고, 휩쓸려나가면 그 즉시 둑을 다시 이어놓았다. 그것은 마치 그 천변에서 부서져 허물리면 다시 지어올리고, 내쫓기면 다시 모여들곤 하던 그 끝없는 싸움의 되풀이와 한가지였다. 전도사가 바라던 그 지침 없는 도전력의 재현인 셈이었다.

하여 또 한 번의 여름과 겨울이 지나가고 세번째 봄을 기다릴 무렵, 그 끝없는 시련도 드디어 마지막 종막을 고하기에 이른다. 돌둑의 침하와 절단 현상이 이때부터 차츰 사라져간 것이다. 둑이 통째로 가라앉거나 조수에 휩쓸려 끊겨나가는 일은 더 이상 일어나지 않는다. 지반이 그만큼 단단해지고 돌둑도 그만큼 튼튼해진 것이다.

공사는 이제 그것으로 방조제의 외벽을 다듬어 올리고, 그 안쪽에 흙을 채워 쌓는 축토 작업 단계로 접어들기 시작한다. 그리고 다시 1년이 흐르고 난 이듬해 5월. 공사는 마침내 둑 안팎으로 조수의 흐름을 완전히 끊어 막는 마지막 절강공사 단계에까지 이른다. 마을엔 오랜만에 잔치 기분이 감돌고, 능력껏 풍성한 음식을 장만한다. 그리고 원근의 사람들을 불러들여 성대한 절강제 행사를 치른다. 이제 남은 일은 제방 안쪽의 축토 작업을 마무리 짓고, 수문을 드나드는 물길을 구획하여 마지막으로 50여 정보에 이르는 넓은 개펄을 기름진 옥토로 가꿔내는 일뿐이었다.

절강제의 들뜬 축제 분위기가 가라앉고, 마을 사람들은 계속해서 다시 땀을 흘리기 시작한다. 기름진 옥토가 바로 눈앞에 보인다……

그런데 바로 이해 9월, 뜻하지 않았던 배반극이 시작된다. 그리고 그것은 이 마을 사람들에게 마지막 좌절의 결정타가 되고 만다.

배반의 서막은 먼저 하늘에서부터 열려왔다. 사리 때가 가까운 이달 중순 무렵, 위태위태하던 초가을 태풍이 서해안 일대를 모질게 휩쓸고 지나갔다. 간척장은 그 바람에 하룻밤 사이에 제방이 세 곳이나 끊어져나가고, 개펄도 다시 질펀한 바닷물로 마을 앞까지 들어차버린다. 3년간의 소망과 질긴 노력이 하룻밤 사이에 다시 허사로 돌아가고 만 것이다.

마을은 다시 깜깜한 절망의 수렁 바닥으로 주저앉아버린다. 밤 사이에 홀연 옛날 모습으로 되돌아가버린 바다를 보고도 그저 허망하고 무심스런 눈길뿐 원망의 소리 한마디 하려질 않는다. 원망이 있어도 그것을 말할 입이나 기력을 잃고 만 것이다. 쥐 죽은 듯 허탈스런 침묵만이 한동안 마을을 무겁게 짓눌러 흐른다. 그 침묵 속에 마을 사람들은 마치 건주정이라도 해대듯 며칠이고 그저 집 안에서 사지를 버둥버둥 뒹굴고 있을 뿐이었다.

그래도 아직 몸을 움직이고 다니는 것은 전도사 한 사람뿐. 전도사만이 아직 무너지지 않고 이곳저곳 다시 일을 서두르고 다닌다. 하긴 전도사도 사태가 절망스럽기는 매한가지다. 아니 그에겐 마을의 누구보다 그 절망이 크고 두렵다. 안양천변을 떠나올 때 그는 그곳 언덕에는 예배당을 다시 지어 세우지 않겠노라 했었다. 그의 예배당은 이곳의 바다가 육지로 변한 땅 위에 다시 짓겠노라 다짐을 했었다. 그는 이주 3년이 흐른 지금까지도 하느님을 위한 예배당을 못 짓고 있었다. 그것은 아직도 바닷물 속의 개펄이 육지로 바뀌지 않고 있는 때문만이 아니었다. 전도사는 먼저 눈에 보이는 예배당부터 세울 생각이 없었다. 그 안양천변 언덕 위에서 수없이 예배당을 부수고 짓는 동안 사람들은 바로 그 가슴속에 자신의 예배당을 지어온 것이었다. 그 눈에 보이지 않는 자신들의 예배당을 사람들은 이곳까지 지녀온 것이었다.

─내가 무엇을 얻었거나 얻으려 하든지, 그리고 내가 어디로 가서 머무르려 하든지, 나는 먼저 주님께 바치며, 그곳에 먼저 주님을 위한 집을 짓고, 그 주님을 경배하며 의지하리라.

이때나저때나 전도사의 기도엔 어떤 변화도 찾아보기가 어려웠다. 하지만 이 핍색한 환경에서, 이 힘들고 오랜 노역 앞에 예배당을 먼저 지을 수는 없었다. 게다가 이미 사람들의 마음속엔 저 나름의 신전들이 모셔져 있었다. 자신의 약속도 약속이지만, 아직은 예배당을 지어 세울 계제가 아니었다. 예배당을 짓는다면 자신의 약속대로 바다가 육지로 변한 다음에도 때가 늦지 않을 터였다. 그것은 이미 마을 사람들에게도 누차 다짐을 주어온 일이었다. 때로 몇몇 열성파 신자들이 그 점을 못마땅하게 추궁해왔을 때도 오히려 그들을 설득해온 그였다.

전도사에겐 그 방둑을 쌓아 막는 일이 예배당을 세우는 일 바로 한가지였다. 그는 그의 예배당을 세우듯 기도 속에 그 일을 해온 것이다. 그리고 자신의 기도와 경배가 부족함을 느낄 때는 일터에서나 어디서나 때와 장소를 가리지 않고 수시로 예배를 드려온 것이다.

그런데 거기 어떤 오만스런 불경이 있었던가.

그는 새삼 자신의 믿음과 하느님이 두려웠다. 아니, 그보다 더욱 무서운 것은 그를 믿고 따라온 마을 사람들이었다. 끝없는 좌절감을 자신도 충분히 헤아리고 남았다. 그래서 그 허탈스런 침묵이 오

히려 괴롭고 두렵다. 그것은 차라리 그에게 가해오는 무언의 항의
요, 추궁인 것이다. 전도사는 그 침묵 속에서 어떤 음흉스런 음모
의 기미마저 짙게 느꼈다.

하지만 그는 두려움에 그냥 떨고만 앉아 있을 수가 없다. 절망감
과 허탈감에 그도 함께 주저앉아버릴 수는 더욱 없다. 그는 어떻게
든지 다시 일어나야 하였다. 그리고 어떤 두려움이나 위험을 무릅
쓰고서라도 마을 사람들을 다시 일으켜 세워야 했다. 그리하여 그
사나운 운명과 다시 맞서게 해야 했다. 그러기엔 이번에야말로 어
느 때보다도 더 많은 지혜와 노력이 필요했다.

마을 사람들이 넋을 놓고 뒹굴고 있는 동안 전도사는 외로움 속
에 다시 일어선다. 그리고 이 사람 저 사람 집을 찾아다니고, 심지
어는 군청과 도청까지 찾아다니며 기어코 다시 일을 시작하기 위
한 대책 마련에 혼자 부심한다.

마을에는 이제 끼니를 이어나갈 양곡조차 바닥이 드러나고 있
었다. 당국에서의 양곡 지원은 애초부터 한도가 정해진 일이었다.
절강공사가 치러진 다음부터는 무상 양곡의 지원이 서서히 끊어
져갔다. 공사 장비의 사용 이외에 당국에서 계속해온 공사의 지원
은 닷새나 열흘 만에 한 번씩 지급되는 임금 형식의 유상 양곡뿐이
었다. 거기에 야산을 개간하여 거둔 얼마간의 잡곡이 보태어지고
있을 뿐이다. 그런데 그 공사장 일이 중단된 뒤부터는 그나마의 지
원조차 끊어지고 만 것이다. 일을 하지 않으니 당연한 일인지도 모
르지만, 어쨌든 그런 식으로 며칠이 지나자 마을의 양곡은 이내 바
닥이 나고 말았다. 일은 다시 시작하게 되면 양곡 지급이 재개될

수도 있었다. 하지만 일은 사리를 따라서만 되어갈 수가 없었다. 일의 사정이 이쯤되고 보면 앞뒤 차례가 바뀌어야 하였다. 끼니를 이어나갈 대책부터 세워지고, 다음에 설득이 뒤따라야 하였다. 전도사는 우선 그 일부터 확실한 해결을 보아야 했다. 면에서 군으로, 군에서 도청으로, 그가 각급 행정 부서들을 차례로 쫓아다닌 것은 바로 그 일을 위해서였다.

그는 쉴 새 없이 사람들을 찾아가고 사정을 호소한다. 그리고 그때마다 희망을 가지고 힘있는 사람들의 설득에 진력한다. 하지만 결과는 희망과는 반대로 늘상 허탕이다. 어디서도 시원한 대답 한마디 들을 수 있는 곳이 없다. 시원스런 응낙이나 약속의 대답 대신 종내는 그의 간절한 소망이 전혀 가당찮은 몽상임이 밝혀진다.

— 아니, 그 일에 아직도 미련을 가지고 계십니까. 이제 그 일은 가망이 없는 일 아니던가요?

— 자력으로 다시 일을 시작하겠다면 그야 누구도 말릴 수 없겠지요. 유감스러운 것은 다만, 만인의 공익을 우선시켜야 할 행정관서로서는 그리 승산이 있어 보이지 않는 지역사업에 언제까지나 무한정 지원을 계속해나갈 수 없다는 것입니다. 그것도 그저 몇 사람의 선동과 고집 앞에 이성을 잃고 있는 사람들을 위해서 말입니다.

전도사가 만난 사람들이 약속이나 한 듯이 힐난조로 그에게 되돌려준 소리들이었다. 무엇보다 그 일은 근본에 있어 자기 지역 소관의 일이 아니라는 것이었다. 도회지역으로부터 일방적으로 떠맡은 과외 업무에 불과하다는 것이었다. 그렇다고 한번 일을 떠넘겨버린 곳으로 책임을 따지러 쫓아다닐 수는 더욱 없는 일이었다.

자연과 하늘의 배반에 뒤이은 인간과 인간들의 제도, 그리고 그 풍속의 배반이 겹쳐온 셈이었다.

그러나 그것도 아직은 약과였다. 마을과 전도사에게 마지막 파국을 몰고 온 배반극은 보다 더 훨씬 가까운 곳에서 일어난다.

때는 어느새 다시 바닷물이 차가워지고 바람까지 심하게 설쳐대기 시작한 10월 하순께의 어느 날 저녁. 이날도 전도사는 성과 없는 구걸질에 무겁고 외로운 심신을 이끌고 해가 다 늦어 마을로 돌아온다. 그런데 그가 막 숙소로 들어가 지친 몸을 눕히고 휴식을 취하려 하자, 누군가 그가 돌아오기를 기다리고 있었던 듯 문밖에서 불쑥 찾는 소리가 들려온다.

"전도사님, 저 좀 보십시다."

소리에 전도사가 문을 열고 나가 보니, 거기 웬일로 구종태가 서 있다. 안양천변의 언덕 위에서 전도사의 흙벽돌 예배당이 헐리는 것을 목격한 이후부터 언제나 전도사의 곁에 있어온 사내. 그리고 언제나 말이 없는 가운데 누구보다 그를 깊이 이해하고 한결같은 성실성을 보여온 사내. 낙망스런 좌절과 분란이 닥쳐들 때마다 공사장 사무장으로 전도사를 대신해 사람들을 설득하고 이끌어오던 사내. 그런데 요즘에는 그 구종태조차도 절망감을 좀처럼 이겨내지 못하고 있었다. 일이 벌어진 다음부터는 자기 숙소에 들어박힌 채 얼굴 한번 내밀고 나타난 일이 없었다. 그 구종태가 이날 저녁 느닷없이 전도사의 숙소를 찾아온 것이다. 게다가 그의 불안정한 눈길은 전에 없이 술기로 충혈되어 있다.

전도사는 그 구종태의 모습에 먼저 가슴이 섬뜩해온다. 하지만 전도사는 이내 마음을 가라앉히고 그에게 무슨 일이냐 묻는다.

"저하고 함께 좀 가주셔야겠습니다."

구종태가 전도사에게 짧게 대답한다. 그리고는 전에 안 하던 버릇으로 오른쪽 한 손을 저고리 주머니 속에 쑤셔 넣은 채 혼자서 골목길을 앞장서 가기 시작한다. 낮게 가라앉은 목소리, 짧은 한마디를 던져놓고 어디론지 혼자 길을 앞장서 가고 있는 태도들이 전에 없이 단호하고 위협적이다. 전도사는 아무래도 느낌이 심상찮다. 그러나 그는 이제 망설이지 않는다. 모든 것을 각오한 듯 평온한 눈초리로 천천히 숙소를 한차례 휘둘러본다. 그리고는 앞장서 가고 있는 구종태를 뒤따라 발길을 서둘러 가기 시작한다.

구종태가 전도사를 안내해간 곳은 마을 앞 바닷가 방조제 쪽이다. 두 사람이 거기까지 내려가는 사이에 마을에선 벌써 낌새를 알아차린 사람들이 하나 둘 말없이 뒤따라 나선다. 그 마을 사람들 누구도 둘 사이론 섣불리 끼어들려 하지 않는다. 끼어들려는 사람도 없고 말을 해오는 사람도 없다. 그저 먼발치로 남의 일을 구경하듯 저희끼리 무리를 지어 올 뿐이다.

구종태나 전도사도 아직은 말이 없다. 무거운 침묵 속에 구종태가 이윽고 그 허물어진 방조제의 한쪽 끝에 다다른다. 전도사도 이내 그를 뒤따라 방둑 입구에서 발길을 멈춰 선다.

구종태는 아직도 한동안 전도사를 버려둔 채 허물어진 방둑 쪽만 말없이 지켜본다. 하다간 마침내 생각이 떠오른 듯 천천히 전도사 쪽을 향해 입을 떼기 시작한다.

"생각해보면 참 이상한 일이지요. 우리는 이 방둑을 쌓아 막아 근근한 삶을 의지하고자 한 것인데, 거꾸로 이 방둑은 살아 있는 사람의 생목숨을 원하고 있었으니 말입니다."

마치 옛날 일이라도 말하고 있듯이 구종태의 목소리는 낮고 차분하다. 전도사는 그러나 그 구종태의 말뜻을 금방 알아들을 수가 없다. 그렇다고 그의 말뜻을 다시 캐어물을 수도 없다. 그는 묵묵히 입을 다물고 기다릴 뿐이다. 그러자 이번에는 구종태가 저고리 주머니 속에 줄곧 쑤셔박고 있던 오른쪽 손을 전도사 앞으로 불쑥 끌어 내어민다. 그 손엔 작은 권총이 한 자루 쥐여 있다.

전도사는 그 앞에 잠시 핏기가 가시는 안색이다. 그러나 그는 이제 모든 것을 알아차린 듯 금방 평온스런 안색을 되찾으며 말없이 구종태의 다음 거동을 기다린다. 구종태도 이내 그런 전도사의 기미를 알아차린 듯,

"아, 이걸 보고 놀라지는 마십시오. 전 지금 이것이 어디서 나온 것이고, 어떤 일에 사용된 물건인가를 전도사님께 말씀드리려는 것뿐이니까요."

그것이 결코 누구를 해치려는 물건이 아님을 말하고, 전도사가 부질없는 의구심을 버리기를 청해온다. 그러나 전도사는 여전히 말이 없다. 구종태는 무슨 심상찮은 사연을 털어놓을 양이었지만, 이미 그 태도가 달라진 구종태 앞에 그것을 섣불리 묻고 나설 수가 없다. 그는 계속 입을 다물고 기다린다. 구종태도 쓸데없이 시간을 지체하지 않고 이내 이야기를 계속해나간다.

"그 외팔이 최 하사라는 작자 있지 않았습니까……"

구종태는 다시 권총을 제쳐두고 엉뚱하게 외팔이 최 하사의 이야기를 꺼내온다. 월남전에서 팔 하나를 잃고 돌아와 보니, 잃은 것은 그저 팔 하나뿐인데, 웬일인지 그의 아내와의 잠자리 일마저 안 되더라는 사내. 그의 아내는 영 가망이 없는 것을 알고 나자 마음이 변해갔고, 그래 그는 절망스럽고 분한 김에 자신의 연금 카드까지 여자 앞에 내던지고 혼자서 훌쩍 천변 동네로 흘러 들어왔던 사내. 한 팔을 가지고도 두 팔 가진 사람의 일 몫을 거뜬히 해내는 괄괄하고 억척스런 뚝심의 사내. 외팔이 최 하사……

"이 권총은 바로 최 하사 그 자가 숨겨온 것입니다. 변심한 아내에게 모든 것을 던져주고 떠나오면서도 언젠가는 그 자신의 일을 결판내야 할 때가 오게 될지 몰라 이것 하나를 숨겨 나온 거라고요. 그가 유서에 그렇게 썼더군요."

"유서라면? 그렇다면 최 하사가 자살이라도 했단 말이오?"

전도사의 표정이 어느 때보다 크게 흔들린다. 그리고 비로소 지금까지의 침묵을 깨뜨리고 불길스런 목소리로 다그치고 나선다. 하지만 그럴수록 구종태의 태도나 말투는 더욱더 한가하고 여유만만하다.

"맞습니다. 오늘 낮에. 이 권총으로요. 작자의 말대로 이 권총으로 마지막 결판을 내고 간 셈이지요. 그런데 실상 작자가 유서를 남긴 건 그 때문이 아니었어요. 그의 유서에 다른 소망이 한 가지 있었지요. 자신의 시신을, 그의 죽은 육신을 밀물이 올라오기 전에 이 권총과 함께 방둑에 던져 묻어달라는 것이었어요. 그것도 바로 오늘 안으로 지체 없이 말입니다. 그래 우리는 그의 유언을 금

방 이루어주었지요. 밀물이 차오르기 전이어야 하고 보니 일이 여
간 급하지가 않았거든요. 해 전엔 전도사님이 돌아오시기가 어렵
겠고, 돌아오셔야 그리 반가운 일도 아니겠고…… 그래 우리들끼
리 일을 끝내고 만 거지요……"

구종태는 그저 아무렇지 않은 목소리로 거기까지 단숨에 자초
지종을 말한다, 그새 주위에는 마을 사람들이 거의 다 몰려나온 듯
두 사람을 겹겹으로 둘러싼다. 하지만 아직도 누구 한 사람 두 사
람의 이야기를 알은척하고 나서려는 사람이 없다, 양쪽의 대화를
감시하고 있기라도 하듯 무거운 침묵의 울타리 속에 두 사람을 겹
겹으로 가둬 넣고 있을 뿐이다.

그러자 전도사는 이제 그것으로 모든 사정을 알아차린다. 그리
고 다시 한 번 그가 디디고 선 땅덩이가 온통 무너져 내리는 듯한
절망감을 느낀다.

하지만 전도사는 그것으로 아직 구종태의 의도를 모두 읽어내
지 못한 셈이다. 전도사에게서 짐짓 눈길을 외면한 채 잠시 동안
시간을 기다리고 있던 구종태가 이윽고 그 남의 말을 하듯한 덤덤
한 목소리로 그것을 마저 설명해나간다.

"어떻게 보면 최 하사 그 작잔 인심이 너무 사나웠던 셈이지요.
작자는 이걸로 자신의 일만 결판내고는 함께 장사를 지내달렸으
니까요. 하지만 우리는 거기까진 부탁을 들어줄 수가 없었지요.
이 권총은 최 하사 한 사람의 운명의 결판에만 소용될 게 아니라,
다른 사람들의 일에도 얼마든지 쓸 일이 있을 수 있거든요. 우리
가운데에 자신의 운명을 결판지어야 할 사람이 어차피 최 하사 한

사람만은 아닐 터엔 말입니다. 저 사람들 말입니다…… 저 사람들도 바로 그걸 지금 원하고 있거든요. 그래서 지금 저렇게들 여기까지 전도사님을 따라온 거구요……"

구종태는 거기서 다시 말을 멈추고 동의라도 구하듯 주위에 둘러선 침묵의 무리를 천천히 둘러본다. 그리곤 다시 전도사를 향해 마지막 자신의 주문을 털어놓기 시작한다.

"전도사님께서도 이미 짐작하고 계시겠습니다만, 전도사님을 이렇게 여기로 모셔온 것은 바로 그 우리들의 결판을 위해섭니다. 우리 손으로 최 하사의 시신을 던져 넣은 이곳 이 바닷가 방둑 위, 이곳이 그 결판의 장소로는 가장 적합해 보였으니까요."

"……"

"결판이라는 게 다른 게 아닙니다. 이번에는 전도사님께서 이 권총으로 우릴 모두 쏘아달라는 것입니다. 그래서 그 죽은 시신들을 최 하사처럼 방둑 물속으로 쓸어 넣어달라는 것입니다. 자, 여기 총이 있습니다. 탄환도 여기 아직 얼마든지 있고요."

구종태는 마침내 들고 있던 권총을 강요하듯 전도사 앞으로 내민다.

그리고 거기서부터 구종태와 전도사 사이엔 한동안 그 권총을 중심으로 매우 위험한 싸움이 계속된다. 그 권총으로 서로가 상대방에게 자신을 쏘아달라는 위태롭고 기이한 싸움. 그리고 그러다 구종태는 마침내 발작을 일으키듯 빗속으로 쏜살같이 바닷가를 떠나간다……

사내가 털어놓은 자신의 과거는 거기까지가 대략 중요한 줄거리였다. 사내가 미리 계산을 한 것이든 아니든, 전도사에 대한 그의 마지막 공박과 권총을 사이에 한 밀고 당기기는 보다 무섭고 참혹스런 배반극을 그쯤에서 미리 막아낸 셈이었다. 하지만 그 바닷가의 일이 그 후 어떻게 되어갔건, 그것은 이미 작자와는 무관한 일이었다. 그는 거기서도 좀더 이야기를 계속해나갔지만, 그것은 이제 바닷가 일보다 자신의 행적을 후일담 식으로 간단간단히 요약해 보인 것뿐이었다.

……전도사와 마을 사람들 앞에서 도망치듯 마을을 빠져나온 구종태는 이날 저녁 면소 근처에서 지나가는 버스에 무작정 몸을 싣는다. 그리고 읍내에서 다시 버스를 갈아타고 이날 밤 안으로 서울로 올라온다. 그때까진 물론 그 자신도 그가 서울행 버스에 몸을 싣고 있는 이유를 알지 못한다. 그는 자신이 그처럼 갑자기 전도사와 마을을 박차고 떠나온 이유도 알 수 없다. 그건 어쩌면 그의 마지막 희망이 깨지는 것을 보게 된 때문일 수도 있었고, 아니면 그 전도사의 깊고도 뜨거운 소망을 자신으로선 더 이상 함께 감당해 갈 수가 없었기 때문일 수도 있었다. 하지만 어느 쪽도 그에겐 이유가 확실해지질 않는다. 그리고 그게 분명해지지 못한 만큼 그가 서울을 찾아가고 있는 것도 이유나 목적이 분명해질 수 없다. 그저 모든 것이 격정적인 충동의 결과일 뿐이었다.

한데다 그는 버스 안에서까지 이상하게 가슴을 깊이 두드려오는 노래를 만난다.

—노래 다시 못 하네, 거리엔 바람 소리

부르튼 입술로 목메어 합창하던 우리들의……

언제부턴가 그가 라디오에서 가끔 들어오던 노래. 선율과 가사가 나지막하면서도 그에겐 이상스럽게 마음이 끌려오던 노래, 그러나 그저 바쁜 일과에 쫓겨 늘상 주의를 흘려 들어오던 노래를 거기서 다시 만나게 된 것이다.

감정이 아직 격해 있어 그런지, 노래의 가사나 선율이 이날따라 더욱 그의 가슴을 아프게 파고든다. 그 선율과 가사가 자신의 심경을 대신 서글퍼해주고 있는 것 같기도 하고, 혹은 그의 패배를 비웃으며 자신의 운명을 자랑스럽게 뽐내고 있는 것같이도 느껴진다. 원망과 부끄러움, 도발과 체념, 분노와 비장감, 그런 감정들이 한데 뒤섞여 소용돌이치면서 그는 갈수록 속이 뜨겁게 달아오를 뿐이다. 한데다 어느 공개방송의 녹음을 딴 것인지 운전사는 청중의 합창이 장엄한 배음을 이뤄오는 그 테이프의 노래 한 곡만을 계속 되풀이 걸어주고 있었다.

— 노래 다시 못 하네, 거리엔 바람 소리

노래 다시 못 하네, 불을 끄고 떠나려 하네……

노랫소리가 끝없이 계속된다. 그리고 그 노랫소리를 들으며 창밖을 무심히 내다보고 있던 사내는 이윽고 거기 어둠이 가득한 창유리 속에 왠지 혼자 눈물을 짓고 있는 자신을 발견한다.

하지만 그는 이제 그것이 그저 감상적인 패배의 눈물만이 아님을 깨닫는다. 그는 자꾸만 누군가를 부수고 빼앗고 싶어 하는 자신을 느낀다. 어떻게 부수고 무엇을 빼앗을 건지는 자신도 아직 생각이 안 떠오른다. 부수고 빼앗아야 할 목적도 알 수 없다. 하지만 한

가지 웬일인지 그가 그렇게 해야 할 사람이 다름 아닌 노래의 여자인 것만은 분명한 듯싶어진다. 그리고 비로소 그가 아직도 품 안에 권총을 숨겨온 것을 깨닫고는 새삼 가슴이 두근거려지기 시작한다……

  그가 바닷가 간척장을 떠난 뒤 서울로 들어와 나를 덮치게 된 대강의 경위였다.

5

"제일 피의자 구종태의 과거와 범의(犯意) 형성 경위에 대한 당신의 진술은 상당히 역연하고 설득력이 있어 보이는군요. 하지만 실제로 구종태의 범행은 그가 서울로 들어온 그 즉시 이루어진 것이 아니었지요? 그가 간척장을 떠난 것과 범행이 이루어진 날까지는 한 달간의 기간이 있었으니까요……"

그동안에 무슨 바쁜 일이 있었던지, 오 검사는 이날 사흘치 진술분을 한꺼번에 모아 훑고 나서 그 내용이나 문장에 대해 어느 때보다도 만족해하는 얼굴이었다. 그 목소리나 얼굴 표정이 전에 없이 밝고 가벼워 보였다. 남은 부분의 진술에 대해서도 그만큼 전망이 밝아 보인 때문일 터였다. 그는 다만 내 진술 가운데에 그 한 달간의 구종태의 소재나 행동의 공백이 생긴 것을 지적했을 뿐이었다. 당연한 지적이었다. 나도 그것을 알고 있었다. 그리고 실제로 그날 밤 구종태는 그것도 모두 이야기를 했었다. 그러나 내가 그것을 생략해버린 것은 별다른 뜻이 있어서가 아니었다. 전날로는 미처 시간이 모자랐던 데다 그의 범행의 준비 과정까지를 내가 모두 진술해야 할 필요는 없을 것 같았기 때문이다.

그런데 그 점은 실상 오 검사도 마찬가지였다. 오 검사가 그 한 달간의 공백을 지적한 것은 그의 소재나 그간의 범행 준비 과정을 물은 것이 아니었다.

"전번에 이미 말씀드린 일이긴 합니다만, 필요하시다면 오늘 계속해서 그 부분의 일을 써나가도록 하겠어요."

내가 얼른 오 검사의 지적에 승복을 하고 나서자 이번에는 오히려 그쪽에서 고개를 천천히 가로저었다.

"아니, 그럴 필요 없어요. 나는 다만 그가 서울에서 한 달이라는 시일을 지내고 있는 동안 어떻게 그 범의가 그대로 지속될 수 있었느냐, 그 점이 잘 납득이 안 간다는 뜻이에요. 그야 물론 범행을 치밀하게 준비하느라 한 달을 정신없이 보냈을 수도 있겠지만, 그의 범의가 어차피 우발적인 것이었고 보면 그 한 달이란 시일 간에 제물에 흥미가 사라지거나 생각이 바뀔 수도 있었을 텐데 말이오."

오 검사는 요컨대 구종태가 어떻게 그 한 달 동안 자신의 우발적인 범의를 끝까지 유지하여 범행에까지 이를 수가 있었겠느냐는 것이다. 오 검사로선 미상불 납득이 그리 쉬울 수 없는 일이었다. 그 역시 내가 설명을 해준 일이 없었기 때문이다. 그의 범행을 너무도 당연한 기정사실로 받아들여버린 탓에 나는 여태도 그걸 그리 별스럽게 생각한 일이 없었기 때문이다. 그리고 무엇보다 그것은 내 진술의 책임은 아니기 때문이었다.

하지만 나는 그 사연을 알고 있었다. 후일담 식으로 간단히 요약해버린 그날 밤 이야기의 마지막 부분——진술에서 생략된 그의 범행 준비 과정——에 그 해답이 포함되어 있었다.

……그는 마침내 서울로 들어온다. 그리고 우선의 생계를 위해 손쉬운 이삿짐센터의 날품팔이꾼 노릇으로 일을 시작한다. 동시에 그의 거사를 위한 세심한 준비와 계책들을 진행해나간다. 노래의 여자의 신상을 조사하고, 이 구실 저 구실로 방송국 쪽에서 얻어낸 옛 주소지(주민등록조차 아직 옮겨놓지 않은 탓에 방송국에서 구한 것은 아직 옛 주소였다)의 동회까지 찾아다니는 몇 차례의 헛걸음질과 끈질긴 추적 끝에——그런 때 그 이삿짐센터라는 일자리의 위력이라니!——그녀의 새 거주지를 찾아내고 그 주변 형편들을 하나하나 세심하게 살펴나간다.

그런데 그러다 보니 아닌 게 아니라 구종태는 때로 무엇 때문에 자기가 그 일에 그토록 열을 올리고 있는지 자신의 동기에 회의가 일곤 한다. 여자를 납치하는 일이 그에게 무슨 뜻이 있는 일인지, 그것으로 무엇을 이루려는 것인지, 자신도 도대체 동기나 목적을 납득할 수가 없게 된다. 그래 어떤 땐 모든 것을 단념하고 이삿짐 일에나 충실하다 다시 간척지로 돌아갈 생각도 해본다.

하지만 그때마다 노래가 그것을 방해하고 나선다. 노래가 생각보다 방송이 잦은 때문이다. 그것은 마치 그의 결심을 비웃기나 하듯이 그때마다 그를 다시 도발한다. 장중한 배음과 열정적인 목소리로 그의 격정을 다시 불러일으키고, 한편으론 그의 초라하고 무력한 운명을 비웃는다. 그는 그것으로 다시 노래에 대한 뜻 모를 복수심과 자기 운명의 중독 현상을 깨닫는다. 그리고 계속 여자의 노래들을 찾아 들으며 무력하게 꺼져드는 범의를 스스로 일깨운다. 그러면서 아직도 자신의 동기나 목적 따위를 생각함이 없이 그 부숨과 빼앗음 자체가 유일한 범행의 목적이자 그의 삶의 마지막 소망이듯 차근차근 범행을 준비해나간다.

하여 사내가 아파트의 문을 열고 들어갈 자물쇠 조작의 기술까지 모두 익히고 나서 마지막으로 한 번 더 현장답사를 하고 간 것이 그가 서울로 들어온 지 거의 한 달 만인 범행 결의 바로 하루 전. 그리고 다음 날 그는 자신의 치밀한 시간표에 따라 누구의 방해도 받음 없이 나를 거뜬히 앞장서 들어온 것이었다……

내가 미처 진술을 생략하고 넘어간 부분이다. 그리고 거기 오 검사가 납득하지 못한 그의 끈질긴 범의에 대한 비밀의 해답이 있었다.

"그것은 아마 저의 노래 탓이었을 거예요. 제 노래가 무엇 때문에 그를 그토록 도발시키곤 했는지 모르지만…… 그도 실상 서울로 들어와선 제물에 생각이 시들해질 때가 많았다니까요……"

나는 오 검사에게 내가 알고 있는 사실들을 다시 설명해나갔다.

그리고 대충 설명을 끝내고 나서 그에게 다시 의향을 물었다.

"그럼, 이 부분까지 다음 진술에선 생략을 하고 넘어가도 괜찮을까요?"

오 검사도 이번엔 얼마간 납득이 간 것 같은 기미였기 때문이다. 보다는 이제 진절머리가 난 이 일을 그쯤이나마 줄여보고 싶었기 때문이었다.

오 검사는 역시 예상한 대로였다. 이야기 중에서도 이미 몇 차례나 중간중간 고개를 끄덕여 동감을 표해온 그였다. 그러다 나중엔 더 이상 들을 필요도 없다는 듯 표정까지 다소 방심스러워지고 있던 참이었다.

"아니, 그건 굳이 그럴 필요가 없어요. 아까도 말했지만 구종태의 동기나 범행 경위는 이쯤 해서도 충분하니까요. 그리고 그건 어디까지나 당신의 혐의에는 직접적인 상관이 안 되는 부분이구."

기다리고나 있었던 듯 그가 황급히 내 주문을 양해하고 넘어갔다. 구종태의 동기나 범의 형성 과정은 그쯤으로 만족하고 있다는 소리였다.

그러나 실상 검사를 만족시킨 것은 아직도 그 구종태에 대한 것뿐이었다. 그리고 그것은 나의 진술에선 역시 중요한 것이 될 수 없었다. 중요한 것은 그보다 나 자신이었다. 나 자신의 그에 대한 생각이나 태도가 검사의 심증에는 필요한 것이었다. 그러나 그것은 오 검사에게 아직도 거의 납득이 안 되고 있었다. 하기야 그건 나 자신에게도 아직 실감으론 되살아나지 않는 일이었다. 나 자신도 납득할 수 없는 일을 그가 쉽게 이해할 리 없었다.

"구종태의 부분은 지금까지 당신의 진술로 해서도 충분히 납득할 수 있어요. 아직도 잘 납득이 가지 않는 것은 오히려 구종태의 범행이나 호소에 대한 당신 자신의 반응 쪽이지요."

오 검사는 마침내 자연스런 어조로 화살을 내 쪽으로 향해 오고 있었다. 이번에야말로 진짜 구종태의 고백에 대한 나 자신의 태도나 반응을 겨냥한 소리였다. 바로 나 자신의 혐의에 직접 상관이 되고 있는 부분이었다.

"그래 당신이 아파트를 나온 건 구종태의 고백을 듣고 난 바로 다음 날 새벽이었다고 했는데…… 당신은 정말로 그의 이야기를 들은 것만으로 집을 나오고 말았단 말이지요? 다른 아무런 분명한 이유가 없이?"

오 검사는 아무래도 그 부분을 그냥 넘겨버리기 석연찮은 듯 질문을 계속했다.

"이건 너무 선입관을 앞세운 물음인지 모르지만, 이제 우리는 바로 당신 자신의 혐의 부분으로 들어서고 있는 셈이니까 가능한 데까진 이야기가 분명해져야겠어서 다시 묻는 겁니다. 거기 정말로 다른 이유가 없었다면, 그렇다면 당신은 이를테면 이야기를 시작하기 전에 구종태가 당신을 공박했던 대로 자신에 대한 무책임성 때문이었던가요? 말하자면 그의 이야기를 듣고 그에 대한 모종의 이해나 동정 같은 것이 생김으로 하여 그 편안한 피해자의 자리에조차 남아 있을 수 없게 된―그렇다고 그 이해나 동정을 감당해나가기도 두렵고 역겨워지기만 한 그런 자신의 처지에 대한 절망감……? 당신은 한사코 그의 이야기를 듣기를 두려워했으니까 끝내는 그 이야기를 듣고 난 무력한 패배감까지 겹쳐든 결과로 말이오."

오 검사의 해석인즉, 바로 그 구종태의 나에 대한 공박을 그대로 본뜨고 있는 소리였다. 거기서나마 오 검사는 내 갑작스런 가출의 납득할 만한 이유를 찾고 싶은 탓이었으리라.

오 검사로서는 제법 그럴듯한 해석이었다. 하지만 나는 물론 그 검사에게 쉽사리 동의할 수가 없었다. 나는 그때 실제로 그런 생각을 하고 있지 않았기 때문이다. 그런 기억이 없었기 때문이다. 생각할 수 있는 것은 이야기를 듣고 나니 그가 까닭 없이 실망스러워졌다는 것뿐이다. 그리고 더 이상 그를 견딜 수 없게 되어버렸다는 것뿐이다. 그것은 자신도 이해할 수 없는 맹목적인 감정이었다. 거기 분명한 이유가 있을 수 없었다.

"그걸로 제가 떳떳하고 편안한 피해자의 자리를 빼앗기고 만 것은 사실이었을 거예요. 하지만 전 그 때문에 집을 나간 건 아니었어요. 거기까지 생각할 겨를도 없었구요. 전 그저 그가 실망스러웠을 뿐이었어요. 그리고 견딜 수 없었을 뿐이에요. 그의 이야기가 제법 비장하고 감동적이기까지 하다고 생각하면서도 가슴속에선 왠지 모든 게 역겹게만 느껴졌으니까요."

나는 애매한 대로 오 검사의 추리를 완강히 부인했다. 하지만, 오 검사는 자신의 말대로 논리가 없는 사태의 이해는 용인할 수 없는 사람이었다. 그는 언제나 명확한 논리를 통해 세상사를 이해하고 설명해내야 하는 공익언어의 수호자였다. 일단 의혹의 마디가 걸린 일을 그대로 어물어물 넘어가줄 리 없었다.

"구종태의 이야기가 감동적이라 생각하면서도 자신은 그것을 받아들일 수가 없었다면, 그 때문에 오히려 그가 싫어졌다면, 거기에도 필시 그만한 이유가 있었을 게 아니겠소?"

검사가 계속 물어왔다.

"그리고 그보다 당시엔 당신이 어떻게 생각했든 구종태는 사실상 남의 재산을 불법적으로 강제 탈취하려 한 자였지요. 그가 당신에게 아파트를 요구했고, 당신도 사실상 그의 요구를 거부할 수 없었으니까요. 당신은 그가 엉겁결에 한번 그래 본 것뿐인지도 모른다고 했지만, 그 간척장의 어려운 처지나 감정 폭발의 위험성과 관련해볼 때 구종태 자신이 의식을 했든 못했든, 그에겐 당신의 아파트 탈취가 범행의 실제적이고 최종적인 목적으로 인정될 수밖에 없거든요. 그런데 그런 구종태에게 다른 아무런 이유도 없이 다만 그의 이야기를 들은 것만으로 그가 싫어지고 역겨워져서 무작정 집을 나와버릴 수 있었을까요? 게다가 당신은 그길로 당국에 그를 신고할 의사도 없었던 터에 말이오."

"하지만 전 실제로 그렇게 집을 나온걸요. 그가 싫고 역겨워진 것만으로 말예요. 다른 생각은 머릿속에 없었어요."

검사의 차근차근한 추궁에 반해 나의 대답은 거의 억지에 가까웠다. 하지만 나는 그런 식으로밖엔 대답을 계속해나갈 수가 없었다. 대답할 수 있는 것은 오직 그뿐이기 때문이었다.

하지만 검사는 그럴수록 나를 용납하고 넘어갈 수가 없는 것 같았다. 그리고 그럴수록 그는 목소리가 더욱 낮고 부드럽게 가라앉아가고 있었다.

"두려움 때문이 아니었을까요?"

검사가 문득 의논이라도 하듯이 여유 있게 물어왔다. 그의 그런 부드럽고 진중한 의논조 속에는 그만큼 쉽게 양보하고 넘어갈 수 없는 끈질기고 가파른 추궁기가 도사리고 있었다.

"구종태의 과거가 그런대로 제법 감동적인 것으로 보이자, 그는 그런 식으로 무엇인가를 성취하고 있는 데 반해 자신은 그저 그런 그에게 무참스런 파괴만 당하고 말았다는 생각…… 그는 자기가 얻은 것을 취해 영웅처럼 자신에게로 돌아가려 하고 있음에 반해, 당신은 그 파괴를 딛고 일어서서 옛날의 자신으로 다시 돌아가기 두려운…… 그래서 차라리 눈을 감고 그와 자신에게서 떠나가버리고 싶은……? 뭐라고 해도 당신은 구종태의 등 뒤에 있는 수많은 사람들의 구원의 문제에는 자신의 관심을 절대로 용납할 수 없었을 테니 말이오."

오 검사는 이제 차라리 자신의 이해에 대한 나의 공감을 호소하고 있는 격이었다. 게다가 그것은 나의 혐의보다 행위 자체의 석연한 이해를 위한 인간적인 동정이 밑받침된 물음이었다. 그 오 검사의 끈질긴 열성 앞에 나로서도 이젠 언제까지나 그저 막연한 소리만 일삼고 있을 수가 없었다.

"아니, 그것은 아니었을 거예요."

나는 일단 검사의 추리를 부인하고 나서, 잠시 혼자 생각 속으로 잠겨 들어갔다. 그리고 그날 밤 구종태의 이야기를 듣고 난 뒤의 자신의 느낌들을(그 실망과 역겨움의 배후들을) 조심조심 다시 더 듬어나갔다.

……간척장을 떠나면서부터 범행이 이루어지기까지의 그날 밤 이야기의 마지막 부분에선 아닌 게 아니라 그 구종태 자신의 범행 준비의 과정뿐 아니라 그동안 나를 궁금하게 해오던 몇 가지 비밀들이 밝혀지고 있었다. 그의 범행의 동기나 목적(그것은 아직도 추상적이고 모호한 대목이 많았지만)은 물론 그의 정체나 배후들의

상당한 정도까지 밝혀지고 있었다. 그리고 그의 성격이나 위험도를 포함하여 나를 범행의 표적으로 선정하고 집을 침입해 들어오기까지의 그의 경위나 방법들이 거의 다 밝혀지고 있었다. 무엇보다 나에 대한 사전 지식, 그중에서도 그가 이미 나의 노래를 알고 있었다는 사실은 나를 새삼 긴장시키기까지 하였다.

그는 그런 식으로 내게 비로소 어둠 속에 모습을 드러내온 것이었다. 나는 그것으로 어느 정도 그를 이해하고 안심할 수도 있었을 터였다. 그의 모든 것이 깜깜한 어둠 속에 있을 때보다 그가 훨씬 더 안심스러워질 수도 있었다. 하지만 사실은 그와 반대였다. 그가 그토록 긴 이야기의 끝에 의지해 깊은 어둠 속으로부터 비로소 내 앞에 분명한 모습을 드러내자 나는 오히려 그를 더 이상 견딜 수가 없었다. 그 껌껌한 어둠의 장막 속에서보다 그를 더욱더 알 수가 없었다. 이해할 수 있는 것은 오히려 그가 아무런 목적 없이, 그런 걸 군이 생각함이 없이 내게로 온 쪽이었다.

……그는 끝내 자신에 대해 입을 다물어버려야 했었다. 그랬다면 나는 그의 모든 것을 끝까지 이해하고 용납했을지도 모른다. 하지만 그는 그러질 못했다. 그것은 차라리 그의 실패였다. 그의 실패이자 나의 실패였다. 그리고 한 번 더 나를 절망시켜오는 슬픔이었다. 자신도 이유를 알 수 없었지만, 그게 그의 이야기를 듣고 그를 알고 난 당시의 내 솔직한 심경이었다. 그가 방을 나가고 혼자 뜬눈으로 밤을 지새우며 경험한 새로운 절망과 슬픔이었다.

그의 실패가 원인이었다. 이유는 바로 거기 있었다. 그의 실패가 나를 절망시키고, 그가 역겨워져 집을 나가게 한 이유였다……

나는 비로소 자신이 생겼다. 거기까지 일단 생각이 미치고 보니 그 한마디 '실패'라는 말속에 모든 것이 사리대로 맞아떨어지는 것 같았다. 이제 더 이상 망설이고 있을 필요가 없었다.

"검사님께서 굳이 그 사유를 아셔야 한다면……그것은 아마도 그의 실패 때문이었을 거예요."

나는 비로소 오 검사를 향해 여유 있게 천천히 입을 열었다. 그리고 그 검사의 추리를 자신 있게 내 식으로 뒤집어나갔다.

"그의 실패라니?"

오 검사는 그러나 내 말을 얼른 알아들을 수가 없었다. 그가 무슨 뜻이냐는 듯 되물었다. 하지만 나는 이제 그의 다음번 질문까지 염두에 두면서 차근차근 설명을 계속해나갔다.

"진술서에서도 이미 그렇게 썼지만, 그는 아무래도 애초부터 제게 대한 분명한 범행 목적이 없어 보였어요. 무작정 나를 납치하고 나서 내가 의외로 그를 쉽게 받아들여주자 오히려 자신에게 당황할 정도였으니까요. 그가 제게 말한 집 이야기만 해도 제가 그걸 서슴없이 받아들여버리자 그는 외려 자신을 제게 이해시키려 애를 쓰기 시작했지요."

"구종태의 실패란 이를테면 그걸 말하는 건가요?"

"그렇지요. 범행 목적이 불확실했던 것, 그래서 자신의 당황스러움을 감출 수 없었던 것, 그건 분명히 그의 납치범으로서의 실패일 수밖에 없지요. 하지만 그보다도 더 큰 실패는 그가 제게 자신의 과거로 저를 납득시키려 시도한 것이었어요. 사람의 말을, 자신의 말을 그는 너무 믿었던 거지요. 그것으로 자신을 설명하고,

상대의 이해를 구하여 그를 납득시킬 수 있을 거라고 말이에요. 하지만 전 그렇게 될 수가 없었지요. 그런 식으로 모습을 드러내온 그에게서 저는 오히려 그의 무참한 실패를 보았을 뿐이에요. 저는 그의 그런 실패가 견딜 수 없었지요. 그의 실패는 바로 저 자신의 실패일 수도 있었으니까요."

"그의 실패가 싫어서였다…… 그의 실패가 바로 자신의 실패가 될 수도 있었다……"

모처럼 열심인 나의 소리에 검사는 비로소 뭔가 지펴오는 것이 있는 듯 혼잣소리로 되뇌고 있었다. 하더니 마침내 어떤 해답이 떠오른 듯 새삼스런 목소리로 물어왔다.

"그렇다면 그를 남겨두고 당신 혼자서 아파트를 나간 것은 그것으로 그의 실패를 확인해주려는 행동이었던 셈인가요?"

"아니, 거기까진 전 모르겠습니다. 전 다만 그의 실패를 견딜 수 없었을 뿐이니까요. 굳이 그의 실패와 관련을 짓는다면 저로선 오히려 그의 실패를 받아들이지 않으려는 쪽이었을 거예요. 전 무엇보다 그의 실패로 저도 함께 실패하기는 싫었으니까요."

"그의 실패를 자신의 실패로 만들기 싫었다…… 아직도 이해가 쉽지 않군요…… 어쨌든 좋습니다. 그래 그렇게 집을 나간 것으로 자신의 실패를 어떻게 모면해나가게 되는진 다음 진술에서 얘기가 될 테고…… 그보다 여기서 한 가지 더 분명히 해두고 싶은 것이 있는데…… 집을 나가면서 당신은 물론 권총을 지니지 않았었겠지요?"

검사가 다시 질문의 방향을 바꾸었다. 이제 웬만큼 이야기가 끝나가는가 싶더니 이날따라 왠지 물음이 무한정 길어지고 있었다. 이날로 모든 것을 결판내고 말 사람처럼 오 검사는 이것저것 확인을 하려 들었다. 이번에는 바로 나의 혐의를 판가름 짓게 될 가장 중요한 사실의 추궁이었다. 어쩌면 여태까지의 내 기나긴 진술도 그때 내가 권총을 지니고 집을 나갔느냐 아니냐의 한 가지 사실을 뒷받침하기 위한 것일 수 있었다. 심사가 사납다고 대답을 소홀히 해 넘길 수 없는 물음이었다. 그런데 검사는 웬일인지 그것을 자기 쪽에서 먼저 부인의 형식으로 묻고 있었다.

나는 대답을 망설일 필요가 없었다. 그게 어떤 심사에서였든 사실은 어쨌든 분명했기 때문이다.

"물론입니다. 차 열쇠와 얼마간의 돈이 들어 있는 손지갑 외에 다른 물건은 집을 드나들 문 열쇠 하나도 지니지 않았습니다."

"진술서엔 물론 출입이 자유로울 수 있는 것으로 되어 있지만, 그러나 정작 당신이 집을 나가려고 했을 땐 그의 생각이 달라질 수도 있었을 텐데요. 가령 당신이 경찰관서에 신고를 할지도 모른다는 의심이 생긴다든지 해서…… 거기 대해서도 전혀 어떤 위험 같은 걸 느끼지 않았던가요?"

"제겐 도대체 그런 걸 따져 생각할 여유가 없었습니다. 하지만 그것도 그에 대한 어떤 위험을 느껴서가 아니었어요. 그 점에선 그는 저를 철저히 믿고 있었으니까요. 그는 오히려 제 외출을 기다리고 있었거든요. 그리고 제가 집을 나올 때 그는 아직도 서재에서 깊은 새벽잠에 빠져 있었으니까요. 그러니까 저도 그를 그만큼은 믿었던 셈이지요."

"좋습니다. 구종태에 대한 당신의 믿음과 당신에 대한 구종태의 믿음…… 이건 아직도 추상적이긴 하지만 그런대로 이젠 설명이 되는 것 같군요. 그런데 진술서에선 어째서 그런 자신의 심경을 애매하게 그냥 넘어가고 말았지요? 내가 보기엔 구종태의 과거나 그 인간에 대한 진술 부분은 지나치리만큼 자세하고 정력적인 데다, 합리적인 문장 진행이 퍽 설득력을 지닌 것 같았는데, 정작 자신의 생각이나 행위들에 대한 부분은 비약과 생략으로 끝내버리고 있으니…… 그야 물론 시간이 미처 모자랐거나, 다음 날 진술분으로 미뤄뒀을 수도 있겠지만, 전부터도 당신은 자신에 관한 진술은 그런 경향이 많았거든요."

"그건 바로 검사님의 말씀대로 저 자신의 이야기인 때문일 겁니다. 그리고 그 현재형 문장의 함정 때문이기도 할 거구요."

"자신의 이야기가 남의 이야기보다 어렵다는 뜻인가요?"

"그게 현재형의 문장 속에선 그런 것 같았어요."

"좀더 자세히 설명해줄 수 있겠소? 자신의 이야기가 남의 이야기보다 쉬운 것이 우리의 상식일 텐데 말이오. 그리고 우리는 현재형 문장이 과거형보다는 함정이 덜한 걸로 알아온 터이구 말이오."

문답의 방향이 이번엔 다시 시제의 시비로까지 번져가고 있었다. 거기에 대해선 나도 꽤 할 말이 많은 편이었다. 검사의 말마따나 구종태의 이야기를 적어나가는 과정에서 나는 그 현재형 문장의 공과에 대해 새삼스럽게 느낀 점이 많았기 때문이다. 현재형 문장의 함정에 대한 몇 차례에 걸친 내 경계에도 불구하고 오 검사는 그 현재형에 대해 정도 이상의 희망을 걸었었다. 그리고 그 사건의 진실을 드러내는 데에 있어서도 지나치게 낙관적인 면이 엿보였었다. 한데다 그 구종태의 이야기 중엔 다른 한 가지 위험이 새로 발견되고 있었다. 검사에게 그 새 위험의 요소를 알게 해야 하였다. 현재형 문장의 공과와 그 함정을 오 검사가 분명히 알아차리게 해줘야 하였다.

"말씀드리지요. 저도 물론 현재형 문장에 대해선 제법 희망을 지녀왔었지요. 그리고 지금 검사님의 말씀처럼 구종태에 관한 한 그게 꽤 성공적이었다고 할 수도 있구요."

나는 다소 자신이 없는 대로 검사 앞에 솔직하게 느낌을 털어놓기 시작했다.

"하지만 현재형 문장이 구종태에게 성공적이었던 점이 바로 그 시제의 함정이었지요. 그건 다름 아닌 남의 이야기여서 성공을 하고 있었거든요. 당사자가 없는 남의 이야기는 이미 사실을 증거할 방법이 없기 때문이지요. 사실이 증거될 수 없는 이야기는 머릿속의 정보 자체가 사실을 대신할 수 있었던 거예요. 그래서 그것을 진술해나가는 데도 사실의 방해를 받을 필요가 없었구요. 사실 자체의 간섭이나 방해가 없으니 진술 자체가 사실인 거지요. 그리고 그런 경우 시제는 얼마든지 현재형의 것이 가능해질 수 있구요…… 바라보는 눈과 바라봄의 대상인 사건이 다른 자리에 있지 않으니까 말입니다."

"그렇다면 그 현재형마저도 우리 희망을 배반한 셈인가요? 우리는 어떤 과거의 사건을 확정적인 사실로 바라보고 진술해나가기보다, 그 시간대로 자유롭게 문을 열고 들어가 그것을 다시 체험하기 위해 현재형을 택한 것으로 아는데 말이오."

"맞습니다. 과거의 사건을 확정적인 사실로 바라보고 진술하는 것이 과거형 문장의 허점이었지요. 그래서 우리는 그것을 피해보기 위해 현재형 문장이라는 것을 선택했었지요. 하지만 사실 자체의 증거가 불가능한 남의 이야기의 경우 현재형 문장은 과거형보다 더욱 간단히 확정적인 것이 되어버리고 말았어요. 현재형 문장이 합리적인 논리를 지닐 수 있는 것은 그런 일방적인 속박이 가능한 남의 이야기에 한한 때뿐이었으니까요. 구종태의 이야기에 현재형의 문장이 성공적인 것처럼 보일 수 있었다면, 그것이 남의 이야기였기 때문이었을 거예요. 하지만 저 자신에 대해선 그렇게 될수가 없었던 것이지요. 거기엔 물론 일방적인 바라봄을 용납지 않으려는 사실의 실체가 도사리고 있으니까요. 자신 속의 과거 안으로 시간의 벽을 뚫고 들어갈 수 없는 한 자신의 이야기에 대해선 그 현재형의 시제가 더욱더 어려울 수밖에 없었던 거지요. 그래 진술도 그토록 짧아지거나 아예 생략되어버릴 수밖에 없었을 거구요."

"……"

"그야 어떻게 보면 남의 이야기나 자신의 이야기나 진짜 사실의 증거라는 것은 얻어낼 수가 없는 것인지도 모르겠어요. 말 그대로 시간의 벽을 뚫고 들어가서 과거의 사실을 다시 경험할 수가 없는 한에서는 말이에요. 그런 경우 아마 우리에게 사실로 진술되고 있는 과거란 그저 언제나 우리가 그 과거를 바라보는 현재의 시선이

나 태도 자체일 뿐일지도 몰라요. 과거라는 어떤 확정적인 사실이 존재하는 것이 아니라, 지금 이 시점에서 그것을 우리가 사실이라 믿고 바라보는 시선이나 태도 그것이 바로 바라봄의 대상이자 그 과거라는 대상의 모습이 되는 건지도 말이에요. 그렇다면 현재형 이라는 것은 과거를 과거로 바라보려는 과거형의 시제보다 더 큰 함정을 지니게 된 셈이지요. 그런 현재형은 자체의 불가피한 함정 마저도 부인하는 거짓을 행사하게 되는 것이니까요. 현재형 문장 은, 아니 현재형 문장을 통해서만 과거를 꾸밈없이 과거의 모습으 로 그 과거 속에 되돌려줄 수 있다…… 그리고 우리는 가능한 데 까지 그렇게 하도록 애써야 한다……! 이건 참으로 우스운 믿음 위의 구호일 뿐일 수 있다는 말이지요. 아니, 그저 우스운 구호로 만 끝나지도 않을 심각한 오류가 저질러질 수도 있겠구요……"

"……"

"구종태의 이야기를 써나가면서 자주 느낀 점이 그것이었어요. 저는 그 성공적으로 보이는 현재형 문장 속에 구종태의 과거를 좇 고 있었던 게 아니라, 거꾸로 자꾸 그를 명령하여 행동을 이끌어가 는 느낌이었거든요. 현재형 문장에 원래부터 그런 용법이 있는 건 지 모르지만, 마치 무슨 연극 속의 지문처럼 그의 행동을 일방적으 로 명령하면서 그것을 속박하고 있는 것 같았어요. 그것은 과거의 사실이 아니라 현재에서 바라보는 과거의 평가나 종합이 아니면 현재의 희망이나 주장의 모습일 뿐, 그 과거는 어차피 현재의 꼭두 각시에 불과할 수도 있다는 말씀이에요. 거기 현재형 문장의 함정 과 허점이 있었던 거구요."

"당신은 그러니까……"

언제부턴가 조용히 입을 다문 채 듣고만 있던 오 검사가 마침내 한마디 반응을 보이고 나섰다.

"사람이란 어차피 과거라는 시간대의 벽을 뚫고 들어갈 수는 없다는 전제 아래 한 말 같은데…… 하지만 어쨌거나 그 과거형 문장에서의 실패를 현재형에서도 다시 되풀이할 수밖에 없다면…… 그래 결국은 이런 식으로 진술서를 더 이상 써나갈 수가 없다는 얘긴가요?"

그 눈에 보이지 않는 현재형 속의 실패의 기미를 어느 정도 납득한 듯, 그러나 이제 그런 실패 따위는 문제 삼고 싶지 않다는 듯 결연스런 추궁기가 어린 소리였다. 그것은 물론 검사의 기우였다. 나로서도 그런 실패를 내세워 진술을 중단하고자 해서 한 소리는 아니었다. 진술은 어쨌든 계속되어야 했고, 방법도 그밖엔 다른 길이 없었다.

"아닙니다. 전 그저 검사님께서 현재형에 너무 기대를 걸고 계신 것 같아서, 제 고충을 말씀드린 것뿐입니다."

나는 금세 그 검사 앞에 자신의 각오를 다짐했다.

"진술은 끝까지 계속해나갈 겁니다. 검사님이나 저나 이젠 어차피 얼마간의 오류를 감수해가면서라도 그것으로 하나의 확정적인 사실에 함께 도달해야 할 처지에 있으니까요. 이제는 그 현재형이라는 것이 어떤 오류를 범하게 된다 하더라도, 그리고 어떤 자의적인 지시성으로 사실의 모습을 일방적으로 변조시킨다 하더라도 이젠 그 길밖에 방법이 없으니까요."

검사 쪽에서도 어느 정도의 실패는 각오해야 한다는 은근한 다짐을 겸해 한 소리였다.

하지만 오 검사는 웬일인지 거기엔 이제 별 괘념을 해오는 기미가 없었다. 그에겐 아직도 그 현재형에 대한 희망과 믿음이 확고했기 때문일까. 그는 나의 그런 회의 어린 다짐만으로도 꽤나 안심이 되는 기미였다.

"고마운 생각이오. 이제는 어차피 하나의 확정적인 사실에 함께 도달해야 한다는 생각…… 그걸 이해하고 유념해주시니……"

그는 진심으로 나를 치하했다. 그리곤 격려 겸해 남은 진술에 대한 당부를 덧붙였다.

"그럼 앞으로 좀더 수고를 계속해주시오. 그래서 마저 유종의 미를 거두도록 하시오. 앞으로는 바로 당신 자신의 혐의에 직접 상관이 되는 부분이니까 더욱 세심한 주의를 기울여서…… 아마 이제는 어쨌거나 그 현재형 시제에 대해서도 손이 웬만큼 익숙해진 터이니까 큰 어려움은 다시없겠지요."

현재형에 대한 미련을 끝내 버리지 못한 소리였다. 그리고 그 실패도 전혀 염두에 두고 있지 않은 소리였다. 진술에 대한 검사의 일은 그것을 다시 현재형 행동으로 복원해내야 하는 현장검증의 시나리오에 있었다. 그 시나리오를 염두에 두고 있는 오 검사로서는 현재형에 대한 미련이 당연한 것이었는지도 모른다. 하지만 나는 이제 맥이 풀릴 지경이었다.

"검사님은 아직도 현재형에 기대가 크신 것 같군요."

나는 오 검사를 힐난하듯, 그러나 체념 조로 한 번 더 말했다.

"하지만 글쎄요. 현재형 시제가 검사님의 희망대로 사건을 정말 실패 없이 과거 속의 현재로 되돌려놓을 수 있다 해도 그게 도대체 어떤 의미가 있을 수 있는 일일까요."

오 검사는 이제 거기에 대해서도 굳이 자신의 고집을 내세우려 지 않았다.

"그게 가능해져서 그 과거 속에 사건의 진실을 분명하게 볼 수 있다면 당신의 혐의도 그만큼 분명해질 수가 있는 거겠지요."

물음만큼이나 하나 마나 한 소리였다. 이야기를 그만 끝내고 싶은 듯 검사가 그토록 맥 빠진 어조로 자신 없는 소리들만 해오자, 이번에는 내가 좀더 그를 물고 늘어졌다.

"사건이 과거의 시간대 안에서 현재형으로 존재할 수 있게 되고, 그것의 진술이 가능해진다면, 그 사건의 현재의 진술자는 사건과는 이미 상관이 없을 수도 있을 텐데요. 그 사건의 현재의 진술자는 과거의 시간대로 되돌려진 과거 속의 혐의로 그것과는 이미 상관이 없어진 현재의 자신이 처벌을 받아야 할 이유도 없어질 거구 말이에요."

"그렇다고 전혀 상관이 없을 수는 없는 일이지요. 과거의 혐의라는 것으로 벌을 받고 안 받고 하는 것은 실제로 현재의 진술자니까요."

"그래요. 실제로 처벌을 받게 되는 것은 현재의 진술자이지요. 제가 묻고 싶은 것도 바로 그 점이에요. 과거가 정말 순수한 모습으로 자기 시간대 속에서 복원될 수 있는 것이라면, 처벌을 받는 것도 그 진술자의 과거 속의 실체가 되어야지 않겠어요. 현재의 진술자가 사후의 종합과 판단 같은 것으로 과거를 바라보지 않고 그 당시의 순수한 체험을 되살려내어 그것을 과거 속으로 되돌려줘야 한다면, 그리고 그것을 믿어야 한다면, 현재의 진술자는 그것으로 바로 그 과거와는 많은 것이 달라진 별개의 사람이어야 하는 거구 말이에요. 그런데 그가 현재의 자신과는 많은 것이 달랐던 과거의 범죄로, 기껏해야 한 조각 삶의 체험의 일부로 남아 있을 과거의 사건으로 현재의 그가 전면적인 책벌의 책임을 지는 것은 모순이 아닌가요?"

그런 식으로 굳이 책벌의 책임을 피하자는 게 아니었다. 그게 가능한 일도 아니었다. 그것은 새로운 이야기가 아니었다. 그 역시 현재형 문장의 똑같은 허점 이야기일 뿐이었다. 현재형 문장으로도 과거는 역시 그 자체로서 독립적인 복원이 불가능하리라는, 과거는 역시 현재의 바라봄에 불과할 것이라는 자신의 느낌을 역설적으로 말한 것뿐이었다.

그러나 검사는 거기에 대해서도 별로 자신 있는 설득을 펴오지 못했다.

"과거를 현재에서 명확하게 분리해내려는 희망을 버리지 않는 한 그것은 모순처럼 보일 수도 있겠지요. 하지만은 동시에 사람의 행동이란 어떤 일정한 지속성을 유지해나가려 하는 것도 상식이지요. 사람들은 자타 간에 서로 그것을 기대하고 믿으면서 살아가게 마련인 거구요. 언젠가도 말했지만, 우리는 그 과거를 되돌아보는 가운데 스스로의 모순을 제거하고 합리적인 질서 속에 자신의 지속성을 유지해나가려는 이성적 논리를 지향하게 마련이거든요. 어떤 사람에게 과거의 일을 묻고 그 책임을 지우려 하는 건 바로 우리의 그런 지속성의 요구를 보편적인 삶의 한 공동의 법칙으로 수락한 때문이지요. 법의 처벌도 바로 그런 지속성의 요구와 법칙의 표현일 수 있구요."

확신은 없더라도 현재형에 대한 단념이나 양보는 있을 수 없다는 자기주장의 선언인 셈이었다. 그 어조가 자신이 없어 보인 만큼 주장의 강도는 오히려 완강하고 분명해 보였다. 나는 더 이상 할 말이 있을 수 없었다.

실패를 하더라도 이젠 어쩔 수가 없었다.

검사에게 실패의 가능성을 이야기한 것도 그것을 구실로 진술을 중단하려는 의도에서는 아니었다. 처벌을 모면해보기 위해서도 아니었다. 현재형 문장의 실패 가능성이 아무리 크더라도, 그 실패로 인해 나의 혐의가 엉뚱스런 방향으로 굳어져버리는 한이 있더라도, 내게는 이제 진술을 계속해나가는 길밖에 다른 도리가 없는 것이다.

나는 다시 진술을 계속하기 위해 집을 나온 이후의 행적을 머릿속에 하나하나 더듬어나가기 시작한다……

내가 집을 나선 것은 그가 아직 새벽잠에서 깨어나기 전인 아침 7시. 앞에서 이미 말한 대로 몸에 걸쳐 입은 검정색 외출복과, 그날 이후로 내내 화장대 위에 그대로 내팽개쳐둔 손가방—그 속에 얼마간의 필요한 금액과 그보다는 자동차의 키가 들어 있었으므로—외에 손에 지닌 것이라곤 아무것도 없는 채다. 나는 그저 그런 식으로 조용히 문을 열고 집을 빠져나온다. 그리고 혼자서 엘리베이터를 타고 아파트를 내려온다.

1월 중순께(정확한 날짜는 1월 10일)의 아침 7시는 어둠이 걷히기도 훨씬 전이어서 엘리베이터 안에는 다른 사람이 아무도 없다. 써늘한 공간 속에 나 혼자 우두커니 엘리베이터의 서서한 하강을 기다린다. 엘리베이터 안의 냉랭하고 삭막한 사각 공간처럼, 내 머릿속도 아직은 아무런 생각이 없이 텅 빈 채로다. 내가 집을 나간 것을 알고 나서 그가 무엇을 어떻게 할 것인지, 그리고 자신은 아파트를 나가서 무엇을 할 것이며 어디로 갈 것인지. 머릿속에 아무런 생각도 않는다……

하지만 정말로 그때 내게 그토록 아무런 생각도 없었던가?

나는 다시 한 번 자신을 곰곰 되돌아 살펴본다. 검사의 주문도 주문이지만, 나로서도 그건 절대로 소홀히 할 수 없는 일이다. 하지만 역시 그땐 아무것도 다른 생각이 없었던 것만 같다. 그가 납치를 실패하고 말았다는 생각, 그의 정체가 드러남으로써 그의 실패가 나를 참을 수 없게 만들고 있다는 생각, 그의 실패에서 도망쳐 나가야 한다는 생각…… 그런 비슷한 생각들로 머릿속이 가득해 있었을 뿐인 듯싶다. 하지만 그것도 지금으로선 확실한 장담이 불가능한 일.

어쨌거나 나는 그런 식으로 엘리베이터를 내려 아파트를 나온다. 아파트를 나올 때 현관 경비가 어둠 속에서 새우잠을 자다가 부석부석 일어나는 기미를 느낀다. 나는 경비가 나를 알아보기 전에 재빠른 걸음으로 바깥 어둠 속으로 나가버린다.

오랜만에 접해보는 한겨울 아침의 바깥 공기. 그러나 전혀 겨울답지 않게 느껴지는 그 공기의 포근한 감촉. 어둠이 아직 덜 걷힌 하늘엔 검은 구름층이 짙게 덮여 있다. 어쩌면 금방 눈이라도 한차례 쏟아져 내릴 것 같은 날씨. 그 음습한 아침의 여명 속에 아파트 경내의 새 아스팔트 포장이 검은 물감의 호수처럼 까맣다.

나는 그 새까만 아스팔트의 포장을 가로질러 맞은편 울타리 가의 주차소로 건너간다. 그리고 거기 흰색 페인트의 구획선들 안에서 내 진홍색 포니를 찾아낸다. 그날 밤 이후 내내 한 번도 살펴보질 못한 채 팽개쳐두어온 차. 살펴보기커녕 머릿속에 떠올려본 일조차 없던 나의 승용차. 서울 3다 787×번. 그러나 덮개도 둘러치지 않은 채 한데 내매인 개처럼 내팽개쳐둔 내 포니는 그동안도 아무 이상이 없어 보인다. 그날 밤 마지막으로 내가 끌어다 세워둔 그 자리에 그대로 나를 기다리고 있다.

나는 마치 오랜 옛 친구를 만난 기분으로 허겁지겁 차 문을 열고 운전석으로 오른다. 그리고 이내 시동을 걸자마자 재빠른 속력으로 단지를 빠져나간다.

길거리는 아직도 드문드문 이른 택시가 지나가는 불빛뿐, 아침잠 속에 사람이나 차량의 내왕이 한산하다. 그 조용하고 한가한 거리가 금세 내 버릇을 유발한다. 기회만 있으면 과속 질주로 내닫는 내 운전 버릇. 다른 종목 위반은 안심해도 좋을 만큼 운전술이 익숙하고 세심하면서도, 한 달이 멀다 하고 자주 벌금 딱지를 떼이곤 하는 그 억제 불능의 빈번한 폭주.

나는 어느새 빈 새벽 거리를 난폭스런 속도로 내닫기 시작한다.

행선지 같은 건 아직도 전혀 염두에 없는 채다. 어디로 차를 달려가 무엇을 할지는 아무것도 머리에 떠오른 것이 없다. 나는 그저 한시바삐 그에게서 떠나가고 싶을 뿐이다. 그와 그의 절망스런 실패에서 멀리 달아나고 싶을 뿐이다. 그러자면 먼저 시내부터 냉큼 벗어나야 한다. 시내를 벗어나가 고속도로쯤으로 올라서버려야 한다.

차는 이미 체육관을 왼쪽으로 잠실로를 무섭게 꿰뚫어 달린다. 그리고 이내 방향을 바꿔 순식간에 남쪽 강변로로 들어선다. 거기서부터는 차의 속도가 더욱 사나운 질주로 변한다. 그를 떠나고 싶은 생각이 아니라도 그 후련스런 질주의 쾌감이 언제나처럼 제물에 행선지를 정해나간다.

차가 강변로로 올라서서 속도를 한껏 내면서부터는 오히려 마음이 차분해진다. 차의 속도가 막바지에 이르자 나는 차라리 그 속도감의 정지를 느낀다. 그리고 그 속도의 정점에서 자신의 마음의 정지를 느낀다.

──그래, 그동안 나를 애타게 찾은 사람은 없었을까…… 나는 창밖으로 현대 아파트의 저립한 건물들이 하나의 넓은 흐름의 면으로 변해가는 것을 보면서 비로소 잠시 그런 생각에 젖는다. 출연 예약을 어기고 만 것이 그동안 몇 곳이나 되었을 텐데, 얼마나 소동들을 떨어댔을까. 하긴 아무리 야단을 떨어대도 연락할 데를 아는 사람은 없으니까. 게다가 또 이런 식의 불시 잠적이 처음 일도 아니고, 그렇더라도 어디 한곳쯤 연락을 취해보는 게 어떨지……

차는 어느새 제3한강교의 교각 밑을 지나 반포 강변을 달리고 있다. 도로 오른쪽 강변 위로는 겨울철 강안개가 제법 뿌옇다. 그 희뿌연 안개 속으로 대안의 도심이 꿈결처럼 아득하다. 나는 그 대안의 도심처럼 모든 것이 다시 아득해지기 시작한다. 내 생활, 나의 노래, 그리고 거기 상관이 있어온 모든 사람들, 그 모든 것이 이제는 그저 남의 일처럼 멀리만 느껴진다. 그리고 아직도 그것들로부터 나는 끝없이 더욱 멀어져가고 싶다. 소식을 전하는 게 이제 와서 무슨 소용인가. 이젠 이도저도 모두 부질없는 노릇일 뿐……나는 세차게 머리를 가로저으며 꺼져든 속도감을 되살리기 위해 다시 한 번 액셀러레이터를 힘껏 밟는다. 그리고 이제는 모든 것이 나와는 너무도 먼 곳에 있음을 느낀다. 아무것도 다시 돌아갈 수 없는 곳에 있음을 느낀다. 사내가 왠지 돌아가기를 망설이는 것처럼 보이고 있었듯 내게도 돌아갈 곳이 없음을 느낀다. 그리하여 그 모든 것으로부터 더욱더 멀리, 더욱더 빨리 떠나가버리고 싶은 소망을 스스로 확인한다. 떠나가버리자. 나의 노래, 내 이웃, 나의 삶, 모든 것으로부터. 아무도 다시 나를 찾을 수 없는 아득히 먼 곳으로. 무엇보다 그 사내의 경멸스런 실패로부터. 그 실패의 기분 나쁜 암시로부터.

　하지만 차는 아무래도 거기서 더 이상의 속도를 감당하지 못한다. 이미 한계속도를 넘어선 차체는 액셀러레이터를 다시 밟을 때마다 부르르 한차례씩 발작을 일으킬 뿐 속도는 조금도 추가하지 못한다. 그런 실패가 몇 번이나 되풀이된다. 그리고 그 실패의 되풀이 끝에 나는 끝내 마음속에 숨겨져온 나 자신의 실패를 보게 된다.

차의 속도는 내 기대치와의 평형을 잃고 갈수록 낮아진다. 거기 따라 내가 그의 실패에서 멀어지고 싶어 하면 할수록 거꾸로 자꾸만 그의 실패 쪽으로 뒷걸음질쳐간다. 그 차의 속도가 기대치의 밑바닥에서 다시 한 번 조용히 멈춰 섰을 때 나는 마침내 그의 실패에 덜미를 잡히고 주저앉아버린다. 나는 결국 그의 실패에서 도망을 칠 수가 없게 된 것이다. 그리고 그것은 말할 것도 없이 바로 나 자신의 실패가 되고 만다.

……아니, 반드시 주저앉은 속도 때문만은 아니었다. 그 속도에 덜미를 붙잡혀 내가 비로소 실패를 한 것이 아니었다. 내게는 이미 내 몫의 실패가 마련되어 있었다. 나는 이미 모든 것을 그에게 맡기고 함께해온 터였다. 그의 실패가 바로 나의 실패에 다름 아닌 것이었다. 그것을 아닌 척 자신을 속이며 헛된 탈출을 시도해왔을 뿐. 그것을 비로소 마음속에서 똑똑히 볼 수 있게 된 것이었다. 이미 아무 데도 돌아갈 곳이 없음, 그 돌아갈 곳 없음이 바로 내 실패의 증거였다. 그렇다면 나는 이제 그 탈출의 시도마저도 단념을 하고 돌아서야 하는가. 그리고 다시 그에게로 돌아가 그와 함께 서로의 실패를 껴안고 절망의 통곡이라도 해야 하는가. 그럴 수는 물론 없다. 그럴 수도 없고, 그래서도 안 된다는 고집이 치솟는다. 실패가 몇 겹으로 덮쳐든다 하더라도 탈출을 끝까지 시도하고 싶어진다.

나는 다시 한 번 액셀러레이터를 힘껏 짓밟아 누르면서 힘없이 주저앉으려는 자신을 부추긴다. 그리고 몇 번씩 아침 신호등의 지시를 무시하고 질주를 계속해나가면서, 이 무모한 새벽의 탈출을 무사히 성공시킬 초미의 방책에 골똘하기 시작한다. 그로 인한 나의 이 실패를 어떻게 벗어날 수 있을 것인가. 이 실패를 어떻게 보충하고 만회할 것인가. 도대체 어디서, 어떤 식으로?

잠수교 입구에서 방향을 바꿔 고속도로 진입로로 들어선 승용차는 어느새 벌써 시내를 빠져나와 톨게이트 근처를 달리고 있다. 나는 그 톨게이트 근처의 주유소에서 모자란 기름을 보충하고 다시 숨 가쁜 질주를 계속한다.

이젠 아침 날이 완전히 밝은 속에 넓고 허허한 빈 들판의 홍수에 밀리듯 소용돌이쳐 지나간다. 낮게 가라앉은 검은 하늘에선 그새 드문드문 눈발이 날리기 시작하고, 도로 위에 몰려든 눈송이의 일부가 앞창 유리로 빨려 들어왔다가는 압살당한 날짐승들의 작은 물방울을 남기고 사라진다.

……황량하고 비정스런 아침 들판의 거친 질주. 그러나 그 무모한 질주는 이제 무작정한 탈주가 아니다. 그 황량스런 아침 들판 너머로 그의 까마득한 바다가 다가오고 있었다. 그리고 거기 끊어진 방둑 위에 아직도 구종태와 전도사가 정지된 필름처럼 맞서 있다.

— 결판이란 게 다른 게 아닙니다. 이번에는 전도사님께서 이 권총으로 우리를 모두 쏘아달라는 것입니다……

정지된 필름이 서서히 움직이며 구종태가 전도사 앞에 권총을 들이민 채 그를 다시 느직느직 다그치기 시작한다. 하지만 전도사가 그것을 받아들일 리 만무다. 전도사는 아직도 구종태의 행동이 무엇을 요구하는지 모른다. 그가 요구해오는 진짜 행동이나 의도를 알아차릴 수 없다. 그는 아예 손을 내밀 생각조차 하지 않고 그저 멍멍한 눈길로 구종태의 얼굴을 응시하고 있을 뿐이다.

구종태도 그 전도사를 굳이 조급스럽게 강요하지 않는다. 그도 전도사가 아직 사태를 제대로 읽어내지 못하고 있음을 알고 있다. 그는 계속 권총을 전도사 앞에 내민 채 눈길을 짐짓 허공으로 비켜낸다. 그리고는 여전히 남의 이야기를 하듯이 추근추근 설명을 계속해나간다.

"하긴 우리가 전도사님께 이런 부탁을 드리는 것이 결코 떳떳한 노릇이 될 수는 없겠지요. 전도사님껜 다소 애꿎은 대목이 있으실 줄도 압니다. 전도사님께선 그동안 우릴 위해 참으로 많은 것을 바쳐오고 계셨으니까요. 우리도 그 전도사님의 진심과 고마운 노력은 알고 있거든요. 게다가 이 일은 무엇보다 전도사님 자신을 위한 것이 아니었으니까요. 우리가 이 간척장 일을 시작하고 거기 신명을 바쳐온 것은 전도사님의 말씀 때문이 아니라, 바로 우리들 자신이 입고 살아온 그 남루한 운명의 옷을 한번 바꿔 입어보고 싶어였거든요. 그건 말하자면 우리들의 생애에서 모처럼 시도해본 자기 탈출의 꿈이었지요. 그 꿈이 이루어지지 못했다고 해서 전도사님을 원망하고 나설 수는 없지요. 책임을 물을 수도 없는 일이구요."

"……"

"그런데 말입니다. 그런데 어쨌든 배반이 일어났어요. 전도사님이나 우리는 서로 나름대로의 성심과 노력을 바쳐서 제 할 일들을 다해왔는데도 말입니다. 그렇다면 그건 어디서 오는 배반일까요. 미련한 생각일지 모릅니다만, 전 아무래도 그게 우리들의 하늘일 것만 같더군요. 왜냐하면 애초 우리에게 꿈을 준 것이 그 하늘이었거든요. 하늘이 우리들에게 꿈을 주어 취하게 하고, 그 꿈에서 다시 깨어나게 한 것이지요…… 하지만 저는 여기서 지금 그것을 따지고 있는 것이 아닙니다. 우리의 문제는 실상 거기에 있는 것이 아니거든요. 운명의 옷을 바꿔 입으려던 그 당돌한 꿈이 헛된 것을 알았다면, 거기서 다시 옛날의 옷을 찾아 입고 돌아가면 그걸로 문제는 간단히 끝날 수도 있었으니까요. 그런데 일이 그렇게 되질 못했어요. 꿈이 너무 깊었기 때문이지요. 꿈을 깨우는 배반이 찾아올 줄을 몰랐지요. 그래 미리 자기 운명의 남루한 헌옷들을 벗어던져버렸던 거구요. 한데 한번 꿈을 깨고 나니 새 옷은 그 꿈과 함께 사라지고, 옛날의 헌옷조차 찾을 수가 없게 되고…… 꿈을 깨고 나선 결국 옛날 옷조차 다시 찾아 입을 수가 없게 된 거지요…… 처지가 그리 되면 어떻게 합니까. 헛일인 줄 알면서도 헛꿈에 다시 매달리는 수밖에요……"

"……"

"최 하사가 실상 그리된 것입니다. 여기 둘러선 저 사람들 모두 같은 생각들입니다만, 꿈을 깨고 나자 최 하사는 다시 옛날 천변으로나 되돌아가고 싶어 했지요. 하지만 그에겐 이미 그것으로 입고 돌아갈 옛 운명의 옷이 없었습니다. 돌아가고 싶어도 돌아갈 수가 없었어요. 그동안 너무 새 옷의 꿈에만 취해온 때문이었지요. 그것이 아마 하늘의 두번째 배반이었는지 모르지만, 최 하사로선 달리 어찌할 도리가 없었던 겁니다. 그래서 다시 눈을 감고서 영영 꿈속으로 매달려 간 것이지요. 그것이 실상 그의 헛꿈을 묻어가는 무덤인 줄 알면서도 말입니다."

낮게 내려앉은 검은 구름덩이들에서 후둑후둑 언제부턴가 빗방울을 흩뿌린다. 그 빗방울들이 저녁 해풍에 흩날리며 얼굴을 아프게 때려온다. 하지만 아무도 그 빗방울에는 주의를 기울이지 않는다. 전도사는 끝내 아무 말이 없이 돌비석처럼 그 자리에 굳어져 있다. 두 사람을 둘러선 마을 사람들 역시 마찬가지. 말을 하고 있는 것은 아직도 구종태뿐이다. 하지만 그 구종태도 당분간은 전도사의 반응을 기대할 수 없는 듯 그 앞에 내밀었던 권총을 다시 거둬 쥐고 주변을 서성서성 맴돌기 시작한다.

"그런데 참 이상한 일이지요……"

전도사에게 결심을 가다듬을 여유를 주려는 듯 말을 끊고 잠시 발길을 서성대던 구종태가 이윽고 다시 자문자답식의 사설을 이어간다.

"이게 이제는 헛꿈의 무덤이 분명한데도 그걸 아직도 믿지 않으려는 사람이 있으니 말입니다. 그 사람은 한사코 아직 이 방둑이 헛꿈이 아닌 진짜 꿈의 집이라고 믿고 싶어 하거든요. 그리고 끝끝내 거기다 다시 자신의 신전을 세우려 하고 있지요. 아니, 그야 그것이 눈에 보이는 신전은 아니지요. 그분은 당분간 눈에 보이는 신전은 짓는 걸 단념하고 있고, 우리들에게도 그것을 약속한 터이니까요. 하지만 우리는 이 방둑이 눈에 보이지 않는 그분의 진짜 교회라는 걸 알지요. 그리고 그 교회가 진정 우리들의 꿈을 속이지 않는 살아 있는 사랑의 신전이라면 그것을 반대할 이유도 없구요……"

"……"

"전도사님을 여기로 오시게 한 것은 실상은 바로 그 때문입니다. 여기서 마지막 결판을 부탁드리는 것도 바로 그런 전도사님의 믿음 때문이구요. 그래, 우리는 결심한 것입니다. 이제 다시 꿈을 꿀 수도, 그렇다고 그 꿈을 깨어 돌아갈 곳도 없는 육신들, 전도사님의 믿음이 정녕 그토록 변할 수 없는 것이라면, 그 육신들을 쏘아 던져서 저 원망스런 바다를 메워 올려 그 전도사님의 사랑과 믿음을 기어코 증거해 보이게 해드리자구요. 여기에 그 전도사님의 사랑과 믿음의 신전이라도 세워드리자구요…… 자, 그러니 이제 전도사님께서도 망설이지 마시고 이걸 받아주셔야겠어요."

구종태는 거기서 다시 발길을 되돌려, 굳어져 서 있는 전도사 앞으로 다가간다. 그리고 전도사의 마지막 결단을 재촉하듯 권총을 다시 그 앞으로 내민다.

하지만 전도사는 아직도 묵묵부답, 아예 할 말을 잊고 있는 표정이다. 구종태가 내밀고 있는 권총을 받아갈 기미커녕 말대꾸 한마디해오려질 않는다. 하니까 구종태가 마지막으로 한 번 더 시선을 비키며 달래듯한 어조로 설득을 시작한다.

"전도사님께서는 아마 지금 어째서 하필이면 전도사님이 이 일을 맡아야 하는지를 이상해하고 계실지도 모릅니다. 그래 이토록 망설이시는지도 모릅니다. 그 점은 우리도 이해하고 있습니다. 아까도 이미 말씀드렸듯이 전도사님께서는 그간 진정과 성심을 다해오셨으니까요. 하지만 역시 다른 방법은 없는 것 같군요. 그것을 전도사님께 부탁드리는 수밖에는 다른 길이 없어요. 우리는 최 하사처럼 스스로 목숨을 끊어 던질 용기조차도 못 지녔거든요. 그리고 무엇보다 우리의 꿈이 아직 헛된 것이 아님을, 그 믿음과 사랑을 증거해야 할 사람은 전도사님 바로 한 사람뿐이니까요."

"……"

"하긴, 사정이 아무리 그렇더라도 전도사님껜 역시 이 일이 결코 마음에 내킬 수가 없는 노릇이겠지요. 하지만 전도사님의 믿음이 정녕 헛될 수 없는 것이라면, 그 전도사님의 믿음으로 하여 이 일은 뜻밖에 은혜스런 시험에 불과한 일로 끝나게 될 수도 있겠지요. 전도사님의 하느님이 진정 전도사님이나 우리를 가여워하시고, 사랑을 베풀고 싶어 하신다면, 그리고 그 꿈과 믿음이 헛된 것이 아니라면, 전도사님께 끝내 이 일을 감당하게 하지는 않으실 테니까요. 그 왜 아브라함에게 그런 기적이 있었지 않았습니까. 선지자 모세가 바닷물을 밀어내고 길을 뚫어낸 기적도 있었구요. 전도사님의 그 하느님의 권능이 정녕 전지전능하시고, 그 사랑이 끝이 없다면, 전도사님께서 정말로 이 어려움을 감당하고 나서려는 순간에 그 증표로 기적을 보여주실 수도 있을 게 아닙니까. 저 바닷물을 끊어진 둑 밖으로 밀어내어 우리가 당신의 하느님을 다시 믿고 따르게 할 무엇보다 확실한 증표로써 말입니다. 자, 그 증표를 기다리기 위해서도 어서 이 총을 받아 쥐십시오. 그리고 그 증표가 눈앞에 나타날 때까지 저부터 여기 선 사람들을 하나하나 쏘아 던져서 끊어진 방둑을 쌓아 올려보십시오. 지금 당장…… 지금 당장, 여기서 말입니다……"

이래도 저래도 전혀 반응이 없는 돌비석 같은 전도사 앞에 구종태는 마침내 인내가 다한 듯 느닷없이 말투나 행동이 허물어져 내리기 시작한다. 차분하고 냉랭하기만 하던 어조가 갑자기 걷잡을 수 없는 흥분기에 휩싸여들면서 노골적인 비방과 공박 조로 변해 간다.

"이런 식으로 기적을 바라는 것이 잘못입니까. 이게 하느님을 시험하는 일입니까. 이유야 어쨌든 기다리는 기적은 일어나지 않을 수도 있을 테지요. 기적이 일어나려면 지금까지도 벌써 그럴 기회는 얼마든지 있었으니까요. 하지만 그런 기적이 일어나지 않더라도 전도사님의 일은 어차피 변할 수가 없겠지요. 당신의 하느님이 못 보여준다면 당신이 증거를 보여야 하니까요. 애초 우리들에게 그 하늘의 사랑과 꿈을 전한 것은 다름 아닌 전도사님 당신이었으니까요. 그것도 아주 깊고 독하게 취하도록 말입니다. 게다가 우리가 그것을 모두 헛된 꿈으로 치부한 마당에 전도사님 한 분만은 끝내 당신의 믿음을 버리지 않고 계시지 않았습니까…… 전도사님만이 오직 그 믿음을 증거해 보여야 할 사람인 거지요. 자 그러니 이제 어떻게 하시겠습니까. 그 증거를 어떻게 보이시겠습니까……"

저녁 바람에 빗방울이 점점 더 세차게 흩날린다.

그 빗줄기가 구종태의 머리와 얼굴을 쉴 새 없이 적셔 내린다. 바람 소리가 그의 목소리를 방해한다. 그러나 그 바람 소리나 빗줄기들에도 두 사람을 둘러싼 마을 사람들 가운데선 누구 하나 동요를 일으키지 않는다. 어둑어둑 짙어오는 저녁 어둠 속에서. 그 함성처럼 낭자한 빗소리와 바람 소리 속에서.

사람들은 그저 말 없는 침묵의 울타리를 짓고 서 있을 뿐이다. 그 빗줄기와 바람 소리의 방해에 대항이라도 하듯이 감정을 놓아 버린 구종태의 그 절규에 가까운 울부짖음 소리만이 갈수록 목청을 돋우어나간다.

"자, 어서 이 총을 받으십시오. 당신의 하느님이 끝끝내 우릴 모른 척하고 있는 마당에 그 하느님을 위한 당신의 믿음을 증거하는 길은 이제 이 길밖에 없지 않습니까. 어서…… 어서 이 총으로 우리를 쏘아 던져주십시오. 그래서 저 방둑을 쌓아 올려 바닷물을 멀리 밀어내주십시오. 그리고 거기 그 위대한 당신의 하느님의 사랑과 영광을 위한 신전을 세워보십시오. 당신이 정말…… 당신 한 사람이라도 정말 아직 꿈을 버리지 않고 있다면…… 이 더러운 운명의 옷을 바꿔 입게 할 희망이 남아 있다면…… 어서 제발! 그 꿈이 아직 이곳에 남아 있음을 보여주기 위해 제발 우리들을……!"

구종태의 절규는 이제 차라리 울부짖음 속에 애소로 변한다. 그 절규와 애소 속에는 말의 사리도 연결도 없다. 그저 무작정 전도사를 다그치고 드는 자기 푸념의 넋두리일 뿐이다.

하지만 그것도 그것으로 그만이다. 빗속에 한참 절규를 토하던 구종태의 목소리가 거기서 차츰 주저앉기 시작한다. 그리고 그 목소리가 비바람 속으로 잦아들며 구종태의 몸뚱이가 서서히 땅 위로 무릎을 꿇어앉는다. 마치도 모든 삶의 희망을 잃은 자가 눈앞의 성상이라도 끌어안듯이, 그리고 자신의 마지막 구원을 그 성상 앞에 호소하듯이.

그런데 바로 그때.

전도사는 물론 그때까지도 돌장승처럼 말이나 움직임이 전혀 없다. 그 길고 긴 구종태의 공박에도 변명 한마디 안 해온 전도사다. 머리와 얼굴에 흘러내린 빗물에도 손끝 하나 움직이지 않아온 전도사다. 그런데 그 전도사가 어쩌면 구종태의 그 마지막 절규에서, 갈피를 못 잡고 이리저리 허둥대는 요령부득의 푸념 속에서 비로소 어떤 진실을 읽어낸 것인가. 그가 마침내 구종태를 향해 천천히 마음을 움직여오기 시작한다.

구종태가 마지막 말을 끝내고 그의 발 아래로 몸을 던져오자 전도사가 깊은 잠에서 깨어나듯 천천히 손을 뻗어 그의 어깨 위로 얹어온다. 그리고는 아직도 소리를 깨물며 들먹이고 있는 구종태의 등짝을 간절한 손길로 쓸어 어루만지기 시작한다. 그러다 그가 기도하듯 조용히 말한다.

"죽으려는 자보다 살아 있는 자의 고통이 작을 수만 있다면…… 죽는 자의 두려움과 고통으로 살아남는 자의 그것을 대신해갈 수 있다면, 우리들 중에 누군들 그것을 두려워할 사람이 있겠소……"

비가 쏟아지는 하늘을 우러러 얼굴을 쳐든 채 전도사가 좀더 말을 이어나간다.

"당신의 뜻은 이미 알고 있소. 당신이 대신해온 저들의 생각도 이미 알고 있소. 우리들 중에 어느 한쪽이 다른 쪽을 쏘아야 한다면, 그것은 이제 내가 아닌 당신 쪽이오. 당신도 이미 말했지만, 쏘아 죽이거나 쏘아 죽거나 이 일을 증거해야 하는 것은 내 일인 것이오. 하지만 나는 당신을 쏘지 못했소. 이제 당신이 나를 쏠 차례요. 당신이 내게 진정 쏘아주기를 원한다면, 거꾸로 나를 쏠 수도 있어야 할 것이오. 그럴 용기도 있어야 할 것이오."

처지가 완전히 역전된 격이다. 전도사는 애초 구종태를 위로하고 그의 감정을 가라앉히려 나선 것이 분명한데도, 끝내는 그 자신조차 억제할 수 없는 격정에 휘말려들고 만 꼴이다.

"자, 이제 일어나시오. 그리고 나를 겨누어 쏘시오. 당신이 정녕저 방둑 아래 죽어 묻힐 용기가 있다면, 그것으로 정녕 남은 사람들의 절망과 고통을 대신해갈 수 있다고 믿는다면 말이오……"

전도사는 이제 주저앉은 구종태의 어깨까지 마구 흔들어댄다. 양쪽이 모두 이성을 잃은 터라 엎드린 구종태의 심정에 따라선 정말로 무슨 일이 일어날 수도 있는 형세다.

그런데 그 순간, 또 한번 예기치 않은 일이 일어난다.

전도사의 그 추궁기 어린 채근에도 죽은 듯이 머리를 숙이고 엎드려 있던 구종태가 순간 불 맞은 산짐승이 발작을 일으키듯 느닷없이 몸을 불쑥 세우고 일어선다. 그리고는 잠시 전도사를 쏘아보듯 원망스런 눈초리를 마주 건네고 있다가 다음 순간 다시 어둠 속으로 쏜살같이 몸을 내달아가버린 것이다. 빗소리 속에 아직도 우두커니 침묵의 벽을 쌓고 있는 그 마을 사람들의 위험스런 음모의 울타리를 꿰뚫고. 저녁녘 바닷가의 파도 소리와 낭자한 빗소리의 장막 속으로, 으흥, 으흐흥, 상처 입은 짐승의 포효와도 같은 괴상한 울부짖음 소리를 내질러대면서.

……그가 떠나간 바닷가에는 그러나 그의 절규와 파도 소리가 아직 끊이지 않고 있다. 그 소리들이 계속 누군가를 부르고 있다—

나는 이제 내 행선지를 알고 있었다. 그리고 그곳에서 내가 할 일을 알고 있었다. 그가 버리고 온 바다. 자신의 그 남루한 운명 앞에 그토록 애타게 탈출을 기도해왔다던 그의 바다. 그러나 끝내는 그를 무참히 실패의 수렁으로 주저앉히고 말았다는 바다. 언제부턴지 나는 그의 무참스런 실패의 자리를 찾아가고 있었다. 내가 애초에 찻길을 이쪽으로 잡아 나선 것부터가 그런 은밀스런 기대 때문이었는지 모른다.

　나는 그의 바닷가를 찾아가고 있었다. 그리고 그런 자신을 깨달은 순간 가슴속에 어떤 뜨거운 불길이 소용돌이쳐 오르고 있음을 느낀다. 그것은 내가 이미 거기서 할 일을 알고 있기 때문이다. 구종태가 실패하고 쫓겨난 바다에의 모종의 기대 때문이다. 내게 있어서 구종태의 실패는 바다에 앞선 그의 이야기에 있었다. 그 이야기로 자신의 정체를 드러내고, 그것으로 터무니없이 나의 이해와 납득을 구해온 데에 있었다. 그의 말로는 그를 알 수가 없었다. 이야기 속의 구종태라는 사내는 내게 참모습으로 보이지가 않았다. 그의 이야기가 그에 대한 내 작은 이해와 믿음까지 오히려 파괴하고 말았었다. 그의 이야기가 내게 자신의 실패를 만들고 있었다. 나는 그의 이야기 너머의 그의 참모습을 보고 싶다. 바닷가에 그의 참모습이 있을 것 같다. 뭔가 그의 이야기와는 다른 그의 참모습. 그것이 나의 실패를 보충하고 만회하는 데에 어떤 도움이 될 것인지는 알 수 없다. 나의 탈출이 거기서 무엇을 꿈꾸는지도 알 수 없다. 하지만 나는 그것을 보고 싶다. 그리고 그런 희망 때문에 나는 처음부터 그쪽으로 찻길을 잡아 나선 것 같아진다. 사람이 자신의 실패 가운데서 다시 떳떳하게 돌아갈 수 있는 곳이란 빛나는 승리

보다 어두운 실패와 비극의 자리 쪽인가. 글쎄, 그곳이 그가 그토록 장엄한 실패를 겪은 곳이던가……

판교를 지나고 수원을 지나고 차는 어느새 고속도로를 내려서서 평택을 훌쩍 지나가고 있었다. 평택을 지나면서부터는 눈발이 더욱 심해진 데다 포장이 안 된 도로 사정까지 겹쳐 주행 속도가 완연히 떨어지고 있었다. 중간중간 길을 물어가면서 차를 달리다 보니, 간척장까지는 예상 외로 긴 시간이 걸리고 있었다.

하지만 여기서 그 간척장까지의 길은 더 이상 자세히 설명해야 할 필요는 없을 것이다. 굳이 밝혀야 할 것이 있다면, 차가 지나간 경유지라든지 목적지까지의 주행시간 정도가 될는지 모른다. 하지만 이미 짐작할 수 있듯이 차를 달려온 경유지에 대해서는 나로서도 별로 자세한 것을 알 수 없다. 차를 달리면서 시간 따윌 살필 생각도 없었으려니와, 어쩌다 그런 걸 살폈다 하더라도 머릿속에 유념해둘 여유까진 없었기 때문이다. 도대체 지금으로선 시간을 살핀 기억조차도 전무한 것이다. 기억할 수 있는 것은 다만 고속도로를 내려서서 평택을 지날 때가 대충 아침 8시 전후(그때 사람들이 한창 아침 출근길을 서둘러 나서고 있었으므로)라는 것과, 바닷가 간척장을 들어선 것이 그로부터 다시 두 시간쯤이 지난 10시경이나 되었으리라는 것뿐이다.

어쨌든 나는 그런 식으로 세 시간 남짓 차를 달린 끝에 마침내 바닷가 간척장을 찾아든다. 어쩌면 거기서 구종태의 실패와 그의 참모습을 만나게 될지도 모른다는 조급스런 기대에 가슴을 두근대면서.

하지만 차가 간척장 지경(地境)으로 접어들면서 나의 기대는 이내 차가운 실망으로 바뀌기 시작한다. 작업 공구와 지원 물자의 운반로를 따라 차가 해변 기슭을 돌아서고 나자, 나는 금세 거친 파도에 물보라를 피워 올리고 있는 두 개의 끊어진 방둑을 보게 된다. 그리고 그 활처럼 휘어 들어간 바닷자락 안쪽 언덕 아래 옹기종기 모여 앉은 낮은 천막 마을이 한눈에 들어온다.

그 바다와 방둑, 마을들의 느낌이 내 기대와는 영 딴판이다. 눈보라 속에 거친 파도를 일으키며 검게 꿈틀대고 있는 바다, 거기 표류하듯 가물거리며 무기력하게 끊어져 누운 방둑. 그것들은 이미 희망과 대결의 마당이 아닌 파괴와 죽음의 무도장 한가지다. 모든 희망과 도전을 단념한 허망스런 운명의 익사체들 한가지다. 차를 몰아 건너편 방둑(그것이 구종태가 마지막으로 전도사와 맞선 자리였을 터이므로)으로 건너가면서 잠시 지나쳐 본 천막 마을 풍경도 그에 못지않게 흉상스럽다. 가로세로로 제법 정연하게 구획된 천막촌의 골목길엔 보아줄 이 없는 눈발만 처연스럽게 휘몰아다닐 뿐, 살아 있는 사람이 움직여 다니는 기색은 그림자 하나 찾아볼 수가 없다. 옹숭스럽게 웅크려 앉은 그 암흑색 천막들에서조차도 사람의 기미라곤 느낄 수가 없다.

사람이 떠나가버린 폐광촌의 황량스러움 같은 것. 그 폐허를 휩싸고 흐르는 음습한 파괴와 죽음의 냄새. 그것들은 무엇보다 구종태의 실패를 역연하게 말해준다. 하지만 내가 이곳을 찾아온 것이 그토록 무참스런 그의 실패를 보기 위해서였던가. 그리고 그것이 그의 거짓 없는 참모습이었던가. 무엇보다도 나는 그의 참모습을 보고자 이곳까지 차를 몰아 온 것이다. 그리고 이 바닷가의 모습은 그의 이야기 속의 실패를 충분히 뒷받침해주고 있었다. 그 점에선 나도 헛걸음을 친 게 아닌 셈이었다.

하지만 나는 어쩐지 마음이 편해지질 않는다. 그의 실패는 거짓이 아니었다. 그는 그의 이야기에서뿐 아니라 그 이야기 이전의 사실에서도 분명히 실패를 하고 있었다. 하지만 내가 여기서 보기를 바란 것이 그토록 초라한 실패였던가. 그의 실패가 너무도 초라하고 무참스럽다. 자신의 실패 가운데서 다시 떳떳하게 돌아갈 수 있는 곳이란 어두운 실패와 비극의 자리 쪽이라 생각했던가. 그리고 나는 그에게 어쩌면 그런 장엄한 비극적 실패를 부러워하면서 다른 한편으론 그것을 두려워해왔던 게 아닐까. 하지만 이젠 부러움도 두려움도 소용이 없었다. 구종태는 이미 돌아갈 곳이 없었다. 그의 실패는 그가 다시 돌아올 만한 곳이 못 되었다. 돌아오기에는 너무 무참스럽고 초라해 보였다.

그래 오히려 그를 안심하고 받아들이고 싶어진 것인가. 나는 차라리 그가 안타깝고 연민스럽다. 현실의 실패가 너무 무참하여 나에 대한 실패마저 터무니없이 안타깝고 가슴 아프다. 밝은 희망과 힘찬 대결은 아니더라도 적어도 어디선가 그 배반과 파괴에 맞서 일어서려는 숨은 음모의 기미라도 찾아보고 싶다.

하지만 못내 황량스럽고 허망한 느낌은 구종태가 그 마지막 대결극을 벌이고 떠나간 방둑께서도 마찬가지다.

방둑 입구에서 차를 내려 나는 눈발 속에 조용히 눈을 감는다. 그리고 방둑을 후려치는 파도 소리 속에 그날의 뜨거운 대결극을 머릿속에 그려본다.

—자, 어서 이 총을 받으십시오. 당신의 하느님이 끝끝내 우리를 모른 척하고 있는 마당에 그 하느님을 위한 당신의 믿음을 증거하는 길은 이제 이 길밖에 없지 않습니까……

돌비석처럼 굳어져 서 있는 전도사 앞에 빗물에 젖어 울부짖는 구종태의 모습이 서서히 떠오른다.

—당신이 정말…… 당신 한 사람이라도 정말 아직 꿈을 버리지 않고 있다면…… 이 더러운 운명의 옷을 갈아입게 할 희망이 남아 있다면……어서 제발! 그 꿈이 아직 이곳에 남아 있음을 보여주기 위해 제발 우리들을……!

환청이 한동안 귀청을 때려온다. 그러나 그 역시 내가 눈을 감고 있을 때뿐이다. 내가 다시 눈을 뜨기 무섭게 그의 모습이나 목소리는 어느새 거친 파도 소리에 휩쓸려 가버린다. 비에 젖은 얼굴이나 울부짖음 대신 사위는 다시 낭자한 파도 소리와 흩날리는 눈발만 가득하다. 최 하사라는 그 외팔이 자살자의 시체를 던졌다는 방둑에서조차도 그날의 비장감은 되살아나질 않는다. 끊어져 다시 이어질 길 없는 방둑은 이제 거친 파도에 휩말려 떠도는 지나간 꿈 조각의 익사체일 뿐이다.

문득 눈을 들어 마을 쪽을 올려다보니, 언제부턴지 마을 사람 몇몇이 앞길로 나와 눈보라 속으로 이쪽을 지키고 서 있다. 그 말 없는 마을 사람들의 응시 속에서도 나는 이미 별다른 흥미를 느끼지 못한다.

—그가 돌아가야 할 곳이 저들이었던가? 아니, 저들은 아직도

그를 기다리고 있는 것일까.

나는 거기서 비로소 구종태의 거짓 없는 참모습을 본 것 같다.

나는 이내 이상한 허탈감 속에 혼자 머리를 가로저어버린다. 그곳은 이미 그가 돌아올 곳이 아니었다. 아니 그가 돌아와서는 안될 곳이었다. 돌아올 수도 없고 돌아오려 해서도 안 될 곳이었다. 구종태는 이미 돌아갈 곳이 없는 위인이었다. 한데도 그가 이곳에 희망을 버리지 않고 있다면? 그리고 끝내 돌아가려 한다면?

나는 잠시 동안 다시 구종태의 무력한 망설임을 떠올린다. 그리고 그 허탈스런 감정의 밑바닥으로부터 서서히 어떤 새로운 분노와 복수의 욕망 같은 것이 용솟음쳐 오르기 시작한다. 무엇에 대한 분노인지, 누구를 향한 복수심인지, 그런 건 아직 알 길이 없다. 그 것은 바로 그 말없는 마을 앞 사람들의 초라하고 무기력한 모습 때문일 수도 있었고, 바다와 방둑에서 보고 느낀 허망스런 절망감 때문일 수도 있었다. 아니면 바로 먼 길을 달려온 나 자신의 억제하기 어려운 낭패감 때문일 수도 있었다.

잠시 시간이 흐르고 나자 그 뜨거운 분노와 복수심은 별반 이렇다 할 이유도 없이 구종태 한 사람에게 집중되어가기 시작한다. 모든 분노가 그를 향해 쌓이고, 모든 복수심이 그를 향해 꿈틀대기 시작한다. 그리고 끝내 그것으로 나는 내가 참으로 해야 할 일이 무엇인가를 깨닫기에 이른다.

—그를 납치하는 거다. 그가 내게서 실패한 납치를 이번에는 내가 그에게서 거꾸로 성공시켜주는 거다!

나는 이제 더 그곳에 머물러 남아 있어야 할 이유가 없었다.

같은 날 아침 11시 10분경. 나는 이윽고 다시 바닷가 마을을 빠져나와 서울을 향해 차를 달리기 시작한다.

한겨울 날씨가 웬 변덕인지, 이제는 눈도 아니고 비도 아닌 진눈깨비가 달리는 차의 앞유리를 자꾸만 흐려온다. 와이퍼의 민첩하고 잦은 작동에도 시계가 온통 진흙탕 속이다.

평택을 지나 고속도로로 다시 들어서고 나서야 차는 간신히 제속력을 발휘한다. 차의 속력이 되살아나자 거기따라 흥분 속에 갈피를 못 잡고 허둥대던 심사가 다시 잔잔한 평형을 되찾는다. 비로소 그에 대한 내 납치 계획을 곰곰 다시 따져보기 시작한다.

그것은 참으로 여러 가지 면에서 효과가 크고 적절한 계획이었다. 그것은 그저 단순한 복수극 놀음이 아니었다. 그를 납치하는 것은 우선 그에게 자신의 실패를 가장 확실하게 인식시켜주는 것이었다. 동시에 그것은 그의 실패에 대한 가장 효과적인 구원의 길이 될 수 있었다. 그의 실패는 너무도 무참하고 확정적인 것이었다. 그는 이미 돌아갈 곳이 없었다. 그가 무엇을 어떻게 생각하든, 그를 그곳으로 돌아가게 해서는 안 되었다.

그의 실패를 확인시켜주고, 그 실패로부터 그를 구하는 길은 그를 납치하는 것이 가장 효과적인 방법이었다. 그것도 가장 모범적이고 성공적인 납치가 이루어져야 하였다. 아니, 그가 내게서 실패한 납치극을 내가 그에게 완벽한 성공으로 시범해 보이는 것, 그것은 다만 그의 실패를 확인해주고 그 실패로부터 그를 구해내는 길만이 아니었다. 그것은 바로 그로 인한 나 자신의 실패를 벌충하고 만회해내는 길이기도 하였다. 그의 실패는 이제 나 자신의 실패가 되고 있었고, 그로 인해 나도 돌아갈 곳을 잃고 만 셈이니까……

그렇다면 대체 내가 그에게 보여줄 가장 모범적이고 성공적인 납치는 어떤 식으로 이루어져야 할 것인가. 나는 다시 그에 대한 납치극의 모범을 생각한다. 거기에 대해서도 내겐 이미 대강의 해답이 마련되어 있었다. 그것은 우선 그의 실패의 이유나 과정을 뒤집어놓은 데서 추리가 가능했다. 그가 내게서 실패를 하게 된 이유가 무엇이던가. 그는 무엇보다 어울리지 않게 언행들이 너무 점잖았었다. 그리고 나에 대한 파괴의 과정에서 쓸데없이 긴 시간을 허비하고 있었다. 사람을 미리 점찍어놓고 그에 대해 너무 이것저것 많은 것을 알고 나선 것도 바람직스런 일이 못 되었다.

납치자에겐 납치자다운 규범과 태도가 있어야 했다. 모범적이고 완벽한 납치는 모든 일이 우선 이해 바깥의 탈도덕과 탈논리의 과정이 되어야 했다. 사람을 미리 선택하는 것도 삼가야(나의 경우엔 이미 어쩔 수가 없지만, 입장이 좀더 자유로울 수 있다면) 했다. 그리고 그 피랍자의 과거나 미래의 운명에 관심을 갖지 말아야 하고, 자신의 행위에도 구차스런 이유가 없어야 할 것이다. 데데한 동기나 목적 같은 것이 없어야 하고— 적어도 말을 하는 일만이라도— , 그에 대한 상상도 불가능케 해야 한다. 다음으론 그 피랍자에 대한 파괴와 탈취는 단 일격에 결정적인 것이 되어야 하고, 그것은 또 그만큼 신속하고 위협적인 것이어야 한다. 무엇보다 중요한 것은 자신의 행위에 대한 책임을 생각하지 말 것. 그리고 끝끝내 자신의 정체를 드러냄이 없을 것—이 역시 내 경우엔 적용이 어렵겠지만, 나의 일반적인 희망으로 말한다면—, 거기에 대한 어떤 동정적인 이해나 추리를 절대로 용납하지 않을 것……

앞에서 이미 말했듯이 완전무결한 납치를 위해서는 구종태에게 몇 가지 적절치 못한 점들이 있기는 했다. 내가 이미 그를 표적으로 정하고 있는 것이나, 서로 간에 상당한 이해가 통하고 있는 것들이 그랬다. 하지만 나는 그 때문에 이제 와서 구종태의 납치를 바꿀 생각은 없었다. 더욱이 그 대상을 다른 사람으로 바꿀 생각은 추호도 없었다. 운명을 믿지 않음은 신을 믿지 않음이었다. 인간의 운명을 신의 권능에 의지하지 않고 인간 자신의 이름으로 정해 가지려 했음은, 자신의 운명을 자신의 힘으로 결정지어나가려 했음은 그 구종태 자신이 이미 자신의 신을 믿지 않음이었다. 그렇다면 그 신을 믿지 않는 자가, 신에게서 감히 버림을 받았다고 믿게 된 자가, 그 신의 도움 없이 인간 자신의 이름으로 그 운명을 어떻게 결정지어나갈 수 있는가를, 그것이 어떻게 무참스런 실패를 겪게 될 것인가를 그에게 분명히 보여줘야 하였다. 그 시범을 보아야 할 사람이 다름 아닌 바로 구종태인 것이다. 그리고 그 시범극이 치러져야 할 곳은 이미 한 번의 실패가 저질러진, 그리하여 누구보다 그 성공의 교훈이 가슴에 사무칠 구종태 바로 그 위인인 것이다.

결심이 그토록 확고해지고 나니, 나는 새삼 마음이 바빠지기 시작한다. 차의 속력이 자꾸만 지루하게 떨어져가는 느낌이다. 나는 그럴수록 마음이 쫓기며 무리한 질주를 감행한다.

그런 식으로 얼마쯤 질주를 계속해가고 있을 때였다. 내게 참으로 이상한 방법으로 그 서두름을 충고해온 사람이 나타났다. 차가 송탄을 지나고 오산 부근을 달리고 있을 무렵. 거기서 마치 나를 기다리고 있었기라도 하듯 도로 오른쪽에 한가하게 서 있던 경찰 순찰차에서 내게 정차를 명령해왔다. 순찰 순경이 차창 밖으로 얼굴을 내밀고 계속 정차 수신호를 보내왔다.

나는 부러 못 본 척 내처 전속력 질주를 계속한다. 백미러 속으로 뒤쪽을 살펴보니 순경은 미처 차를 달려 쫓아올 생각도 못하고 창밖으로 내민 멍청스런 손가락질이 조그만 정지 동작으로 사라져 흘러간다.

——지금 당장만 쫓아오지 말아다오. 번호 따윌 적어가도 내일 일은 상관 않을 테니.

나는 한동안 전속 질주를 계속하며 백미러로 좀더 후방을 살핀다. 그리고 순찰차가 뒤를 쫓아오는 기미가 없음을 확인하고 나서야 제물에 속력을 조금 늦춘다.

……그래 이건 쓸데없이 너무 일을 서둘러대고 있는 꼴 아닌가. 내겐 실상 구체적인 준비가 너무 없었다. 나는 도대체 그를 어떻게 다루겠다는 것인지. 무엇으로 어떻게 그를 강제하며 굴복시키겠다는 것인가. 그리고 그를 어떻게 부수고 끝맺음을 어떻게 지어줄 것인가…… 이 허약한 여자의 손으로? 권총마저도 아직 그의 수중에 남아 있지 않는가.

나는 비로소 내게 아무런 일의 준비가 되어 있지 못함을 깨닫는다. 그리고 그로부터 미리 권총이라도 지녀오지 않은 것이 후회되기 시작한다. 무작정 마음만 서둘러대고 있을 뿐 실제적인 준비가 너무 없었다. 그런 식으로 쫓기듯 찻길을 허둥대고 온 것이 오히려 싱겁고 우스워질 지경이다.

아무래도 흥분한 심기부터 좀 가라앉혀야 할 것 같다. 무작정 차만 달려갈 일이 아니다. 어디서 잠시 허기라도 지우면서(때가 이미 낮 1시를 지나고 있으니 허기도 이제는 어지간해온다) 앞뒤 계책을 짜봐야 할 일이다. 고맙게도 그 경찰 순찰차가 그것을 내게 일깨워준 셈이었다. 그 순찰차를 따돌리고 온 것도 이대로 곧장 고속도로를 달리기는 어딘지 기분이 꺼림칙스럽다.

─ 작자가 행여 내게 엉뚱한 의심을 품을라?

나는 어디선가 시간을 좀 지체해도 좋을 것인가를 두고 잠시 서울 집 구종태의 심사를 가늠해본다. 하지만 그가 나의 부재로 어떤 위험을 느끼게 되거나 그새 마음을 바꿔 집을 빠져나가는 따위의 짓거리는 상상조차 되지 않는다. 그와 나 사이에는 그새 적어도 그만한 믿음은 쌓여온 셈이었다.

나는 마침내 마음을 작정하고 수원 인터체인지에서 고속도로를 내려온다. 그리고 이내 거기서 거리가 그리 멀지 않은 호수 유원지 쪽으로 천천히 찻길을 꺾어 접어든다. 어느 여름날 그 유원지의 인파 속에 호수 건너 숲 사이의 방갈로들이 이상하게 고즈넉하고 적막스럽게 느껴져오던 기억이 떠올랐기 때문이다. 그 유원지의 인파 속으로 자신이 한번 섞여 들어가보고 싶다. 한편으론 그 호수 건너편 방갈로들의 조용하고 격절스런 분위기도 살펴두고 싶다.

하지만 정작 호숫가까지 차를 몰고 들어서 보니, 유원지 분위기가 기대와는 딴판이다. 진눈깨비가 아직 오락가락하는 지저분한 날씨 속에 유원지는 사람의 발길이 거의 끊어진 상태다. 색 바랜 페인트칠이 얼룩처럼 지저분한 위락시설들이 회색빛의 거친 호면을 건너온 바람결에 무방비 상태로 너덜대고 있을 뿐이다. 하지만 나는 사람이 있거나 없거나 주차장 푯말이 세워진 곳에 차를 세워두고 호수 위에 즐비한 수상 주점 쪽으로 부교를 건너간다. 서울은 아무래도 저녁참에나 들어가는 것이 나을 것. 다른 놀이꾼들이 있거나 말거나, 문을 연 집이 있으면 천천히 허기나 달래며 시간을 기다리면 되는 것이다. 일에 대한 생각을 가다듬어두기엔 그편이 오히려 나을지도 모른다.

나는 차라리 비정스럽도록 삭막한 분위기에 오히려 마음이 차분해진다. 한데다 마침 부교의 맞은편 끝에서 사내 두 사람이 이쪽으로 물을 건너오는 것이 보인다. 사람의 발길이 뜸해진 속에서도 역시 문을 열어두고 있는 집이 있는 모양. 나는 안심하고 계속 부교를 건너간다.

"아가씨 혼자 참 많이 외로우시겠수."

코트 깃을 치켜세워 목을 잔뜩 감싸 올린 두 사내 중의 하나가 부교 중간쯤에서 나를 흘끗 곁눈질로 지나치며 실없는 소리로 수작을 건넨다. 그러고 나선 또 한두 발짝쯤 지나쳐가던 사내가 다시 문득 발길을 멈춰 서며 심상찮은 소리로 나를 불러 세운다.

"아니, 아가씨…… 혹시 전에 어디서……?"

되돌아선 얼굴 표정이나 물어오는 목소리가 조금 전에 헛수작을 건넬 때와는 전혀 딴판이다. 전에 어디서 본 듯한 얼굴인데 그런 기억이 없느냐는 물음이다.

나는 물론 천만의 말씀이다. 작자를 어디서 만난 일커녕 당장의 정체도 짐작이 안 가는 위인이다. 이런 날씨, 이런 시각에 철 지난 유원지 근방이나 어정대고 다니는 위인들의 정체라니…… 섣부른 말대꾸가 이로울 게 하나 없을 위인들이다. 나는 사내의 의심쩍은 얼굴을 무시한 채 발길을 재촉해버린다.

"분명 어디서 본 듯한 얼굴인데……?"

당당한 접근의 구실을 놓친 사내가 뒤에서 부러 큰 소리로 중얼대며 발길을 돌이키지 못하고 있는 기미다. 하지만 내게 그런 것까지 괘념하고 있을 여유가 없다. 나는 그냥 모른 척 혼자 부교를 건너가, 문이 열린 식당을 한 곳 어렵잖게 찾아낸다. 그리고 우선 지친 몸부터 피로를 풀기 위해 외지고 전망 좋은 2층 방 하나를 주문해 올라간다.

방으로 올라가 부교 쪽을 내다보니 사내들은 이미 어디론가 사라지고 흔적을 볼 수 없다. 나는 비로소 제 둥지라도 찾아 돌아온 듯 아늑해진 기분으로 맥주부터 한 병 청해 마신다. 술에는 그리 익숙한 편이 아닌데도 이날은 왠지 허기진 목구멍이 그것을 당긴다. 나는 순식간에 한 병을 비우고 밥 전에 한 번 더 술심부름을 시킨다.

두번째 술병을 비우고 나니 몸속의 허기가 어지간히 가신다. 허기와 한기로 그새 삭막하게 얼어붙었던 심신이 따뜻하고 부드럽게 풀려오기 시작한다. 뒤따라 들어온 진짜 요기상은 손조차 대어볼 생각이 안 난다. 나는 그냥 알알한 술기 속에 망연스런 상념들을 뒤좇기 시작한다.

─ 작자를 납치하여 이 호수를 건너가버린다면?

호수 건너 숲 속에 드문드문 숨어 앉은 방갈로들이 새삼 호젓하고 은밀스러워 보인다. 그 방갈로들의 아득하고 한갓져 보인 느낌이 내게 제법 그럴듯한 납치극의 구상을 펼쳐온다. 호면엔 다시 진눈깨비로 변한 눈발이 가득하다. 그 아득한 눈발들 사이로 대안의 풍경이 딴 세상의 것인 양 격절스럽다. 사람의 눈길이 아무도 닿을 수 없는 곳. 어쩌면 영원히 다시 물을 건너오고 싶지 않은 사람들이 살고 있을지도 모르는 곳. 그 완전한 침묵의 세계. 그러나 따스하고 아늑한 그들만의 방이 있는 곳. 그쯤으로 나도 작자를 데리고 건너가버릴까. 그리하여 그 절대의 공간 속에 그를 가두고 마음 내키는 대로 짓부숴나갈까. 아니면 차라리 둘이서 영원히 거기 머물면서 그의 아이를 낳아주고 살아간다면……?

내가 한동안 그런 터무니없는 망상에 젖고 있을 때였다. 나는 결국 거기서도 더 이상 차분한 시간을 가질 수 없게 된다, 이번에도 또 귀찮은 작자들이 내 상념을 방해하고 든 때문이다. 어디론가 그새 자취를 감춰가고 없던 아깟번의 사내들이 웬일로 다시 눈발을 뚫고 부교를 거꾸로 건너오고 있었다. 모자와 코트 깃에 눈을 허옇게 뒤집어쓴 채 모자 아래로 기분 나쁘게 시선을 감추고 묵묵히 다리를 건너오는 모습들이 무슨 암살범들처럼 섬뜩한 불길감을 느끼게 했다. 이런 날씨, 이런 장소…… 까닭 없이 어떤 공범의식 같은 것이 느껴져오는 작자들. 그러나 전혀 정체를 짐작할 수 없는 사내들. 차라리 저 작자들 중 하나를 물 건너로 끌고 가면? 그리고 그의 아이를 낳아주겠다면? 나는 그 음산하고 불길스런 사내들로 하여 문득 그런 엉뚱스런 범의마저 꿈틀인다.

하지만 나는 이내 머리를 크게 가로저어버린다. 나는 역시 아이를 낳는 일엔 어울리지 않을 여자다. 그리고 이곳은 파괴를 음모하러 찾아온 곳이 아니던가. 더욱이 그 파괴의 목표는 이미 마음속에 정해져 있는 터. 나는 이윽고 제물에 피식 웃음을 흘린다. 하면서도 왠지 기분이 점점 불안해지기 시작한다.

짐작대로 사내들은 다리를 건너와 그길로 곧장 내가 앉아 있는 식당의 아래층으로 들어서고 있다. 지울 수 없는 어떤 불안스런 공범의식. 작자들이 어쩌면 그것에 감응하여 나를 겨냥하고 되돌아온 것만 같다.

나는 아무래도 더 이상 버티고 앉아 있을 수가 없어진다. 시계는 아직도 오후 2시를 조금 넘고 있을 뿐이다. 저녁참까지는 아직도 한참이다. 게다가 아직은 일에 대한 어떤 구체적인 방책도 마련된 것이 없었다. 하지만 이젠 그런 것도 별로 문젯거리로 여겨지지 않는다. 미리 계획을 마련해보자 한 것은 시간을 기다리기 위한 구실에 불과했을 뿐, 지금으로선 막상 어떤 치밀하고 확고한 계책을 마련할 수도 없으려니와, 그것이 반드시 바람직스러워 보이지도 않는다. 계획이 너무 치밀하다 보면 일을 오히려 그르칠 수도 있었다. 구종태의 납치 꿈은 그저 맹목적이고 무모하고 무조건적인 것이었다. 사전 계책에 너무 매달리고 드는 것은 오히려 치사한 자기 배반이 될 수도 있었다.

굳이 이곳에서 어둠까지 시간을 기다리고 있을 필요가 없었다.

밝은 날이라고 특별한 장앳거리가 있을 수도 없었다. 중요한 것은 오히려 서둘러 그에게로 돌아가는 것이었다. 그리고 우선 그를 안전하게 확보하는 일이었다. 술기도 이젠 어지간히 가신 터.

나는 마침내 서둘러 자리를 거두고 일어선다. 그리고 곧장 아래층 홀로 내려가 주인 여자에게 계산을 부탁한다. 계산을 위해 홀로 들어섰을 때부터 사내들은 짐작대로 거기 앉아 있었다. 양쪽 다 모자도 벗지 않은 채 창가 식탁에 마주앉아 하릴없이 담배를 피우고 있었다. 그 사내들의 눈길이 계속 나를 쫓고 있었다.

하지만 나는 등 뒤로 느껴져오는 작자들의 눈길을 아랑곳하지 않은 채 의연하고 차분하게 계산을 끝낸다.

"이 집 화장실이 어디 있나요?"

천천히 계산을 끝내고 나선 주인에게 다시 화장실을 묻는다. 이번에도 우정 작자들을 염두에 두고 하는 소리가 아니었다. 그런 용무가 하도 오랜만인 데다 빈속에 맥주가 효과를 발휘한 탓이었다. 그게 사내들에게 또 한 번의 실없는 말구실을 준 격이다.

"허허, 아가씨. 이 집 화장실을 쓰실 양이면 볼일은 그냥 서서 보도록 하세요. 아래가 바로 호면 물이라 엉큼한 잉어새끼한테 물장구라도 맞으리다."

아깟번과는 다른 쪽 사내의 야비한 흰소리가 등 뒤로 날아온다. 나는 그것도 아랑곳을 않은 채 차근차근 침착하게 볼일을 보고 나온다. 그리고 그 사내의 흰소리를 한 번 더 등뒤로 흘려들으며 의연스럽게 식당 문을 나선다.

"옷자락이 안 젖은 걸 보니, 그 아가씨 역시 선 채로 일을 보고 나온 모양이구먼. 허허. 어쨌든 그럼 먼저 가보시구려. 우리도 우선 속이나 좀 덥히고 금세 길잡이를 쫓아 나설 모양이니……"

— 마음대로 지껄이고 좋아해라. 제 운명이 아직 제 손 안에 있을 때……

나는 혼잣소리를 뒤에 남기며 이윽고 다시 부교를 건너온다.

—하지만 저자들에게도 언젠가는 그것이 자신을 떠나가는 때가 있을까. 그리고 그 때문에 그 얼굴에서 외설스런 웃음기가 사라질 때가 있을까. 그야 어느 쪽이든 그것이 내게 상관될 일은 아닐 터이지만.

그런데 사실은 그런 것만도 아니었다. 작자들의 미래에 내가 상관이 될 일은 없었지만, 당장 이날의 작자들의 존재는 이상하게 자꾸 나와 내 마음속의 일에 그저 우연치만은 않은 간섭이 돼오고 있었다.

부교를 건너고 나서 문득 뒤를 돌아보니, 사내들이 정말로 그새 집을 나와 다리 쪽을 향해 걸어오고 있었다. 그것도 제법 발걸음을 은밀히 서둘러대는 모양새였다. 사내들의 그 심상찮은 추적에 나는 까닭 없이 제물에 다시 마음이 쫓기기 시작한다. 이유 같은 건 따져볼 여유도 안 생긴다. 나는 사내들이 다리를 건너오기 전에 그 사내들의 속도에 비례해 주차장까지 더욱 발길을 재촉한다, 그리고 이젠 사내들이 더 이상 속도를 가해 쫓아오는 기미가 없음에도, 얼어붙은 차의 시동을 서둘러 순식간에 유원지의 경내를 벗어져 나간다……

사내들이 결국 그런 식으로 나를 쫓아준 셈이었다. 순찰차의 순경이 내 서두름을 가로막아왔다면, 사내들은 거꾸로 나와 나의 일을 기이한 방법으로 재촉해준 셈이었다. 그것은 마치 자신들도 알지 못하는 어떤 힘에 이끌려 역시 자신들도 알지 못하는 어떤 메시지를 내게 전하고 사라져간 격이었다.

하지만 차가 다시 고속도로로 올라서고부터는 사내들의 일도 머릿속에서 까맣게 멀어져가버린다. 사내들을 포함한 호숫가의 일들이 무슨 4차원 세계 속의 경험처럼 아득하고 허황하게 느껴진다. 대신 이제는 이 주행이 끝나는 곳에서 내가 맞부딪쳐 치러내야 할 일들이 순식간에 다시 머릿속을 채워온다.

그가 별일 없이 아직 나를 기다리고 있을까……

긴 여행을 끝내고 오다가 집이 거의 가까워질 때가 되면 새삼스럽게 문득 가족의 안부가 궁금해지듯, 나는 불시에 그런 엉뚱한 불안감이 스친다.

나는 새삼 마음이 조급해지면서 다시 한 번 차에 속력을 가한다. 내게 아직도 그를 위협하고 강제할 수단이 마련되지 못하고 있는 것 따위는 이제 아무것도 문제가 되지 않는다. 성공적인 일의 마무리를 지금부터 미리 생각할 것도 없었다. 중요한 것은 그런 것이 아니었다. 지금 당장에 중요한 것은 서둘러 그에게로 돌아가는 것이었다. 돌아가서 그를 안전하고 확실하게 확보하는 일이었다. 그의 실패를 확인시켜주고, 그 실패로부터 그를 구하기 위해선 무엇보다 먼저 그를 확실하게 장악하는 것이 중요했다. 그가 나를 의심하지 않아야 했다. 그가 나를 의심하고 다른 생각을 하기 전에 내가 그에게로 돌아가야 했다. 그리고 가능하면 거기까지 가는 길에 나의 범의도 한껏 더 불타올라야 했다.

고속도로 위는 이제 눈발이 완전히 걷혀 있다. 눈발이 걷히면서 기온이 갑자기 떨어지고 있다. 하늘이나 들판이나 고속도로 할 것 없이 세상을 온통 회색빛으로 꽁꽁 얼어붙이고 있다. 그 강추위의 공간 속으로 차는 쌩쌩 매서운 바람 소리를 가르며 무서운 질주를 계속해나간다. 그 바람 소리와 비정스런 속도감을 줄이기 위해 나는 문득 앞으로 손을 뻗어 카세트의 버튼을 누른다.

—노래 다시 못 하네, 거리엔 바람 소리……

차 안엔 금방 귀 익은 목소리가 울려 퍼지기 시작한다.

참으로 오랜만에 들어보는 소리다. 그의 고백으로 보아 구종태는 이미 나와 나의 비위를 상하게 할 것을 두려워하는 것 같았다. 그 첫날 밤의 방송 이후로 그는 한 번도 그 노래를 알은척해온 일이 없었다. 전축 위에 늘 나의 노래집이 올려져 있었지만, 그것을 들으려 한 일이 없었다. 나 역시 그것으로 내 정체를 드러내고 싶지 않았음은 물론이다. 혹은 쓸데없이 그의 감정을 건드리고 싶지도 않았고, 그것으로 그에게 내 감정을 엿보이고 싶지도 않았다. 그것은 그가 내게 상당한 행동의 자유를 허용해주고 난 이후에도 역시 마찬가지였다. 구종태나 나나 노래를 들으려 한 일이 없었다. 하다 보니 오늘은 그 바닷가까지 차를 몰아갔다 오면서도 그것을 까맣게 잊고 있을 정도였다. 그토록 오랜만에 들은 때문인가. 노래의 가사나 조음이 오늘따라 더욱 감회가 새롭다.

하기는 구종태도 서울로 들어올 때 그 노래를 들었다던가. 그리고 바로 그것으로 하여 범의가 눈을 뜨기 시작했다던가.

──부르튼 입술로 목메어 합창하던 우리들의 꿈과 운명…… 노
랫소리는 차 속을 울리고, 귀청을 울리고, 끝내는 내 머리와 가슴
속 전체로 마약기처럼 서서히 젖어들기 시작한다. 그리고 그만큼
강한 암시력으로 나를 뜨겁게 도발해오기 시작한다.

──그 찬란한 생명의 불꽃, 자유의 노래, 사랑의 노래, 그 노래
아무도 다시……

나는 거의 마음의 눈을 감은 채 육신만의 동작으로 차를 몰아나
간다. 그러면서 갈수록 뜨겁게 치솟아오르는 형언할 수 없는 분노
와 열망 같은 것에 자신을 온통 내맡겨버린다. 그 뜨거운 분노와
소망 속에 평소 그 노래에서 느껴오던 어떤 황홀스런 열정과는 다
른 치열스런 무엇이 느껴져온다.

그리고 나는 그것으로 이제 구종태의 범의의 발아(發芽)를 이해
한다. 그가 처음으로 서울로 올라오면서 차 속에서 나의 노래를 들
었을 때의 그의 흉중을 헤아릴 수 있을 것 같다. 분명한 말로 설명
할 수는 없지만, 그가 마침내 나를 선택하여 무참스런 파괴를 감행
해오기까지의 뜨거운 분노와 열망을 알 것 같다.

내 노래 속에 그런 무서운 도발력이 있었던가. 그리고 그는 그것
으로 끝내 실패를 한 것인가. 하지만 거기서 그런 도발력에 감응을
해야 하는 것은, 그리고 그것을 값진 성공으로 이끌어야 하는 것은
구종태의 경우만은 아닌 것. 내가 그를 이해할 수 있는 것은 자신
도 이미 같은 분노와 열망에 휩싸여들고 있는 때문이다.

나는 차라리 그것을 위하여 자신을 한껏 자유롭게 해방한다. 회
전이 끝난 테이프를 몇 번이고 다시 반전시켜가면서 스스로의 범

의에 뜨겁게 취해간다. 그리고 그 뜨거운 범의의 황홀스런 질주 끝에 나는 마침내 우리(!)의 아파트 앞 주차장 한복판에 차를 멈춘다. 시각은 아직도 어둠 녘이 한창일 3시 30분.

과거는 현재를 명령하고 그것을 생성시켜나갈 뿐 그것 자체로서는 존재하지 않는 것이 사실일지도 모른다. 그것은 오직 현재 가운데에, 현재형 문장 속에 그것을 명령하면서 현재의 한 부분으로 머무를 수 있는 것일 뿐인지 모른다. 그렇다면 사람들이 흔히 과거라 말하는 것을 진짜 순수한 과거의 재현으로 볼 수 있을까. 그것은 아무래도 믿기가 어렵다.

사건 당일의 내 행적을 좇는 일도 그것이 정작 실제의 사실과 일치하는지는 지금으로선 전혀 장담을 할 수 없는 일이다. 그러나 그것이 사실과 일치하고 있든 그렇지 못하든, 나는 이제 그 일에 꽤 자유로워지고 있는 느낌이다. 모든 일들이 자동기술식으로 진행되어나가면서, 그것이 정확한 그날의 행동과 기분의 재현으로 느껴진다. 나는 그 자동기술 상태의 자기 진술작업에 자신을 편안하게 내맡겨버린 채 거기서 깨어나는 것이 오히려 두렵다. 그리고 어떤 어슴푸레한 희망 속에 꿈꾸듯 그 과거로의 여행을 계속한다……

작자가 아직도 집에 남아 나를 기다리고 있어줄까. 아니면 나의 배신이 두려워 집을 비우고 나가버린 건 아닐까. 차를 내려 아파트로 들어오면서 나는 또 잠시 그런 의구심이 머리를 스쳐간다. 어쩌면 작자가 집을 비우고 나가고 없기를 바라고 있는 것 같기도 하고, 그 때문에 새삼 자신의 행동이 망설여지기도 한다. 하지만 그것은 순간의 바람일 뿐, 나는 끝내 계획을 감행하기로 자신을 다짐한다. 그리고 오히려 조급해진 마음으로 서둘러 아파트의 현관을 들어선다. 내겐 어차피 거기서밖에는 승부를 겨룰 데가 없게 된 때문이다…… 기다려라. 내가 간다. 이번에는 내가 너를 부술 테다. 그리고 완벽한 납치와 멋진 파괴의 시범을 보여줄 테다. 그리하여 돌아갈 곳 없는 너의 망설임과 불안을 씻겨주고, 너로 인한 내 아픈 실패의 상처를 씻을 테다. 우리가 함께 돌아갈 곳을 마련할 테다.

"안녕하십니까. 오랜만에 뵙습니다."

현관을 들어서다 보니 아침 녘과 이미 얼굴이 바뀐 경비 강 씨가 일부러 유리창까지 밀치고 알은체를 해온다. 하지만 나는 그런 데까지 일일이 주의가 미칠 수 없다. 대답을 하는 둥 마는 둥 재빨리 계단을 뛰어 올라가 때마침 1층에서 문이 열린 채 머물러 있는 엘리베이터 안으로 몸을 던져 들어간다. 그리고 이내 버릇대로 노랫가락을 읊조리며 15층 꼭대기로 몸을 솟구쳐 올라간다.

―노래 다시 못 하네, 거리엔 바람 소리……

하지만 아니, 내가 그때 노래를 읊조린 것이 사실이었던가. 전번 진술에선 아마 그걸 그렇게 말하지 않았을지도 모른다. 그땐 거기까지 주의가 미치질 못했을 테니까. 먼젓번 진술분이 수중을 떠나 있는 지금으로선 그것을 다시 확인해볼 길이 없다. 하지만 앞에선 뭐라고 말을 했든 그것은 그냥 무시하기로 하자. 지금은 어쨌든 노래의 기억이 되살아난 터이고, 무엇보다 그것을 입속에 읊조리고 있는 터이므로.

―부르튼 입술로 목메어 합창하던 우리들의……

나는 계속 노래를 읊조리며 승강기 층수의 문자판을 지킨다……
5…… 6…… 7…… 8…… 엘리베이터 안은 나 혼자뿐이므로 층
수의 숫자들이 한 번도 쉬지 않고 일정한 속도로 바뀌어간다.

— 그 노래 아무도 다시……

10…… 11……12……

— 노래 다시 못 하네, 불을 끄고 떠나려 하네.

14…… 15……

드디어 15층. 노래마저 조급하게 쫓기고 있었던 탓인지, 오늘은
엘리베이터가 한 번도 중간에서 선 일이 없는데도 노래는 거기서
마지막 소절이 끝난다.

엘리베이터를 내린다.

그런데 나는 엘리베이터에서 내려 우리의 1호실 문 앞에 서서도
그 노래가 아직 끝나지 않고 있음을 느낀다.

— 노래 다시 못 하네, 거리엔 바람 소리……

현관 안에서 후렴처럼 아직 노랫소리가 들려 나오고 있다. 나의
전축판 노랫소리다. 그가 웬일로 그것을 혼자 켜 듣고 있는 모양이
다. 나는 기이하고 의아스럽게 느껴지면서도, 한편으로는 그가 아
직 집 안에 그대로 남아 있어준 사실에 안도감을 느낀다. 그리고
함께 소리를 따라 읊조리며 노래가 끝나기를 좀더 기다린다(그 망
연스런 나의 버릇! 그러나 나는 여기서 그 노래가 끝나기 전에 자신을
좀더 서둘러야 했을까. 그는 바야흐로 노래가 끝남과 동시에 자신의
머리에 권총을 쏘아댈 참인 것이다. 하지만 그것도 지금의 생각일 뿐,
그때는 물론 그런 눈치를 모르고 있었으니까).

— 노래 다시 못 하네, 불을 끄고 떠나려 하네.

방 안에선 마침내 노래가 끝난다. 그리고 노랫소리가 끝남과 동시에 이내 한 발의 총소리가 뒤따른다.

— 탕!

총소리는 오직 그 한 번뿐. 집 안은 거기서 다시 조용한 정적 속으로 가라앉아버린다. 동시에 내 머릿속도 노랫가락을 포함한 모든 의식의 움직임이 정지된 채 깜깜한 침묵의 벼랑 끝에 멈춰 선다.

그런 의식의 정지 상태가 얼마 동안이나 계속되고 난 다음이다. 아니 어쩌면 그것은 그저 잠시 동안의 일이었을 뿐인지도 모른다. 나는 때마침 아래층에서 누군가가 엘리베이터를 불러내리고 있음을 깨닫는다(이것도 전에는 미처 생각해내지 못했던 일 같다).

— 스스륵, 쉬익!

등 뒤로 열려 있던 엘리베이터 문이 닫히면서 아래로 내려가는 소리가 들려온다. 그것으로 나는 깜깜한 의식의 정지 상태에서 서서히 움직임을 되찾기 시작한다.

하지만 나는 아직도 무엇을 당황해하거나 행동을 조금도 서두르지 않는다. 집안일이 궁금하거나 두려워지지도 않는다. 집 안에서 일어난 일들은 보지 않아도 눈에 훤하다. 이젠 차라리 모든 것이 당연하고 자명한 듯싶어진다. 그는 끝끝내 돌아갈 곳이 없는 사람이었다. 그리고 자신도 그것을 알고 있었음이 분명했다. 하지만 그는 내가 그에게 해주려는 것이 무엇인진 알지 못했다……

내가 한 발쯤 늦고만 것이다. 내가 그에게 해주려 한 것이 무엇이던가. 나는 비로소 내가 그토록 그를 납치하고 부수고 싶어 한 분명한 이유를 알 수 있을 것 같다. 그것은 바로 나 자신의 돌아갈 곳 없음 때문이었다. 그에게로 돌아가 그와 함께 있고 싶음 때문이었다. 그의 파괴와 돌아갈 곳 없음에 함께 있으면서 스스로를 위로받고 싶음 때문이었다. 그의 참모습을 보고 싶어 한 것, 그리하여 그 바닷가까지 쫓아가고 그를 납치하려 한 것, 그 모든 것은 결국 그의 참모습과 돌아갈 곳을 위해서보다 그의 파괴와 돌아갈 곳 없음을 위해서인 셈이었다. 그가 자신의 모습을 찾아 돌아가는 것을 두려워했기 때문이었다. 그토록 초라한 바다의 몰골과 위인의 무참스런 실패를 목격하고 나서 나는 얼마나 그에게로 서둘러 돌아오고 있었던가. 그것이 비록 그의 실패를 마지막으로 완성하고 확인시켜줄 완벽한 납치를 위해서였다 하더라도…… 그런데 그가 그것을 모르고 혼자 나를 등져가고 만 것이다. 그리고 그런 작자의 배반 앞에 나는 비로소 그 모든 것이 분명해진 것이다. 가엾은 인간. 나는 원망스럽지 않을 수 없다. 그를 위해서나 나를 위해서나 그가 너무 조급했기 때문이다.

하지만 일은 이제 어차피 끝난 것. 나는 이윽고 마음을 가다듬고 집 안으로 천천히 문을 열고 들어선다. 그가 어쩌면 마지막 순간까지 나를 기다렸던 것일까. 문에는 아직도 자물쇠가 걸려 있지 않다. 미는 대로 그냥 문이 열리면서 나를 집 안으로 받아들인다. 화약 냄새와 피비린내 같은 것이 금세 코끝을 스쳐간다. 거기서도 나는 아직 어떤 마음의 충격이나 변화를 못 느낀다.

사내는 이미 시체가 되어 내가 들어서는 기척도 알아보지 못한다. 회전을 멈춘 전축의 맞은편 소파 위에 사내는 앉은 자세 그대로 머리를 반쯤 아래로 떨어뜨리고 있다. 양미간 근처를 앞뒤로 꿰뚫은 이마의 상처에선 핏줄기가 아직도 얼굴과 목덜미를 적셔 흐르고 있다.

하지만 나는 그에게로 다가가 그 상처조차 살피고 싶은 생각이 안 든다. 그는 이미 내게 죽어 있는 사람이다. 죽은 사람으로 그가 나를 맞고 있다. 나는 그저 거실 한가운데 서서 망연스레 그를 내려다보고 있을 뿐이다. 그의 상처를 돌보아주려기보다 오히려 그의 회생이 두렵다. 아니 그저 그의 회생이 두려운 것만이 아니다. 나는 어쩌면 지금까지 그의 자살을 예감했으면서도 부러 그것을 외면하고 있었던 기분이다. 짐짓 외면을 해온 것만이 아니라, 오히려 그를 기다리며 재촉하고 있었던 기분이다. 아침에 그를 남겨두고 혼자 집을 빠져나간 것이나, 그를 다시 납치하겠다며 무작정 차를 달려 되돌아온 것들이 그런 언외의 예감 아니면 스스로의 불안감 때문 아니었는지. 하고 보니 그것은 당연히 와야 할 일이 닥쳐온 것뿐인 것처럼도 보인다. 이제는 그를 원망하고 싶은 생각조차 서서히 사라져간다. 그리고 비로소 그의 죽음에서 완벽한 침묵의 완성을 목도한다.

그에게서 이제 모든 말들이 사라져 정지한다. 그가 내게 들려준 그간의 사연들도 이제는 침묵 속에 뜻을 잃고 있다. 그리하여 그는 자신이 하나의 커다란 침묵의 덩어리로 남아 있다. 나는 그 침묵 속에 비로소 그의 말을 듣는다. 그가 생전에 생각하고 내게 원해온 일들, 그가 내게 구하고 이해를 바라온 일들, 그리고 마침내는 이런 최후를 맞게 된 사연까지도 빠짐없이 납득하고 이해할 수 있을 듯싶다. 그의 말이 정지해 사라진 곳에서, 그 완전한 침묵을 통하여 나는 그가 생전에 내게 말해온 모든 것들, 그의 삶의 욕망과 저주, 그 오욕과 영광의 사연들을 일거에 모두 이해할 수 있게 된다.

그렇다. 그것은 그의 죽음에 대한 섣부른 동정이나 감상 때문이 아니다. 그것은 그 죽음으로 인한 완전한 침묵의 언어 때문이다. 그 침묵의 언어 속에서 나는 그토록 내가 혐오해오던 일들, 그가 나를 납치하고 그것을 내게 납득시키려 하고, 끝내는 스스로 목숨을 끊어간 일까지도 이해와 납득을 할 수 있게 된 것이다. 그 죽음의 침묵이야말로 내가 그토록 찾아 헤매던 그의 참모습이었다. 그리고 그는 비로소 자신을 되찾아 자신의 모습으로 돌아가 있었다. 그는 애초에 돌아갈 곳이 없던 위인이 아니었다. 그는 마침내 자신의 죽음으로 그것을 찾아낸 것이다. 그의 죽음을 함부로 아쉬워하거나 원망할 수가 없다. 자신을 찾아간 그의 모습이 어딘지 정갈스럽고 자연스러워 보이지 않는 것뿐이다.

나는 이윽고 천천히 그에게로 다가가 숙여진 자세를 바로 세워 앉힌다. 그리고 가방에서 손수건을 꺼내어 얼굴의 핏물을 닦아내기 시작한다. 손수건이 핏물에 젖어버린 다음에는 욕실로 들어가 대얏물을 받아온다.

나는 몇 번이고 대얏물을 갈아가며 어린아이를 씻기듯 그의 몸뚱이를 씻어낸다. 얼굴과 목을 씻은 다음에는 와이셔츠를 벗겨내고 등과 가슴과 어깨와 손발까지 핏자국이 밴 곳은 모조리 닦아낸다. 무엇 때문에 그런 짓을 하고 있는지 머릿속에선 아무런 생각도 않는다. 무념의 상태에서 자신의 행동을 스스로 납득한다. 나는 그것을 납득하고 있다는 사실도 잊는다.

　그의 몸을 씻고 나서는 주변의 핏자국들을 닦아내기 시작한다. 소파로 흘러내린 핏자국을 닦아내고, 자살 용기도 다시 손을 본다. 권총은 그의 오른손이 늘어져 있던 소파 근처에 소음방지용 흰 수건에 둘둘 말려 있다. 나는 그가 그것을 한 겹 한 겹 말아 감은 동작과 시간을 거꾸로 벗겨내어—그러면서 나는 비로소 그의 죽음이 나를 기다리고 있었음을 깨닫는다. 그가 수건으로 총소리를 싸맨 것은 주검으로 나를 기다리기 위함이었다. 하여 그것은 나에 대한 그의 간절한 기다림을 거꾸로 벗겨냄이었다—쇠붙이 부분까지 정성스레 닦아낸다. 그리고 그것을 눈에 보이지 않게 탁자 아래로 숨겨 넣는다.

　사람과 주위에서 핏자국이 모두 지워지고 나자, 이번엔 다시 거실을 정리하기 시작한다. 그의 젖은 와이셔츠와 권총에서 풀어낸 수건, 그리고 핏물에 젖은 걸레들을 모두 뭉텅이로 말아서 두꺼운 시장 봉지에 쓸어 넣는다. 그리고 봉지가 풀리지 않도록 몇 겹으로 다시 싸고 끈으로 묶어 뒤꼍 다용도실의 쓰레기통에 쓸어 넣어버린다. 그리고는 이제 그의 방으로 가서 그의 점퍼 저고리를 내온다. 그것을 와이셔츠 대신 그의 벗은 몸에 단정하게 입힌다.

　이젠 주위가 완전히 정상을 되찾은 느낌이다. 그 정상의 분위기 속에 그가 그의 모습으로 되돌아가 있다. 가구나 기물들 모든 것들이 평소의 그 자리 그대로의 분위기를 유지하고 있고, 구종태는 소파에 머리를 기댄 채 앞을 향해 조용히 눈을 감고 앉아 있다. 이젠 더 이상 할 일이 없는 것 같다. 거기에 더 이상 머물러 있어야 할 이유가 없는 것 같다.

나는 새삼 기분이 망연하고 허망스럽다. 그러나 언제까지나 거기 그렇게 허망하고 묵연스럽게 서 있을 수가 없음을 깨닫는다. 그가 이미 자신의 모습을 찾아 돌아가 있기 때문이다. 나만이 돌아갈 곳이 없기 때문이다. 그가 이미 자신으로 돌아가버린 이상 그곳은 내가 돌아가 머물 곳이 아니다. 그곳은 끝내 그의 자리였다. 나는 그를 떠나야 했다. 그리고 이곳을 떠나야 했다. 그것이 나를 더욱 허망하고 망연스럽게 한다. 하지만 떠나야 할 사람은 어차피 떠나야 하는 것. 나는 천천히 총소리와 함께 회전을 멈추고 있는 전축으로 다가간다. 그리고 거기 꺼진 스위치를 다시 넣고 마지막 노래 위에 바늘을 옮겨놓는다.

— 노래 다시 못 하네, 거리엔 바람 소리⋯⋯

전축에서 이내 다시 귀 익은 목소리가 흘러나오기 시작한다. 판의 중앙부에 사진으로 찍힌 내 모습이 소리에 실려 회전을 계속한다.

— 부르튼 입술로 목메어 합창하던 우리들의 꿈과 운명⋯⋯

사진 속의 내가 회전을 계속하며 내게 어지러운 손짓을 해온다. 어쩔 수 없는 회전 속에 갇혀 돌아가는 자신의 모습에 나는 문득 까닭 없이 눈시울이 뜨거워짐을 느낀다.

하지만 나는 거기서도 그리 긴 시간을 끌고 서 있을 수가 없다. 나는 그가 문득 등 뒤로 느껴져오기 시작한다. 그가 등 뒤에서 나와 함께 노래를 듣고 있음을 느낀다. 나는 왠지 그가 두렵다. 그를 등 뒤로 돌아볼 수가 없다. 아니 그와 함께 노래의 마지막을 듣고 있을 수가 없다. 노래는 처음부터 그를 위한 것이었다. 그와 함께 마지막을 듣고 있어서는 안 되었다.

나는 잠시 그대로 눈에서 눈물이 잦아들기를 기다린다. 그리고 그 눈물이 제물에 잦아들어 시야가 조금씩 틔어오기 시작하자 나는 천천히 장식장 위에서 손가방을 찾아들고 조용히 다시 집을 나서버린다. 노래의 마지막 소절이 끝나기 전에. 그리고 소파에 앉아 있는 그를 마지막으로 한 번 더 돌아보는 일이 없이.

6

나는 진술에 자신이 붙고 있었다. 손에 익숙해진 현재형의 문장 속에 사건이 제법 일목요연하게 재구성되어가고 있었다.

하지만 오 검사는 그보다도 먼저 나의 혐의에 대한 어떤 분명한 심증이 내려진 것 같았다. 이번에는 오 검사가 그 전날분의 진술을 읽고 나서도, 다음 날 나를 직접 만나 행해오곤 하던 보충질문을 생략해버렸다.

오 검사는 대신 그동안 낯이 익어온 수사관 한 사람을 내게 보냈다. 오 검사를 보좌하여 나를 담당해온 고씨 성을 가진 40대의 남자로, 그간에 늘 오 검사의 뒤에서 그의 그림자 격으로 뒷심부름 정도밖에 못해온 사람이었다. 오 검사는 이날 부속 신문실로 그를 보내어, 모처럼 내 진술서의 내용을 그에게 대신 검토하게 했다. 그런데 그 수사관을 만나고 난 느낌도 이제는 거의 끝나가고 있는 듯한 인상이었다.

"그래, 그렇게 혼자 집을 나가서 이번에는 다시 수원으로 갔습니까?"

"그랬지요."

"당신의 차는 아파트 주차장에 그대로 놔둔 채였지요?"

"제 차 대신 아파트 정문 근처에서 택시를 탔어요."

"그 시각이 정확하게 언제였지요?"

오 검사의 그림자 격답게 고 수사관 역시도 그의 상관처럼 꼬박꼬박 경어로 질문을 해왔다. 나 역시 그의 그런 관용스런 태도 앞에 오 검사 자신을 대하고 있는 기분으로 고분고분 공손하게 응대해나갔다.

"정확한 시간은 기억할 수 없지만, 아마 저녁 5시쯤 되었을 거예요. 그 집을 나왔을 땐 날이 어두워지기 시작했으니까요."

"저녁 5시경이라…… 그 시각을 증명할 무슨 근거가 있으면 좋겠는데, 혹시 그럴 만한 일이 기억나는 게 없습니까?"

"별로……"

"그럼 좋습니다. 5시에 그냥 집을 나간 걸로 해두지요. 그러니까 3시 30분에 아파트로 돌아와서 5시에 다시 집을 나갔다면 집에 머문 시간은 모두 한 시간 반이 되는군요."

"대강 그 정도쯤 되었을 것 같아요."

모처럼 만에 직접 기회를 얻은 탓인지, 수사관은 그 공손한 말씨나 태도와는 다르게, 자신의 직무에는 꽤나 열심이었다. 추궁이 예상 외로 꼼꼼하고 치밀했다. 그는 먼저 내 진술서에서 아직도 앞뒤가 정확치 못한 것들, 이를테면 내가 집 안에서 그와 함께 보낸 한 시간 반 동안의 시간에 대해서도 그동안에 내가 거기서 행한 모든 행동의 개별적인 시간하며 행동의 동기나 목적들을 하나하나 다시 확인해나갔다. 그리고 내게 몇 번씩 같은 질문을 반복하고 나선—그는 내게 어떤 식으로든지 원하는 대답을 만들어내게 했다—그에 대한 나의 대답들을 진술서 곳곳에다 줄을 그어가면서 추가로 꼼꼼히 부기했다…… 15시 30분, 아파트 주차장에서 차를 내림. 구종태가 집을 나가버린 것이 아닌가 새삼 의구심이 생김…… 31분, 아파트 현관을 들어섬. 아침과 얼굴이 바뀐 경비(강종수, 47)가 알은체를 해옴. 그러나 피의자의 머릿속은 구종태의 납치에 대한 조급한 생각뿐으로 그를 모른 체하고 현관을 지나쳐 계단을 뛰어오름(그를 납치할 의도가 어느 때보다 분명해짐)……

나의 진술서는 그의 꼼꼼한 질문 속에 그런 식으로 하나하나 짧은 시간대로 잘게 분해되고, 그것은 다시 가차 없이 확고한 어휘의 조합으로 일목요연하게 정리되어갔다. 그것은 유독히나 내가 집 안에서 보내고 나온 그 한 시간 반 동안의 시간대에 대해 집중적으로 행해졌다.

그 일이 모두 끝나고 나자, 수사관이 이번에는 다음번 진술분에 해당하는 일들까지 그 자리에서 계속 묻기 시작했다.

—그럼 이번에는 집을 나간 다음의 행적에 대해서…… 그날 당신이 아파트를 다시 나온 것이 오후 5시, 그런데 그때 당신은 어째서 자기 차를 두고 영업용 택시를 탔지요?

—아파트를 나올 때 행선지를 미리 수원 쪽으로 정하고 있었던가요? ……다시 수원으로 간 목적은 무엇이었지요? ……행선지

를 수원으로 잡은 것하고 택시를 탄 것하고 어떤 상관이 있었던 일 아닌가요?

— 차를 타고는 곧장 수원 호수 유원지로 갔었나요? ……거기 도착한 시각이 몇 시였지요?

하지만 그의 추궁은 대개 그런 사소한 것들뿐이었다. 질문의 형식이 꼼꼼해 보일 뿐, 내용은 알고 보면 그저 몇 분 몇 초 간의 시간이나 행동을 해명하고 연결시켜나가는 정도의 사소한 것들이었다. 그것도 대개는 내 공손한 몇 마디 대답과 대답의 반복으로 확인을 거치고 지나가는 식이었다.

오 검사 자신의 직접 신문은 아니었지만, 전날에는 거의 볼 수 없던 일들이었다. 더욱이 아직 진술이 되지 않은 다음 날 예정분에 대한 사전 확인은 거의 예외에 속하는 일이었다. 다음 날 진술의 내용에 대해 오 검사는 미리 물은 일이 없었다. 그런 경우엔 구두 진술로 서면진술이 면제되곤 했었다.

뿐만이 아니었다. 집을 재차 나간 이후의 행적에 대해서도 수사관은 처음 수원을 향해 택시를 타고 나서기까지의 몇 마디밖에는 질문의 치밀성이 현저하게 줄어갔다. 하긴 내가 수원으로 내려가 잠시 호반을 서성대다 그길로 곧장 물 건너 별장을 하나 얻어 건너가버린 이후의 일에 대해서는, 그리고 그 별장 구석에 유폐라도 당하듯 세상과는 완전히 인연을 끊고 지낸 보름 간의 일들에 대해선 나로서도 길게 할 말이 없었다— 그것은 애초 사람의 삶이 아니었고, 사람의 삶의 자리가 아니었다. 차라리 나의 삶과 기억의 공백 지대가 되어버린 곳이었다— 오 검사나 수사관도 거기선 이미 쓸

만한 단서를 기대할 수 없다고 판단한 것인지 모른다. 아니면 애초 나의 혐의는 그런 도피행각 이전에 이미 충분한 확증이 드러난 때문인지, 수사관은 왠지 거기에 대한 물음은 대충대충 근거만 남기고 지나가는 식이었다. 나의 불분명한 대답에 대해서도 앞서처럼 질문을 반복해오거나 꼼꼼히 신경을 쓰는 기색이 없었다.

심증이 어느 쪽으로 기울고 있는진 모르지만, 아무래도 일이 끝나가는 조짐이었다. 그것도 아파트를 다시 나온 이후의 일에 대해선 내 장황한 서면진술 대신— 하긴 이미 전번 진술들에서 필요한 사실들이 드러나고 있었지만— 구두신문으로 일을 마무리 지을 기미가 역력했다. 그렇다면 검사에겐 이제 이것으로 나에 대한 현장검증 시나리오가 모두 완성된 것인가. 그게 이미 완성이 되었다면, 도대체 어느 방향, 어떤 식으로? 한데 그런 내 예감은 아무래도 크게 빗나가질 않은 것 같았다……

고 수사관은 물론 그것을 내게 당장 분명히 해주고 싶어 하지 않았다. 그는 자신의 할 일만 끝내고 별다른 소리 없이 신문실을 나갔다. 그쯤에서 진술을 마감시킬 기미도 거기서는 당장 눈치를 안 보였다.

"그럼 오늘도 계속 수고해주시오. 검사님의 지시가 있으면 다시 오겠소."

그는 자신의 필적이 묻어 있는 전날의 진술서와 신문철(訊問綴)을 챙겨 들고 나가면서 내게 계속 진술서의 작업을 당부했다.

하지만 그것은 그의 부질없는 헛시킴일 뿐이었다. 일은 그때 이미 끝이 나 있었다. 그리고 그는 그것을 알고 있었다. 그것은 내게 검사의 마지막 결정을 전하기까지의 시간을 메워주기 위한 것뿐이었다.

이날 저녁 때 고 수사관이 다시 나를 부속실로 찾아 나타났다. 그리고 비로소 내게 진술서의 작업을 중단시켰다.

"이제 이걸로 그만 됐습니다."

그때까지 애써 써놓은 것마저도 거두어 살피려는 기색이 없었다. 1차 연장된 구속 만료일이 촉박해오고 있어서 일을 그만큼 서둘러야 했는지도 모른다.

"내일 중에 현장검증이 있게 될 겁니다. 그러니 이제 진술서 일은 그만두고, 마음의 준비나 갖춰두는 게 좋아요."

수사관은 마침내 더 이상의 진술 작업이 필요하지 않음을 분명히 했다. 이상스러운 것은 그 수사관의 내게 대한 다음번 조처였다.

"잠깐 좀 기다리세요……"

수사관이 이윽고 그렇게 말하고는 나를 혼자 놔둔 채 다시 방을 나갔다. 뭔가 먼저 봐둬야 할 일이 있다는 것이었다. 그렇게 금방 되돌아올 것처럼 하고 나간 고 수사관이 한 식경이 지나도록 소식이 없었다. 한 시간 가까이나 기다리고 있어도 돌아올 기미가 영 없었다.

진술 작업마저 중단해버린 채 무작정 그가 돌아오기만 기다리고 있자니, 나는 답답하고 무료하기가 이를 데 없었다. 그러자 이윽고 나는 그가 들고 왔다 놓아두고 간 신문철 쪽으로 우연히 시선이 이끌려갔다. 처음에는 그가 그런 것을 거기에 놓아두고 간 사실조차 괘념을 않고 있던 것이었다. 그런데 나는 거기 펼쳐진 신문철의 한 페이지에 무심히 눈길을 머물고 있다가 제풀에 정신이 번쩍 들었다. 거기 펼쳐진 것은 우연찮게도 바로 다음 날 행해질 내 현장검증용 시나리오였다.

—이게 그 현장검증 시나리오라는 것인가. 이런 것까지 벌써 다 완성되어 있었던가.

나는 처음 피의자인 내가 그것을 읽어봐도 좋은 것인지 어떤지를 알 수 없었다. 검사가 그런 것을 피의자에게 미리 읽게 하는 것은 아닐 것이 분명했다. 한데도 나는 왠지 그것이 수사관의 부주의 탓만은 아닌 것 같았다. 공식적으로는 읽게 할 수 없는 것을 무슨 이유에선가 그런 식으로 흘려 읽게 만들 수도 있는 일이었다. 그것은 바로 수사관의 내게 대한 고의적인 실수이자 바람일 수도 있었다.

—그렇다면 검사는 정말로 이런 식으로 끝까지 모든 것을 짜고 해나가자는 것인가. 그동안 나와 나의 혐의에 대해 나름대로는 그토록 믿음이 깊어졌단 말인가. 아니면 그 믿음을 위장한 음험스런 함정?

나는 아무래도 분명한 확신이 서오지 않았다. 거기 놓인 시나리오의 내용에서 눈을 돌리기는 더욱 어려웠다.

수사관은 아직도 돌아올 기미가 깜깜해 있는 터. 나는 결국 신문철을 끌어다 빠른 속도로 읽어 내려가기 시작했다.

—15시 30분: 서울시 강동구 ×동 ××번지 소재 ××아파트 21동 앞 주차장에서 하차(피의자 소유 자가용 승용차 포니 78년형 서

울 3다 787×번. 진홍색 도장. 1979년 1월 16일 현장에서 발견).

　─동 31분: 피의자 21동 현관 도착. 경비원 강종수 씨(47세 당일 주간 근무: 08시부터 20시까지)가 피의자의 귀가를 목격하고 인사. 피의자는 이를 묵살하고 급히 일층에 정지중인 승강기에 입승(구종태 납치에 대한 범의 충만)……

메모 형식으로 씌어진 현장검증용 시나리오는 내가 그 간척장에서 돌아와 차를 내린 데서부터 시작되고 있었다. 현장검증 계획이 왜 거기서뿐인가 싶어 앞을 한두 장 넘겨보았으나, 시작은 역시 그 대목에서부터였다. 그리고 그 시각과 숫자가 부호식 표기들로 연결된 메모식 시나리오는 뒷길이도 예상보다 긴 것이 아니었다.

　─동 32분: 피의자는 자신의 노래 「다시 부르지 못하는 노래」를 묵송 중 1501호 앞에 도착, 승강기에서 내림. 실내에서 자기 음곡이 들려 나오는 소리를 청취. 그 음곡이 끝날 때까지 기다림(소요시간 2분가량).

　─동 34분: 음곡이 종료됨과 동시 총성 한 발. 피의자는 총성 청취 후 기억 미상의 시간 동안(약 30초간으로 추정)을 그대로 기다림(피의자 진술은 망연자실 상태를 주장. 이 동안 구종태가 절명한 것으로 추정됨. 피의자의 고의적 지체 여부 확인 요망).

　─동 35분: 개문 입실……

시나리오는 그런 식으로 대충 내 진술을 좇아 꾸며져나가고 있었다. 집 안으로 들어선 다음 행동들도 대개는 내 진술을 따르는 진행이었다. 그것으로 내 기왕의 진술을 번복시킬 어떤 새로운 증거를 찾고 있는 것 같지는 않았다. 게다가 시나리오는 내가 마지막으로 음반을 걸어놓고 집을 다시 나오는 대목에서 끝나고 있었다.

　모두 합해 세 페이지 정도의 분량이었다. 그것을 모두 읽는 데에도 5, 6분 정도가 걸렸을 뿐이었다. 나로선 하나하나 자세히 뜯어 읽을 필요도 없었다.

　나는 대충 기록을 훑고 나선 신문철을 다시 제자리로 밀어놓았다. 그리곤 새삼 이상스런 의구심과 허망스런 느낌에 젖어들기 시작했다. 현장검증의 시나리오가 내 진술을 그대로 따르고 있는 것은 나로선 무엇보다 다행스런 일이었다. 그것이 하자 없이 치러지기만 한다면, 나는 그것으로 그간의 혐의를 벗어날 수가 있게 될 것 같았다. 하지만 과연 피의자의 혐의를 벗겨주기 위한 검증이라는 것도 있을 수 있을까. 그것이 검사나 누구를 위해 필요할 것인가. 거기에 어떤 함정이 숨겨져 있는 건 아닐까……

　내 첫번째 의구심은 어쩌면 다소 싱거워 보이기조차 한 그 현장검증의 목적이나 필요성에서 비롯된 것이었다. 하지만 보다 중요한 의구심은 그 현장검증을 위한 시나리오라는 것의 비인간적인 문장 구성에서 비롯되고 있었다. 몇 번씩이나 되풀이해온 말이지만, 내가 지금까지의 진술 과정에서 그토록 애를 쓰고 고심해온 것은 단지 그것으로 내 피의 사실을 부인하기 위해서만이 아니었다. 내 혐의를 벗어날 수 있느냐 없느냐보다 그것은 오히려 내가 무엇 때문에 그와 그의 폭력을 납득하고 용납할 수 있었던가, 당시의 내 진실을 다시 한 번 경험으로 만나게 되기를 바랐기 때문이다. 그 현재형 문장에 대한 끝없는 시험도 바로 그런 나 자신의 진실과 상관된 싸움의 과정에 다름 아닌 것이었다.

한데 나는 기나긴 방황 끝에 비로소 그 현재형 문장의 가장 완벽하고 준절스런 전범을 눈앞에서 방금 보고 난 느낌이었다. 시나리오에는 실제의 현재형 문장 대신 보다 간결스런 동명사형으로 개개의 행위가 지시되어 있었다. 현장검증 시나리오가 행위의 재현을 목적하고 있는 이상, 그것은 바로 현재형 문장의 한 편의적인 기술에 불과한 것이었다. 그런데 그 비정적인 숫자와 부호식 어휘들의 조합으로 이루어진 특성 때문이었는지 모른다. 나는 왠지 그것으로 과연 과거의 행위가 재현될 수 있을지가 어느 때보다 의심스러웠다. 무엇보다 그 시나리오의 문장들에선 사람의 체온 같은 것이 느껴지지 않았다. 그것은 어떤 사물의 움직임을 표시해 보이는 물리적인 공식의 기록에 불과했다. 도대체 내 과거의 행위나 행위의 목적과는 아무런 상관도 없는 것 같았다. 그것은 살아 있는 사람의 말이 아니라, 사물과 제도의 말일 뿐이었다. 게다가 그것은 어미를 제대로 살려 쓴 현재형보다도 더 일방적인 강제력을 행사해오고 있었다. 현재형이 단순히 어떤 행위를 지시하고 있을 뿐이라면, 현재형의 변형인 동명사형이나 명사형 어휘는 그 행위의 명령뿐 아니라, 행위를 완결지어 마감하는 완료의 강제성까지 동반하고 있었다. 그것이 어떻게 지나간 시간대로의 자의로운 회귀의 방법이 될 수 있을까. 그 지나간 시간대 속의 행위들을 현재 속에 재현해나갈 길이 될 수가 있을까. 나는 아무래도 그것이 가능해

보이지가 않았다. 과거가 현재를 명령하면서 그의 한 부분으로 남을 수 있을 뿐이라면, 그 명령과 완료형의 현재형 자체가 과거의 완전한 재현일 수는 없었다. 그 일방적인 지시와 요결을 좇아서 어떤 행위가 이루어진다 해도, 그것은 이미 원 행위와는 거리가 먼 꼭두각시의 놀음에 불과할 터이었다……

나는 불안해지지 않을 수 없었다.

─나는 결국 이 비정적인 문장들의 꼭두각시놀음을 위해 여태까지 이 짓을 해온 건가.

게다가 또 싱겁고 허무한 것은, 내가 재현해 보여야 할 그 행위들의 시나리오라는 것이 그토록 간략하고 짧게 꾸며진 것이었다. 나의 혐의에 관한 한 사건의 핵심은 내가 그 아파트로 돌아와 거기서 그의 죽음을 보고 다시 아파트를 나간 데까지임이 분명했다. 그리고 내 혐의를 벗겨주기 위해서건 새 증거를 찾아내기 위해서건, 그래서 그 현장검증도 거기에 초점이 맞춰진 게 당연했다. 하지만 다만 그것을 위해서, 그 집 안에서의 한 시간 남짓 동안의 내 행동의 재현을 위해서, 다만 그것만을 입증하기 위해서, 여태까지 이 기나긴 진술을 힘들게 계속해왔단 말인가.

나로서도 그동안 그 모든 진술 과정이 내 혐의에 직접적으로 상관이 안 된다는 사실을 모르고 있었던 건 아니었다. 그리고 그 현장검증이라는 것 또한 당연히 내 혐의와 직접 상관이 있는 한 곳에 국한될 것임도 짐작해온 일이었다. 나머지의 모든 부분은 그 한 대목의 진술을 위한 예비작업에 해당될 수 있었고, 그 한 대목의 행위에 대한 연결과 근거를 위한 것일 뿐이었다. 그것은 그 검사 쪽만이 아니라 자신의 진실과도 상관이 된 일이었다.

하지만 그것은 머릿속에서 생각한 이해의 문제였다. 길고 긴 진술의 결과가 그처럼 짧고 간략하게 취사되어버리고 만 데는 막상 싱겁고 허망스런 느낌이 안 들 수 없었다. 무엇엔가 속은 것 같고, 허공의 말속을 헤매온 것도 같았다. 또는 그 한 대목이야말로 가장 애매하고 불확실한 진술이며, 자신의 진실과는 그 나머지 부분 쪽이 한결 사실적으로 근접해 있는 것 같은 생각이 들기도 했다.

그런 의구심과 허무감은 고 수사관이 돌아오고 나서도 여전했다. 고 수사관은 내게 그걸 읽을 만한 충분한 시간을 주려 했던 듯 내가 신문철을 되돌려놓고 나서도 한동안 시간이 더 흐른 다음에야 유유히 문을 열고 신문실로 돌아왔다. 밖에서도 별로 볼일이 없었던 것 같은 한가한 거동새였다. 그렇게 다시 신문실로 돌아온 것도 내게 따로 묻거나 할 말이 있어서가 아니었다.

"자, 그럼 오늘은 이대로 일찍 돌아가서 내일 일에 대한 마음의 대비나 해두도록 하세요."

펼쳐진 신문철을 무심스런 동작으로 덮어 챙기며 그걸로 그냥 이날의 신문을 끝낼 채비를 하였다— 이건 충분히 읽어보았겠지? 그러면 아마 내일 자신이 치러나갈 현장검증의 진행 방법도 알게 되었을 거구. 나를 바라보는 수사관의 눈빛 속에 잠시 그런 다짐의 기미가 스치고 있었다. 그는 짐짓 그것을 알은척해 보이려지 않은 것뿐이었다.

그것은 나도 물론 마찬가지였다. 그가 부러 묻지 않은 것을 내 쪽에서 말하고 나설 필요가 없었다. 하지만 나는 그대로는 그냥 일을 끝내고 돌아설 수가 없었다.

"내일 현장검증은 어떤 식으로 진행되어갈 건가요?"

나는 이미 신문철을 보아 짐작하고 있으면서도 그것을 짐짓 한 번 더 캐물었다. 신문철을 읽은 일에 대해서는 여전히 알은척을 안 해 보인 채였다. 하지만 그는 역시 검사가 아니었다.

"글쎄요. 그건 검사님께서 내일 직접 나와서 지휘하실 일이라서 미리 말하기가 뭣한 걸요."

수사관이 다시 손을 멈추고 나서 신중한 어조로 대답을 흐렸다. 하지만 그는 자신의 그런 신중성이 마음에 걸린 듯 이내 다시 몇 마디 덧붙여왔다.

"그 뭐 별로 걱정할 일은 없을 겁니다. 검증 절차가 그리 길진 않 을 테니까. 검사님께서 다 알아서 하실 겁니다."

자신도 대략은 알고 있는 일이지만, 굳이 그걸 미리 알아야 할 필요까지는 없다는 소리였다. 하면서도 역시 내가 그의 시나리오 를 본 일에 대해서는 계속 모른 척해 넘기려는 말투였다. 그것은 내가 바란 대답이 아니었다.

"검증 절차가 짧게 끝난다면 어느 부분이 골라질 건가요? 그동 안의 진술을 모두 재연하는 것은 아닐 테니 말이에요."

나는 행여 그에게서 나의 불안기를 조금이라도 씻을 수 있을까 싶어 짐작하고 있는 일들을 계속 캐묻고 들었다. 그러자 그도 이젠 그런 내 물음에 굳이 회피하려는 기색이 없이 시원시원 쉽게 응답 을 해왔다.

"그야 물론 사건 전부를 재연해볼 수는 없는 노릇이지요. 그럴 필요도 없는 일이구. 현장검증은 아마 구종태의 사망을 전후한 아파트 안에서의 일에 국한되기 쉬울 겁니다. 당신의 혐의사실 여부는 거기서 대개 결정이 나게 되어 있으니까."

"그렇다면 저는 어느 쪽 연기를 해야 하나요? 선생님은 지금 현장검증의 시간대가 구종태의 사망 시간 전후라고 하셨는데, 그러면 저는 그 총소리를 듣는 쪽인가요, 아니면 제가 그에게 총을 쏘는 쪽인가요."

"글쎄, 그것도 지금으로선 말할 수가 없는 일이지요."

이번에는 수사관이 다시 나의 물음을 비켜섰다. 하지만 그는 왠지 수사관답지 않게 금세 다시 기미를 흘려왔다.

"하지만 내 개인의 추측으론 당신은 아마 총소리를 듣는 쪽이 되지 않을까 싶군요. 검사님께서 생각하고 계신 검증 방향이 당신의 진술을 대체로 받아들이고 있는 쪽으로 보였거든요."

"제가 총소리를 듣는 쪽이라면, 그럼 저는 제 결백을 증명하는 연기를 하게 되는 셈이겠군요. 그런 유의 현장검증도 필요한 것인가요?"

"그런 경우에도 현장검증이 필요한 때는 있습니다. 자살자는 이미 자기 행위의 재연력이 없으니 그의 자살을 확인하는 절차로도 이번 경우에는 당신의 도움이 필요하니까. 더욱이 당신은 총소리를 듣는 쪽이라는 것만으론 혐의가 아주 풀릴 수 있는 것도 아니구요. 총소리를 듣고 당신이 개문을 주저한 시간…… 그것은 고의적인 자살 방조가 될 수도 있지요. 아니면 그보다도 그의 자살을 유인한 혐의를 걸어볼 수도 있겠구. 하지만 뭐 걱정하진 마세요.

이건 그저 당신의 현장검증이 필요한 이유를 설명하기 위한 가정일 뿐이니까. 굳이 말하자면 그런 필요에서도 현장검증은 거쳐야 할 필요가 있을 수 있다는 거지요. 거기에 너무 신경을 쓸 건 없어요."

수사관의 말인즉, 오 검사에게서도 이미 나에 대한 혐의는 거두어지고 있는 것 같다는 소리였다. 그러니 그저 형식적인 절차에 불과한 현장검증 따위에 신경을 쓸 것이 없다는 소리였다. 신문자답지 않게 공손하고 정중하기만 했던 오 검사의 태도나, 그간에 제법 얼굴이 익어온 고 수사관의 말투로 보아 나 역시 어느 정도 그것을 알 수 있었다.

하지만 나는 그것으로도 아직 마음의 불안기를 말끔 씻어버릴 수가 없었다. 그것은 살인의 혐의는 물론이려니와 그의 자살을 유인했거나 그것을 고의적으로 방조했을지 모른다는 다른 혐의 부분에 대한 두려움 때문이 아니었다. 보다도 그것은 현장검증으로도 당시의 상황을 여실히 재연해내기가 어려우리라는 내 근본적인 의구감 때문이었다. 진술 자체가 그토록 어렵고 불완전했던 터에, 그 불완전한 진술을 근거로 그것을 다시 행위로까지 실현해내야 하는 불확실한 전망과 절망감 때문이었다.

"어쨌든 좋아요……"

그래 나는 마지막으로 수사관에게 다짐하듯이 그 점을 다시 물었다.

"제게서 다른 혐의가 밝혀지든 어떻든 그런 건 어차피 두렵지 않아요. 저로서도 제발 내일 일만은 성공으로 끝나기를 바래요.

하지만 아무래도 자신이 없어요. 검사님이 어떻게 일을 집행해나가실진 알 수 없지만, 그 짧은 시간 동안의 일만을 재연해내는 것으로 거기서 어떻게 제 혐의 유무가 밝혀지고 확정지어질 수 있을까요. 아니 그보다도 앞뒤를 모두 생략해버린 그 짧은 시간대 안에 그때의 일만을 어떻게 정확하게 재연해낼 수 있는 일일까요. 제가 무슨 귀신 점쟁이나 무당이 아닌 이상…… 진술서조차도 완전치가 못한 터에…… 그 불완전한 진술서를 근거로, 거기서 제가 그때 생각하고 느끼고 행동했던 것들을 어떻게 오차 없이 다시 경험하게 될 수 있겠느냔 말입니다. 전 아무래도 두렵고 불안해요."

그런데 고 수사관도 이미 그 현재형 문장에 대한 오 검사의 희망이나 믿음이 그대로 감응되어 있던 탓인가. 아니 고 수사관은 역시 오 검사의 생각과 말을 대신하고 있는 그의 그림자에 불과한 존재였는지도 모른다. 그는 나의 그런 노골적인 불안기와 의구심에 대해서도 전혀 괘념을 않는 표정이었다.

"일을 너무 어렵게 생각할 필요 없다니까요. 현장검증이라는 게 원래가 그런 건데 뭘 그래요. 그렇다고 그 진술서 전부를 재연시켜야 하겠어요? 그렇게 한다고 당시의 일이 정확하게 다시 재연될수가 있는 것도 아니구. 뭐라고 할까. 현장검증이란 그저 수사를 마무리 짓는 일종의 절차 정도로 알아두면 좋아요. 도대체 그 현장검증으로 혐의가 뒤집히거나 새로운 사실이 드러나는 경우란 극히 드무니까. 게다가 당신은 혐의가 그리 걱정스럴 정도도 아닌 터에 말이오. 그냥 검사님께 맡겨두면 될 거요. 검사님께서 다 알아서 해나가실 테니까."

혐의가 그리 대단치 않으니 불안해할 필요가 없다는 식으로, 그리고 그 현장검증의 기능에 대해서는 자신도 별로 신용을 하지 않는다는 식으로 속 편하게 나를 달랬다. 내 불안기를 잘못 이해한 소리가 분명했다. 하긴 그가 그것을 제대로 이해할 리 없었다. 내 불안감에 관한 한은 오 검사 자신이라도 그럴 수밖에 없는 일이었다. 더 이상 말해야 소용이 없을 일이었다.

"알겠어요, 그럼. 내일은 그저 검사님이 시키는 대로만 따르면 되겠군요."

나는 마침내 승복하듯 힘없이 말했다. 그리고는 이제 그가 먼저 자리를 일어서주기를 기다렸다. 하니까 그도 이젠 그것으로 만족인 모양이었다.

"정확하게 말하면 검사님을 따른다기보다 자신의 기억과 진술을 따르는 것이지요. 현장검증의 시나리오는 애초 당신의 진술에 근거한 것이니까. 검사님은 그저 그 진행의 요령을 곁에서 도와드리는 것뿐일 테구요."

그가 마침내 자리를 일어서며 마지막으로 말했다.

"하지만 역시 검사님께 모든 것을 믿고 맡겨드린 기분으로 해나가면 그걸로 잘될 겁니다. 검사님이나 나나 이런 일을 어디 한두 번 치러온 사람들이오?"

그는 이제 나를 안심시키기 위한 전문가로서의 확신에 찬 자신감까지 다짐해 보였다.

하지만 나는 그것으로도 물론 마음속의 불안기가 지워질 수 없었다. 아니 그에게 자신감이 넘쳐 보일수록, 그의 어조가 단정적일수록 나의 불안기와 의구심은 더욱 무섭게 나를 짓눌러왔다. 그리고 그 가슴속에 숨겨진 일방적이고 압도적인 현재형 문장의 비정스런 요결성이 새삼스럽게 두려워지고 있었다……

그런 불안감은 구치감으로 돌아와서도 한동안이나 더 계속되었다. 무엇보다도 큰 불안감은 물론 그 현장검증에 대한 오 검사의 지나친 기대와 자신감에 있었다. 오 검사 자신이 나타나지 않고 담당 수사관을 대신 내게 보낸 것은 그에게서 이제 모든 것이 분명하게 확정지어져 있다는 뜻이었다. 그는 그것을 고 수사관을 통해 실행에 옮기고 있을 뿐인 것이었다. 하지만 참으로 그 오 검사를 믿을 수가 있을까. 그를 믿고 그의 지시에 복종하는 것으로 모든 일이 기대대로 이루어질 수 있을까. 아니 그보다도 이미 지나간 과거속의 행위가 새로 다가온 시간대 속에서 그대로 재연될 수가 있는 일일까. 나는 지금까지 그것을 문장으로 되살려내는 데도 그토록 애를 먹고 장애를 겪어온 터였다. 그리고 아직도 그것에 전혀 자신을 못 갖고 있는 터였다. 하물며 그 불완전한 진술에 바탕한 시나리오를 근거로 과거 속의 행위가 어떻게 다시 실제 행동으로까지 재현될 수 있을까. 그것이 정말로 가능할 수가 있을까……

나는 아무래도 자신이 없었다. 불안감이 영 가시질 않았다.

그것은 차라리 내일의 실패를 스스로 예감하고, 그것을 스스로 확인하고 싶은 끈질긴 자기주장과도 같았다. 그리고 그 성공에 대한 어떤 막연한 두려움과도 같았다. 현장검증이고 뭐고, 아니면 그것을 이미 실패하고, 이대로 계속 영어(囹圄)의 생활이 계속된다면 차라리 두려움이 덜할 것 같았다.

하지만 저녁을 먹고 나서 자리로 들고 나자 나는 차츰 생각이 바뀌기 시작했다.

—이 옥살이도 어쩌면 이제 이것으로 마지막 밤이 될지 모르는 일 아닌가?

소등을 하고 주위가 조용해지자 나는 어두운 담요 자락 속에서 문득 혼자 중얼거리고 있었다. 검사를 대신해온 수사관의 말투로는 내일 있을 검증의 결과에 따라서 바로 불기소처분이 내려질 수도 있는 일이었다. 그렇게만 된다면 바로 석방이었다. 뭐니 뭐니 해도 감방살이란 여자의 처지로는 못 견딜 노릇이었다. 더욱이 철이 들고부터 사람을 곁에 두고 잠자리를 잡아본 일이 드문 나로서는 밤잠을 제대로 이룰 수 없는 것이 고통 중의 고통이었다. 혐의가 풀려서 이 답답한 영어의 생활을 끝낼 수 있다면 무엇보다도 우선 반가운 일이 아닐 수 없었다.

—나는 도대체 지금까지 무엇을 그토록 두려워하고 있었던가……

내 기분이 바뀐 것은 게다가 나의 혐의가 벗겨져 답답한 옥살이를 끝내게 되리라는 기대감 때문만이 아니었다. 내일의 일에 대한 의구와 불안감 속에도 나는 한편으로 그 현장검증에 대한 마지막 기대감으로 마음이 자꾸 들뜨고 있었다. 그것은 그동안 나 스스로도 궁금하게 여겨오던 자신의 과거를 행동 속에 직접 만나게 될 일 때문이었다. 지금까지의 내 모든 일은 어떻게 보면 실로 내 결백을 주장하기 위한 것이 아니었다. 그것은 오히려 지나간 과거 속의 자신을 찾아 만나기 위한 것이었다. 그런 자신의 바람이 없었다면 나는 아직까지 그 일을 견뎌내지 못했을지도 모른다. 그간의 망설임과 모든 고초도 어쩌면 바로 그 몇 순간의 자기 해후를 위한 준비 작업에 불과했을 수 있었다.

그 일이 마침내 내일로 다가와 있었다. 드디어 나의 지나간 시간대로 돌아가 그때의 나를 만나는 일이. 그때의 느낌과 생각들을, 그리하여 기억 속에 묻히고 변형된 내 진실의 본래 모습을 다시 만나게 될 일이. 고 수사관의 말마따나 그것은 그저 수사를 끝맺는 요식 행위에 불과한 것일 뿐 큰 기대를 걸 수 없는 일일지도 모른다. 그리고 그 검사를 믿고 그의 지시를 따르기만 하면 모든 일이 잘 되어갈 거라던 고 수사관의 자신 있는 충고에도 의구심이 아주 없는 것은 아니었다.

하지만 그런 회의나 불안감 속에서도 나는 역시 자신에 대한 기대를 버릴 수가 없었다. 뭐니 뭐니 해도 결국 내일의 그 한때를 위해 그동안 수많은 장애를 지나온 셈이었다. 그동안의 모든 진술의 성과는 내일의 현장에서 마지막 완성을 보게 될 터이었다. 그리고 누구보다 나 스스로가 그 성공을 소망해온 터였다.

불안 속에 미리 결과를 두려워하고만 있을 일이 아니었다.

— 하고 말 것이다. 결과야 어떻든 우선은 맞서서 해내고 말 것이다. 그것이 어떤 수모나 무리를 감수하는 일이더라도, 어떤 새로운 두려움을 낳게 되는 일이더라도, 나는 어차피 그날의 자신을 한번은 정직하게 만나보아야 한다.

모처럼의 기대를 놓치는 일이 없게 하기 위해 나는 혼자 그렇게 수없이 다짐했다. 그러면서 차츰 더 기분이 부풀어 오르고 있었다.

그러자 차츰 이상한 일이 일어났다. 나는 이윽고 지금까지 줄곧 가슴을 짓눌러오던 무거운 것이 사라져간 것 같은 홀가분한 느낌이 들기 시작했다. 동시에 기나긴 악몽이 걷히고 내 앞에도 어떤 밝은 삶의 빛이 비춰들고 있는 것 같은 어슴푸레한 여명의 기미가 느껴지기 시작했다.

나는 온통 심신이 허공으로 떠오르고 있는 것 같은 부푼 기분 속에 잠을 이룰 수가 없었다. 나는 아예 밤잠을 포기한 채 그 가슴속의 허기(虛氣)를 쫓기 위해 몇 번이고 조심스레 심호흡을 뱉어내며, 한시바삐 어둠이 걷혀 아침이 밝기를 기다렸다.

—15시 30분, 피의자 현재 위치의 아파트 주차장에 도착하여 같은 위치에 차를 세우고⋯⋯

—차에서 내린 피의자가 곧바로 21동의 현관으로 걸어간다⋯⋯

이튿날 아침 10시경. 고 수사관의 귀띔대로 이날 아침 나는 예정된 현장검증 절차를 진행 중이었다. 시각은 바로 그날과 똑같은 오후 3시 30분—이것은 물론 수사진의 시계가 그렇게 맞춰져 있을 뿐 실제의 시각은 오전 10시경에 불과했지만. 장소는 내 아파트 21동 앞. 나는 내 기억과 진술에 근거하여 내 행동을 재연해나갔고, 고 수사관은 미리 꾸며진 시나리오를 기준으로 그것을 하나하나 확인해나갔다.

하지만 나는 처음부터 내 행위와 수사관의 확인 중 어느 것이 먼저고 나중인지 구분이 안 된다. 그의 시나리오를 미리 훔쳐본 탓일 게다. 그리고 바로 그런 효과를 위해 그가 그것을 내게 흘려 보여준 것인지 모른다. 내 행위의 기준이 되는 기억과 진술들은 내 머릿속에서조차 어느새 시나리오로 정리되어 있다. 나는 그의 시나리오에 나의 행동을 따르고 있었다. 그것이 내 행동을 앞질러 지시해가고 있었다. 수사관의 소리들 역시 내 행위의 확인이 아닌 사전 지시로 변해가고 있었다. 거기다 그는 실제로도 그 확인의 말 가운데에 앞서거니 뒤서거니 내 행위와의 시간상의 서순을 뒤섞기도 하였다.

　——피의자 현관 도착…… 여기까지의 소요시간 대략 1분. 좋아요. 그런데 이때 현관 경비실의 주간 경비원 강 씨가 알은체를 해온 거지요? 피의자가 어디를 지나고 있을 때였지요?

　나는 어차피 그를 따라 그의 지시대로 움직이고 있는 격이다. 지금 내가 치러가고 있는 일에 대해서도 기대처럼 현실감이 느껴져 오질 않는다. 내 행위에는 고 수사관 외에도 아파트 사람들과 수사 관계자들의 수많은 눈길이 뒤를 쫓고 있다. 그러면서 마치 구경꾼 아이들처럼 내 뒤를 함께 이동해 따라온다. 그런 무언의 무리들 가운데는 담당 오 검사도 함께 임석해 있다. 그는 이날도 자신이 직접 검증의 진행을 지휘하지 않았다. 일의 진행을 고 수사관에 맡겨둔 채 자신은 그저 구경꾼들 뒤에서 되어가는 추이만 지켜보고 있었다.

　나는 그 구경꾼이나 오 검사의 존재까지도 전혀 머리에 들어오지 않는다. 그저 몽롱하고 희미한 의식 속에 모든 일이 꿈처럼 어수선할 뿐이다. 고 수사관의 확인의 소리조차 현실이 아닌 허공의 울림 같다. 아니면 바로 자신의 어느 깊은 곳에서 울려나오는 소리 같다. 흥분과 긴장 속에 밤잠을 설친 때문일지 모른다. 아니면 아직도 자신의 행동을 찾아 만나지 못한 때문인지 모른다. 자신이 자신을 이끌어가지 못하고 수사관에 이끌리고 있는 때문인지도 모른다.

─안녕하십니까. 오랜만에 뵙습니다. 현관 경비 강 씨가 인사. 그러나 피의자는 이때 그의 알은체를 무시한 채⋯⋯

수사관이 곁에서 나를 끊임없이 간섭해온다. 나는 그의 간섭을 물리치고 스스로 자신을 이끌어가려 애쓴다. 거기엔 그 몽롱하고 혼란스런 의식의 비현실성이 한결 더 도움을 준다.

─날씨가 몹시 사나웠지, 그날은 진눈깨비가 그친 겨울날 저녁이었으니까. 그리고 난 아직도 입속에 내 노래가 그치지 않고 있었지. 강 씨의 알은체에 가슴이 공연히 섬뜩해지면서도 마음은 계속 노랫가락에 실려 있었지. ⋯⋯노래 다시 못 하네, 거리엔 바람 소리⋯⋯

나는 문득 나의 노랫가락에 마음이 실리기 시작한다. 그리고 이제는 그것이 지나간 일의 재연에 불과한 노릇임을 잊어간다. 그러면서 차츰 그날의 나에게로 한걸음 한걸음 다가가고 있는 자신을 느낀다⋯⋯

현장검증은 이제 그런 식으로 수사관이나 나나 주위에 둘러선 사람들의 구별이 없이 고 수사관의 말과 나의 의식이 앞서거니 뒤서거니 한데 뒤섞이며 내 행동을 이끌어나간다.

내게선 이제 주위의 모든 사람들이 사라져 없어진다. 안녕하십니까. 오랜만에 뵙겠습니다⋯⋯ 나는 경비원 강 씨의 알은체를 뒤로한 채 공연히 혼자 가슴을 두근대며, 한편으로 계속해서 노랫가락에 마음이 실린 채 계단을 올라가 승강기로 다가간다……

— 엘리베이터가 마침 1층에 서 있다. 나는 재빨리 엘리베이터 안으로 들어선다. 그리고 15층 단추를 누르고 나서 계속해서 다시 노래의 멜로디에 마음이 얹힌다. 노래 다시 못 하네, 거리엔 바람 소리……

— 1, 2, 3, 4, 5…… 엘리베이터는 한 번도 쉬는 일이 없이 곧바로 15층까지 솟구쳐 올라간다. 그리고 노래의 마지막 소절이 끝남과 동시에 엘리베이터가 15층에서 멈춰 선다…… 역시 마음이 쫓기고 있는 때문인가. 엘리베이터가 중간에서 지체한 일이 없는데 이번에도 노래가 거기서 끝나고 만다.

— 문이 열리고 나는 곧바로 엘리베이터를 나온다. 나는 그제서야 고 수사관이 나와 함께 엘리베이터를 뒤따라 나오고 있음을 알아차린다. 그리고 이어 나의 생각과 행동은 잠시 동안 그의 일방적인 명령식 현재형에 이끌려간다.

— 피의자 승강기를 나와 1501호 문 앞에 멈춰 선다. 이때 집 안에서 피의자의 노랫소리가 들려 나온다. 자 여기서 노랫소리! 피의자도 이내 노랫소리를 따라 읊조리며 그것이 끝나기를 문밖에서 계속 기다리고 서 있다. 노래 다시 못 하네, 거리엔 바람 소리……

내가 마음속으로 노래를 따라 부르기 시작하자, 수사관은 이내 다시 목소리를 거두고 내게서 사라진다. 그리고 나는 다시 스스로의 의식을 모아 자신의 생각과 행동을 이끌어간다. 부르튼 입술로 목메어 합창하던 우리들의…… 그가 갑자기 왜 이런 노래를 켜놓고 있는 것일까. 노래를 따라 부르면서 나는 잠시 그의 처사가 의아스러워진다. 그가 모처럼 나의 노래를 켜 듣고 있는 것뿐 아니라, 아직도 어디론가 몸을 피하지 않고 그대로 집 안에 머물러 있는 것이 납득이 안 간다. 하지만 나는 이내 그가 미구에 죽게 되어 있음을 깨닫는다. 나는 그가 죽을 것을 알고 있다. 노래가 끝나면 총소리가 나게 되어 있다. 노래는 그의 총소리를 기다리는 재촉의 신호다. 나는 그의 총소리를 기다린다. 그리고 마침내 노래가 끝나고 한 발의 총소리가 귀청을 울려온다……

— 총소리, 탕! 이때 시각이 15시 34분…… 어디 먼 곳에서 그것을 확인해주는 목소리가 스쳐간다. 하지만 이제 나는 그 총소리에도 별로 새삼스런 감회를 느끼지 못한다. 어차피 모든 것이 그렇게 되어가게 정해져 있었다. 그는 이미 그가 돌아갈 곳을 잃어버린 사람이었다. 돌아가고 싶어도 돌아갈 곳이 없는 사람이었다. 스스로 목숨을 끊을 수밖에 없게 되어 있었다. 그리고 그것으로 그는 마침내 돌아갈 곳을 찾아간 것이다. 그의 죽음이야말로 그의 가장 거짓 없는 모습이기 때문이다. 그는 그것으로 자신의 모습을 찾아간 것이기 때문이다. 우습게 된 것은 나뿐이다. 그에게로 돌아가 매달리려 한 나뿐이다. 그에게서 내 돌아갈 곳을 구하려 한 나뿐이다. 나만이 돌아갈 곳을 못 찾고 있었다. 그것도 이제는 바꿀 수가 없는 일. 일은 이렇게 끝나게 되어 있었다. 그리고 나는 그것을 이미 알고 있었다. 모든 일이 그저 당연해 보일 뿐이다. 새삼 놀라거나 후회스러워할 일이 없었다. 그저 얼마간 그의 죽음이 원망스럽

고 허망스러울 뿐이다. 하지만 그것도 그의 인간이나 죽음을 위해서가 아니다. 그와 그의 죽음으로 인해 돌아갈 곳을 잃고 혼자 남게 된 자신의 망연스런 처지 때문이다.

…… 하지만 나는 그것으로 모든 것이 끝난 것이 아니다. 나는 이제 집 안으로 들어가 그의 마지막 모습을 보아야 한다. 그가 안에서 나를 기다리고 있다. 나는 서둘러 현관문을 열고 집 안으로 들어선다.

──총소리를 듣고 나서 피의자가 집 안으로 들어간 시간은 10여 초 정도밖에 안 되는 것 같습니다. 피의자 느낌으론 훨씬 더 길게 기억되고 있겠지만, 오늘 보신 것처럼 사실은 그보다 길 수가 없었겠지요.

누구에겐가 낮게 말하고 있는 고 수사관의 목소리가 잠시 등 뒤로 스친다.

──피의자보다 3분쯤 뒤인 3시 34분경에 802호 거주인 한 사람이 바로 피의자 다음으로 수위실을 지나 들어가서 15층에 머물러 있는 엘리베이터를 불러 내렸지만, 그도 그 총소리를 못 들었다니까요.

하지만 나는 이제 그런 주변에는 조금도 주의를 기울이지 않는다. 오직 내 마음속 생각만 좇는다. 그게 10초이든 20초이든 지금의 나하고는 무슨 상관이란 말이냐…… 문에는 물론 문고리가 걸려 있지 않아서 나의 출입을 방해하지 않는다. 모든 것을 이미 알고 있는 사람답게 천천히 현관문을 들어선 나는 이내 거실 마루로 올라서며 나를 기다리고 있을 사내를 찾는다……

거실 안 풍경은 모든 것들이 내가 이미 알고 있는 대로다. 사내가 소파 위에 시체로 앉아 있다. 이마를 앞뒤로 꿰뚫은 머리의 상처에서 핏줄기가 아직도 목과 얼굴로 흘러내리고 있다. 그러나 그는 이제 다시 죽어 앉아 있는 시체가 아니다. 그는 그 번거롭고 부질없는 말의 질곡에서 벗어나 침묵 속에 자유로운 자신의 모습을 찾아 돌아가 있다. 그는 이제 말을 잃었으되, 그 말들의 허울을 벗고 자기 자신이 말이 되어 있다. 그리고 그 자신의 모습으로, 그 말 없음으로, 그 침묵으로 오히려 모든 것을 자명하게 말해온다. 그의 가난한 탄생과 성장, 방황과 도전, 마지막에 이르기까지의 삶과 죽음의 모든 것을. 지금까지 그토록 도로(徒勞)에만 그쳐온 자신의 말들을 비로소 힘있게 소생시켜놓는다……

그는 스스로 상처를 씻는다. 그리고 다시 생명을 얻어내게 침묵으로 말해오고 있다. 그저 침묵만을 고집하고 있는 것이 아니다. 노래 다시 못 하네, 거리엔 바람 소리…… 나는 언제부턴가 다시 나의 노래를 듣고 있다. 노랫소리가 아직 귓가에서 끊어지지 않고 있었다. 나는 처음 그것이 내 마음속의 여운의 환청이 아닌가 싶어진다. 하지만 그것이 아니다. 등 뒤의 전축판이 아직 회전을 계속하고 있는 것도 아니다. 그것은 이미 문밖에서부터 회전을 멈추고 있어야 마땅하다. 나는 문득 머리를 흔들어 선율의 진행을 정지시키려 해본다. 하지만 이내 그것이 불가능한 일임을 깨닫는다. 선율의 진행은 애초 내게서 시작된 것이 아니다. 노랫소리는 그에게서임을 깨닫는다. 나는 다만 그의 노래에 마음이 실리고 있을 뿐임을 깨닫는다…… 그가 스스로 노래를 하고 있다. 입으로 노래를 하고 있는 것이 아니다. 그의 몸에서, 그 침묵에서 노랫소리가 흘러나온다. 그가 노래로 다시 말을 시작한 것이다. 내가 이미 납득하고 이해한 그의 모든 것, 그의 삶과 죽음과 운명, 그것들이 이제는 그에게서 다시 노래가 되어 번져 나오고 있다. 부르튼 입술로 목메어 합창하던 우리들의 꿈과 운명…… 그가 노래로 자꾸만 무엇을 호소해온다. 나는 다시 그를 이해할 수가 없다. 이제 와서 그에게 무슨 말이 소용 있는가. 이미 그는 침묵으로 자신을 찾아간 마당에. 그리고 그의 모든 것이 이미 증거된 마당에. 여기서 무엇을 더 말하고 싶단 말인가. 내가 더 이상 그에게서 무엇을 알아야 한단 말인가. 나는 차라리 그의 노래가 못 견디게 안타깝다.

　……나는 이윽고 천천히 그에게로 다가가 그를 달래듯 숙여진 자세를 조심스럽게 바로 세워 앉힌다. 그리고 가방에서 손수건을 꺼내어 얼굴의 핏자국을 닦아내며 그의 죽음과 침묵을 확인하고 싶어 한다. 얼굴을 닦고 목줄기를 닦고, 그리고 나중엔 와이셔츠의 속까지 어린애를 씻기듯 정성스레 닦아낸다…… 한데도 아직 그의 노래는 끝나지 않고 그의 죽음도 확인되지 않는다. 그는 아무래도 주검이 아니다. 그에겐 아직도 살아 있는 생명의 숨결이 움직인다. 아직도 뜨겁게 소용돌이쳐 오르는 치열스런 삶의 열기가 느껴진다. 노래 다시 못 하네, 거리엔 바람 소리…… 그 노래가 흘러나오고 있는 가슴께를 닦으면서 나는 어느새 뜨거운 눈물이 볼을 적시고 흐름을 느낀다. 그리고 비로소 나는 깨닫는다…… 그가 나를 기다리고 있었다. 그의 노래는 나를 기다림이었다. 그가 노래를 계속하면서 나를 기다리고 있었다. 그렇다. 그는 나를 기다

리기 위해 그 노래를 마감해준 문밖의 총소리마저 무시한 채——나의 돌아옴을 혼자 기다리기 위해 그는 스스로 그것을 수건으로 싸매놓지 않았던가——노래를 계속하고 있었다. 나는 더욱 눈물이 샘솟는다. 그러나 그것은 이제 슬픔이나 절망의 눈물이 아니다. 비로소 내가 돌아갈 곳을 찾아낸 눈물, 내가 돌아가 지닐 모습을 찾아낸 감격과 환희의 눈물이다. 그리고 그에 대한 고마움의 눈물이다. 나는 그 눈물 속에 다시 노래를 끝내줄 총소리를 기다린다. 이번에는 물론 그를 위해서가 아니다. 그가 자신의 죽음을 찾아낸 자기 모습의 자리, 그리하여 비로소 그와 함께 나도 자신의 모습을 찾아 돌아갈 길 안내의 총소리. 노래 다시 못 하네, 불을 끄고 떠나려 하네…… 노래가 몇 번째 마지막 소절을 되풀이하고 있다. 나는 눈물과 환희 속에 그 노래의 마지막을 맞이한다……

하지만 웬일일까. 그가 아직도 나의 기미를 알아차리지 못한 것인가. 내 기쁨과 기다림을 눈치채지 못한 것인가. 그래서 좀더 나를 기다려주고 있으려는 것인가. 노래 다시 못 하네, 거리엔 바람소리…… 노래는 거기서도 아직 끝이 나지 않고 있다. 연속작동으로 걸린 전축처럼 첫 소절이 다시 시작되고 있었다. 총소리도 물론 들려오지 않는다. 부르튼 입술로 목메어…… 나는 더 이상 견딜 수가 없다. 이제는 그를 깨우쳐줘야 한다. 나의 결단과 기쁨과 황홀스런 기다림을 그에게 알게 해야 한다. 그리고 이제는 소용이 없어진 기다림의 노래를 끝내게 해야 한다. 이젠 이번으로 노래를 끝내요. 나도 이젠 준비가 끝났어요. 내가 그에게 나직이 말한다. 소리가 너무 작았던 탓인가. 하지만 그는 노래 속에 여전히 기다림을 계속한다. 노래 다시 못 하네, 거리엔 바람 소리…… 그 노래 아무도 다시…… 나는 그만 자신을 억제할 수가 전혀 없어진다. 어떻게 해서든지 이번으로 노래를 끝내게 하고 싶다. 하여 나는 노래가 마지막 소절을 끝내기 전에 그의 가슴에 머리를 묻은 채 애원 섞인 소리로 조급하게 절규한다. 이번에는 정말로 노래를 끝내요. 이젠 그만 여기서 끝내야 한단 말이에요. 이제는 제발…… 이제는 제발…… 더 이상 기다릴 수가 없단 말이에요……

탕! 그러자 그때. 등 뒤에서 정말로 요란스런 총소리가 갑작스레 나의 고막을 울린다. 동시에 내 귓전에서도 홀연 노랫소리가 사라진다. 노랫소리가 사라진 것만이 아니다. 총소리 이외에 방 안에선 잠시 다른 아무 기척도 느낄 수가 없다. 총소리에 이어 방 안은 그저 무거운 침묵이 계속되고 있을 뿐이다. 나 역시 귓가에 노랫소리가 그치고 나서도 그 무거운 침묵에 짓눌려 아직 한동안이나 의식의 진행이 정지된 상태다.

사람들은 그런 내 의식이 되살아나기를 말없이 기다리고 있었던 것 같았다. 그리고 내 조용한 침묵으로 마침내 그것을 확인한 모양이었다.

"자, 그럼…… 노랫소리는 방금 여기서 끝난 게요."

무거운 침묵 끝에 오 검사의 목소리가 들려왔다. 그리고 과연 내게서도 그것으로 의식이 서서히 다시 움직이기 시작했다. 오 검사는 처음부터 고 수사관을 시켜놓고 자신은 뒤에서 그때까지 은밀히 기회를 기다리고 있었던 것 같았다. 아니면 그의 순간적인 기지로 그런 연출을 해냈을 수도 있었을까. 나는 비로소 조금 전의 총소

리가 실제의 총소리가 아니었음을 뒤늦게 깨닫는다. 그것은 누군
가 손바닥을 치면서 목소리를 돋아낸 총소리의 의성에 불과한 것
이었다. 그 목소리가 다름 아닌 오 검사의 것이 분명한 것 같았다.

그 목소리가 다시 일동을 향해 선언하고 있었다.

"자, 그럼 오늘 현장검증은 여기서 중지합니다. 나머지 상황은
더 이상 진행이 필요 없게 됐으니까."

7. 에필로그를 겸하여

현장검증을 중도 중단해버리고 나서 오 검사는 나를 곧 구치감으로 돌려보냈다. 중도 중단의 이유에 대해서는 한마디 설명이 없는 채였다.

나는 이번 일도 역시 실패인 줄 알았다. 그것은 나로서는 큰 낭패가 아닐 수 없었다. 나는 어쨌거나 그 현장검증 과정을 통하여 새롭고 중요한 사실들을 꽤 경험한 셈이었다. 그것은 새로운 경험이기보다 잊혀진 시간대의 부활이었다. 지나간 시간대의 재경험을 통하여 그에 대한 완전한 이해를 얻게 된 것이었다. 그리고 무엇보다 자신이 찾아 돌아갈 곳, 그 욕망의 참모습을 보게 된 것이었다. 그것은 애초 내가 그 진술서 일에 그토록 스스로 열을 올려온 가장 속 깊은 이유일 터였다. 그런 점에서 나는 그것이 성공일 수 있었다. 하지만 현장검증은 오 검사에 의해 일방적으로 중단이 되고 말았다. 그것은 내 행동의 진행이 내 진술을 토대로 꾸며진 시나리오를 빗나갔기 때문이었다. 그 부분은 내 현실적인 외행의 실패임이 분명했다. 보다는 검사의 실패일 수밖에 없었다. 검사는 실패하고, 나 역시 오 검사의 실패로 하여 그것을 함께 감수할 수밖에 없었다.

그런데 알고 보니 나는 검사를 오해하고 있었다. 검사는 현장검증을 실패한 것이 아니었다.

"죄송합니다. 이번에도 또 처음부터 다시 시작이겠지요?"

이튿날 아침, 내가 다시 검찰청으로 실려가 이날은 새삼 부속 신문실을 거치지 않고 검사실로 직접 인도되어 가 그와 자리를 마주하게 되었을 때였다. 부속 신문실에서의 진술서 작업이나 대기 상태를 거치지 않은 모처럼 만의 직접 신문도 마음에 걸리고 하여 나는 전날의 실패를 생각하며 제풀에 먼저 기가 죽어 말했다. 그런데 그때 오 검사의 대꾸가 내 예상과는 영 딴판이었다.

"아, 이제는 그럴 필요 없습니다. 이제는 내일로 구속 기간도 만료되니까 가능하면 재연장의 번거로움을 치르지 않고 오늘 중으로 모든 일을 마무리지어야지요."

목소리나 표정이 전에 없이 밝고 홀가분해 보였다.

"현장검증이 실패했는데두요?"

내가 오히려 의아스러워져 묻는 소리에도 오 검사는 계속 확신에 찬 어조로 대꾸를 이어갔다.

"아마 어제의 현장검증 이야긴가 본데, 그건 실패가 아니었습니다. 그건 아주 훌륭했어요. 진행이 다소간 예정을 빗나가긴 했지만, 그것은 애초의 진술이나 시나리오가 부실했던 때문이었지요.

그러나 결과적으론 오히려 그편이 성공이었어요. 그 현재형 문장이라는 것 말이오. 그건 역시 현실의 행동 가운데서라야 스스로 모순과 허위를 제거하면서 마지막 완성이 이루어지는 것이었지요. 도중에 내가 진행을 중지시킨 것은 현장검증이 실패한 때문이 아니었어요. 말하자면 그 시나리오에 먼저 수정이 가해질 필요가 있었기 때문이지요. 어제 검증에서 비로소 진짜 범행의 진행 방향이 드러난 셈이니까요. 오늘 작업은 그러니까 대강 그 부분만 수정하고 보충하는 것으로 끝나게 될 겁니다."

"지금 검사님께선 범행이라고 말씀하셨어요?"

확신에 찬 검사의 어조에서 나는 이미 그의 심증의 방향을 짐작하고 남았다. 그는 전혀 실패한 사람의 어조가 아니었다. 실패를 한 것은 나뿐인 것 같았다. 그의 어조가 확신에 차 보일수록 그런 생각이 들었다. 하지만 나는 그것이 별로 두렵게 여겨지지도 않았다. 나는 다만 그것을 한번 더 확인해보고 싶은 것뿐이었다.

오 검사는 그러나 이제 심증이 분명히 굳어진 사람답게 아무것도 망설이는 기색이 없었다.

"그렇소. 유감스런 일이지만, 그리고 이젠 당사자도 그걸 자인하고 있겠지만, 이제는 일이 그렇게 말해도 좋은 단계에 이르고 있는 셈이니까."

자신만만하게 단정을 하고 나서 목소리에 느긋한 여유까지 담기 시작했다.

"하긴 나도 일이 여기까지 이르게 될 줄은 미처 상상을 못했지요. 어느 편이냐 하면, 나는 대체로 당신의 결백을 믿고 싶어 해온 편이었으니까. 그래 나중에는 그쯤에서 그만 수사를 종결지을 생각으로 고 수사관에게 일을 일임해두다시피 해두기도 했구요. 자살 방조에 대한 혐의가 전혀 없는 것은 아니었지만, 그것도 당신의 노래를 듣노라면 기소유예 정도로 넘어갈 수 있었거든요. 어제의 현장검증은 말하자면 그런 식으로 일을 끝내자는 수사 종결의 요식절차였던 셈이지요. 그새 내가 당신의 노래의 팬이 되고 말았다고 할까, 아니면 수사관으로서의 칠칠치 못한 감정의 누출이었다 할까……"

여유만만한 검사의 말투가 마침낸 노골적인 경멸기마저 숨기려지 않았다.

"하지만 난 지금 당신을 나무라고 있는 것은 아니오. 당신이 고의로 진술을 왜곡하고 있었다곤 생각하고 싶지 않으니까…… 아니, 지금까지 당신이 얼마나 열성적으로 이 일에 협조를 아끼지 않았는가는 나도 충분히 이해를 하고 있어요. 우리는 적어도 그 점을 지금까지 믿어온 처지지요. 그리고 그런 당신의 협조가 그 경솔한 오판의 기로에서 나를 마지막으로 구해내준 셈이구요. 이 점 나는 당신에게 아직도 크게 고마움을 느끼고 있어요. 하지만 개인적인 고마움은 고마움이고, 범죄는 어디까지나 철저한 시비가 가려져야겠지요. 나로서도 지극히 유감스런 일이지만, 당신 자신이 스스로의 행동으로 자신의 범증을 보여준 이상에는……"

"……"

나는 그저 그가 하고 싶은 말을 모두 해버릴 때까지 입을 다물고 기다리고 있을 수밖에 없었다.

오 검사는 사양하지 않고 즐기듯이 혼자 말을 계속해나갔다.

"그야 아까도 말했지만, 당신의 진술에는 처음부터 잘 납득이 가지 않는 곳이 많았던 게 사실이지요. 상식적으로 잘 풀리지 않는 곳이 한두 가지가 아니었어요. 자신을 납치한 구종태를 빠져나간 당신이 그를 거꾸로 납치하겠다고 집으로 돌아온 일, 사람이 죽어가는 총소리를 듣고서도 문밖에서 한동안 시간을 기다리고 있었던 일, 그리고 자신을 무참하게 짓밟은 구종태의 주검을 정성스럽게 씻겨주고, 거기다 다시 자신의 노래까지 켜주고 나온 일 등등, 상식적인 머리로는 납득이 갈 수 없는 일투성이였지요. 게다가 그 구종태 쪽으로 말하더라도, 당신이 이미 그에게 모든 것을 용납할 줄 알면서도, 그 시간까지 아무런 상황의 변화가 없었던 것으로 하여 그를 고발하는 따위의 당신의 배신이 없을 것임을 확신할 수 있었을 것임에도 불구하고, 스스로 목숨을 끊어버린 사실, 그것도 하필 당신이 문밖에 당도한 시각에 노래가 끝나고 그가 권총의 방아쇠를 당기게 된 사실들…… 그런 일들이 우연처럼 한꺼번에 겹쳐들기는 어려운 일이지요. 한데다 당신은 사람의 일이란 어쩌다 그럴 수도 있다는 식의 애매모호한 심정적 진술뿐 어느 것 하나도 설득력 있는 확증을 제시하지 못한 형편이지……하지만 문제는 그런 당신보다 내 쪽에 있었어요. 내 쪽에서도 그런 당신의 진술에 분명한 반증을 찾을 수가 없었으니까. 내게 그럴 만한 반증이 없는 한 당신은 무혐의 결정이 날 수밖에 없었구……"

"그런데 어젠 현장검증에서 좋은 반증을 찾아내셨어요?"

자신의 승리를 내 앞에서 조금씩 아껴 즐기고 있는 듯한 검사의 사설 속에 이제는 나의 뜻하지 않은 실패가 서서히 모습을 드러내가고 있었다. 나는 전날 현장검증 때의 일들을 머릿속에 그려보며 무심스레 한마디 검사를 거들고 나섰다. 그러자 오 검사는 내 범행을 스스로 확인하게 해주려는 듯 목소리에 새삼 설득 조를 띠어갔다.

"좋은 반증이 나타났지요. 그러나 그건 내가 기대한 것과는 오히려 반대의 것이었어요. 방금도 말했다시피 나는 어제 현장검증에서 당신의 범증보다 결백의 증거를 찾고 있었으니까."

"제가 그걸 어떻게 고마워해야 하나요?"

"아니, 그러나 미리 그렇게 고마워할 것은 없어요. 난 거의 당신의 결백을 믿고는 있었지만, 아직 한 가지 그걸 입증할 만한 수수께끼의 비밀이 풀려야 했으니까. 나는 어제 그 수수께끼의 해답을 구하고 있었지요. 난 사실 그것 때문에 당신의 결백을 끝내 확인할 수 없었으니까……"

"그 수수께끼가 어떤 것이었지요?"

"구종태를 죽인 총알의 방향이었소. 전에도 말했지만, 특별한 사정이 없는 한 자살자가 통상 자신의 머리를 쏘는 총구의 방향은 관자놀이 근처의 옆 방향을 좌우로 향하게 되는 것이 자연스러운 현상이오. 그런데 구종태의 치명상은 옆 방향이 아닌 정면이었어요. 그걸 도대체 설명할 수가 없었지요. 구종태가 자신을 쏠 때 총구의 방향을 그렇게 향할 특별한 사정이나 정황을 말이오. 그것을 설명할 수 없는 한에는 다른 사람이 정면에서 그를 쏘았을 가능성을 배제할 수가 없었어요. 만약 그런 경우 당신이 문을 열고 집 안으로 들어섰을 때 그는 현관을 마주 보는 소파 위에 앉아 있었거나 당신을 향해 걸어 나오는 방향이 되는 것을 상정해볼 수도 있겠고…… 어쨌거나 총은 그런 방향에서 발사되었던 게 분명했고, 총알도 바로 소파 뒤쪽의 장식장 벽에서 찾아낸 거니까……"

"하지만 검사님은 어제 검증이 있기 전에 벌써 제 결백을 믿고 싶어 하셨다면서요. 그런 혐의점들이 남아 있었는데도 어떻게 저를 풀어주실 생각이 드셨을까요?"

"어떤 가능성이나 개연성만으로 범죄를 단정할 수는 없었으니까. 범행을 구체적으로 입증할 증거가 없었어요. 거기 비하면 그런대로 반증거리로 삼을 만한 점은 많았구. 우선은 당신의 사격 솜씨가 의심스러웠어요. 거리가 아무리 가깝다고 해도 문을 열고 들어와 겁을 먹고 흥분한 상태에서 상대방의 머리를 정확하게 명중시킬 솜씨란 여간해서는 어려운 일이지요. 그런데 1차 진술 때 경찰에서 시험한 당신의 실력은…… 글쎄 당신이 부러 위장을 할 수도 있었겠지만, 총을 제대로 겨눌 줄도 모를 정도였지요. 난 결국 그쪽을 반증거리로 받아들이고 싶어졌지요. 난 처음부터 당신에 대해선 그런 편이었으니까. 게다가 구종태의 머리 상처와 탄착점 간의 탄도 방향도 당신에겐 매우 유리한 결론이 났던 셈이구…… 그렇다고 그게 구종태가 자신의 이마를 쏜 사격 방향에 대한 마지막 수수께끼를 해소시켜준 건 아니지만 말이오……"

"그런데 어제 현장검증에서 검사님의 그런 호의어린 심증과 반증거리들을 뒤집을 결정적인 증거가 나타난 건가요. 그 총알의 방향에 관한 검사님의 수수께끼가 그렇게 시원하게 풀린 건가요?"

오 검사는 아직도 범증을 밝혀줄 수수께끼의 해답을 말하지 않고 있었다. 하지만 그것은 그의 말이 늦어진 만큼이나 결정적인 것임이 분명했다. 아니 이제는 나 자신도 마음속의 그의 반증의 내용을 어슴푸레 느끼고 있었다.

나는 아직도 그 검사 앞에 범행을 부인할 생각이 없었다. 부인하고 나설 생각은커녕 자신도 이제는 검사의 소망대로 이 지루하고 반복적인 고역의 굴레에서 하루빨리 벗어나고 싶은 생각뿐이었다. 그리고 우선 영혼만이라도 이 끝없는 말의 노역에서 편안하게 해방되어 쉬고 싶었다.

나는 차라리 그 검사에게 자신의 범증을 구하듯이 물었다.

"물론입니다. 그래 어제의 일이 성공이라는 것이지요. 그리고 그걸 당신에게 특히 고마워하고 있는 중이구요."

오 검사가 다시 말을 이었다.

"그게 무언지 알고 싶겠지요. 아니 당신도 이미 그걸 알고 있을 겝니다. 그건 다름 아니라 노래가 끝나는 시간이었지요. 당신의 노래는 당신이 문밖에 있을 때 끝난 것이 아니었어요. 노래는 당신이 문을 들어왔을 때도 계속되고 있었지요. 아니 그건 당신이 문을 들어와 그와 함께 소파에 앉아 비로소 시작된 건지도 모를 일이구요. 그리고 그 노래가 끝나기를 둘이서 함께 기다렸을 수도 있었겠구. 하고 보면 당연히 총소리가 울린 것도 당신이 문밖에 있을 때가 아니라, 그와 함께 소파에 앉아서 노래가 끝나는 것을 들었을 때가 되어야겠지요."

"그것이 수수께끼의 해답이라면, 그렇다면 그것이 제가 그를 쏘았다는 증거가 되나요?"

전부터도 자주 그래 왔듯이 이번에도 그 검사와 내가 신문자와 피의자의 자리를 바꾼 듯한 기묘한 문답이 진행되고 있었다.

"그건 당신이 총을 쏘았다는 증거는 아니에요. 내 말은 이제 당신의 사격술에 관한 수수께끼는 그 자체가 뜻을 잃어버리고 말았다는 뜻이지요. 당신의 사격술 실력에 관한 수수께끼는 애초 잘못된 상황의 가정 위에서 제기된 것이었어요. 당신이 문밖에서 노래가 끝나고 문을 들어왔다는 진술, 그것이 이 사건의 초점이 모아지는 시간과 자리를 그 아파트의 현관 앞으로 내 머릿속에 고정시키고 말았어요. 그런데 실상 노래가 끝나고 총소리가 울린 것이 문밖이 아니라 거실로 들어온 훨씬 뒤라면 당신의 사격술에 관한 수수께끼는 가정 자체가 불필요한 것이 되지요."

"그와 함께 소파에 앉아서라면 제 사격술에 관계없이 그를 쉽게 쏠 수 있었으리라는 뜻인가요?"

처지가 뒤바뀐 둘 사이의 문답이 무한정 길게 이어져갔다. 하지만 오 검사에겐 이제 내 시나리오를 완성시키는 것보다 거기서 나를 굴복시키는 것이 더 중요한 일 같았다. 그는 조금도 서두르지 않았다. 문답이 길어지는 것을 짜증스러워하지도 않았다. 나의 물음에 하나하나 친절하게 그리고 열심히 설명을 이어갔다.

"아니, 아직도 거기까지는 아닙니다. 나는 거기서 당신이 그를 쏘았다는 증거를 찾은 것은 아니니까. 그리고 이젠 당신도 알다시피 굳이 그것을 증거할 필요도 없게 되었구요. 그는 애초의 당신의 진술대로 소파에 앉아서 숨을 거둬갔어요. 몇 번씩 되풀이돼온 그 노래의 마지막이 끝났을 때. 그것도 바로 당신 곁에서…… 당신의 사격술에 대한 수수께끼가 뜻이 없어진 건 그보다 당신이 그를 쏘았을지도 모른다는 의심 자체가 사라진 때문이에요. 안에서나 밖에서나 당신은 과연 그를 쏜 일이 없었지요. 총은 오히려 그쪽에서 당신을 쏘게 되어 있었으니까. 그리고 당신은 노래가 끝나기를 함께 기다린 것뿐이었으니까."

나는 비로소 검사의 심증이나 말뜻이 분명하게 이해되는 듯싶었다. 그리고 그것을 알고 나니 마음속도 한결 차분하게 가라앉아 갔다. 그러자 나는 이윽고 그 검사에 대한 새삼스런 신뢰 같은 것이 솟아오르기 시작했다.

"제가 그를 쏘지 않았다면, 그렇다면 그가 자신을 쏘았다는 증거는 있나요? 그것도 머리를 옆으로가 아닌 앞뒤로 말입니다."

"어느 정도는……"

내가 마치 검사를 걱정하듯 묻는 소리에 그는 잠시 혼자 생각을 반추하고 있었다. 하더니 이젠 이미 움직일 수 없는 확정의 사실들로 더 이상 시간을 허비하고 있을 수 없다는 듯 결연스런 어조로 말하기 시작했다.

"그러나 물론 이것으로 문제가 끝난 것은 아니에요. 이미 짐작하고 있겠지만, 당신이 총을 쏘지 않았더라도, 노래가 끝나고 총소리를 들은 것이 문밖이 아니라 훨씬 나중의 실내에서였다면, 지금까지 당신이 진술해온 그 시간 동안의 일들이 사실이 아님이 밝혀진 거니까요. 당신에겐 아직도 그 시간에 대한 새로운 진술의 책임이 남아 있는 거지요. 더욱이 구종태가 총을 발사할 때 그와 한 소파에 몸을 기대고 앉아 있던 사람으로선 그때까지 당신 속에 숨겨져온 그 사라진 그 시간 동안의 두 사람간의 일과 그 일의 옳은 순서들을 말이오."

나는 거기서 검사의 심증을 한번 더 분명히 확인할 수 있었다. 모든 것이 어제의 현장검증 과정에 근거하고 있는 말이었다. 그것은 그만큼 자명하고도 불가피한 책임이었다.

하지만 나는 아직도 한 가지 마음속에 미심쩍은 것이 남아 있었다. 나는 그 자신의 불안기를 검사가 마저 씻어주기를 바라듯 반어적인 어투로 다시 묻기 시작했다.

"추리가 아주 빈틈이 없으시군요. 하지만 마지막 혐의의 확증은 추리나 상상만으론 되는 일이 아니잖아요. 그것도 마저 뒷받침을 해줄 구체적인 증거가 있어야 할 텐데요."

"사실이 분명하다면 증거도 당연히 구해지겠지요. 무엇보다 당신은 지금까지 늘 협조적이었고, 지금도 나는 그 점 당신을 믿고 있으니까."

나를 회유하는 어조 속에서도 오 검사는 여전히 자신만만한 표정이었다.

"제게 증거까지 내놓으라는 건가요?"

"사라진 시간 속에 감춰진 일의 비밀은 누구보다 그 비밀을 지워버린 시간 속에 숨겨 넣어둔 당사자일 테니까요."

"하지만 우선 총소리의 시각을 뒤로 바꾼 것은 제가 아닌 검사님이신걸요. 제게 검사님을 도와드릴 증거가 없다면요?"

"그것도 내가 마음대로 바꿔놓은 게 아니지요. 어제 당신의 재연을 보다가 잘못 들어간 총소리의 시기를 제자리로 되찾아놓은 것뿐이니까. 총소리의 진짜 시기를 적당한 자리로 바꿀 수 있는 사람은 그 총소리의 시기를 알고 있는 사람일 뿐일 거요. 그리고 그 비밀의 증거를 알고 있는 사람도 그뿐일 거구요."

"노력은 하겠지만, 이건 참으로 힘이 들겠는걸요."

"당신에겐 늘상 그런 협조적인 면이 있어서 개인적으로 무척 좋아하고 있소마는, 그야 물론 간단한 일은 아니겠지요. 하지만 그 시간을 지워 없앤 사람이 다른 사람이 아닌 당신이고 보면, 그것을 다시 살려내는 일도 어차피 당신의 책임일 수밖에 없겠지요. 그야 그간에 사라져 없어진 시간은 총소리만 뒤로 옮겨놓으면 자연히 되살아나게 마련이겠지만, 그보다도 그 시간대 속에서 두 사람 사이에 오간 일들은 오직 당신만이 알고 있을 일들이니까. 그리고 그 없어진 시간 속에 감춰진 일들이 제대로 되살아나고 못하는 것도 어차피 당신의 결심 여하에 달린 일인 거구 말이오."

오 검사의 추궁은 더 이상 가파르고 단호할 수가 없었다. 나는 그 추호의 흔들림도 없는 검사의 신념에 자신도 갈수록 미더움이 더해갔다. 모든 것을 그에게 맡겨두고 편안하게 그에게 의지해버리고 싶었다. 이제는 그 신문자와 피의자가 자리를 뒤바꾼 기이한 문답도 더 이상 계속해나갈 필요가 없었다. 모든 것을 그저 검사의 뜻에 맡겨두고, 그를 따르면 그만이었다. 내가 되살려내야 할 시간들과 그 시간대 속에 숨겨진 일들에 대해서도 오로지 그 검사의 추리와 암시를 찾아 상상력을 발휘해나가면 그뿐일 터였다.

나는 마침내 입을 다물었다. 검사도 이젠 그런 내게서 승복의 기미를 알아차린 것 같았다.

"그러나 난 당신이 이제 와서 굳이 그것을 다시 숨기려 하리라 곤 생각하지 않아요. 이건 여러 번 반복한 소리지만, 난 뭐니 뭐니 해도 아직 진실에 대한 당신의 진지성과 열성을 믿으니까."

내가 말이 없는 것을 보고 잠시 시간을 기다리고 있던 오 검사가 비로소 그 신문자로서의 위치를 되찾으려는 듯 일방적으로 다시 입을 열어오기 시작했다. 그리고 이제는 우리들의 시나리오의 마지막 완성을 위해 그간에 추려진 범행의 과정을 다시 한 번 구체적으로 정리해나가기 시작했다.

"걱정스런 것은 다만 그런 진지성과 열성에도 불구하고 당신의 기억이 불확실한 경우들이지요. 진술을 찾으려고 애써도 그게 잘 떠올라주지 않아 고심을 해온 건 지금까지도 여러 번 있어온 일이 니까. 그래 당신의 기억을 돕기 위해 우선 어제 확인된 일들 가운 데서 사건을 다시 구성해나갈 기초적인 사실들을 한 번 더 확인시 켜드리기 위해 묻겠는데…… 그래, 두 사람은 결국 당신의 노래를 걸어놓고 그 전축의 노래가 끝나는 것을 신호로 차례로 권총을 쏘 기로 한 것이었지요? 아니, 애초 두 사람의 약속은 노래가 끝나는 것을 신호로 구종태가 먼저 당신을 쏘고 다음에 자신을 쏘기로 되 어 있었는데, 그가 자신만을 쏘고 만 것이지요?"

검사는 역시 내가 짐작하고 있던 대로였다. 나는 이제 할 말이 없었다. 하고 싶은 말이 있을 수도 없었고, 그래 봐야 피차 심사만 번거롭고 피곤할 뿐이었다. 나는 그저 다소곳한 표정으로 그의 추 궁을 말없이 받아들이고 있었다. 그러자 검사는 그것을 나의 승복으로 간주한 듯 목소리가 점점 더 단정적이고 신랄한 비꼼으로 변해갔다.

"그건 참으로 낭만적인 정경이었겠지. 하지만 정작 낭만적이었던 것은 가엾게도 그 단순하고 우직한 구종태뿐이었지. 당신은 처음부터 그가 당신을 쏠 수 없음을 알고 있었으니까. 그리고 그런 그의 나약하고 감상적인 성격을 이용하여 감히 그런 연극을 꾸며냈을 테구."

말투마저 어느새 반말 조가 함부로 섞여들고 있었다.

"당신도 그걸 알고 한 일이겠지만, 구종태류의 강력범들 가운데는 의외로 단순하고 감상적인 구석이 많거든. 하지만 당신의 그런 속셈을 알지 못한 구종태로선 마지막이 정말로 낭만적이었을밖에. 그림도 제법 그럴듯했겠고. 마지막을 함께해주겠다는 여자가 있다고 믿은 죽음이라니…… 그가 자신을 쏘지 않을 줄 알면서도 그래도 아직 두려움 때문에 가슴에 안겨들어 울부짖는 당신의 속마음을 끝끝내 알아차리지 못한 구종태였을 테니까. 그래 아마 가슴을 파고든 당신의 등 뒤에선 자신의 이마에 총구를 겨냥하기가 쉬웠을 테구 말이오."

"……"

"하지만 상대방을 알아보지 못한 것은 구종태 쪽만이 아니었지요. 당신도 그 구종태에 대해 끝내 한 가지 모른 것이 있었어요. 그 탄환…… 나중에 조사해본 권총 안에는 남은 탄환이 한 발도 없었던 게 확인됐거든. 이것도 한동안 의문거리로 남아 있던 일이지만, 당신이 만약 나중에 탄환을 꺼내지 않았다면, 구종태는 단 한

발의 탄환밖에 권총 속에 장전해두지 않고 있었던 셈인데, 그가 미리 탄환을 한 발밖에 장전해가지고 나오지 않았던 사실은 무엇을 뜻하는지 짐작하겠소?"

"……"

"당신은 그가 당신을 차마 못 쏜 것이라 생각했겠지만, 그는 당신을 못 쏜 게 아니라 기실 안 쏜 것이었어요. 아니 그는 처음부터 당신을 쏠 생각이 아니었지. 그는 처음부터 자기 혼자서 죽을 작정이었으니까. 당신은 그걸 몰랐던 거요…… 그래 가령 당신이 그와의 약속을 따르려 했대도 그건 처음부터 불가능하게 되어 있었던 거란 말이오. 아니 당신이 그걸 진정으로 원했다면, 그가 원망스럽게 그럴 기회를 빼앗아버리고 간 것이라 할까…… 그러나 당신은 처음부터 어차피 그럴 생각이 없었으니까 사후에 그런 탄환이 남아 있는지 없었는지조차 알 수가 없었지만……"

"……"

"하고 보니 당신의 애초 예상도 얼마간의 차질이 빚어질 수밖에 없었지. 그는 노래가 끝나고도 몇 번씩 다시 그걸 되풀이시키면서 두려움 속에 마지막 결행을 망설이고 있었으니까. 그래 이미 그것이 구종태 자신의 종말에 대한 두려움과 망설임을 알아차린 당신은 거기서 더욱 절망적으로 그를 못 견디게 몰아붙였던 거구. ─이번에는 정말 노래를 끝내요, 이번에는 제발 여기서 노래를 끝내달란 말이에요……"

"……"

"당신은 결국 그렇게 하여 자신의 손을 더럽힘이 없이 멋지게 복수를 끝낸 셈이었지. 그리고 그것으로 당신은 이제 직접 살해했을지도 모른다는 치명적 혐의도 벗겨진 셈이구. 하지만 이제 당신의 혐의가 이만 정도라도 밝혀진 이상엔 당신의 영리한 자살 사주와 방조 행위만이라도 위계에 의한 살인 혐의로 분명한 경위와 책임이 물어져야 하지 않겠소? 왜냐하면 당신의 거짓 이해와 애정을 담보로 목숨을 버리고 간 그 단순하고 우직스런 감상주의자는 자신을 먼저 쏘고 가면서 당신이 스스로 그를 뒤따를 자신의 방법을 찾아내길 바랐는지도 모르니 말이오. 그리고 어쩌면 그의 영혼은 지금도 저승에서 그것을 기다리고 있을지 모르구……"

"……"

"하지만 당신이 그를 어떤 식으로든 자살의 절망으로까지 이끌어간 건 허물만 살 일이 아닐지도 모르겠소. 구종태가 자기 삶의 종점에서 잠시 엿보이고 간 그 귀한 개심과 인간성에의 회귀 기미는 그런 절망을 통하지 않고는 아마도 영영 불가능한 일이었을는지도 모르니 말이오."

나의 범의와 범행 과정들을 내게 하나하나 확인시켜가면서 오 검사는 동시에 자기 심증의 시나리오를 일사불란한 것으로 만들어가고 있었다. 그는 한마디로 구종태의 죽음을 동반자살을 가장한 나의 자살 교사와 유인 또는 방조의 결과로 결론짓고 있었다. 그리고 그에 따른 나의 역할과 책임을 신랄한 논고 조로 힐문하고 있었다.

그것은 물론 그의 일방적인 추리와 상상의 시나리오였다. 하지만 나는 검사의 그런 일방적인 추궁 앞에 아직도 어떤 대꾸를 하고 나설 수가 없었다. 그의 어조나 표정이 너무도 확고하고 단호해 보인 탓도 있었지만, 그보다도 어쩌면 그의 말들이 모두 사실인 듯싶기도 했기 때문이다. 구종태의 죽음은 분명히 어떤 막다른 절망감에서 음모된 것이었다. 그리고 내가 그의 절망감을 이해하고 있었음은 그와 그것을 함께하고 있었음이었다. 게다가 그에게 그런 절망감을 부른 것도 분명히 나 자신이 먼저일 수 있었다. 그의 죽음을 부른 것도 분명히 나 자신이 먼저일 수 있었다. 총소리를 듣고도 올 것이 온 것뿐인 듯싶던 느낌. 그리고 그가 원망스럽고 자신이 망연스러워지고 있던 일…… 그게 모두가 그의 죽음을 스스로 음모하고 기다린 때문이 아니었던가. 하지만 그때 내가 기다린 것이 다만 그의 죽음뿐이었던가. 물론 나는 그런 것이 아니었다. 나는 애초부터 그와 절망을 함께하고 있었고, 그의 앞서간 죽음을 원망하며 부러워하기도 했었다. 그리고 그가 죽음으로 비로소 자신의 모습을 얻어간 것을 보고, 나도 자신이 마지막으로 돌아갈 곳을 찾아내고 있었다. 그의 시신을 정성껏 씻겨주고 나의 노래를 듣게 해준 것, 그것은 바로 그가 모처럼 찾아간 그의 모습을 고이 아껴주고, 그것으로 내 돌아갈 곳을 알게 해준 데 대한 감사가 아니었던가. 그리고 전날의 현장검증 때에도 나는 얼마나 그것을 기뻐하며 그에게 새삼 감사하고 있었던가. 나도 함께 그것을 갈망하며 기다리고 있었던가. 나 역시 그때 죽음을 생각하고 있었음이 분명했다. 검사는 내게 그것을 일깨워준 셈이었다. 그리고 내게 내가 돌아갈 곳을 다시 한 번 분명히 확인시켜준 셈이었다.

나는 검사를 부인하고 나설 수가 없었다. 얼마간의 오해가 따르고는 있었지만, 그것도 굳이 문제를 삼고 나설 일이 못 되었다. 무엇보다도 아직 후회와 절망이 가득한 심사로는 모든 일이 전혀 부질없을 뿐이었다. 내가 그를 따르려 했다 해도 그가 이미 그럴 기회를 빼앗아갔다 했던가. 한데도 나는 그걸 전혀 알아차리지 못했다 했던가. 하지만 나는 그것도 검사만이 옳은 것 같진 않았다. 나도 이미 그것을 그때 알고 있었던 것 같았다. 그래 그토록 그의 죽음 앞에 심사가 망연스러워지고 있었던 같았다…… 나는 새삼 그의 이기심이 원망스러울 뿐이었다.

하지만 이제는 모두가 지나가버린 일— 남은 일은 이제 나 혼자 검사 앞에 그것들을 사실답게 설명하는 것뿐이었다. 그리고 검사는 그것을 위해 지금 나를 열심히 부추기고 있었다. 일의 행로가 그쯤 명백해진 이상 나는 아무쪼록 그 일에 마음이라도 편해지고 싶었다. 가만히 듣고 있는 것이 일에도 이롭고 마음도 편했다. 나는 그냥 모든 것을 고스란히 조용한 침묵으로 받아들이고 있었다. 심신이 마치 물기를 빨아들이는 스펀지처럼 검사의 모든 것을 받아들이며 무게를 점점 더해가고 있었다. 그럴수록 마음은 더할 수 없이 조용하고 편안스럽게 가라앉아갔다.

검사가 그런 나를 친절하고 요령 있게 인도해나갔다.

"자, 그럼 우리 이야기는 이쯤 접어두고 그 부분을 다시 좀 고쳐 써주겠소?"

그가 마침내 내게 마지막 주문을 해왔다. 그리고 내게 더 이상의 불필요한 혼란이 이는 것을 용납하기 싫은 듯 간략하게 몇 마디를 덧붙이고 있었다.

"고쳐 써줄 곳은 방금 우리가 얘기한 대목들, 말하자면 당신이 수원에서 아파트로 돌아와 다시 그곳을 나갈 때까지뿐이니까 오늘로 일을 끝내줘야겠어요. 이젠 시간도 없을뿐더러 재검증에 필요한 당신의 진술서도 거기까지면 충분하니까."

나는 이견이 있을 수 없었다. 이견이 있을 수도 없었고 이견을 내세우고 나설 자리도 아니었다. 나는 계속 입을 다문 채 그저 한두 번 고갯짓으로 지시에 순종할 뜻을 표했다.

그러자 검사도 그쯤에서 일을 끝내고 싶어진 모양이었다. 혹은 언제나의 그의 버릇처럼 아랫배가 갑자기 급해졌는지도 모른다.

"그럼 됐어요."

그가 마침내 엉거주춤 자리를 일어서며 말했다. 그리고는 어정어정 자신이 먼저 자기 방을 나가면서, 그 역시 버릇이듯 거북살스런 얼굴로 다시 한 번 당부를 덧붙였다.

"그리고 이건 일의 능률을 위해 불필요한 혼란을 피하자는 뜻에서 해두는 말인데…… 오늘 자술서를 쓸 때 말이오. 오늘 써나갈 자술서 내용은 지금까지 우리가 중요한 대목을 짚어본 것처럼 어제 진행된 현장검증 과정을 기준으로 삼는 게 좋을 겁니다. 어제의 진행이 원래의 사실에 근거한 것인 이상, 거기에 겹쳐서 지난날의 기억까지 더듬어 내려가다간 또다시 혼란만 초래할 거니까. 어제의 과정을 기준으로 해야만 여태까지 숨겨져온 비밀의 시간도 소재가 쉽게 찾아질 테구 말이오."

樂出虛

장문석
(문학평론가)

1. 虛心坦懷

『당신들의 천국』의 단 한 문장. 이미 근 반세기에 걸쳐 여러 독자들의 거듭된 눈길과 매만짐 아래 있었던 한 문장을 지금 여기서 다시금 저작(咀嚼)하고자 한다: "운명을 같이하지 않는 한에서의 어떤 힘의 질서는 무서운 힘의 우상을 낳을 뿐이겠지요. 하지만 운명을 같이하려는 작정이 있은 다음엔 내게 그 원장의 권능이 필요했어요. 그래서 그 허심탄회한 힘의 질서 속에서 섬의 자유와 사랑이 행해져나가야 했었어요. 하지만 난 이미 이 섬 병원의 원장이 아니었어요."(이청준, 『당신들의 천국』, 이청준 전집11, 문학과지성사, 2012, pp. 480~81) 미완의 간척을 뒤로하고 소록도를 떠났던 조백헌 옛 원장이 7년 만에 섬에 돌아와 기자 이정태에게 털어놓은 고백. 일찍이 눈밝은 어떤 이는 이 문장을 두고 '자유와 사랑의 실천적 화해'를 읽어냈다(김현, 『문학과 유토피아』, 문학과지성사, 1980, pp. 224~37). 그리고 최근 또 다른 이는 그럼에도 이 발언이 내포하고 있는 의미의 덤으로부터 '마침내 사랑이 승리했을까?'라는 신중한 질문을 도출하였고 그 결과 『당신들의 천국』을 "사랑과 자유의 화해를 목표로, 그러나 화해의 궁극적 미완을 대가로, 영원히 사랑과 자유의 항구적 갈등을 그린 소설"로 조금 더 자세한 이해를 모색하기도 하였다(정과리, 『네안데르탈인의 귀환』, 문학과지성사, 2008, p. 48). 100년의 시간을 갓 넘긴 한국근대문학사에서 문장 몇을 선별한다고 하면 반드시 포함해야 할 이 문장(文章)에 대해서, 앞으로도 더 넓은 논의를 위한 주(注)와 사려 깊은 소(疏)가 더해져서, 이 문장의 뜻이 그 깊이와 빛깔을 달리하여 울림과 해석의 지층을 형성하기를 기대한다.

사실 위의 문장은 1976년 문학과지성사에서 간행한 단행본 『당신들의 天國』에서부터 발견되지만, 이청준은 1974~75년 『신동아』 연재본에서부터 조 원장과 서술자의 목소리를 빌려 '허심탄회'라는 다짐을 곳곳에 새겨두고 있었다. 그리고 1984년 이청준은 『제3의 현장』이라는 소설을 쓰면서 다시 한 번 '허심탄회'라는 말 앞에서 숨을 죽이고 고민하고 있었다. 1971년 전후 소록도에서 조백헌과 이정태가 '허심탄회'라는 말 앞에 설 때, 그들은 날카로운 의심과 신중한 동의 속에서도 선량한 의지를 주고받을 수 있었다. 하지만 1984년의 경우는 여러 점에서 상황이 달랐고, 사실 조금 더 난망하였다. 서사의 시간은 1979년 2월 중순으로 여전히 추울 무렵이었다. 장소는 서울의 어느 취조실이었으며, 한 사람은 피의

자였고 또 한 사람은 수사를 맡은 검사였다.

나는 이미 사후의 종합과 주장 위에 서 있는 그 과거형의 마지막 문장을 지워버리고 현재형으로 다시 생각과 주장을 되돌려놓으려 안간힘을 다한다. 작자에 대한 어떤 확정의 고정관념에서 벗어나 스스로 허심탄회한 마음으로 당시의 그와 그의 일들을 정직하게 만나고 느끼려 애를 쓴다. (pp. 27~28)

어떤 어려운 장애가 있더라도 나는 스스로 정직하고 허심탄회하게 과거사 속으로 되돌아가야 한다. 그리고 그 과거의 시간대 속에 자기 행동의 실감을 되살려내고 스스로 납득이 가능해야 하는 것이다. 그래야 비로소 자신의 진실을 만나게 될 수 있을 것이다. 그 기억의 틀 속에 남아 있는 불가사의한 진실들을. 오 검사에 앞서서 나 자신이라도. (p. 52)

"당신과 내 공동의 과제라…… 그렇지요. 내 생각도 바로 마찬가지요. 그리고 난 당신이 그렇게 생각해주는 걸 무척이나 고맙게 여기고 있는 참이구. 솔직히 말해서 그 목적이 유감스럽게 서로 다른 데 있다뿐. 이번 일은 어차피 당신의 적극적이고 허심탄회한 협력이 있어야만 진상이 밝혀지게 되어 있으니까."

검사도 이내 나의 고백에 동의를 해왔다. 몇 번씩 실패를 거듭해 온 검사로선 으레 당연한 반응일 수 있었다. (p. 55)

허심탄회. '품은 생각을 터놓고 말할 만큼 아무 거리낌이 없고 솔직함'(『표준국어대사전』). 조백헌의 허심탄회는, 자신의 7년 전 기투와 '실패'를 복기하면서 '아마 이랬어야 했을 텐데'라는 형식의 성찰과 그 성찰에 근거하여 새로운 가능성의 계기와 조건을 (불가능성과 관련하여) 모색하는 과정에서 도출된 것이었다. 조백헌의 허심탄회는 과거의 것이면서 그렇기 때문에 미래를 위해 열려 있는 것이었다면, 『제3의 현장』에 등장하는 인물 백남희와 오 검사의 허심탄회는 바로 지금 현재를 위한 것이다. 좀더 정확히 말하자면, 그들에게 허심탄회는 바로 지금 그들에게 강제된 의무였다.

이 소설에서 백남희와 오 검사가 복구하고 규명하고자 하는 것은 1978년 12월 28일 가해자 구종태가 피해자 백남희의 집에 무단으로 침입한 날로부터 보름간의 감금 끝에 구종태가 죽고 백남희가 집을 빠져나온 날까지의 사정이다. 피의자인 백남희는 실패한 두 번의 진술을 뒤로하고, 이번에야말로 '내가 허심탄회해야만 한다'라는 마음을 거듭 다짐하고 있었고, 그를 지켜보고 있는 또한 사람 오 검사는 이번에야말로 '네가 허심탄회해야만 한다'라고 강경히 뜻을 굽히지 않았다. 이미 한 번을 연장한 10일의 구속 기한이 두번째 만료에 근접했기에 이들에게는 '허심탄회'는 촉박했다. 이들은 제한된 시간의 압박 속에서 허심탄회를 거듭 다짐하거나 요청하고 있었는데, 재귀적인 다짐이 반복되면 반복될수록 그리고 목소리가 커지면 커질수록 이들의 허심탄회는 외려 그 박약함과 불가능성을 노출할 수밖에 없었다. 특히 진술자 백남희가 허심탄회하고자 했을 때, 가장 경계한 것은 어떤 이유로 인해 허심탄회하지 못하고 있는 자기 자신이었다. 그는 자신에게 있는 고정관념을 넘어야 했고, 자신을 대상으로 '부(不)-정직'을 넘어야 했다. 그의 괴로움을 조금 더 자세히 들어본다면, 그는 의지적으로 정직하지 않겠다고 굳게 다짐했기 때문에 고민하는 것이 아님을 알 수 있다. 그는 정직을 지향하면서도 정직의 불가능함 앞에 좌절하고 있었다. 그는 생존과 자기 보호를 위한 최소한의 무의식적인 자기 옹호까지도 넘어서서 진실을 마주하는 단계, 혹은 자기 초극을 스스로에게 요청하고 있었고, 그의 허심탄회는 그 맥락에 놓여 있었다. 그래야 비로소 '진실'에 도달하리라는 기대와 함께 말이다. 『제3의 현장』에서 허심탄회는 그저 한순간의 마음먹기나 재귀적인 선언에 따라 자연스럽고 '쉽게' 주어지는 것이 아니라, 자기 자신과의 갈등을 넘어서고서야 겨우 닿을 수 있(기를 바라나 그것조차 확신은 할 수 없)는 장소에 있었다.

백남희와 오 검사가 가지고 있는 고민은, 허심탄회라는 말 앞에선 누구라도 만나는 문제이며, 따라서 충분히 공감할 수 있는 문제들이다. 조금의 투덜거림이 허락된다면, 『당신들의 천국』의 허심탄회는 이러한 고민과 의심에 의해 정련되거나 검증된 것이라고 하기에는 조금 부족하다. 서사의 진폭 자체가 가지는 무게감과 한 인물이 가졌던 실천과 내면의 심천(深淺)으로 인해 조백헌의 고백은 감동을 주지만, 책을 덮은 지 하루가 지난 뒤 그의 고백을 한 걸음 곁에서 다시 한 번 생각해본다면 (죄송스럽지만) 여러 점에서 의심스럽기도 하다. 허심탄회가 필요한 것 같기는 한데, 그것이 가능하기는 할까, 가능하다면 도대체 어떻게 가능할까, 한 사람이 허심탄회한 마음을 먹는 것과 허심탄회한 힘의 질서의 차이는 무엇일까 등등. 독자의 입장에서 허심탄회하게 생각해보면, 허심탄회에 대한 의문의 자기 증식을 막기는 어렵다. 의문의 증식 속에서면 분명 단행본 5백여 면에 육박하는 그의 고백을 들었음에도 불구하고, 어느새 허심탄회 외에 다른 길은 없을까라는 간사한 고민도 고개를 들기 마련이다. 혹여 불경과 난경을 넘어서 허심탄회 자체에 대한 마음 깊은 동의에 도달하여 '허심탄회하리라'고 다짐(?)을 했다면, 이제야말로 『제3의 현장』의 백남희나 오 검사와 비슷한 고민에 빠질 가능성이 높다. 백남희와 오 검사는 한 장의 진술서를 만드는 일에서도 허심탄회하지 못하는 자신을 응시하면서 단행본 3백여 면에 달하는 고민을 쌓고 있었다. 만약 진술서 한 장에서 더 나아가 혹시라도 허심탄회한 힘의 질서를 통해 어떤 교환의 원리 위에 '공동체'를 구성하고 그것을 움직여야 한다면, 그때 고려하고 경계해야 할 조건과 계기의 목록은 기하급수적으로 증가할 것이다. 고민이 여기에까지 도달한다면 그동안 그 두꺼운 『당신들의 천국』을 잘못 읽은 것은 아닐까 하는 두려움과 능력 미달의 독자로서 스스로의 부족한 예지와 둔탁한 감수성에 대한 실망에 휩쓸리기 마련이다.

『제3의 현장』을 읽고 정리하려는 문제는, 바로 이와 같은 필자의 역량에 대한 의문과 실망을 허심탄회하게 인정한 위에서 만날 수 있었다: 혹시라도 1970년대 중반 조백헌 원장의 고민을 귀담아들었던 작가 이청준은 1980년대 초에도 여전히 '허심탄회'라는 문제를 고민하고 있었던 것은 아닌가. 이 글의 첫 질문이다.

2. 汝聞人籍, 而末聞地籍

『제3의 현장』에서는 두 사람의 허심탄회를 더 발견할 수 있다. 감금 일주일이 지난 후 백남희는 어느 정도 안정을 찾았으나, 철저한 무관심으로 아무것도 알려 하지 않은 채 구종태의 행동을 그저 수용하고 있었다. 하지만 구종태는 백남희의 태도에 불쾌감을 느끼면서, 자신의 이야기를 전달하고자 하였다. 가해자는 자신의 이야기를 허심탄회하게(?) 전달하고 피해자에게 가해자 자신에 관한 이해를 구하게 되는 상황. 물론 피해자는 그의 이야기를 거절하며 가해자에 대한 일말의 이해를 완강히 거부하였다.

하지만 끝내 구종태는 애원과 구걸에 가까운 형식으로 사력(私歷)에 관해 진술하였고, 이는 백남희의 경멸을 낳았다. 구종태의 고백은 백남희와 구종태가 갈라서는 계기가 된다. 구종태는 허심탄회하게 전달하면 어느 정도 이해와 공감의 가능성이 열릴 것을 기대하였겠으나, 백남희에게 가해자일 뿐인 구종태의 자기연민은 발화와 함께 너저분함과 비루함을 면키 어려운 것이었다.

구종태의 내력은 『제3의 현장』의 서사를 전환하는 계기로서 중요한 의미를 갖지만, 동시에 작가 이청준을 염두에 둘 때도 그 의미는 가볍지 않다. 이청준은 대표작 『당신들의 천국』에서처럼 간척이라는 상황을 소설에 즐겨 삽입하곤 하였는데, 구종태의 경험은 바로 간척지와 관련되기 때문이다. 그리고 간척지의 사정으로부터 우리는 『제3의 현장』에 포함된 또 하나의 허심탄회를 발견할 수 있다.

전도사는 언제까지나 마을 사람들이 이곳에서 버티어낼 수가 없음을 알고 있었다. 그것이 비록 가능하다 하더라도 오히려 그럴 수가 없는 일이었다. 그럴 수도 없고 그래서도 안 되었다. 천변은 언젠가는 떠나야 할 곳이었다. 거기선 무엇보다 삶의 생성이 정지되어 있었다. 그것은 일종의 삶의 굴레였다. 〔……〕 전도사는 이날 밤 마을 사람들 앞에서 그가 그동안 조사하고 궁리해온 새 이주지에 대한 자신의 정보와 가능성들을 허심탄회하게 모두 털어놓았다.

"그 대신 토질이 매우 척박하고 바닷바람이 거세어 웬만한 각오와 노력이 아니고는 작물 재배 같은 일에 어려움이 퍽 많을 것도 사실입니다. 어쩌면 아예 산지 쪽에는 마을을 이루고 가축을 치는 외에 밭작물을 기대할 수가 없겠구요…… 그러나 너무 실망들은 마십시오. 육지는 그저 우리의 삶을 의탁할 최소한의 담보일 뿐입니다. 그 땅에 대한 저의 기대는 야산 지역의 개간에보다도 앞쪽 바닷가 개펄에 있으니까요……"(pp. 160~61)

구종태의 이야기는 제대 직후인 1972년에 시작하지만, 그가 본격적으로 간척사업과 이주의 주도적인 인물인 전도사와 조우한 것은 1975년 봄 안양천변 무허가 판자촌 마을에서였다. 당시 판자촌에서는 이 지역을 '정리'하려는 행정 권력과 용역의 의지와 거주민들의 의지가 충돌하고 있었다. 행정 권력이 무허가 건물을 허물면 주민들이 며칠이고 다시 그 집을 세우는 역할 분담의 구조

가 반복되고 있었다. 전도사는 이러한 구조에서는 삶이 생성될 수
없다고 보았고, 이주의 가능성을 탐색하였다. 그리고 그는 자신
의 정보와 계획을 안양천변 주민들 앞에서 허심탄회하게 털어놓
는다. 전도사의 허심탄회는 삶이 정지한 곳에 새로운 삶을 불어넣
는 것을 목표로 했으며, 참다운 삶과 행복한 삶을 지향하는 것이었
다. 이것은 타인을 위한 것이었고 동시에 그 자신을 위한 것이었
다. 결국 전도사의 의견대로 주민들은 이주하며, 이주한 주민들의
간척사업은 연이은 실패를 극복하며 새로운 삶에의 의지를 재확
인하는 장소였다. 하지만 1978년 봄 절강공사를 마친 후 간척사업
은 하늘에 의해 시작되고 인간에 의해 완성된 '배반극'(p. 169)을
마주하게 된다. 둑은 다시금 바닷속으로 자취를 감추었고 의지가
꺾인 이주민들은 총을 들고 전도사를 찾아가게 된다. 구종태가 앞
장선 것은 물론이었다.

지도자의 선제적인 제안이 있다는 점, 그 제안은 타인을 위한 의
지 위에 서 있다고 스스로 생각했던 점, 그 제안에 동의한 사람들
이 미약하지만 성실한 의지와 노력을 모아 사업을 진행한다는 점,
사업이 1차 완성까지는 도달한다는 점, 그리고 자연의 배반과 인
간의 배반으로 사업에 차질이 생긴다는 점, 어려움의 결과 사람들
은 자신들이 세운 둑 위에서 지도자에게 총을 겨눈다는 점 등. 『당
신들의 천국』과 『제3의 현장』이 서술하고 있는 간척지에서의 사
정은 여러모로 비슷하다. 연구자 김우영은 이러한 공통점에 주목
하여 1960~70년대 한국 사회 전체가 일종의 숭고 기획인 근대화
프로젝트에 기투하고 있었으며, 이때 바다를 막아 땅을 새로이 창

조한다는 것은 가장 원초적이지만 가장 강렬한 영웅의 행위로 이해할 수 있음을 지적하였다. 그리고 그는 작가 이청준이 영웅의 기획을 실패에 둠으로써 국가와 권력에 의한 숭고 독점에 반성적 거리를 확보하고 '차가운 숭고'의 가능성과 의미를 심문한 것으로 이해하였다.

이러한 이청준의 미학적 기획을 염두에 두면서 이번에는 두 소설의 거리를 다시 생각해보고자 한다. 『당신들의 천국』이 지도자 조백헌 원장의 '내면'을 보다 밀도 있게 서술하면서 간척사업을 서술한다면, 『제3의 현장』은 지도자인 전도사에 초점화하여 간척사업을 서술하나 그 경과는 무척 간략하며 전도사의 '내면' 또한 충분히 드러나지 않는다. 총을 가지고 지도자에 맞서는 인물의 경우에도 『당신들의 천국』의 황 장로에게는 납득 가능한 사연이 부여되는 반면, 『제3의 현장』의 구종태는 뜬금없으며 곡절을 찾기 힘들다. 이는 물론 간척사업에 할애된 서술의 물리적 분량 차이에 기인하는 문제이지만, 다른 한편으로는 두 편의 소설이 1960~70년대 한국 사회라는 현실 및 역사와 맺는 관계의 차이에서 온 문제이기도 하다.

이청준이 이규태의 논픽션 「소록도의 반란」(『사상계』 1966년 10월호)을 통해 소록도와 오마도 간척사업을 알게 된 것은 1966년 이었지만, 그가 실제로 소록도에 취재를 다녀온 것은 1974년이었다. 이후 1974~75년의 연재를 거쳐 1976년 단행본으로 출간되는 이 소설이 다루고 있는 서사의 시간은 1961년 8월부터이다. 조백헌의 재임 기간과 간척사업 등은 4년 정도였으며, 소록도를 떠난 조백헌은 7년 후에 민간인으로 귀환하였다. 그렇다면 조백헌과 이정태의 대화는 아마 1971년 무렵이었을 것이다. 10년이 넘는 거리를 확보한 사건과 현실에서 취재하되, 실존 인물과 사건의 세부적인 설정에 다양한 차이를 부여함으로써, 『당신들의 천국』은 연구자 이미영의 지적처럼 '알레고리'를 발생시키며, 사건의 배경이 되는 소록도는 시공간적 의미에서 외부와 단절된 하나의 개별적인 세계로 형상화된다.

이 점과 비교할 때, 『제3의 현장』은 발표 시기인 1984년과 소설 속 간척사업이 일어난 1975~78년은 그다지 멀지 않다. 같은 간척사업이라 하더라도, 1960년대 초반을 배경으로 외부와 차단된 섬에서 진행된 간척사업과 1970년대 중반 신흥 항만도시 평택 인근의 해안에서 아쉬운 대로 '당국' 및 '행정요로'(p. 165)와 끊임없이 교섭하며 시행하는 간척사업 사이에는 적지 않은 차이가 있다. 『당신들의 천국』의 간척사업이 외부로부터 단절된 공간에서 일어났으며 알레고리로 이해할 여지가 있다면, 『제3의 현장』의 간척사업은 박정희 정권의 경제개발계획 아래 실제로 국토 곳곳에서 건설된 방조제, 고속도로의 새로운 네트워크와 접속 가능한 현실적인 기획이었다. 1971년에 착공한 남양만 방조제는 1974년에 준공되었고, 실제 농지확보를 목적으로 평택지구 대단위농업종합개발사업이 진행되었다. 방조제 건설과 함께 간척된 땅은 신청에 따라 유상 분배되었고 1970년대 중후반에 이미 간척한 땅에서 농사를 짓고 있었으며 벼멸구의 피해를 걱정하고 있었다. 『제3의 현장』에서 백남희는 서울 강동구 자신의 아파트에서 출발하여 진홍색 포니를 몰고 과속하여 고속도로를 통과한 결과, 세 시간 만에 평택의 간척지에 도착할 수 있었다. 1970년 경부고속도로가 개통되었고, 1980년을 전후하여 자가용 자동차가 보급되기 시작했다는 점을 감안한다면, 구종태의 간척지는 1970년대 중후반 한국 사회로부터 '고립'되어 존재하는 것은 아니었다. 전도사와 구종태가 원래 거주하였던 안양천 역시 상습 침수 지역으로 이름이 높은 지역이었고, 1977년 서울시는 안양천변 및 시흥지역 저지대 무허가 주택 7,850여 동을 5년에 걸쳐 철거하고 그곳에 새로 시영 및 민영 아파트를 건설할 계획을 수립하였다. 그리고 그 계획의 연속선에서 안양천을 따라 88올림픽 직전 목동아파트가 솟아오른다.

『당신들의 천국』에서 『제3의 현장』으로의 이동을 두고, '알레고리'에서 '역사'로라고 명명할 수 있을지에 대해서는 조금 더 시간을 두고 신중히 생각해보고자 한다. 그 첫 작업으로 이 자리에서는 두 소설의 거리를 형성한 사회적 맥락을 염두에 두고자 한다. 개발 드라이브가 한창인 1976년에 간행된 『당신들의 천국』은 경제개발계획이 시작되었을 뿐 아직 그 결실을 짐작할 수 없었던 시기, 사람들이 직접 손으로 돌을 옮겨 바다에 쏟아 부어 땅을 만들던 경험에 관해서 쓰고 있다. 이 소설의 간척사업에는 자연과 인간의 싸움, 운명 개척에의 의지 등 영웅적 의미가 두드러진다. 이에 대조적으로 『제3의 현장』의 간척사업은 1970년대 중후반 한국 사회, 보다 구체적으로는 국토종합계획과 경제개발계획에 따라 그 형태와 그 속성이 지속적으로 재구성되고 있는 한국의 사회 및 경제와 구조적으로 연락되어 있다. 특히 이 소설은 1981년 제2차 10개년 국토종합개발계획 발표 이후에 발표되었다. 제2차 계획은 집적과 거점을 중심으로 한 성장형 개발이 이미 완료되었다고 보고, 그 이익을 국토에 고루 분배하는 것을 목표로 하고 있었다. 그리고 『제3의 현장』이 포착한 1970년대 중후반은 그러한 국토개발이 1차적으로 완료되던 시기였다.

3. 是唯無作, 作則萬竅怒呺

고속도로와 간척지는 해안선과 들판만을 변경시킨 것이 아니다. 평택의 간척지는 송탄, 오산, 수원, 판교를 지나는 경부고속도로를 통해 강동구 백남희의 아파트로 이어졌으며, 이 시기에는 한국인의 삶의 구체적인 형식에도 많은 변화가 있었다. 『제3의 현장』은 그러한 변화 역시 예민하게 포착하고 있다. 하나는 아파트라는 공간의 문제이며, 또 하나는 방송을 비롯한 미디어의 문제이다.

서울 강동구 ×동 ××번지 소재 ××아파트 21동 1501호. 백남희가 거주하는 아파트의 주소. 실제 서울 강동구 길동에 아파트가 분양된 것은 1980년 이후임을 감안한다면, 이러한 설정은 1984년의 맥락을 1978년 전후로 투사한 것으로 보아도 무방할 것이다.

나는 그것도 별로 대수롭게 여기지 않는다. 우표가 붙어 있지 않은 걸로 보아 단지 안에서 배달되어온 점포 광고물쯤 되겠거니 생각한다. 이 신축 아파트 단지에 주민 입주가 시작된 것은 이제 겨우

한 달이 조금 넘은 지난 11월 중순부터의 일이다. 내가 이곳으로 이사를 해 온 것도 그새 한 달이 되지 않은 지난 12월 초순께의 일. 단지엔 아직도 이사를 오직 않은 빈집들이 많고, 주거 질서도 제대로 잡혀 있질 못했다. 주변 상가 점포들의 광고 활동은 그럴수록 더 극성스러웠다. 제일 먼저 발을 들여놓았음에 분명한 길가의 즐비한 부동산 소개 업소들을 필두로 만두집, 술집, 의상실, 정유점, 식품점, 바둑집, 태권도 도장, 신문 보급소 등등, 이미 문을 열었거나 열 준비를 하고 있는 멀고 가까운 영업소들의 선전 광고물들이 이 꼭대기 층 벽면집 문틈 속까지 심심찮게 자주 쑤셔박혀 들곤 하였다. 어떤 것은 광고지로, 어떤 것은 팸플릿 책자로, 또 어떤 것은 봉투에 넣어진 깔끔하고 정중한 서면 형식으로. (pp. 12~13)

신축을 마치고 이제 입주를 시작한 아파트에는 아직 주민들이 차지 않았다. 그러나 이웃보다 사람들을 먼저 반겼던 것은 아파트 주변 상가의 광고물이었다. 아파트 건물 바깥에는 아스팔트 도로와 주차장, 그리고 관리사무소가 이어지며 그 끝에는 상가 건물이 있다. 술집, 정육점, 바둑집, 태권도장 등 전혀 성격을 달리하는 점포들이 한 건물 안에 있다. 그리고 아파트는 1501호라는 명패를 붙인 현관문을 기준으로 삶을 위한 공간은 외부와 단절된 채 존재하게 된다. 아파트의 가구는 다용도실, 서재, 거실, 안방, 욕실이 한데 모여 있는 폐쇄적인 공간이며, 그렇기 때문에 한 번 현관문 안으로 들어가면 다시 밖으로 나올 필요가 없다. 철문으로 인해 이웃집의 소리가 잘 들리지 않으며, 그 누구도 군이 들으려 하지 않는다. 그나마 만나는 사람은 우연히 엘리베이터에서 만나는 사람이나, 나와 엘리베이터 버튼을 두고 경쟁하는 미상의 "802호 거주인"(p. 275), 혹은 아파트 건물 현관의 경비원뿐이었다. 직업 의식에 근거한 아파트 현관의 경비원을 제외한다면, 아파트의 이웃은 다른 집의 총소리조차 듣지 못하기에 증인이나 알리바이 제공자의 역할에도 미달하며, 그저 타인의 삶에 무심한 "구경꾼"(p. 271)이자 익명일 수밖에 없었다.

그리고 아파트 각 가구에는 침대, 화장대, 벽걸이, 냉장고, 소파, 그리고 텔레비전 등의 기물이 자리를 잡게 된다. 그리고 어떤 이는 학생대백과사전이나 세계문학전집을 유리문이 달린 진열장 속에 넣으며 '중산층'의 삶을 꿈꾸었겠으나, 아파트의 각 가정이 가진 분절성과 폐쇄성은 단지 범죄의 장소로 이용되는 것을 넘어 범죄를 '촉발'한다고 이해되기도 하였다. "대낮의 빈 아파트는 범죄자들에게 범죄유발을 촉진하는 계기로 이용되고 있다"라는 1978년의 경고성 기사가 그 예이다. 백남희 역시 낮에 비워둔 집에 몰래 잠입한 구종태에 의해 감금되었으며, "정작 총소리가 있었더라도 무심히 지나쳤을 아파트 이웃"(p. 47)뿐인 공간의 단절성으로 인해 그들은 밖에 나가지 않더라도 아무 소문과 의심 없이 집 안에서 감금 생활을 유지할 수 있었다. 또한 서재, 침실이 나무문으로 분리되어 있었던 탓에, 구종태는 문의 여닫음으로 감시와 차단의 상태를 쉽게 전환할 수 있었다.

그리고 아파트는 점차 사람들의 '모든 것'이 되어가고 있었다. 구종태는 감금 보름이 다 되어가던 무렵 백남희에게 불쑥 "어때,

내가 원한다면 이 집을 팔 수 있겠어?"라고 말하자 백남희는 그 것이 자신이 "기다려온 범행의 목적"(p. 129)임을 직감할 수 있었다. 구종태 역시 아파트가 백남희 "당신의 삶 전체가 담겨온 곳"(p. 131)임을 거듭 언급하였다.

삶의 전반적인 형식 자체가 바뀌었기에 그곳에서 활용하는 미디어의 성격과 위계가 변화하는 것 또한 자연스럽다. 아파트의 삶에 가장 어울리는 미디어는 바로 소파와 짝을 이루는 텔레비전일 것이다. 한국이 텔레비전 방송을 시작한 것은 1956년이지만, 보급률이 급증한 것은 1980년 컬러 방송 송출 이후로 1980년대 중반에 오면 1가구당 1대에 다다른다. 감금 일주일 무렵의 아침.

바로 이튿날. 아침 설거지를 끝내고 거실로 나오자, 그는 소파에 기대 앉아 아침 방송을 시청하고 있다가—나는 이날부터 그를 위해 아침을 지었고, 그는 다시 텔레비전 시청을 시작했다—느닷없이 내게 다시 단독 외출의 의향을 물어왔다. (p. 120)

피해자가 가해자를 위해 아침 식사를 준비하는 몹시 예외적인 경우를 제외한다면, 앞의 장면은 1980년대부터 한국의 아파트에서 익숙해진 매일 아침의 풍경이다. 일어나서 거실에 나와 '소파에 기대 앉아 아침 방송을 시청'하는 것은 무척 자연스럽다.

그런데 피해자인 여가수 백남희는 삶의 형식으로는 아파트에 적응하였으면서도, 자신을 둘러싼 여러 미디어에 대해서는 다소간 다른 감각을 가지고 있었다. 우선 그는 방송을 불편해하고 있었다. 물론 일차적으로 텔레비전은 감금된 자신의 황망함을 아랑곳하지 않고 정해진 계획대로 '연속극'을 방영한다든지, 자신의 공복(空腹)과 대조되는 통만두의 배달 소리를 들려주는 등, 그 자신의 처지와 무관하게 기계적으로 정보를 송출하는 미디어였기 때문이다. 더욱이 방송국의 구성원들도 백남희에게 불친절하여 그가 출연하였던 프로그램의 방송 일자를 고지하지 않고, 자의로 방송 일정을 조정한 경험도 있었다. 결국 방에 감금된 백남희는 거실의 텔레비전 소리를 들으며, "또 하나의 내가 거실 밖에서 노래를 부르고 있었다"(p. 77)라는 소외를 경험할밖에 없었다. 더욱이 백남희는 공연을 할 때, 자신은 "청중과 함께" 노래를 부르는 것을 중요시하는 가수였다. 그래서 그는 방송보다는 일반 무대를 선호하였고, 텔레비전보다는 라디오를 선호하였다. 그는 "언제나 사람들과 함께 노래를 하고 싶"어 했으며(p. 76), 오페라 「나부코」에 삽입된 「히브리 노예들의 합창」을 개사하여 독창으로 합창의 악상을 충분히 소화한다는 평을 듣고 있었다. 녹화 방송으로 인해 혼자 노래해야 할 경우에도 그는 '시청자'(청중이 아닌!)들에게 "마음속으로 제 노래를 따라 불러주세요"(p. 78)라고 부탁할 정도였다.

백남희에게 미디어란 인간의 신체와 접속되고 그 흔적을 간직한 것이었다. 처음 구종태가 보낸 협박편지를 곁눈질로 보았을 때, 그의 눈에 가장 먼저 들어온 것은 다름 아닌 봉투 뒷면 협박범의 "정중한 필체"(p. 12)였고, 그는 편지의 내용과 필체로 구종태라는 인물을 가늠하였다. 하지만 당시 한국에서 미디어는 이미 그 성격과 특징이 달라져 인간의 신체와 분리되고 있었다.

이 점에서 『제3의 현장』은 1976년 『당신들의 천국』 단행본 발간 이후 남한자본주의의 발전에 따라 새롭게 구조화된 삶의 형식과 새로이 등장한 미디어가 한국 사회에 확산되어가는 양상을 포착하고 있다. 그리고 변화의 양상을 소설의 영역으로 포괄함으로써, '허심탄회'라는 작가 이청준의 질문을 변화해가는 한국 사회의 현실에 제기한 것이었다. 이 점에서 『제3의 현장』은 '아파트로 간 『당신들의 천국』'으로 이해할 수 있을 것이다. 다만 백남희는 아파트에는 익숙하게 적응한 반면, 미디어의 경우에 대해서는 충분히 익숙하게 적응하지 못하고 어떤 것에는 거리감을 숨기지 않았다. 그는 방송 무대에 서 있는 자기 자신을 "꼭두각시"(p. 70)라고 부르는데, "꼭두각시"(p. 30)라는 자기규정은 구종태에게 감금당한 자기 자신을 지칭하는 표현이었다. 과도한 동치로 생각할 수도 있으나, 약간 사개가 물러난 이 표현은 그만큼 백남희가 1970년대 말에서 1980년대 초반 전환기 미디어의 불균질성을 강하게 경험하고 있었음을 암시한다.

4. 鬱 → 虛, 樂出虛

연구자 김우영의 분석에 도움을 받아 『제3의 현장』의 경개(梗槪)를 더듬어보면, 『장자(莊子)』의 문구 '악출허(樂出虛)'라는 표현으로 서사의 형상을 결정화할 수 있다. 근대성에 기반한 전통적인 추리소설의 문법을 존중하는 동시에 위반하는 『제3의 현장』은 ① 제1의 현장: 1978년 연말에서 1979년 정초에 이르는 피해자 백남희와 가해자 구종태의 '사건', ② 제2의 현장: 그 '사건'의 재구성과 해명을 목표로 하는 1979년 2월 무렵 피의자 백남희와 담당 오 검사의 수사 및 진술 과정. ①의 서사와 ②의 서사로 이원적으로 구성되어 있다. 그리고 '사건' 재구성의 주도권을 가지고 있는 피해자/피의자 백남희라는 매개로 두 서사는 절합(節合)되어 있다. 문제는 백남희가 '제1의 현장'에서 그 자신이 경험한 사정과 당시 자신의 생각과 마음에 대해 충분한 해명을 제시하지 못한다는 데 있었다. 그 결과 '제2의 현장'에서는 모순과 오류를 무릅쓰고서라도 가능한 한 일목요연하고 논리적으로 '사건'을 재구성하고 그것을 합리적으로 이해하고자 하는 오 검사의 의지와 불투명한 자신의 행적과 그때의 감정에 허심탄회하게 접근함으로써 사건의 '진실'에 다가서고자 하는 백남희의 의지가 충돌할 수밖에 없었다. 두 사람의 의지는 하나의 사건에 허심탄회하게 접근하는 듯 보이지만, 실은 사건에서 각자가 다른 것을 읽고자 하는 욕망을 놓지 않았고 결국 두 의지는 끊임없이 충돌하였다. '제2의 현장'에서 여러 방식의 신문과 진술, 숱한 말과 글을 통해 "말의 노역"(p. 288)을 감당하고도 진실에 닿지 못하던 백남희가 진실에 도달하는 것은 ③ '제3의 현장': 현장검증에서였다.

거실 안 풍경은 모든 것들이 내가 이미 알고 있는 대로다. 사내가 소파 위에 시체로 앉아 있다. 이마를 앞뒤로 꿰뚫은 머리의 상처에

서 핏줄기가 아직도 목과 얼굴로 흘러내리고 있다. 그러나 그는 이
제 다시 죽어 앉아 있는 시체가 아니다. 그는 그 번거롭고 부질없는
말의 질곡에서 벗어나 침묵 속에 자유로운 자신의 모습을 찾아 돌
아가 있다. 그는 이제 말을 잃었으되, 그 말들의 허울을 벗고 자기
자신이 말이 되어 있었다. 그리고 그 자신의 모습으로, 그 말 없음으
로, 그 침묵으로 오히려 모든 것을 자명하게 말해온다. 그의 가난한
탄생과 성장, 방황과 도전, 마지막에 이르기까지의 삶과 죽음의 모
든 것을. 지금까지 그토록 도로(徒勞)에만 그쳐온 자신의 말들을 비
로소 힘있게 소생시켜놓는다…… [……] 그가 스스로 노래를 하고
있다. 입으로 노래를 하고 있는 것이 아니다. 그의 몸에서, 그 침묵
에서 노랫소리가 흘러나온다. 그가 노래로 다시 말을 시작한 것이
다. 내가 이미 납득하고 이해한 그의 모든 것, 그의 삶과 죽음과 운
명, 그것들이 이제는 그에게서 다시 노래가 되어 번져 나오고 있다.
부르튼 입술로 목메어 합창하던 우리들의 꿈과 운명…… 그가 노래
로 자꾸만 무엇을 호소해온다. [……] 그리고 비로소 나는 깨닫는
다…… 그가 나를 기다리고 있었다. 그의 노래는 나를 기다림이었
다. (pp. 275~77)

말의 허울(虛/鬱). 제2의 현장에서 백남희는 그 자신 '허(虛)-심
탄회'할 것을 거듭 다짐하고 말과 글을 무성하게(鬱) 쌓고 있었으
나, 결국 진실에 도달하지 못하였다. 그리고 그는 제3의 현장에서
침묵을 선택한다. 말의 허울로부터 벗어난 곳에서야 그는 진실을
만날 수 있었으며, 이때 침묵(虛) 속에서 노래(樂)가 일어나게 된

다. 자신의 것이자 구종태의 것인 노래를 통해서 백남희는 비로소 어떤 진실에 도달하게 된다.

이러한 저간의 사정을 감안한다면 『제3의 현장』의 서사는 '울(鬱)→허(虛), 악출허(樂出虛)'라는 공식으로 정리할 수 있다. 여기 '울(鬱)'에는 백남희가 생산해냈으나 땅에 흩어진 실패한 말들, 혹은 근대 이성과 공익을 자임하는 오 검사의 자신만만한 논리, 그리고 사실을 말했으나 이해는커녕 환멸을 낳았던 자기 연민으로 가득한 구종태의 너저분한 진술 등 무언가에 도달하고자 하였으나 그것에 실패했던 그 이전 모든 언어들을 둘 수 있다. 백남희는 제3의 현장에서 울(鬱)로부터 나와 허(虛)로 나아갔으며, 그 순간 그는 악(樂)의 울림을 들을 수 있었다. 혼자 노래하는 것보다 함께 노래하기를 원했던 그이기에, 이때 악(樂)은 백남희와 구종태의 합창이었다. (물론 쉬운 해답과 고정적인 대안을 경계한 작가 이청준의 소설답게 그 진실은 오 검사의 제지로 인해 찰나의 명멸로서만 존재했으며, 또한 현실의 복합적인 맥락과 그 규제성을 충분히 존중하는 작가 이청준의 소설답게 논리를 중시하는 오 검사는 이 진실 때문에 또 다른 오해를 일으켜 사건을 진실과 동떨어진 모습으로 이해하게 된다.)

여기까지가 『제3의 현장』의 졸가리면, 이제 독자는 몇 가지 방식의 읽기를 선택할 수 있는 즐거움 앞에 도달하게 된다. 우선 악출허(樂出虛)의 의미를 보다 명징하게 이해하기 위해 이청준의 다른 소설을 겹쳐 읽는 것이다. 『제3의 현장』은 이청준이 가장 활발히 창작을 실천하던 시기인 1970년대 중반에서 1980년대 후반(그는 '4·19 세대의 작가'라고 불리지만 사실 1960년대보다는 이 시기에 그의 문학은 본령을 구성하였다)에 발표한 여러 소설과 많은 점을 공유하고 있기 때문이다. '허심탄회' '배반극' 등이라는 낱말의 연쇄가 익숙하다면 이 소설은 『당신들의 천국』과 겹쳐 읽을 수 있다. 진실에 도달하는 순간 그것이 말과 글이 아닌 침묵, 소리, 노래라는 형식을 가진다는 점에서는 '언어사회학 서설' 연작 및 '서편제' 연작과 의미망을 형성할 수 있다. 또한 납치 과정에서 불거진 '가해자의 용서와 이해 받음'이라는 무거운 문제는 「벌레 이야기」의 고뇌와 인간화한 신학(神學)과 겹치며, '자신의 신전'을 쌓는 문제는 『낮은 데로 임하소서』의 고백에 닿았다가 어긋난다. 또한 안양천변에서 있었던 남루한 횃불의 움직임은 『비화밀교』의 불씨를 떠올리게 한다. 작가 이청준에게 있어 악출허라는 명제의 온전한 규모를 톺아보고 그 의미를 현재화하기 위해서는 여러 소설을 시계열적으로 배치하고 각 소설의 관계와 편차를 입체적으로 감안할 때, 이청준 문학의 지향과 가능성을 읽을 수 있을 것이다(김우영, 「이청준 문학의 언어 의식 연구」, 서울대학교 박사학위논문, 2015, 4장).

이러한 다양한 읽기의 가능성을 앞에 두고, 이 시기 이청준 문학의 한 조건으로서 미디어의 문제를 살피고자 한다. 이 시기 이청준은 '공리적 설명어'와 '심정적 고백어'의 차이에 유의하면서 허심탄회한 언어의 가능성에 골몰하고 있었다. 하지만 단절적인 아파트와 고속도로로 연결된 국토라는 두 가지 공간이 겹쳐진 이 소설에서, 그는 백남희의 집에 침입한 구종태가 가장 먼저 근대의 미디어인 전화를 단절하도록 하였다. 이 소설에서 손으로 쓴 것은 협박 편지와 조서가 전부이다. 아주 오래전 장자(莊子)는 언어 너머의 진리를 언어로 지시하기 위해, 우언·치언·중언 등 다양한 소통 방식을 개발하였다. 이는 전국시대의 담론 상황과 밀접하게 대응하는 것이었고, 장자는 언어라는 미디어의 형식성을 기반으로 신뢰성을 구축하고자 하였다(김월회, 「직하학궁(稷下學宮)과 전국시대의 글쓰기」, 서경호 외, 『중국의 지식장과 글쓰기』, 소명출판, 2011, pp. 79~81).

이 점을 생각한다면, 다양한 미디어가 등장하는 이 소설이 정작 글쓰기라는 미디어에 대한 자의식을 감춰둔 것은, 그래서 아쉽다. 이청준은 사회적 커뮤니케이션으로서 언어의 기능과 정치성에 대한 날카로운 인식을 가지고 있으면서, 『당신들의 천국』을 통해 공동체의 교환이라는 지난한 문제를 탐색한 작가이다(이수형, 『이청준과 교환의 서사』, 역락, 2013, pp. 191~211). 그런데 『제3의 현장』에서는 방송을 비롯하여 새로운 미디어의 등장에 따른 불편함으로 인해, 미디어로서 언어의 다양한 결을 다소간 거칠게 대별한 채 바로 악(樂)의 울림으로 나아간 것은 아닌지, 평론가 김윤식의 지적처럼 "'소리'에 소설을 잃은" 것은 아닌지 하는 조심스러운 의문이 그것이다. 고백의 언어가 담길 수 있는 구체적인 매체의 형식과 그것이 도달할 수 있는 진리 재현의 (불)가능과 임계에 대한 한국근대소설사의 한 진경(眞景)을 비껴간 까닭이다.

하지만 이러한 점을 감안한다고 하더라도, '허심탄회'의 문제를 아파트로 가져간 1984년 이청준의 시도는 그 아쉬움보다 가능성이 빛난다. 그것은 그가 힘들게 길어 올린 허심탄회라는 질문이 갖는 현재성과 물질성을, 형질 자체가 변화하는 한국 사회의 현실 속에서 가늠한 것이었기 때문이다. 사실 이 질문은 이청준에게 1980년대에 갑자기 등장한 것이 아니며, 이미 1970년대에도 복류하고 있던 것이었다.

1976년 2월 7일(토)

민음사에 갔다. 이청준이 와 있었다. 그는 화곡동 살다가 영동지구로 이사 갔다. 나더러 이사해서 영동에서 함께 살자 했다. 집값도 장차 화곡동 일대와는 비교할 수 없게 비쌀 것이라 했다. 청준은 며칠 전 남산 강인덕한테 불려가서 다른 작가들 몇과 함께 앞으로의 문학은 이러이러해야 한다는 지시를 받았다 한다. 유신정권의 문예방침 같은 것이다. 점점 북의 당 충성 문예노선과 닮아가는 것이다.(고은, 『바람의 사상』, 한길사, 2012, p. 696.)

『당신들의 천국』을 단행본으로 묶을 무렵, 고은이 증언한 이청준은 두 가지 얼굴을 가지고 있다. 하나는 '남산'의 위협을 온몸으로 겪었기에 언어의 가능성과 소통성을 보다 날카롭고 면밀하게 벼릴 예지의 소유자로서 작가일 것이며, 또 하나는 자본의 증식 앞에 놓인 경제적 인간이었다. 지금까지의 이청준의 작품 읽기가 전자에 한정하여 주목하였다면, 전자와 후자가 만나고 어긋나는 양상을 통틀어 이청준의 작품을 읽는 방법의 계발이 필요하다. 무엇을 이루고 거두었나라는 질문 곁에, 무엇에서 실패하고 그 이유는 무엇인가라는 질문 또한 조심스레 두고자 한다. 그 점에서 1984년의 『제3의 현장』은 한국에서 삶의 양식이 변하고, 미디어의 구조가 재편되는 시기에 놓여, 그 어긋남의 한 양상을 보여준다. 그렇다면 우리는 그 어긋남을 또 다른 질문을 위한 입구로 삼을 수 있을 것이다. '울(鬱)→허(虛), 악출허(樂出虛)'라는 공식을 참조한다면 울(鬱) 자체를 울울(鬱鬱)하게 이해하는 가능성을 탐색하는 것이다. 단지 언어의 무덤뿐 아니라, 다양한 삶의 욕망과 의지 그리고 삶의 형식이 응축된 울(鬱)의 울(鬱)됨을 온당히 이해할 때, 허(虛)의 허(虛)됨 또한 보다 온당한 이해에 닿을 수 있을 것이다. 허(虛) 속에서 현출할 악(樂)의 울림과 가능성을 보다 현실적이며 현재적으로 읽는 방법 또한 그곳에 있을 것이다. 그리고 이 읽기는 '허심탄회'라는 발성의 반복을 위한 것이 아니다. 이청준이 제기한 허심탄회를 저작하고, 삼척동자도 아는 그것의 불가능 앞에서 "미미한 변화"(김윤식, 『지상의 빵과 천상의 빵』, 솔, 1995, p. 116)를 현실화하기 위함일 것이다.

〔2016〕

텍스트의 변모와 상호 관계

이윤옥
(문학평론가)

『제3의 현장』

| 발표 | 『제3의 현장』, 동화출판공사, 1984.

1. 실증적 정보

1) 초고: 육필 초고가 남아 있다. '구종태'가 '구정태'로 표기된 초고에는 작품에 대한 작가의 다양한 생각을 정리한 많은 메모가 들어 있다. 거기에는 작품 내용, 전개, 세부사항 등은 물론 사실과 기억, 언어와 폭력에 대한 고민이나 각 장에 담을 이야기도 포함된다. 예를 들면 다음과 같은 것이 있다.

과거형 문장 – 확정적

바라보지 마라 – 대상이 있음이 아니라(확정된 형태 아님) 바라보는 태도 자체가 대상이며 과거.

---

* 텍스트의 변모 과정을 밝히면서는 원전의 띄어쓰기 및 맞춤법을 그대로 살렸다.

과거의 모습 → 현재형

검사: 과거 있다고 믿음. 과거는 과거로 되돌려준다.

현재형 사용: 나(과거와 현재 속에 문을 열기 위해) 검사(과거를 확정짓기 위해)

사건의 벽을 뚫지 못한 현재형

결말: 검사 – 범인 아님 알았으나

제1장에서: 분노와 애원 → 절망 → 분노 사라짐 → 파괴 자청

진술 때는 거의 기억 못함 – 검사의 혼란

2) '제3의 현장'의 의미: 이청준은 1991년 7월 12일 일기에 '제3의 현장'이 무엇을 뜻하는지 적어놓았다.

① 불확정의 현장(진실 문제)

② 폭력의 다른 현장(광주사태의 다른 현장)

③ 민주 의지 압살(삶의 압살, 비유적 현장)

3) 개제(改題): 이 작품의 표제는 『제3의 현장』→『이교도의 성가』 →『그 노래 다시 부르지 못하네』→『제3의 현장』으로 여러 번 변한다. 1984년 발표작 『제3의 현장』은 1988년에 『이교도의 성가』로 개제되고, 『이교도의 성가』는 1993년 『그 노래 다시 부르지 못하네』로 개제되었다가, 1999년 원제 『제3의 현장』으로 돌아간다. '이교도의 성가'는 '히브리 노예들의 합창'과 연계되고, '그 노래 다시 부르지 못하네'는 소설에 나오는 노래 가사에서 차용한 것이다. 이청준이 한 작품의 이름을 이처럼 여러 번 바꾼 적은 없다. '제3의 현장'과 '이교도의 성가' '그 노래 다시 부르지 못하네'는 강조하는 부분이 다르다. 그가 무엇을 고민했는지 생각해볼 일이다.

4) 수필 「아픔의 얼굴, 기원의 불꽃」과 「공리적 설명어와 심정적 고백어」: 「아픔의 얼굴, 기원의 불꽃」은 1984년 『제3의 현장』과 1993년 『그 노래 다시 부르지 못하네』에 후기로 실린 글이다. 「공리적 설명어와 심정적 고백어」는 1988년 발표된 글로 1999년판에 「아픔의 얼굴, 기원의

불꽃」과 함께 새 후기로 수록된다. 이 수필에는 『제3의 현장』을 쓰게 된 과정이 들어 있다. 이청준이 꽤 오래 구상만 하고 있었던 『제3의 현장』을 쓰게 된 직접적인 계기는 여행 중 듣게 된 여자 가수의 노래 — 베르디의 오페라 「나부코」에 나오는 '히브리 노예들의 합창' — 였다.

 －「아픔의 얼굴, 기원의 불꽃」: 그렇게 어정쩡해 있는 참에 우연히 한 가지 기회가 찾아왔다. 1982년 10월 하순경 글친구 두 사람과 한 20여 일 유럽 일대를 유람할 기회가 생겼다. 그 여행 중에 하루는 그곳에 공부차 가 있던 다른 한 친구의 집을 찾아갔다가 뜻밖에 감동적인 음반곡을 듣게 됐다. 곡 목은 베르디의 오페라 「나부코」 중의 '히브리 노예들의 합창'이었고, 창자 (唱者)는 그리스 태생 여가수 나나 무스쿠리. '노예들의 합창'은 이전에도 가끔 들어온 노래였지만, 장중한 백코러스에 힘차게 실려 나온 여가수의 목소리가 각별히 비장하고 뜨거운 열정으로 나를 깊숙이 사로잡아온 것이 다. / 뒷날 여행을 마감할 때 나는 가장 소중한 수하물로 그녀의 음반 한 장 을 사 들고 돌아왔다. 그리고 그 한 장의 음반을 위해 당장 과분한 투자를 감행하여 전축 세트를 마련하고 그 겨울 내내 같은 곡만 수백 번씩 되풀이 돌려댔다. 그 하염없는 판돌리기 놀음이 끝났을 때 나는 비로소 '제3의 현 장'의 초고를 쓰기 시작했다.

 5) '언어사회학 서설' 연작과 연관성: 『제3의 현장』은 언어에 대한 소 설이다. 더 정확히 말해서 오 검사가 대변하는 공익 언어인 공리적 설명 어와 백남희의 심정적 고백어에 대한 소설이다. 백남희는 심정적 고백어 가 지닌 진실을 위해 순교한 여자로, 이 소설은 '설명어에 대한 고백어의 비교적 우위성을 고집하기 위해서가 아니라, 고백어 자체에 제 값 매김을 위한 작업'이기도 하다. 이청준에 따르면 감성을 배제한 설명어는 '실체 없는 말의 형식적 의상에 불과'할 뿐이다. 그는 이미 '언어사회학 서설' 연작에서 형식과 실체를 중심으로 말의 문제를 다루었다. 『제3의 현장』 은 말의 타락과 오염 현상을 '말의 정직성과 그에 대한 믿음의 문제'로 본

다는 점에서 '언어사회학 서설' 연작의 연장선에 있다고 할 수 있다.

－「공리적 설명어와 심정적 고백어」: 공리적(혹은 이성적) 설명어와 심정적(혹은 감성적) 고백어의 대립, 갈등 양상—『제3의 현장』은 그러니까 바로 그에 대한 전반적 검증의 장치로서 구조된 소설인데, 그것은 사실 근자 우리 사회의 말의 타락현상에 대한 나의 연래의 과제의 연장작업이기도 한 것이다./당연한 소리지만, 말이란 사람들이 제각기 생각을 진행하고 그것을 밖으로 표현, 전달하는 사회적 약속물이며, 우리의 제반 삶의 현상들의 의미대응 체계이다. 따라서 말들은 그 지칭의 대상내용과 형식구조 사이의 철저한 약속관계와 그 믿음 위에 생명이 잉태되고 기능이 유지된다./그런데 근자 우리는 어느 때보다 말들의 심한 오염과 타락 현상을 목도하고 있다. 〔……〕 결국 모든 것은 다시 말의 정직성과 그에 대한 믿음의 문제로 돌아갈 수밖에 없게 된다. 그리고 그 믿음과 정직성의 문제는 다시 공리적 설명어와 심정적 고백어의 문제로 회귀한다.

－수필 「부끄러움 견디기의 소설질」: 그래 이번에는 그 떳떳치 못한 자신과 우리 사회의 어울림살이의 부끄러움을 지워버리고 그것을 이겨나가기 위해 그 어울림살이의 옳은 모습을 우리말의 관계와 질서로써 대신 꿈꿔본 것이 '언어사회학 서설' 연작 5편과 「소문의 벽」 「제3의 현장」 같은 졸편들.

－대담 「문학의 토양을 이룬 반성의 정신」: 전자는 주로 남도 소리와 이향, 귀향의 양상을 다룬 '남도 사람' 연작과 그에 유사한 「눈길」 「해변 아리랑」 같은 작품들이고, 후자는 주로 도회의 공동체적 삶의 양상을 다룬 '언어사회학 서설' 시리즈와 같은 맥락에서 언어의 본질, 사회적 기능 따위를 탐색해본 「빈 방」 「소문의 벽」 「제3의 현장」 같은 것들이 있습니다.

2. 텍스트의 변모

1) 『제3의 현장』(동화출판공사, 1984)에서 『이교도의 성가』(나남, 1988)로

* 4장(1984년)의 일부가 5장(1988년)으로 옮겨진다(210쪽 13행~219쪽 21행).

* 동사 시제가 현재에서 과거로 바뀐다(23쪽 17행~24쪽 19행).

(예) 놓인다. → 놓였었다. 기다린다. → 기다리고 있었다.

– 42쪽 18행: (그것은 오검사 앞에 행한 나 자신의 고백이었다) → 〔삽입〕

– 43쪽 1행: 이윽고 가방 속의 권총을 생각해 내고는 → 무의식중에서나마 가방 속의 권총에 대한 믿음 때문에

– 44쪽 16행: 자신도 잘 의식하지 못한 일이었지만, → 〔삽입〕

– 45쪽 21행: 사람을 비웃는 → 비아냥대 듯한

– 47쪽 17행: 그 조용한 새벽녘의 총소리조차도 못들었을 사람들이 → 주위가 조용한 새벽녘도 아닌,

– 50쪽 18행: 아리송해 보이는 일들뿐이었다. → 미심쩍어 보일 뿐이었다.

– 94쪽 9행: 유일한 자유 상상놀이조차도 자신의 파괴에나 소용될 뿐이었던 것이다. → 〔삽입〕

– 125쪽 10행: 그의 인간과 행위에는 애초 설명이나 해명이 필요칠 않았다. → 〔삭제〕

– 130쪽 5행: 시원찮아 → 미심쩍어

– 141쪽 4행: 생계가 원래 어렵던 터에 → 가세가 원래 몹시 어려웠던 터에

– 152쪽 4행: 어둠 속 불빛들이 번지고 있었다. 처음엔 그저 깜깜한 → 〔삭제〕

– 169쪽 5행: 바윗돌이 몇 개씩 휩쓸리는 일은 아직도 종종 생기고 있었지만, → 〔삭제〕

– 201쪽 4행: 아니면 그쯤 실패는 달게 감수할 각오를 해야 할 만큼 다른 방법이 없었기 때문일까. → 〔삭제〕

– 206쪽 7행: 붉은 색 → 진홍색

– 221쪽 3행: 안양을 → 판교를

－234쪽 20행: 구 종태의 실패도 거기 절반은 원인이 있었던 셈이었다. →
〔삭제〕

－238쪽 11행: 나의 노래를 알고 있었다. 하지만 그는 그것으로 → 〔삭제〕

－247쪽 6행: (그러면서 나는 비로소 그의 죽음이 나를 기다리고 있었음을
깨닫는다. 그가 수건으로 총소리를 싸맨 것은 주검으로 나를 기다리기 위함이
었다. 하여 그것은 나에 대한 그의 간절한 기다림을 거꾸로 벗겨냄이었다) →
〔삽입〕

－248쪽 9행: 나는 이윽고 결심을 하고 이곳에서의 마지막 남은 일을 서두
른다. → 〔삭제〕

－277쪽 8행: 이해된 → 증거된

－278쪽 1행: (나의 돌아옴을 혼자 기다리기 위하여 그는 스스로 그것을 수건
으로 싸매버리어 놓지 않았던가) → 〔삽입〕

－281쪽 17행: 재발견 → 부활

－298쪽 7행: 그리고 절망 속에 그를 원망하고 있었던 것 같았다 → 〔삭제〕

**2) 『이교도의 성가』(나남, 1988)에서 『그 노래 다시 부르지 못하네』(동
화출판사, 1993)로**

＊ 평택읍 → 평택

－75쪽 5행: 그런 느낌―눈을 감고 졸고 있다가 갑자기 머리를 얻어 맞는
것 같은 강한 충격, → 강한 충격,

－110쪽 7행: 그 오류나 모순들 가운데에 오히려 진실이 있을 수도 있구
요. → 〔삽입〕

**3) 『그 노래 다시 부르지 못하네』(동화출판사, 1993)에서 『제3의 현장』
(열림원, 1999)으로**

＊ 7장: 검사 → 오 검사

－32쪽 10행: 점퍼 겉저고리 → 겉저고리

－42쪽 9행: 속에서 발설이 되어진 곳, → 속에 위치가 발설된 곳.

-44쪽 16행: 그리고 나는 노래가 모두 끝나고 나서야 → 마침내 노래가 모두 끝나고 나는

-47쪽 9행: 이번에도 일단 권총이 발사된 것은 내가 재차 집으로 돌아온 이후의 시각이라는 → 그래 일단 권총 발사 시각을 재차 집으로 돌아온 이후라는

-50쪽 18행: 미심쩍어 → 석연찮아

-51쪽 9행: 그 기억 속의 절실한 느낌들을 다시 실감으로 되살려 낼 수가 없었다. → 〔삭제〕

-69쪽 14행: 0시 → 자정

-71쪽 6행: 일급 감상자 → 유력한 감상자

-71쪽 5행: 논객 → 일급 논객, 그런 느낌─눈을 감고 졸고 있다 갑자기 머리를 얻어맞는 것 같은 → 〔삽입〕

-92쪽 7행: 기다리고 있는 것이었다. → 참으며 기다리는 낌새였다.

-106쪽 10행: 위험스런 → 위태로운

-131쪽 22행: 그 일을 시작한 것은 → 일을 벌이고 든 것은

-148쪽 14행: 쾌활해져 버린다. → 대범스러워진다.

-149쪽 14행: 느껴져 오기 시작한다. → 뻗쳐온다.

-152쪽 4행: 어둠 속에 잠겨 있던 마을이 첫 번 불빛을 신호로 해서 → 불빛이 번지고 있었다. 깜깜한 어둠 속에 조용히 잠겨 있던 마을에 하나 둘 피어오르기 시작한 불빛을 신호로

-167쪽 9행: 오던 것. 공사장 일은 그 후 다시 한 달쯤 만에 → 오던 터에 그 한 달쯤 만엔

-175쪽 8행: 전도사는 이내 그런 그에게서 어떤 심상찮은 기미를 느낀다. → 전도사는 아무래도 느낌이 심상찮다.

-176쪽 20행: 그 불길스럽게 태도가 돌변해 버린 → 이미 그 태도가 달라진

-186쪽 2행: 끊임없이 일깨워 나간다. → 스스로 일깨운다.

- 188쪽 16행: 절망적인 낭패감 → 절망감

- 189쪽 12행: 그것이 역겹게만 느껴질 지경이었으니까요. → 모든 게 역겹게만 느껴졌으니까요.

- 190쪽 19행: 물어오고 있었다. → 여유 있게 물어왔다.

- 217쪽 1행: 수림 → 침묵

- 228쪽 8행: 단념하고 싶은 → 바꿀

- 228쪽 23행: 계속해 나간다. → 감행한다.

- 234쪽 2행: 도발받는다. → 꿈틀인다.

- 240쪽 8행: 그 과거라는 것을 → 사람들이 흔히 과거라 말하는 것을

- 247쪽 12행: 주위를 → 다시 거실을

- 248쪽 19행: 뜨겁게 적셔듦 → 뜨거워짐

- 259쪽 13행: 그것은 살아 있는 사람의 말이 아니라, 사물과 제도의 말일 뿐이었다. → 〔삽입〕

- 261쪽 6행: 자신의 진실에는 나머지 부분들이 좀더 합치하고 있는 것도 같았다. → 자신의 진실과는 그 나머지 부분 쪽이 한결 사실적으로 근접해 있는 것 같은 생각이 들기도 했다.

- 264쪽 8행: 자상하고 공손한 말씨, 오 검사의 그간 나에 대한 태도나 고 수사관 자신과도 제법 얼굴이 익어온 탓이기는 하겠지만, 고 수사관의 그런 말투에서도 나는 어느 정도 그것을 읽을 수 있었다. → 공손하고 정중하기만 했던 오 검사의 태도나, 그간에 제법 얼굴이 익어온 고 수사관의 말투로 보아 나 역시 어느 정도 그것을 알 수 있었다.

- 267쪽 8행: 집행해 나가고 → 실행에 옮기고

- 268쪽 9행: 지겨운 → 못 견딜

3. 소재 및 주제

1) 시간: 『제3의 현장』에서 백남희는 시간의 벽을 허물어 진실에 도달

하려는 노력의 하나로, 과거 행위를 현재형 문장으로 기술한다. 「시간의 문」에서 사진작가 유종열이 시도하는 사진 작업도, 시간의 벽을 허무는 '시간의 재편집 작업'이다. 그는 사진들을 찍은 날짜 대신 인화한 날짜를 기록함으로써 과거의 사진들을 현재화한다(10쪽～11쪽, 22쪽).

　－「시간의 문」: 기묘한 것은 그러나 유 선배는 그 지나간 날의 정황과 느낌들을 사진을 인화한 당일의 것으로 현재화시켜 적고 있는 것이었다./한마디로 유 선배는 그의 사진 작업을 통해 자신의 과거를 현재화시키면서 그것으로 자신의 현재의 시간을 채워가는 격이었다. 혹은 그의 사진 속의 과거 속에서 자신의 현실을 살고 있는 사람이었다.

　　2) 사실과 진실: 이청준은 여러 소설에서 사실과 진실의 관계를 다루었다. 「조만득 씨」나 「황홀한 실종」 「뺑소니 사고」 같은 작품은 사실이 무엇인지, 또 그런 사실의 수호자를 자처하는 사람들이 놓치는 개인의 진실은 무엇인지, 공익이나 거대한 역사의 흐름을 위해 사실과 진실은 왜곡되고 묻혀도 되는지, 개인으로부터 역사에 이르기까지 사실과 진실에 대해 문제를 제기한다. 작가의 고백에 따르면, 공리적 언어의 진실 왜곡 문제를 다룬 『제3의 현장』은 1980년 광주의 비극을 우회적으로 감당한 소설이기도 하다. 그런 점에서 이 소설은 「비화밀교」 「벌레 이야기」와 함께 읽어볼 만하다(12쪽 2행, 27쪽).

　－수필 「사랑과 화해의 예술, 혹은 새와 나무의 합창」: 부질없는 소회 한 가지를 더하자면, '광주의 비극'은 우리 현대사의 크나큰 빚 짐이자 당대를 겪고 살아온 문학인들의 피할 수 없는 화두였음이 분명하다. 그 지역에서 나고 자란 내게도 그 일은 마치 씻을 수 없는 원죄의 굴레처럼 또는 목소리가 열리지 않는 가위눌림 속처럼 무겁고 불가항력적인 소설의 과제였다. 그리고 나름대로 얼마쯤이나마 그 문학적 과제를 감당해 보려 시도한 소설이, 가짜 공의(公義)를 내세운 거짓 공리 언어의 폭력성과 진실의 왜곡 문제를 다룬 「제3의 현장」(1983)과 앞서의 「비화밀교」(1985), 「벌레 이야

기」(1985) 들이다.

3) 자술서 쓰기:『제3의 현장』은 살인 용의자가 쓰는 자술서를 따라 이야기가 전개된다. 자술서는 사실을 밝히려고 쓰는 것이다. 백남희와 오검사가 동사의 시제를 바꿔가며 자술서를 다시 쓰는 이유도 사실에 이르기 위해서다. 그런데 자술서의 진술은 피의자와 심문자에게 달리 읽힐 수 있고, 입장의 차이에 따라 여러 번 수정될 수도 있다. 결국 그들은 사실을 밝히는 데 실패하고 만다.『쓰어지지 않은 자서전』과「그림자」도 피의자가 심문관이나 형사, 검사 앞에서 쓰는 자술서가 중심이다.

4) 전화오접: '언어사회학 서설'의 첫 작품인「떠도는 말들」에서도 전화는 으레 혼선되거나 오접될 뿐 제대로 된 소통 도구로 기능하지 않는다(14쪽 6행).

　－「떠도는 말들」: 알 수 없는 일이었다. 요즘 와선 이상하게 잘못 걸려온 전화가 많았다. 혼선도 많았고, 듣다 보면 아무렇게나 번호를 돌린 것이 우연히 선이 닿아 오는 수도 많았다. 방금 걸려온 두 차례의 전화도 이를테면 그 비슷한 것들이었다. 실상 이 몇 주일 동안 지욱이 받은 전화는 거의 모두 그런 것뿐이었다. 제대로 걸려온 전화는 기억에도 없을 정도였다.

5) 수수께끼: 백남희는 납치범 구종태에게게서 벗어날 수 있는 탈출의 기회를 버리고 오히려 구종태의 마지막 가는 길을 보살펴준다. 이 기이한 일은 분명 사실이지만 설명하기 불가능한 수수께끼이기도 하다. 이청준의 유일한 희곡인「제3의 신」에서도 그렇듯, 때로 우리는 풀 수 없는 수수께끼에서 더 많은 진실을 만난다. 백남희의 실패는, 수수께끼로 증거할 수밖에 없는 진실을 설명하려 한 데 있다(27쪽 10행).

　－「제3의 신」: 우리는 이제 우리의 진실을 그런 수수께끼의 방식으로밖에는 증거를 할 수가 없는 형편이니까요. 그리고 그것만이 우리가 이 섬에서 일어난 일들의 진실을 오해로 마감하는 일이 없게 하는 길이구요. 모든 걸 다 말할 수 없을 바엔 수수께끼야말로 가장 많은 것을 말해줄 수 있는 가장

정직한 방법일 테니까요.

6) 간척사업과 배반: 『제3의 현장』에서 전도사는 생성이 정지된 삶을 이어가는 집단을 일으켜 세워 간척사업을 이끈다. 하지만 그들의 유일한 희망인 간척사업은 자연과 하늘, 인간과 그 인간들의 제도, 풍속에게 모두 배반당하고 만다. 『당신들의 천국』에서 조백헌 원장도 나환자 집단을 격려하며 간척사업에 매진하지만, 자연과 사람에게 여러 번 배반당한다. 전도사와 철거민들의 간척사업과 그것을 둘러싼 배반극, 태풍과 사람을 제물로 바치기 등은 조백헌 원장과 나환자들의 간척사업과 그들이 겪는 배반극과 매우 닮았다.

7) 설명어와 고백어: 앞의 실증적 정보에서 보았듯이 오 검사는 명확한 논리를 통해 세상사를 설명하는 이성적 공익 언어, 설명어의 수호자인 데 반해, 백남희는 그 대척점에 있는 감성적 고백어를 사용하는 사람이다. 설명어와 고백어의 대립이 「시인의 시간」에서는 정보 언어와 개인 언어의 대립으로 나타난다(189쪽 16행).

　－「시인의 시간」: 아닌게아니라 대개의 시인들은 요즘처럼 추호의 낭비도 용납지 않는 정밀한 시계처럼 효율적이고 조직적인 정보언어 시대 속에서도 부질없이 자기 시간과 삶을 낭비하는 비효율적 비집단적 개인 언어에 매달려 지내는 경우가 허다하지.

8) 자기 자리 찾기: 자신이 돌아갈 곳과 돌아가 지닐 모습을 찾는 것은 자신의 참모습을 찾는 것이다. 이청준의 소설에는 일일이 나열하기 어려울 만큼 자기 본얼굴을 찾으려고 애쓰는 인물들이 많다(248쪽 3행, 278쪽 3행).